梅国云 著

DAY 39

第39天

中国华侨出版社

·北京·

图书在版编目（CIP）数据

第 39 天 / 梅国云著 . —北京：中国华侨出版社，2019.9
（2021.4 重印）
ISBN 978-7-5113-7954-2

Ⅰ . ①第… Ⅱ . ①梅… Ⅲ . ①长篇小说－中国－当代
Ⅳ . ① I247.5

中国版本图书馆 CIP 数据核字（2019）第 165600 号

第 39 天

著　　者 / 梅国云

责任编辑 / 刘雪涛

责任校对 / 孙　丽

经　　销 / 新华书店

开　　本 / 670 毫米 × 960 毫米　1/16　印张 / 20　字数 /336 千字

印　　刷 / 北京天正元印务有限公司

版　　次 / 2020 年 2 月第 1 版　2021 年 4 月第 3 次印刷

书　　号 / ISBN 978-7-5113-7954-2

定　　价 / 60.00 元

中国华侨出版社　北京市朝阳区西坝河东里 77 号楼 1 层底商 5 号　邮编：100028

法律顾问：陈鹰律师事务所

编辑部：（010）64443056　　64443979

发行部：（010）64443051　　传真：（010）64439708

网　　址：www.oveaschin.com

E-mail：oveaschin@sina.com

目录

第 **39** 天

直接跳上了货车，把小爱看得张开了嘴巴。一旁的保安哇的一声说："这身手太厉害了！"

| 111 | 2009 年 1 月 2 日下午

★

现在就因为老子性子直，你牛解放就设个套子让我钻，让我牛大志刚回来就抬不起头来。假如真的那样了，就对你不客气。

| 113 | 2009 年 1 月 2 日夜

★

舅舅心疼大志，但又不太放心外甥，就抽了一口烟说："大志啊，这社会非常复杂，以后说话一定要注意。"

| 114 | 2009 年 1 月 3 日中午和下午

★

在这样的场合，大志感到有逢场作戏的味道，每杯酒下去，就好像自己的心灵已不再纯洁。

| 121 | 2009 年 1 月 3 日晚上

★

"社会进步了，物质发展了，可是，人也倒退了！"大志想着。

| 122 | 2009 年 1 月 5 日上午

★

如果较起真来，大志欠得可多了，他把一村人都给忽悠了，而上当受骗的一村人又把外面的人给忽悠了。

| 130 | 2009 年 1 月 5 日中午

★

牛解放媳妇低着头抽泣说："他叔他婶大侄，我和我们家解放对不起大侄，我这是来赔罪的。"说完就磕了三个响头。

| 133 | 2009 年 1 月 5 日晚

★

你牛解放到底是什么意思，先设个套子套人家，然后又让婆娘到处乱讲，现在又赔礼道歉？

冬天的银湾，大海清亮亮地平静，并不是火热的夏天里看起来那么始终烦躁的样子；太阳的光辉在这个季节很是迷人，不怎么刺眼；远处的椰子树，像长颈鹿一样，伸出一疙瘩脑袋，漫不经心地张望着。

按说，这是一个绝对让人赏心悦目、令人惬意的季节。许多外地的游人充斥着这个城市。冬季来度假的，不是小资，就是老板或者某个岗位上重要的人。

这个历史不算太长的城市，到处都给人新的感觉。来到这里的人，除了看到了美丽的海景，还看到了穿着五颜六色比基尼四仰八叉地躺在沙滩上晒太阳的金发女郎。

生活在这个城市的人，因为是主人，就一直骄傲着、自豪着。牛大志就是这个城市的主人，他不但因为自己是这个城市的主人骄傲，而且，因为他还在保卫着这个城市。所以他的骄傲，比起其他人来，多了许多的自信。

可是现在，他的自信没有了，再也骄傲不起来了。

牛大志是个当兵的，是银湾武警支队特勤中队的队长，一般人都喊他牛队长。他一直带兵处突，他觉得，自己好牛好牛的！

可现在，他牛不起来了，因为一直自以为自己很优秀的牛大志，被组织上一纸命令，弄转业了。

牛大志的转业很是突然，突然得让他以为在做噩梦。

牛大志已经不再是银湾的主人了。他现在和所有来银湾旅游的人一样，成了过客。身份快速地转换让牛大志很郁闷，于是他喝酒了。

银湾的太阳在早晨有着不同于北方的温暖。在这个冬天，牛大志的冬天。

2008年12月20日上午

牛大志一觉醒来后，睁眼一看墙上的石英钟，神经就痉挛了一下，一股不可名状的悲凉自心底泛起，怎么就九点了？当兵快十年了，自己从来没有睡这么死过。以前和朋友在一起侃大山的时候，睡觉睁一只眼闭一只眼的警觉一直是自己吹牛的资本，每次睡觉，总是一有风吹草动就醒了。

怎么手机闹铃没响呢？牛大志利索地起来穿衣服，就在摸到军装的那一刻，才陡然想起自己已经是转业的人了。就在昨晚，被确定转业的牛大志一个人出去喝了闷酒。想起要脱下穿了快十年的军装，他的心难受得一阵阵地紧缩，但几两酒下了肚子后，就晕乎乎的什么想法也没有了，再加上潜意识告诉自己，已经是转业的人了，部队上的那些条条框框对自己而言，已经没有任何用处，从此以后再也不用按点起床出操了，神经一下子就放松得失去了对军营紧张生活的记忆功能，所以就一觉睡到了九点钟。

"已经转业了，一个闲人，起来能干什么？难道让我看见大街上的军人心生羡慕？看到岗楼上的战士忍不住纠正他们不规范的执勤动作？都是过去的事情了，你就是一块不需要思想的肉！睡觉！睡觉！睡着了就什么都不知道了！"牛大志就又一头倒下，可这次倒下后，脑子里面没有晕乎乎的感觉了，就立马想到了昨天高政委找他谈话的情景。怎么就让我转业呢？之前竟然没有一点点动静。这多长时间了，政委从没有找自己谈过话，而那天一谈就是让自己转业，还说什么让连职干部转业每年都是有指标的。指标就是任务，是任务就必须完成。让你转业，支队党委也是忍痛割爱的，好在你还没有成家，转业了也没有什么拖累。这什么话，既然是忍着痛，就不要割爱了嘛！哦，没有成家没有拖累，就该转业，如果战争爆发了，也让我们这些没有家庭拖累的待在后方，或离开部队吗？什么逻辑？一个那么大的政委居然不说真话。牛大志从政委和自己谈话的那刻起，心里就多少对政委有了看法，原因很简单，就是让自己转业的理由实在牵强。正团职的政委在牛大志的心中就"刷"地矮了至少有五尺！

政委说话时总是嘴巴要动不动的，可每个字都吐得非常清晰，有时候让你干生气，不能立马想起用什么话去回应。牛大志也是出了政委办公室才想起什么成家啊、拖累啊等理由是多么可笑！说实在的，现今转业的人，有一些就是低头拉车的牛，那些什么在接待上财务上警务上八面玲珑的人，有几个会被安排转业？领导的理由很简单，就是这些人的业务熟悉起来需要一个过程！

牛大志每每想起这些理由就气得发笑，这些理由根本就经不起推敲。部队是要完成特殊使命的武装集团，而不是需要只会接待会算账的管家。管家可以招募，可除了部队，还有什么地方能给你培训作战指挥员？打仗的时候再招募？瞎扯淡！牛大志在心里"呸"了一口。怪只怪自己昨天太糊涂，要不就和政委理论起来了。你高政委不是以理论学习有招数在总队叫得很响吗？我牛大志就用这朴实的理由和你讲。也许到最后，你高政委的话不外乎两点：要不说，牛大志，军人的天职是服从，想得通得转业，想不通也得转业；要不说，牛——大——志，你是我们支队的优秀干部，你知道优秀干部的优秀要表现在哪里吗？那就是坚决服从组织的决定！

可是，优秀干部怎么能脱掉这身橄榄绿呢？他就有些怪自己怎么在政委跟前竟想不出话来驳一驳。

大志坐起来从床头柜上皱巴巴的烟盒里掏了根弯弯曲曲的烟点上，烟雾就从有些干燥的嘴唇缝里袅袅地冒了出来，在眼前画了一个不太完整的问号。

床头柜上的手机发出震动的声响，这声响在今天听起来就显得极为夸张，像是紧锣密鼓地催促冲锋，又像是政委在办公桌下使劲抖动的那双长长的腿。牛大志看也不看来电，就恼火地按断了，想了想，又把震动改成响铃，心里狠狠地骂道："再也不需要开什么会了，再也不怕会场上响起讨厌的铃声了，再也不怕领导一批你，就让你几天睡不着觉了。"

那次牛大志在支队开训练工作会时，忽然手机就嘀嘀嗒嗒地响了起来。他非常清楚，这熟悉的炫铃声是从自己的口袋里钻出来的，心里就突突地紧张起来，右手连忙往裤子口袋里摸，想立即阻止那非常悦耳好听的《吉祥三宝》的声音。可太紧张，弄了半天才把那不知趣的声音停下来。正在做重要指示的朱参谋长早就抬起了头，很显然地，他看到了正手忙脚乱的牛大志了，就喝令大志站起来，说不知道这是开会吗？没听到会前管理员强调的会场纪律吗？哦，是脑子里还在想着训练场上的事，思想开小差没听到管理员说的话，难能可贵哦，但你总不能手机音乐出来了，就放任它继续响下去吧！你这是对我的讲话有意见，是不是？啊——！

参谋长是把这"啊"字吼出来的，就把与会人员吓了一跳。大家知道不好了，牛大志要倒霉了。因为大家知道，只要参谋长吼"啊"了，就麻烦了。果不其然，牛大志会后就被通知写了一份认识极其深刻的检查。检查里甚至认识到了，如果是在战争状态下，思想一开小差，就会掉脑袋，以后连开小差的机会都没有了。如果是在潜伏，手机响了，就会全军覆没。检查的最后还表了决心，我以后再也不会让手机响铃了，除非转业！

那次他把检查交到参谋长那儿，一出参谋长办公室的门就后悔了，怎么就稀里糊涂地写了"除非转业"四个字？我牛大志自从穿上军装的那一刻，就没有打算脱下军装。这把"除非转业"往上一写，是多么不吉利。人家参谋长想啊，哦，原来你牛大志讲献身国防是假的！还有让身为快十个军龄的大志后悔得肠子发青的是，这"除非转业"四个字是绝对不能轻易说出来的，即使你真的想转业了也不能说，说出来你就被动了。被动到你提出的个人实际困难，组织上可以一概不管，因为你曾经在某年某月某日，当着某某人的面说，我转业怎么怎么的，这说明你早就想过自己的后事了啊。现在组织上让你转业，你又提困难，这说明你这个人的思想有问题，专门打自己的小九九。牛大志今天把这四个字一写，不就是给正瞌睡得受不了，四处找枕头的领导脑袋下面塞枕头吗？等年底转业工作不好做时，这"除非转业"四个字不就起作用了。领导的嘴巴不费吹灰之力保准把你说得哑口无言，末了，你还要对做你思想工作的领导说声"谢谢噢"！这是部队上每名干部都知道的，你牛大志当了快十年兵了怎么就这么麻木呢？走到楼梯口的牛大志转身就往参谋长办公室走，他想要回检查，把那四个字画掉。可还没走到门口，就见参谋长出门并"咚"地锁上了门。参谋长看到牛大志又走过来了，就问："大志你怎么还没回去？"还没等大志回答就又说："最近雷雨天气多，要注意防雷。"说完就"咚咚咚"地下楼上车走了。留了大志一个人站在那里发呆。

这下好了，那四个字才写了不到一年，就真的转业了。

"覆水难收，早有暗示啊！"牛大志自言自语，抬起脑袋望望窗户外一疙瘩一疙瘩的云彩，拿着调好响铃的手机又愣起神来。就在他愣神的时候，耳边忽然响起《吉祥三宝》的歌声，吃惊的牛大志回过神来四周张望了一下，才明白过来，这音乐是从自己手机里传出来的。手机一直在振动上习惯了，改成铃声竟然不知道怎么回事了。还有，这手机拿在手上响起音乐时都觉得比过去在震动时轻了不少。嘿嘿！嘿嘿嘿！这是怎么了我？牛大志不由得苦笑。

电话是指导员李建中打来的，刚按了接听按钮，李建中粗鲁的声音就在那头骂开了："我刚才打你电话，你就按掉了，估计你还在床上吧？转业的人都真的能睡吗？如果我不给你打电话是不是要睡到晚上啊！现在我给你安排一项任务，你小子听好了——科目：'米西'；时间：晚上六点；地点：中队灯光球场。"

大志嘴里支吾着还没来得及回话，那边就挂了。这指导员，不是专门做人思想工作的吗，怎么一点也不理解人？还吃什么饭，有心情吃吗？大志叹了一口气，端起床头柜上的茶杯喝了一口，却感到味道不对。想想自己因为最近忙着考核，已经一个多月没有回过公寓宿舍了，马上跑到卫生间把水吐出来，大声喊："夏仲阳，夏仲阳。"等喊出声来后就马上想起，自己已经转业了，文书夏仲阳在中队部呢。就是你人在中队，也没有权力去指挥人家文书了。莫说是文书，全中队百十号战士，你哪个也没有权力去使唤了。从今以后你自己的事自己做，别再指望人家文书通信员每天早上帮你叠被子，就连牙膏都帮你挤在牙刷上。牛大志忽然感到自己非常失落，像是一个被抛弃了的小媳妇一样。他胡乱地刷了刷牙，洗了把脸，然后从柜子里取出一套便服来，使劲一抖利索地穿上。

　　站在镜子前，牛大志不由地看到镜子下面桌子上的一块古砖。这块古砖是自己离开家乡到军校上学前在家乡田野里的一座无名古墓上取的。据传古墓里埋着一位为抵御外族侵略而牺牲的将军。大志是听了教他武术的师傅的话从墓地取的。师傅说孔圣人讲过，祭神如神在。我不与祭，如不祭。你带上这块砖，心里面常想着大将军就是心祭。祭者自尽其心，必得大将军的保佑。大将军等于就是你神灵界的大师傅了。你们牛家村从县志上看，还没出过人物。你带着这块砖，心里面想着神灵师傅，想着大将军，大将军就会保佑你成就事业，干到将军的。

　　大志凝视着这块古砖就不由地苦笑了一下，看来古墓里埋的绝对不是什么大将军，说不定也就和自己一样，是个带了不到百十号人的小武官，后人为了给自己的村子描金，就生生地把他传成了将军，要不自己明明拿了墓上的砖块，怎么就只干到了连职，而且也不是说自己能力不行，政治上不可靠。到部队满打满算才九年多时间，这离将军还有十万八千里呢！唉，还不如村子里的一个志愿兵转干的，人家副团长都当上了，一个镇的人都尊称他为游团长！

　　他把古砖搬起来用手长时间地抚摸着，末了，就深深地叹了口气。就在他准备把古砖放回桌子上时，就发现一直在古砖下面压着的几年前收到的一封信。这封信是老家斜阳市一个叫张小爱的女中学生写的，字里行间充满了对他这个英雄的爱慕之情，还说他就像《荷马史诗》里特洛伊战争里的英雄墨涅拉奥斯。这个女生前前后后给他寄了好几封信，他都没有回。他觉得这个女孩子年龄还小，再说，自己也不想这么早就谈情说爱，也不想当墨涅拉奥斯那样的为了美女海伦而战的英雄。我牛大志就是牛大志。另外，他也怕过早地恋爱会影响自己实现远大志向。他就把这封唯独装了女生照片的信压在了古砖下面，其实也是向大将军作的一个保证——在35岁之前，绝对不考虑成立小家庭。就是这几年父母催促他赶紧找媳妇，甚至父亲以再不找就不要认他这个老子相"威胁",也没有动摇他的决心。

他放好古砖,拿起这封信时,就苦笑了一下:没想到啊,理想就实现得这个样子,还在幼儿期就夭折了。他把信封打开,抽出了女生的照片,扎着羊角辫子的女生正对着他阳光地笑着。小丫头,但愿你不要成为海伦!此时,他的心里就一阵酸楚。这酸楚倒不是他该不该拒绝这女生,而是因为自己命运的可笑。他重新把女生照片放进信封后,就随手丢进了垃圾桶。

然后,他就走到镜子前习惯地整整容,看到穿在身上的一身便装就觉得比平时节假日上街穿在身上还不习惯,非常地别扭。他脱下来扭过头看床边椅子上的军服,顿时,心里面就有了无限的惆怅和酸楚,竟生出了生离死别般的疼痛感。回过身,抱了那身军装就呜呜地哭了起来,鼻涕眼泪挂在铜纽扣上闪亮亮地让人恶心,他却一点都不顾,直到感觉把心里的委屈哭得差不多了,胸中舒坦了一些,才起来擦了把脸,却发现双眼肿胀发红。

"明王之治,功盖天下,而似不自己。""尧舜恭己正南面而已矣,荡荡乎民无能名焉。"大志哭完就油然想起古文里庄子说的话,还有孔子说的话。我牛大志,一个普通人虽然不敢跟国之明王相比,但至少也是把生死置之度外的,怎么你组织上就看不到我的心思?

就在昨天晚上,他一个人到外面的小饭馆喝酒时,饭馆的一个女服务员还一个劲地说:"兵哥哥真帅!有你们在身边特安全、特自豪!"他听了后,就长叹了一口气,喝了一大杯酒,"砰"的一声,把空酒杯重重地砸在桌子上。把女服务员吓得一伸舌头躲到操作间里就没敢再出来。牛大志看着门帘后边的女服务员的身影,心里有些不忍,想向她道个歉,却不知道怎么开口。自己有气撒不出来,却冲一个打工的女孩子发火,算哪门子事啊!就在内疚与难过的交织中,牛大志生生地就把自己灌醉了,怎么回到公寓的,一点都不知道。

犹豫了半天,他才把便服重新穿上,再对着镜子看,越看越觉得镜子里面的人是那么陌生,于是他就大声地吼叫了一下,然后叹了口气。唉,从今以后,穿在自己身上的衣服就不能叫便装了,而是老百姓的常服了。

大志心里这样想着，就到床边的椅子上拿过军装，把军装上代表着自己身份的军种符号摘下来，拉开床头柜上面的抽屉，找了一个放手机的精致小盒子，小心又庄严地把军种符号放到里面。关上抽屉后，他找了个塑料袋子把军装放进去，就要出门；走到门口时，又看到了垃圾桶，看到了装了那女生照片的信封，踟蹰了一下后，又弯腰把它取出，把信封在自己穿的衣服上来回打了打上面沾的垃圾桶里的灰尘，回到屋里，放在了古砖上面，然后就带上门出去了。

他今天出门做的第一件事，是把军装送到干洗店去洗了。出门时，他忽然感到小腹有些胀胀地难受，才想起起床后到现在还没有小解，就又从裤兜里取出钥匙打开门上卫生间，排掉了酒精味很重的尿液。我今天这是怎么了？大志就感到自己有些六神无主，他甚至为自己担起心来。毕竟才不到 30 岁。他真不知道，未来的路该往哪儿走？自从当了兵，他就从来没有想过还要当老百姓。他不知道脚下的路在何方。

下楼的时候，大志感觉双脚磕磕绊绊的，眼前的楼还在晃动，忽然生出一股被人抛入大海，任海浪胡乱地扔高扔低的感觉。

2008年12月20日下午

下午五点，太阳还火辣辣地照着，海岸线上一大团黑乎乎的云静止着，不知道什么时候会压过来。大志平时最见不得的就是这样的云，憋在那儿让人说不出的难受，就像有些领导一样，蔫不唧唧地半天对一件事不表态，让人等得着急。大志每见到这样的天气就窝火，有时候想大喊想狂奔，他见不得这样的天气更见不得这样的人。

上午他把衣服送到干洗店后就又回到公寓楼昏睡了大半天。虽说军人一转业就浑身放松特别能睡，像喝醉了一样，也就是醉睡。可那是因为人家是主动要求转业的，或者是经过领导做工作没有思想包袱走了的。军人在部队那么多年，始终处于高度紧张的精神状态中，一下子放松下来，什么也不用想了，就特别地能睡，有的人甚至会放松得使心脏冠状植物神经功能紊乱，会在睡梦中慢慢地堕入一个无尽的深渊之中，或向大空无尽的远方漂浮，醒来后会变得精神恍惚。有的领导一从高位上退下来，就苍老得特别快，有的竟然会得心脏疾病。因为他们掌握了几十年的权力，管别人指挥别人潜移默化地成了生活方式，成了精神支柱，退休了，忽然就从天上自由落体地坠下来，生命特征更替了，自然就会在身体状况上出问题。

军人这个职业，精神高度紧张，按理说应该来自敌人，但实际情况恰恰不是这样。因为现在天下太平，社会整体还比较安定，军人碰到敌人的机会非常的少，即使有了处突任务，也会在很短时间内取得绝对的胜利。绝大多数军人，对执行处突任务，不仅不紧张，反而还因为当了这么多年兵，总算碰到了军人应该干的事了，精神上非常亢奋。而在经常性的状态下军人精神高度紧张，不是因为敌人，那是来自哪里呢？答案只有一个，就是自己的上级。为什么？因为在和平年代，处于一个集体当中的广大军人的表现，没有战争平台来衡量，只靠领导对你的印象。领导的印象，决定你的升迁，甚至决定一名军人的自豪感和荣誉感。所以，在没有敌手较量的环境下，很多军人就靠上级的评定来发现自己存在的价值。大家有时候惋惜一位被领导看不上的干部时，都会说，某某可惜了，要是在战争年代，绝对是个战将！牛大志每想起这些，就独自苦笑，但苦笑过后，还得和别人一样争取上级的首肯，为了那种存在的价值被认可的归属感。

而今天，这种归属感没有了，一直被上级首肯的干部，被一张转业令把归属感弄没了。

而许多干部和自己一样，也渴望得到领导的首肯，成天琢磨领导的喜好、脾气，对领导谨小慎微。责任心强的军人，都是通过工作成绩来获得职务上的晋升。大志没有考虑要离开部队，他把与上级领导处理好关系考虑得相对简单一点，所以就没有醉睡。而他昨晚睡过去了却是因为酒精的作用。而今天白天只是想问题想昏了，就睡得迷迷糊糊的，心里总是纠缠着政委跟他谈过的话。纠缠了大半天他终于才明白了一点点，一定是领导不信任自己了。

这种感觉就让大志感到非常羞愤。军人的天职是服从，实际上就是忠诚。一个军人如果不是因为年龄大、身体不好、犯了严重错误或者是成了一无是处的多余的人，领导让他转业，实际上就是领导怀疑你的忠诚。对一个人忠诚上的怀疑，尤其是对一个军人来讲，就是最大的耻辱。至于工作能力，在安排干部转业时并不是领导考虑的首要条件。在和平年代，领导喜欢的是听话的军人。在战争年代，领导喜欢的是像电视剧《亮剑》里的李云龙式的能打胜仗的军人，哪怕李云龙浑身是刺是毛病。你牛大志虽然练就了一身好功夫，在关键时刻也能拿得出来，可是这么大一个部队，还找不出几个有武功的能手？大志毕竟在部队这么些年了，对这些道理，当然非常清楚。可是在他找到这个可能的理由后，就想不明白，自己出生入死，立了那么多战功，领导为什么就不信任自己呢？

记得自己以前处置事件时，碰到的一位上访者竟然是退役的自主择业军人，那时候自己还年轻，搞不懂那自主择业的干部说的"对组织有感情，对领导有憎恨"的话。想着领导都是代表组织的，既然对组织有感情，干吗对领导有憎恨啊？现在大志似乎豁然开朗了。不是吗，组织上培养一名干部的时候，也是一腔真诚地尽力，出台各类政策的时候，也是让人心里热乎乎地感动。可不知道怎么回事，领导们一旦执行这些决定的时候，往往有一万个可以灵活的理由。难怪，对领导，有些领导吧，有憎恨也是可以理解的。

大志想得头痛，就把烟头一掐，狠狠地拍了一记床头柜，干脆不想了，起来洗了个澡，穿上上午出去时穿的便衣，今后永远都要穿的常服，直接来到了中队。

部队把自己给开了，再跑回去吃饭，就有点癞皮狗的味道了。本来大志是不想回中队吃饭的，但又觉得，作为一队之长，就这样走了，也太窝囊了。一个男人，一个军人，哪怕是犯罪了，总得给曾经一个锅里吃饭、一起出生入死的战友、弟兄一个交代吧。还有，这九年多来，毕竟是部队给了自己这一切，犯不着跟那个要你转业的领导较劲，那个要你转业的领导并不能代表自己九年多军旅生涯的全部。如果转业是哪个领导的个人决定，那就憎恨领导吧！呸！我的领导！大志一咒骂出来，好像自己堕落了一样痛苦。

到了中队门口，看着昔日自己的那一亩三分地，还没有来得及感慨，那哨兵就"啪"地敬了个礼说"队长好"！大志听了后本来是要纠正哨兵的，门卫敬礼不可以说队长好，这违反条令。可是话到嘴边，想起自己已经转业了，这是人家小战士给自己这个老队长的一份敬重。他就站在哨兵跟前认真地回了一个非常标准的军礼。哨兵看到，人家队长一个转业的人，穿着便装，本来完全可以不敬礼，但他还像平时一样尊重士兵，照样军人作风不减。队长竟然是用立正的姿势还礼，虽然这也不太符合军人进出营门的礼节要求，因为军人在行进间不必停下来敬礼。这是人家队长对我们这些小战士感情深。就这样不经意间，这老队长和哨兵之间，彼此就都比平时在一起时温暖了好多倍。

文书夏仲阳眼睛尖，在房子里老远就见老队长回来了，就马上去叫指导员李建中。李建中跑了出来，先敬了个礼，然后和大志握手。大志开玩笑道："鸟蛋！一个转业的人了，你小子还跟我敬什么礼，再说了，又不是老子刚探亲回来，分别时间最多也不过24小时。"

建中笑了，马上指着身后跟着的人，正要介绍，那人却先敬了个礼说："老队长好！"

大志不好意思地说道："田雁队长好，哎呀，怎么我把今天支队来宣布命令的事忘了，实在对不起啊！"大志昨天光是听了政委的话生气，就没有把政委说今天政治处主任要来宣布命令，送新队长田雁上任的事放在心上。

"哈哈，是主任来宣布的命令，我打了好几个电话你小子都没接，知道你那时正醉睡。主任说那就不等你了。"建中说。

大志心里明白，指导员说这话是给自己面子了。人家主任最多会说"不用等他了"，而不是"那就不等他"了。自己一个中队长，在政治处主任那里也就是稀松一碟菜而已！更何况自己只是一个等着宣布命令的准转业干部。宣布这个命令，只是组织形式而已。你能来，体现的是你的境界和觉悟；你不来，也不少你这个人。人家主任来宣布命令，关键是把新来的队长送到岗位，只是组织上把你大志看扁了。大志的心里就直冒酸水，觉得到了军旅生涯最后时刻，做人竟然做输了，就越发感到昨晚那个酒不该喝。水泥操场上飘过一朵云彩的影子让大志感觉眼花，昨晚的酒劲还没有完全过去。

三人到队部坐下，新队长田雁就叫文书："小夏，快给老队长倒水。"

文书早已为老队长倒好了水，马上端过来放在大志以前的办公桌上。

还在难过的大志看到，办公桌上多了一个新的喝水杯子。那肯定是人家新队长的。只是自己还没有和人家交接，无非是抽屉里的东西再多待一会儿而已。实际上现在抽屉里的东西，已经有了租住人家田雁地盘的味道了。如果再有两天不腾出来，人家就会给你找个纸箱子，帮你把抽屉里的东西装进去，扔到杂物间里，连进小包房的资格都没有了。大志的心里又是一阵发酸。才过大半天时间，老子已经从这里的主人，变成客人了。唉，一点心理准备都没有！

还是建中先进入正题，说道："一会儿开饭时，请两位讲讲话。"田雁连忙说："好，好。"大志没有什么表情，他心里还在难过，手里夹着根烟在抽。

"对了，大志，主任说让你这两天把工作上的事给老田交接一下。"建中看着大志说道。

"老队长主要是对我传帮带。"田雁在一旁谦虚。

人家你一言我一语的，大志当然明白是什么意思。虽然自己和建中搭班子几年，感情很深，和田雁也很熟，但部队的规矩大志是知道的，只要你离开了岗位，工作上的事必须一丝一毫地交接清楚，包括人员的思想也是交接的内容之一。对思想怎么交接呢？大志想起了自己担任队长的时候，前任队长就很机密地交给自己一张纸，上面写了几个战士的名字，后边密密麻麻地写着这些战士的嗜好、习惯和家庭的特点。

想到这里，大志的心里就更加惆怅、难过。他把烟卷狠狠地摁灭在烟灰缸里，说道："两位请放心，我牛大志虽然对转业想不通，但我不是混蛋，不会给二位添麻烦，过不去。训练上的事，指导员也清楚，下来后慢慢给老田介绍。装备和伙食这些，都是明账，指导员也都知道，只是要履行一下手续。那明天打电话让后勤上来个人移交一下吧。"

"哦，今天上午主任来宣布命令时把财务股的黄助理也带来了。黄助理今天和司务长把单子已经列出来了。"建中站起来给大志的杯子里加水说道。讲这话时建中嗓子里就不自觉地干咳了两声，心里想支队实在没有必要让人家老牛把账交这么快，好像是撵人家走似的，这在中队也没有先例啊。你让人家交完，人家还怎么在部队待啊？这么大一个中队，又是总队唯一的特勤中队，确实得把部队建设上的事，特别是训练上的事，给新队长教一教的。他本来要说，现在黄助理就在后勤班上，但话到嘴边又咽了回去。

大志隐隐地有点火气，这也太绝情了，我本来就没有想过给你组织上添什么麻烦，可你们还这样子对待我。他接过建中递过来的水杯说道："那现在就把黄助理叫来，我们履行一下手续吧。"又大声喊小夏。小夏闻声答"到"，跑了过来在门口站着。"去，给我找个纸箱子来。"小夏又一声"是"就跑出去了。

小夏是有想法的，觉得支队首长也太绝情了，命令才宣布，好像害怕大志队长把部队上的什么东西拿回家似的，这么急火火地撵人家，要是老队长高升到了总队，给总队长政委当上秘书之类的，支队长和政委一定会跑到中队来，把大家集合起来，说什么牛队长就是牛，工作能力很强，我们要珍惜和他在一起的分分秒秒，多学习人家的工作经验之类的话。小夏虽然是个新兵，可这类事情还是经历过的，他从一样职务的干部走上不一样的岗位，领导机关给了不一样的评价总结出了心得。想到这里，一肚子火的小夏就把一声"到"和一声"是"答得比平常还响好几倍。建中和田雁吃惊地看了小夏一眼，他们听得出，老队长转业，确实有点不得人心，连小战士也很有想法。

"咦！把黄助理和司务长叫来啊！"大志对发呆的建中说。大志说这话的口气里有命令的味道。建中听得出，支队真是把人家大志逼出想法来了，唉，真是没有必要这样做啊！

"我去叫吧。"坐在一旁同样感到有些不是滋味的田雁说了一声就出去了。这个时候，田雁反倒觉得自己有点小丑的味道了。"但愿大志不要以为是我挤走了他！"想想几天前自己还是别的中队的副队长，现在怎么就一下子到了特勤中队当主官了，而且接替的是牛大志，田雁就有些底气不足地想着。唉，支队领导这是怎么了，就追着人家大志走人，我可不能像牛大志这样，在这个一天到晚吃大苦流大汗的岗位上转业了，还是要按照领导的意思来，要不也会像大志这样憋屈的！

一会儿黄助理和司务长就来了，他们分别向大志敬礼，打了个招呼。脸色难看的大志也没怎么理会受命于支队领导指示的两位后勤上的干部。两位后勤上的干部知道，他们是在执行公务，公事公办，这个道理大志是明白的，也不存在谁跟谁过不去。司务长就把手上拿着的经费交接表和物资交接表小心地放在大志的跟前。大志快速但很认真地看了一下后，就在上面一一画上了自己的名字。当然这表黄助理和田雁都已经在白天对过了，他们看也不看，也就分别在上面一一签了自己的名字。

这时，文书小夏也把箱子拿来了。大志把私人物品整理出来交给小夏。小夏整整齐齐地把东西装到箱子里，又把箱子封好。大志站起身子，懒懒地伸展了一下腰对田雁说："公用物资和内部资料全都在书柜和抽屉里，我不带走一样，你收好了。其实给我我也不敢带走，泄密了我就得进监狱。你们知道，我现在是老百姓，嘿嘿。"

田雁一脸的不自然，就点了点头，接过大志递来的几把钥匙。

"还有军械库和弹药库，我这就带你移交。"大志说了，就又叫小夏，让小夏拿上属于文书保管的那把钥匙。

"咣当"一声，铁门打开了，他们走进黑黢黢的军械库。大志一伸手就按了灯，瞬间刺眼的灯光把库房照得通明。枪械库里一排排整齐的微冲发着幽蓝的亮光，这种亮光在大志看来，就像一个个功夫深不可测的侠客一样。只要把这些散发着幽蓝光亮的枪握在手里，他的身上就不可名状地奔涌着一股力量，什么都可以摧毁的可怕力量。多少次处突，都是他握着一号枪架上的枪支。大志痴痴地看着一号枪，用手在枪管上长久地摸着，心里念道：老伙计，从现在开始你就姓田不姓牛了。我牛大志感谢你，陪我出生入死，为人民群众除害！大家显然是看出了大志的心思，就没有吭声。建中和其他人一起按照册子清点了枪械。

沉重的铁门"嘭"的一声关上的时候，大志的心就不由得颤了一下。

2008年12月20日晚

今天是特殊日子，推迟点时间吃晚饭很正常，况且，特勤中队外训或执行特殊任务比较多，官兵们对晚饭推迟了吃也习以为常。放在平时，大家就都忙自己的事了，但在今天这个时候，战士们都聚在一起议论开了：怎么支队就让队长走了？队长走了，我们的功夫还怎么练？特勤中队还有多特？谁能准确地帮助我们判断敌情？谁能第一个冲在前边？

"嘟"的一声，院子内清脆地响起长长的集合哨，整个营区立即就发出一股低沉的"轰轰"声。这个声音是由人体快速运动发出来的。一楼战士如箭一般从房间射出，二楼战士都是从楼道直接弹出到一楼空地，三楼战士则是从攀登绳嗖嗖滑下。官兵们就如被旋风裹着的树叶一样迅速整齐地列队聚在一起，用时不足半分钟。

在日常生活中培养过硬的军人意志，是大志的发明。他要求中队所有官兵，脑子里面想的除了忠诚、勇敢、机智，不能有任何杂七杂八的念头，更不得有投机取巧、贪图享受的思想。每时每刻，全身上下只有一股子气，就是构成军人底气的勇气、胆气、正气和智气。大志是非常清楚的，部队的性质决定了官兵们必须把敌手想象成最可怕、最凶残、最狡猾的对手，只有战胜敌人的底气足了，才有战胜一切的把握。

大志就属于这样的干部，他把工夫花在了平时。所以每次处突，都能做到万无一失。然而好多干部对大志的做法就有些不屑，他们认为和平年代，需要的是处事的能力，要稳当要揣摩要多观察要会办事！和平年代，不需要大志这样的干部。支队有个过去曾在特勤中队当过队长的领导说，你牛大志天天这么来悬的，哪天把战士脑浆子摔出来了，看还能保得住先进不？

大志明白，领导这也是为了自己好，但他是犟脾气，他认为自己没错。有一次就和这位领导顶上了，说军官爱兵的最高境界就是在战场上以最少的伤亡获取最大的胜利。平时不这么整，战时就拉稀。这位领导说，我过去没这么整，就没有拉过稀。大志就把头一昂说，首长，过去您在这里时，什么处突任务也没有！

　　这位领导就火了，骂道："你逞什么能，把战士摔死了，你负得起这个责吗？你怎么向部队和战士的父母交代？"

　　没想到，大志一句话就把这位领导堵住了，他气冲冲地说道："我在平时最多就是出个事故，要是不这么训练，处突的时候倒下的就是一片，那个时候我们怎么向党和人民、向战士的家里交代？请首长指示！"

　　支队领导的脸在现场官兵看来，已经成了熟透的茄子。牛大志看到领导干瘦的喉头咕噜咕噜地上下滑动了几下，狠狠地一瞪眼就上车走了。

　　现在好了，就连负责保障工作的警通中队的队长也当不上了，还特勤中队队长呢！不，就连军装都不让你穿了！站在一旁的大志，这时就自然地想到了那次顶撞领导的事，就有些怪自己没有管住这张有啥说啥的大嘴。图嘴巴痛快的人，最终就得让你心里不痛快！大志想起当时他把顶撞领导的事情告诉一个朋友的时候，那朋友就很不客气地告诉了自己这句话。当时的大志怎么也想不通，就算自己图的是嘴巴痛快，可说的毕竟是人家都知道的浅显道理。平时多流汗，战时少流血！几代人都这么说，可为什么我牛大志要这么做的时候，领导偏偏就不买我的账呢？

　　大志正伤神的时候，忽然一阵歌声就响了起来，这是他熟悉的歌。在他训练疲惫的时候，在苦闷无法发泄的时候，大家就和他一起吼由自己作词、建中作曲的特勤中队队歌——

　　特勤战士不是人，
　　意志身体比铁硬；
　　特勤战士是战神，
　　所向无敌安民心。

啊！我们上刀山，

我们下火海，

我们主动出击，

唯有战胜！

战胜！

战胜！

虽然大家唱得排山倒海，可大志却一点也找不到特战队员的感觉了。

还是那位被他顶撞的支队领导一次到这里蹲点，听了特勤中队战士们唱的歌，就问是谁写的词。指导员李建中马上指着大志说，首长，这是我们队长写的。本来几个干部以为首长是要表扬大志的，可没想到首长的脸一下子就阴了下来，问大志：特勤战士不是人，那是什么？大志回答，是战神！领导更不高兴了，说战神就不是人了？把战士神化了不好。你把我们战士当什么了？我们战士是父母所生的人，是党和人民的忠诚卫士。明白了没有？今后就别再唱了。

大志很想再顶一下这位领导，但一想，顶了就把事弄大了，就真的唱不成了。心里就不平地骂道："奶奶的，什么水平，连这都看不出来？我就让战士们唱。"

领导在中队蹲点一完，这《特战队员之歌》就又在中队响了起来。

大志忽然就觉得自己太不值得。小不忍则乱大谋啊！古人说得多好啊，至理名言，怎么自己就总是犯糊涂呢，到头来，搞得连军装都穿不成了，唉！

歌唱完，官兵们就按班排次序坐了下来。指导员李建中看了看一边的大志，微笑着点了点头，就站起来主持道："同志们，我怎么也没想到，我们的大志队长这么快就离开他准备把一生献给的部队。这些年来，我们特勤中队全面建设过硬，军事训练、战斗作风无人可比，屡建战功，大志队长为此付出了全部心血！可以说，没有大志队长，就没有我们特勤中队今天的辉煌。上午，主任来宣布命令时，对大志队长也做了充分肯定。同志们，让我们对大志队长为中队、为我们每个同志所做的一切，表示感谢！"

建中才把这带有官腔，也带有几分真情的话讲完，下边的官兵就鼓起了热烈的掌声。大志知道，部队就这样，无论什么样的领导离开岗位，曾经的部下都会报以真情，何况自己这样的干部，这样一心扑在中队事业上的干部。

等掌声稍稍低下来，建中又说："当然，掌声无法代表我们大家的感激之意。我原以为，大志队长能在部队干到支队长、总队参谋长、总队长、当上将军的。从昨天晚上到现在，我心里一直非常难受，我太替大志队长惋惜了，也替部队惋惜。大志队长是我的好战友、好兄弟。我们曾同在特警学校一起上学，一起生死与共。我和大志的情谊是用鲜血凝成的。在这个地方，我和全中队战友祝大志队长能找到一份好工作，早日成立一个好家庭。也希望大志队长始终关注特勤中队建设，常回来看看。"

大志听得出来，这是建中的心里话。大志是知道的，人家建中虽然在追求进步方面，比自己更知道处理关系的重要，也知道凭过硬成绩说话的重要，但人家在对待战友情意上，向来二话不说。当初一起上学，一次在接受四百米障碍考核的时候，自己不慎崴了脚脖子，还是建中拉着自己跑完障碍的。为此，建中一直想争到手的优秀学员就这么给泡汤了，可建中什么也没有说过。人家在这个时候，为了送战友转业，也不顾支队不让喝酒的规定，就摆了这么个场子。这就是鲜血凝结成的战友情意啊。记得有一次处理突发事件，面对十多个手拿武器的有组织的犯罪团伙，是他给了已经瞄中了建中的那个歹徒一梭子。也是因为自己这一梭子，歹徒们疯狂地反抗。一名战士被子弹击中了右肩胛骨，成了轻度残废。虽然犯罪分子没有一个活命的，但在后来的总结大会上，还是有领导批评大志在没有命令的情况下开了枪。大志那天没有辩解，他不需要辩解，自己的老战友老同学建中只要活得好好的就成。他大志开枪的时候想都没有想后果，只是想一梭子把那家伙撂倒，建中千万不能有事。后来，从那些犯罪分子的资料中看到，被他击毙的那家伙外号叫"小李广"，是这个团伙中的神枪手，也是特种兵出身，所以他首先瞄中的是肩章上一杠两星的建中。却没有料到，大志一双鹰隼般的眼睛早就逡巡到了他的枪管。

看着自己身上的便装，大志忽然又想到了入伍上军校时的情景，一个连县城都没有去过，从来没有坐过火车，穿着补丁衣服的农村娃，在学校饭堂吃完第一顿饭洗碗的时候，连洗洁精都不知道怎么用，一下子就往碗里挤了半碗，引得同学们哄然大笑。可只用了几年时间，自己就成了总队"拳头"和"尖刀"的特勤中队的队长，还警卫过那么多来访的国外元首。虽然军旅生涯从此中止，但眼前的这一切如果没有部队这所大学校，没有带过他帮过他的一任任领导，甚至班长，现在自己还是个不知道洗洁精怎么用的农村娃。他原本是要说点气话的，但此时却怎么也说不出来。他想，如果自己说了，就有点忘恩负义的味道了。再说了，军人嘛，就是要拿得起放得下。如果连这都过不去，那人家领导没把你看错，因为你牛大志根本就不是合格军人，更不用说是优秀军人了。

　　激动的建中讲了很多，回忆了与大志患难与共的日日夜夜，当他鼓大了嗓门喊道"下面，请老队长牛大志同志讲话"时，官兵们掌声雷动。

　　大志站了起来，下面的掌声就更大了。大志喜欢这样的场面——每到这个时候，他的表现欲都能得到充分释放。他热血沸腾，强烈感觉到自己在官兵面前通体是闪闪发光的。

　　他习惯地环视全场，待掌声停下来大声说道："战友们，真对不起你们！因为我工作没有做好，现在就要离同志们而去了。刚才指导员讲的，言重了。特勤中队能有今天，根本一条是靠历届的同志们同心同德，顽强奋斗。一个人本领再大，即使浑身是铁，也打不了几根钉子。我牛大志能从一个农村娃成长为共和国警官，成长为特勤中队的队长，是部队成就了我，是我的各位首长和战友成就了我。谁不想当将军？但部队是要打仗的，它需要不断有新鲜血液更新，这样才有更强的战斗力。铁打的营盘流水的兵，军人转业退伍很正常，我一定会愉快离队。祝愿我们特勤中队在新班子的带领下越建越好，为了社会稳定，为了人民群众安居乐业，多立新功！祝同志们家庭幸福！最后，我为我今天没来参加宣布命令大会表示深深的歉意！"

　　大志立正标准地行了一个军礼，大家又是一阵掌声。大志看到，不少战士流泪了。新任队长田雁也做了简短的讲话，无非是如何把老队长的作风发扬好，请老队长放心之类的场面上的客套话。讲话一结束，大志就被已经有些着急了的官兵和啤酒包围了。

本来这是非常热闹高兴的场面，可以多多少少缓解大志不良的情绪。但是意外还是发生了，这个意外使大志本来已经缓解了的逆反情绪迅速膨胀蔓延。人就是这么个东西，感觉好了，可以为你挡子弹，感觉不好了，会立马拿刀相向。大志就是这样，十分钟之前伤口上的盐自我吸收消解了，可十分钟后，你领导又在我的伤口上再把盐抹上。这不是硬把我大志当成最不受欢迎的人对待吗？

就在大志被战友们团团围住的时候，一辆小车亮着两道强烈白光开到灯光球场旁边戛然停住。此时，官兵们都在闹酒的兴头上，没有看到来首长了。一位领导下了车，"咚"的一声关了车门后就在球场边站着看。有个战士见来领导了，马上就去报告指导员。指导员就拉了一下田雁，两人放下杯子就迅速跑步来到车前。一看是政治处孙主任，就双双敬礼。然后建中就用手挠了一下头笑着说："主任好，今天晚上我们中队给大志送个行。"田雁看到建中的笑非常难看。很明显，这笑是勉强挤出来的。

"好啊，李建中，送行就这么个送法。看你们中队成什么样了？政委就预感到你们今晚会来这个。特勤中队这不好的喝酒风气就是牛大志弄出来的。没想到牛大志转业了，你们还继承了他组织官兵喝酒的良好作风了。大志心里有想法你们不知道吗？你们让他喝多了出事怎么办？"孙主任非常恼怒。他往前走了几步，见队部的桌子还在闹，就大声喝喊了一声："都别闹了！"

大家都没发现主任来，听这么一喊，就都吃了一惊。这时候每个桌子上刚上了金黄色的拔丝苹果，不少战士正扯着丝往嘴里放，一听有首长喊叫，就把拉了长丝的苹果往嘴里一放，丢下了筷子。一个个活像是《西游记》里的蜘蛛精，嘴里往餐桌中间的盘子里吐着金丝。

孙主任这一喊，围住大志的官兵一下子就散了。

上午宣传命令，牛大志没有参加，这在部队可不是小事，孙主任本来已经非常光火，看到中队居然集体饮酒为牛大志送行，就更为来气，只见他一手叉着腰，一手指着大志说："牛大志啊牛大志，宣布命令你不来，这吃饭你倒来啦。这算什么优秀军人？"

大志手里端着啤酒杯，身子有点摇晃。显然他有些醉了。刚才，一向警惕的他其实看见有车进院子了，也看到建中和田雁跑过去向主任敬礼了。原以为主任是来给自己送行的，心里多少还有些感动。本来他是要打招呼的，解释一下上午为什么没来，然后再敬主任一杯。他不想输这个人。但孙主任嚷嚷之后，他恼火了，就歪着脑袋把端着杯子的手指向主任问："你说什么？"

孙主任看牛大志歪歪斜斜的模样，心里就更加生气，你牛大志才脱下军装多长时间，怎么就把军人作风和军装一起脱掉了？就大声说："你看看你现在这个样子，还有……什么样吗？"

孙主任本来是要说你还有军人样子吗，可话到了嘴边，就觉得这话不对。牛大志已经转业了，什么军人不军人的？军人已经和他没有关系了。所以话说到这里就吃了一下口，也自我感觉在气势上一下子矮了半截。

大志心里本来就有一包炸药，昨晚喝酒的时候，女服务员没把它点着，一天一夜一直在心里憋着。刚才喝了一点酒，本来情绪就有些失控，又似乎听到孙主任说特勤中队喝酒的坏毛病是自己带的，心里就愤愤不平。不错，中队确实有几个喜欢喝酒的人，自己刚来中队时也在完成重大任务后或过节会餐时组织大家喝过酒，但后来领导批评了后，就再也没有组织集体喝过酒。有时候自己想喝酒了，也就是倒上一小杯啤酒，再泡上一壶红茶，喝一小口啤酒喝一口红茶，找找感觉而已！而且，自己也教育过官兵，不许饮酒。为什么领导就看不见自己的成绩，偏偏在转业后把什么坏事都往我的头上推？这不是挤对？这不是打击？这不是给老子找事吗？奶奶的！这个念头在已经昏醉了的牛大志心里邪恶地膨胀着，他"嘭"的一下，手里的那杯啤酒已经泼到了孙主任的脸上。自己也"轰"的一声倒在了地上，叮叮咣咣地砸翻了许多空酒瓶子。

大志倒在地上有一半是醉了，一半是急火攻心。一个已经脱下军装的军人，一个把荣誉看得很重的军人，在无法向组织证明自己可以创造荣誉的关头，代表组织的这位孙主任一句"这算什么优秀军人"就彻底把他否定了。牛大志原来就是垃圾啊！要是我没有转业，说我是垃圾，我还可以证明给你看！可为什么就在宣布我转业的当天，明明知道我已经无法证明是优秀军人了，说我是垃圾！这不仅是否定我，而且还让我竹篮子打水！牛大志在这样的不平和愤怒中崩溃了。

他真的崩溃了。大志知道，如果组织上没有让我转业，会有一天，你们会相信我的！因为我牛大志本来就只是单纯地入伍，单纯地训练，单纯地按照军人的标准做自己应该做的事，最后单纯地实现自己远大的理想。可是现在，你主任的话，说明我牛大志并没有画好军旅生涯的句号！这是耻辱，永远无法翻身的耻辱！

孙主任没有料到这个结局。他很快冷静下来，看了看地上躺着的牛大志，对愣在一边的几个干部说：“去，把他抬走，不要再惹出什么事。”

牛大志的这种举动，在所有人看来都是捅了天大的娄子。一个还没有离开部队的转业干部，竟然对政治处主任动粗。大家吓坏了。一旁的李建中脸都变形了，连忙找来餐巾纸帮主任擦脸。田雁和其他几名干部则赶紧把大志抬离了灯光球场。

欢送会不欢而散。

建中仍殷勤地帮主任擦衣服，不领情的主任恼火地推开他的手说道：“李建中啊李建中，你太不敏感了，竟然一个中队的人都在喝酒，万一夜里有突发情况怎么办？你别忘了，你们是特勤中队！班子调整不是不能表达一下，在有个主官在位值班的情况下，几个干部可以小范围在外面的饭店里坐一下。可看看你们，全上，然后全醉！你的责任心哪去了？你还是党支部书记吗？把握全局的能力就这么个样子？”

孙主任一通火发完，就坐车走了。建中是清楚孙主任脾气的，他不听你解释，说明他已经非常生气，接下来就看你有没有立马改正错误的态度和行动。

如果孙主任有些生气了，但没有把火发出来，建中就会让炊事班整几个菜，晚上熄灯后请主任到招待房和新老队长一起坐坐。建中也慢慢摸到了孙主任的脾气。

记得有一次，几个干部晚上肚子饿了，就让炊事班长弄了几个菜。可刚刚坐上桌，孙主任就来查岗了。几个干部吓坏了，站到那儿直冒汗。可没想到孙主任非但没有批评他们，还吃了一口菜，说，不要弄太晚了，影响明天工作。几个人心里面热乎乎地，就感到主任非常可敬可爱。第二天，他们就把孙主任请到外面的饭店里安排了一下。主任就表扬说特勤中队的干部非常辛苦，也非常能干。现在他不敢了，因为孙主任的火发大了。他让田雁把大志安排到招待所，自己则回到队部写检查。

建中没有估计错，当他把检查在电脑上写完打印好准备去招待房看看大志时，就感到身后有个人，回头一看是孙主任，就立即站了起来。

孙主任的表情在紧张的建中眼里已经比大志闹事那会儿好多了。看见建中惶惶的样子，主任就问："大志呢？"

"已经在招待房休息了。"建中不知道孙主任卖的什么药。

看到桌子上的检查，孙主任说："检查就不要了，以后注意就行了。"

见主任这样说，建中心里就温暖得不行，笑笑说："主任您这样说，我更惭愧了，我们基层干部什么都不怕，包括死，就怕事情没做好，被领导批评。"

主任也笑了说："这没什么，我也是从基层上来的，可以理解。只是凡事要把握个度。噢，你跟大志说，明天我请他吃饭，让田雁一起参加。"

听主任这么说，建中心里反倒不是个滋味，集体饮酒确实说不过去，不承想主任竟然这么大度。

主任说完就走了，车子离开营门前连车灯都没有开。建中知道人家主任是怕亮着灯会把已经休息的干部战士惊醒。主任的车开走后，建中就在原地站了好长时间，觉得自己比起主任来，无论是境界还是作风，都差太远了。但他怎么也想不通，为什么这么好的领导就非得让大志转业。你主任不是管干部的吗？是怎么给支队党委拿方案的呢？

夜晚的风忽然地就起了，拂过了营区。建中一个人站在原地好久，心里想的全是大志转业的事情，茫然间竟然不知道待了多长时间。

一只不知名的海鸟不知何故飞到了营区，嘎嘎地叫着，本来就不怎么宁静的夜晚竟然渗出了一股寒意。

该睡觉了，明天早晨，还要出操。

2008年12月21日

最终把牛大志作为银湾主人的身份弄得一点都没有的，是干部股于12月21日给他的通知。

那个"家"，牛大志喝醉后睡过的"家"，他必须在限定的时间内腾出来。那是支队的单身干部公寓。牛大志本来是住中队的，这房子，是管理股当参谋的战友照顾他的。牛大志用这间房，在有一点点假期的时候，做了自己的避风港。

原本这事情管理股通知就可以了，但管理股那个战友不好意思开门，就推到干部股。干部股就告诉牛大志，你不符合留在银湾的政策，就算结婚了，也不能占有这间房子。意思就两条，一个是回原籍陕北安置，一个是让出公寓房来。

这么好的城市，牛大志热爱了多年的城市，忽然就要离开，干部股的电话，让牛大志感到了一阵钻心的痛。这里，已经容不下我了！

"主任为什么就早早地没有给自己透个口风呢？"自己毕竟是这么多年的先进个人。收拾着自己的东西，他有些后悔，怎么就把酒泼洒在领导的身上。

把"家"里的东西腾空，给管理股交了钥匙后，大志就赴了孙主任的宴请。大志知道，主任请他吃饭是对自己的一个宽慰，如果不去，反而显得自己心胸不宽，何况，特勤中队集体为自己喝酒送行本来就不对。牛大志为昨天稀里糊涂地给孙主任泼了一脸的酒感到内疚的同时，也觉得耻辱。自己是特勤中队的队长，纵然有一万个伤心的理由，给上级泼一脸的酒，这算哪门子事？自己还是一名受过部队多年教育的军人吗？

大志是知道的，在古希腊，"战士"这个名词是对男人最高的赞誉。他为此骄傲自豪。战士应当有博大的胸怀！更何况，自己在大西北老家秉承了传统的观念。小的时候，老人们常常教育他们这些小屁孩，君子绝交，不出恶声。在大志看来，谦谦君子不仅要忠诚于自己的事业，更应有容人之量，还要有疾恶如仇的是非观。前者和后者，自己都做到了，却因为孙主任的一句话，活活地在主任和部队面前丢了一个大人！

　　大志就是在这种感觉中参加了孙主任的送行宴。

　　饭桌上，主任说，我是受政委委托来为你送行的。后来，主任似有很多话要说，但都是没话找话，这饭就吃得很是冷清。再后来，主任就向大志道起歉来，说昨晚是不该那样指责大志的。

　　大志明白，如果不是自己已经是被确定转业的人，人家领导怎么可能屈尊给你一个下级警官道歉？人家道歉是因为你是快结束军旅生涯的人。不管怎么说，你牛大志好歹是为部队做出过贡献的，走者为大嘛，犯不着让一个已经确定转业的人，末了还因为领导的批评一辈子记恨部队。

　　大志当然更清楚，还有一个重要原因，就是为了转业干部的离队率。一个单位转业干部的离队率，就和计划生育工作的独生子女率一样，必须达到。如果达不到，单位领导要承担非常大的责任。所以，就算是平时非常严厉的领导，跟转业干部说起话来，也像平民百姓家的婆婆对娶回来的公主一样，满脸微笑，即使你有浑身的毛病。

　　大志见主任道起歉来，心里就愈发难受，就一个劲地自我批评。转业干部虽然有很多想法，但只要你领导把事做到位，把话讲顺了，转业干部自然会以大局为重。当过兵的人嘛，最为可爱的地方，就是即使输理了，也绝不会输人。

　　孙主任见大志认了错，心里也有些过意不去，想想安排牛大志转业，确实对不住人家，就叫田雁拿了一个大杯子来，亲自把杯子倒满，给了大志，他自己则以茶代酒。

　　看着杯子，大志心里就感慨起来，那酒是银湾的高度粮食酒，性烈，大志以前常喝，回陕北老家，就不容易喝到了，再看看那酒瓶子，怎么就像是要离别的老伙计。

"大志啊，你是个铁血男人，是部队千里挑一的难得的基层干部。论工作，没说的，你多少次出生入死；论素质能力，全日制本科生，还正在读研，啊，英语八级，侦察尖兵，全国散打季军，军队射击冠军，还带出了标兵中队，而且是连续多年的标兵中队。但是，我这个管干部工作的主任却没法留住你。我知道你不想转业，如果恨部队恨组织，就全对着我吧。"主任端着杯子，一直用眼睛盯着大志说话，说完就咕咚咚地让杯子见了底。

田雁注意到，主任的眼眶有些发红。

大志一看主任见了底，还掏出了心里话，马上站了起来说道："主任，您不要说了，组织上安排我转业，肯定有我的问题，说实话，我是有不少毛病。"

主任挥了挥手，示意大志坐下，沉思了一下说："大志啊，像你这样的干部，是多少年也碰不到一个，属于奇才一类，可以说是文武双全的英才，而且还不是一般的文武。你说，部队怎么可以让你转业呢？可是，你毛病也是致命的。为什么，因为你总自以为是，甚至有时候不听领导的话。不听领导的话，轻则是对领导的不尊重，重则是不听指挥。你知道我们军队最忌讳什么啊？就是不服从命令，不听从指挥。军人的天职是什么？这新兵入伍第一天就灌输'服从'二字，可是你都是握了那么多枪杆子的队长了，怎么还没弄明白'服从'二字的分量。这毛病你承认不承认？看《亮剑》没有？在战争年代领导最需要的是能打胜仗的人，但为什么李云龙那么能打仗，却提得非常慢？就是自以为是，有时候不把领导放在眼里。他这个人，如果放在和平时期可能是要关禁闭的，你是生活在战争年代吗？"孙主任的眼睛死死地盯着大志。

掏心窝子，告诉事情真相，是领导不让转业干部带着疑问离开部队。按理是不能说的，但放在饭桌上说就变成了战友或哥们儿之间的一种提醒，就会消除私人之间的一些误会，甚至还会与昔日的仇人称兄道弟。单纯的牛大志喜欢这样的交流方式。

大志"霍"地又站了起来说道:"主任,我的毛病我知道,就是喜欢讲真话,有时候还让领导下不了台。可我都是为了部队好。比如,过去全副支队长说我训练方式有问题,说我的训练会出事,可是我要不这么抓,以后处理突发事件的时候是不是就要兄弟们丢性命啊?还有,传达上级的命令,我觉得没有必要再解释什么,命令就是命令,可领导就说我不展开教育,说我思想认识存在问题。这也怪我,那也怪我!但不管怎么说,主任您今天跟我说了掏心窝子的话,就冲这,我敬您,何况,您是我的上级!虽然已经不是真实意义上的上级,但在我大志心里,您永远都是!"说完,就端起杯子,也咕咚咚地喝了个底朝天。

大志坐下后,主任用眼色把桌子上的其他人支走后说道:"真话也是不能随便讲的,比如说,家里有个亲人得了什么不太好的病,你说,你能跟他讲真的吗?一讲真的,可能就麻烦了,死得更快。再比如,皇帝穿了很难看的衣服,你能说他的衣服不好看吗?说了不是惹祸吗,皇帝是穿什么衣服都好看,哪怕他身上没有穿衣服,是不是?我今天喝了这么多酒,现在说的都是酒话,离了桌子我就不承认了,啊!大志啊,领导也是人,你不要把他们想得多了不起,境界多么高。可以这么说,干部职务越小,还越是大大咧咧,有了矛盾说通了照样是哥们儿。但干部职务高了,成了大领导,就不一样了,职务越高,眼里越是容不得沙子,越是计较。心里有什么事,会成夜地睡不着。你想指望领导把你真的当个人才看,不在乎你的个性,那你就太天真了。我知道你有远大理想,想为国家民族做很大的事情。可是现在的很多领导不是这样想的。因为他们不是这样想的,所以,就不可能去招贤纳士,和大家一起做轰轰烈烈的大事业。他们有的更多的是考虑自己的利益,包括所谓的尊严。我这个当主任的原来抱负也很大,后来明白了,你必须适应这个环境。"

孙主任慢慢地有些激动,接着说道:"但你如果想去改变这个环境,那就是找死!我可以给你交个底,你不是一般的干部,是大家公认的栋梁之才,整个部队上下都非常关注。我听说你的毛病还传到了总部某个领导的耳朵里了。那个领导说,牛大志思想非常危险,竟然反对指挥体制,将来职务越高，危害越大。危害，就是祸害！让你离开部队也是对你的关心爱护。为什么转业，你清楚了吧。”

孙主任本来是不想讲这些对于大志来讲已经没有用的话的，但孙主任毕竟是把大志当真正的军人来看的。铁血军人牛大志有权利知道事情真相！再者，孙主任也是个真性情男人，他不想这么无情，所以，就在大志离队前，把这些不该说的话，讲给了大志。

大志听主任说到这里，惊呆了，不再有心思喝酒。

主任也感到把话说得太深太重了，甚至是把话说得太偏激了些，就又说道：“大志啊，你是个有文化的人，我给你这么说吧，你是个人才不假，不过你也不要怪部队，怪有些领导，说实话，这个世界没有完全纯粹的东西。比如说军人，军人有常人所不及的毅力和胸怀。可是你想过没有？军人也是人啊！也有自己的小九九。其实军队最需要的是什么？是绝对服从上级的人才！你是人才不假，可你总是对上级的一些决定抱有怀疑态度。这是个很严肃的问题，是对上级的忠诚问题。说真的，我也抱怨有些领导，抱怨某种风气，可是我冷静地思考过后发现，古今中外，没有理想的环境，之所以我们一直强调军事民主，那实际上是我们的奋斗目标。大志啊，你仔细揣摩吧！”孙主任一口气说了很多，大志心里就“嗵嗵”地震动了起来。

自己从来没有想过这么多。结果由于自己单纯地考虑问题，单纯地处理事情，单纯地做这个队长，最后，单纯地被组织转业！见大志发愣，孙主任知道这些话触动到了他，就喊田雁过来安排大志回招待房休息。

2008年12月22日晚

　　大志醉得很深，醒来的时候已经是晚上。打开灯，发现自己正躺在中队招待房的床上。他坐了起来，感到头昏昏沉沉的，喉咙发干，嘴里的酒味让自己感到恶心。他端起床头柜上的一杯茶水，喝了一口含在嘴里漱了几下，然后起来穿上鞋，跑到卫生间吐掉，撒了一泡尿后，又回到床上从裤子口袋里掏出一根烟抽起来。

　　大志注意到，床头柜上放着一盒没有开过的海王烟，茶几上还有三盘水果，是比较高档的莲雾、山竹、红毛丹，还有一个没有切开的西瓜。大志知道，自己在中队已经真的是客人了，只是这个客人，人家建中和田雁，是当成贵宾的。关于在招待房放烟和水果这规矩还是支队后勤上的一位领导有一次在支队后勤工作会议上跟这些主官们说的，也是不成文的。那次那位领导说，中队是部队最基层的一级单位，既然是一级单位，做什么事就要有一级单位的样子。你待人接物都不会，还保驾护航？我现在就告诉你们，接待工作也是战斗力！在一定情况下，可以转换为第一战斗力！

　　接待工作也是战斗力？没想到我通过教育训练创造的战斗力，却使我成了被接待对象！接待工作，接待工作！大志苦笑了一下，然后端起杯子咕咚咚一口把水喝干。

　　没想到啊，我牛大志一腔报国之志，却成了这个结局。如果只是支队让我走也就罢了，至少支队还认可我吧，可让我走的却是总队领导。是总队也罢了，至少总部还有领导知道银湾有个牛大志是不错的干部吧，有这点，对我牛大志来说也是个安慰，可是让我走的竟然还不只是总队，竟然还道听途说地给我找了个反对指挥体制的理由。我什么时候说过反对指挥体制的话了!

现在已经是被宣布转业命令的人,已经没有任何机会来证明自己是个最优秀的军人了,我牛大志真的是竹篮子打水一场空啊!让我回去,这和开除我的军籍有什么区别,我怎么面对故乡的亲人,面对大将军,还有师傅!

唉,就这个下场,还不如死!此时的大志想得难受,心里面竟然冒出死的念头。

"死很容易,就看你为什么死,死到哪里去?"不知怎的,大志一想到死,耳朵里忽然就响起了师傅的话来。

"大丈夫死何足惜!躯体亡而英灵与天地等高,何患于死?你看古墓里的大将军,死后几百年了,还在天地之间站着,你能说他当时少活几十年太不值得?牛家村的乱坟岗里埋了多少人,也有活过八九十岁的,可能还有活过上百岁的,可是谁还在天地之间站着?关键是死后留名!"那次在古墓空地上习完武之后,师徒坐着休息时,师傅吧唧着烟对他说。

师傅的话,竟让大志流了不少泪。他也说不清是对两个神灵的食言,还是壮志未酬的委屈。

建中和田雁来招待房,是晚上熄灯号响过之后。

本来建中是要带中队几个干部陪大志到外面小餐馆小范围表示一下的,可大志说一点情绪也没有,任凭建中怎么骂骂咧咧地劝也没有用。田雁是和大志一起参加主任宴请的,知道大志心情受到了重创,就把建中叫到外面说,指导员,你不要再骂骂咧咧了,大志现在最需要宽慰。人生几十年最痛苦的是什么,就是竹篮子打水。你知道吧,大志就是竹篮子打水。我今天参加主任宴请大志时才知道,大志转业没那么简单。唉,组织上让大志走,明明知道他现在已经没有机会,也无法证明自己是优秀军人了,却指出了他身上的错误,然后让这个胸怀大志的人离开军人这个行列。这可是要人命的事啊!我今天送大志回来时,他就一路说胡话,说没有脸回去了,还不如死。我先去查铺,你在这里陪大志好好聊聊,等十一点左右,我从外面整点菜来陪大志再喝两杯。

建中听田雁这么一说，不知怎的眼泪就出来了。建中自然懂大志的心思。男儿有泪不轻弹，只是未到伤心处。大志的事，只是没有落到我李建中的身上，如果落到自己的身上，一样想不通。大志本来是要把一辈子献给部队的，他早把部队当家了。提干后还没有回过家，家里人都不知道他穿上干部服是什么样子，现在却让人家回去当老百姓！

建中在外面想了半天才进招待房，推开门时，大志正斜躺在沙发上吸烟，脸上也没什么表情。见建中进来，大志就叹了一口气说，这当兵九年多，就像做了一场梦，一场可笑的梦，一场噩梦。没想到我牛大志在领导眼里竟然是那样的人！我现在真的在想人活着到底有什么意义了。当年我师傅对我说的话，怎么就一点也不灵？你做了那么多事，在领导眼里竟然一点也不值？

建中拿了床头柜上的烟打开，抽出一根给自己点上，也坐到了沙发上，听大志说到人生意义，就笑了说，没想到你这家伙也在考虑这鬼意义。其实呢，很多人都在考虑这人生大事，别看走在大街上，来来往往的人，都风风光光的，只是人家没有写在脸上而已。受经济危机冲击，我最近就有不少朋友来电话跟我探讨这个问题。有个中学时候的同学，在深圳打工，工作没有了，原来租的三房一厅，改租一室一厅，一家三口坐吃微薄的积蓄，现在才知道活得真的辛苦、真的没劲！有个新兵时候的战友，退伍后开了服装厂，现在天天被工人堵在厂门口要工资，可工厂一个订单也没有，他唉声叹气地跟我说，要不是上有老，下有小，还不如去死。

大志听着听着就知道建中怕他想不通在劝他，就弹了一下烟头上的灰，拦住他的话说，唉，你多心了，我牛大志也就是说说气话，真的让我死，你说我能甘心吗？如果我现在真的想不通死了，那才一钱不值，那说明人家领导让你转业就对了，因为你原来就是个懦夫，是把个人仕途看得比生命还重的人。不把你牛大志现在就弄转业，将来职务高了，一旦想不通，危害不是更大？

建中见大志这样说，就放心了，说道，现在天下太平，没有战争，干我们武警这一行，最多也就是配合公安抓个罪犯什么的。唉，你就是本领再强，境界再高，也没法治国平天下，怪就怪你生错了时间。

嘿嘿！听了建中的话，大志就苦笑了两声说，你说得非常好，生错时间了。

建中也笑了说道，你牛大志如果当政工干部，一点也不比当军事干部差。就像李云龙一样，很会按自己的一套做战士思想工作，战士们还非常受用。到了地方，发展肯定没有什么问题。部队这破地方，也就那样，让你生气，让你郁闷，你却毫无办法。在地方上，早九晚五地上个小班，实实在在、有滋有味地过个小日子，周围围着亲朋好友不也挺好。我们几次处理突发事件，在死亡线上走过几次后，我一次比一次认识深刻到，好好活，比什么都重要。

说到这里，建中突然问大志：我们为什么要好好活着？

大志没有回答，只是面无表情地吸烟。

建中笑了一下说，因为我们会死很久。死得不可能再活过来看这个花花世界，看自己的亲人朋友甚至敌人。什么美味也享受不到了，男欢女爱的感觉也没有了。

大志听建中说这些颓废的话，就一下坐直了身子，把烟头在烟灰缸里掐了说道，建中，你小子怎么了，怕死了？如果是这样，就赶紧打报告转业，省得在关键的时候当逃兵，丢人！我牛大志虽然转业了，但只要国家需要，就会义无反顾。

你说哪去了，这不是在开导你吗？建中急了，忙掏了一根烟帮大志点上，又说道，老伙计，你就放心吧，我李建中，只要穿一天军装，就时刻准备着为国家和人民献出一切。建中说着，心里直骂大志混蛋，都这个时候了，还管别人是不是要当逃兵。

大志没管建中叨叨，心想，我牛大志虽然现在已经没有机会证明自己是优秀军人了，但至少将来还有机会证明自己是一个顶天立地的人。如果哪里有战事了，就第一个报名参战。那个时候，谁还会阻止我，说我没有结婚，没有拖累，没有什么后顾之忧之类的话？

2008年12月24日上午

　　大志在火车站托运完大件行李，就一个人打车绕银湾转了好几圈。出租车每到一个地方，大志的心里就伤感一次。别了，银湾！别了，养育我的第二故乡！别了，我的兄弟们！别了，我的警营！别了，我的所有梦想！

　　等出租车再绕回中队门口的时候，特勤中队的全体官兵已经列队在门口等他。中队的警车闪烁着红色的警灯，建中和田雁都在车边，看见大志下了出租，建中就说："你和兄弟们告个别吧！"

　　大志就站在了队伍面前，队伍里的值班排长喊了一声口令，大家齐刷刷地举起右臂，行了军礼。大志挺身，也标准地行了一个军礼。"这是我最后一次在正式场合行礼了。"大志默默地念叨着，久久不放下手臂。建中和田雁心里就感慨起来，各自有了心思，想自己将来转业的时候是不是也会这样。

　　在火车站，大志上车前还是流下了眼泪，建中和田雁也是一样流着，三个人拥抱在一起难受了好长时间。大志说："两位，孙主任虽然告诉了我很多道理，可我还是不明白。我也许是个理想主义者，我总觉得我们有些领导把部队带成绵羊了！现实情况非常残酷，你越是想往好里整，你越是让领导不高兴。搞不好前途就完了。前途完了，让你好多想法都无法实现。人的价值观不一样，我有我的想法，你们有你们的想法。你们没有必要还弄原来的一套。你们即使把我原来的全否定了，我也不会怪你们的。队歌以后就不要再唱了，部队集合时就不要让官兵从窗户里往外飞了，还有，凡是领导反对过我大志干的事就不要再让部队干了。一定要记住！前车翻覆，后车当鉴！"在车厢里，大志又给帮助自己架行李的建中反复叮嘱。

建中什么话也没有说，使劲拍了一下大志的肩膀。

列车吭哧吭哧地离开站台，大志使劲地把脸贴在了列车的窗户玻璃上。站台上建中和田雁的身影越来越小。

黄土高原，你距离我还有多远呢？

牛大志坐的列车开动的那天，孙主任在办公室，胡乱地翻看文件，忽然就翻到了一沓子通令，总队的，支队的，一沓子。他把那些通令大概地整理了一下，却发现，牛大志在里面竟然出现了八次。

"总共才十二份表彰，八次个人的，牛大志都有！小伙子，唉！"孙主任看着那些通令，心里就有些疙里疙瘩的不舒服。

"领导为什么就非得让他转业呢？"孙主任挠着脑袋想不明白，"牛大志的老家，这阵子，刚好冬天了。西北的冬天很冷。这大志，自从提干就没回过家，现在忽然就给开回去了，是什么心情呢？"

孙主任和大志吃完饭后的第二天就向支队高畅扬政委复命了。

牛大志顺利地离开部队，没有向组织提任何要求，这是孙主任预料中的事情。牛大志的个性突出，但他也最要面子，他不愿自己在离开部队的时候让组织上瞧不起。他一定会顺利离开的，因为到最后，牛大志还会把自己当成一名优秀军人来要求。

【闪回：12月19日】

给大志宣布转业命令的前一天，在分工谈话时，高畅扬政委特别给政治处干部股交代，牛大志由他来谈，工作由他来做。其实大伙都清楚，因为特勤中队地位比较特殊，牛大志是为部队做出过突出贡献的英雄，加上安排牛大志转业的理由实在牵强，难怪工作要政委亲自做。

那天谈话对于大志来讲非常突然。大志打了报告进了高政委的办公室后，政委圆圆的脸上满是和善的笑容。大志就感到高政委找他谈话肯定有什么大事。

大志是喜欢政委的，这倒不仅仅因为政委是他的陕北老乡，更是因为政委平易近人，很爱有才学的部下，他和政委能聊到一起。

政委让大志坐下后，没有马上谈事情，而是拿着个大茶壶走到大志跟前笑着说："小老乡，我有个朋友从福建武夷山捎来一包特级大红袍，听他讲，这茶可是供中南海的，我泡了一块你尝尝。"说着话，政委就给大志把茶倒在一个小紫砂杯里。

大志见政委今天亲自给自己倒茶，就有些不习惯，心里想政委一定有什么不好开口的事要对他说。

大志是学过心理学的，又搞过侦察，他已经预感到，今天会有让他难以接受的事发生，否则政委是不会这样的，这叫预先安抚法。就对政委说："政委，您今天叫我来，是不是我们中队出什么事了？"

高政委没有回到座位上，也没有回应大志的话，而是自己也端了个茶杯，来回踱了几步后说："大志今年多大了？"

"28"，大志稍稍激动了一下，政委想给我当月老？

大志就想，如果不是想给我介绍女朋友，而是什么工作上的事，抑或是职务提升，一个支队政委是绝不会去问你年龄的，因为他手上的花名册上很清楚地写着呢。一个领导，手上经常不离的就是干部的花名册。给人家做好事当红娘，问个年龄，虽是没话找话，倒也自然亲切。

"哦，28，还行，女朋友找了没有？"高政委似在自言自语，然后就走到办公桌后面的椅子上坐下来。

"还没有，不急，我想趁年轻多做点事。况且特勤中队地位作用特殊，我们干部早早地就谈女朋友，结婚生子，是会牵扯精力，影响工作的。"

大志就觉得估计对了政委叫他来的用意了，想政委到底是政治主官，和蔼不说，还这么关心部属的终身大事，心里一放松，就端起茶杯，先闻了一下，然后喝了一口说："政委，真是好茶，滑口，回甘独特，其味直穿内心，夺人心魄，有王者风范。就像我们特勤中队与其他中队不一样的地方，就是我们有钢铁般的意志，是拳头尖刀，不出则已，出则必胜。"

政委哈哈笑起来，慢声慢语地说："大志啊，一个特勤中队的队长，我看你一点也不像一介武夫。没想到你对茶还挺有研究，还能和部队联系在一起，说得很像那么回事。这就是茶文化啊！"政委偏胖一点，圆圆的脸部肌肉并不怎么动，却让人感到他的眼睛和嘴巴倒是非常地生动。

"政委，在您跟前哪里敢，我只是略知皮毛。关于大红袍我倒是知道一点点，宋代有龙团凤饼，清代有武夷茶砖，现在有大红袍茶砖。大红袍为武夷山特有，素有茶王之称。现在我们喝的大红袍应该是陈德华先生从母树上无性繁殖而成的。"大志喝了一口，含在嘴里转了一下，有些卖弄地说。

高政委听大志说得头头是道就来了兴趣："大志啊，你还真是个行家，说说，我了解的可没有你那么多！"

见政委这么说，大志就有些不好意思起来，喝了一口茶接着说："品大红袍时，要先嗅其香，再试其味，并反复几次。闻香有闻干茶香、杯盖香、水香、杯底香。尝味时要将茶汤与口腔和舌头充分接触，并重复几次，细细感觉茶汤的醇厚度及各种特征。"

政委接过话慢悠悠地说道："其实啊品茶就如品人生。有一年我到云南大理，有位朋友告诉我，喝他们的茶须过三道，即一苦二甜三回味。也就是头道茶，味道比较苦，二道就有了甜甜的味道，到最后的时候茶味慢慢消退了，就剩回忆。这就像人，刚开始创业时是苦；等事业如日中天的时候，就该享受甜蜜的爱情生活了；到老了的时候，什么都做不动了，自然总是回忆过去。"

听了政委的话，大志的脸有些发红。人家政委是什么人，让你喝大红袍是从侧面告诉你，什么是人生。

大志怀疑起自己的判断，看来不像是给我介绍对象，介绍对象兜这么大个圈子干什么？一定是有什么事！就说："政委，我遇到什么人生之苦了，您就直说吧。"

"其实说起来，人生之苦看起来是苦，有时候却是甜，就像我们这些当兵的，穿着军装，保家卫国，你能说苦？对于甘愿奉献的人，那是甜。可对于父母妻儿，就是苦。儿子丈夫不在身边，你说他们苦不苦？是不是大志？"政委笑了一下，长长的双腿抖动着，似乎在和自己说话。

"政委，您有什么安排，就直说吧！"大志预感到将要发生什么事情，就站起身子，保持了立正姿态对政委说。

"那好吧，我是了解你的，大志，我就告诉你吧，组织上已经确定你转业，命令已经到了。"高政委把憋在嘴里的话说了出来，就感到了一种轻松，端起茶杯喝了一口。

"什么，让我转业，为什么？让我走，您还不如让我死了！"大志一听急了。

"大志，先别激动，坐下说。"政委向大志摆摆手。

大志无法接受这个事实。在政委讲这句话之前，他绝对想不到这事情会发生在自己的身上！不会吧，不会是噩梦吧？大志几乎是不由自主、有些失控地一屁股坐了下来。他分明听到政委说，命令已经到了。命令已经到了，大志知道这意味着已经没有回旋的余地。他感到了绝望和无助。

接下来，他的脑子里面乱糟糟的。只听到政委说指标啊、未婚啊什么的理由，还有什么宣布命令啊对新队长传帮带什么的，他的心里就生出了怨恨，恨政委的虚伪，恨老乡的无情，恨自己的可笑。他自己都不知道是怎么离开政委办公室的，然后又是怎么到了外面的小饭馆。反正他的嘴里已经没有大红袍的回甘。

牛大志转业了！只要一谈话就公开了。就在大志离开政委办公室不长时间，他转业的消息就成了全总队的新闻。

实际上大志转业已经上报了好多天，由于支队保密工作做得好，一直到转业命令到了，政委找大志谈话之后人们才知道。支队领导在这个方面是非常有经验的。如果保密工作做不好，有人就会上蹿下跳，结果想转业的又倒腾来转业指标，不想转业的又想办法留了下来。这可不像干部提升，有时候会议刚刚开完，领导还没从会议室回到办公室，有人就知道结果了。在这个问题上，为自己人做好人好事谁都会做得很好。但转业工作就不一样了，除了支队主官和政治处主任之外，谁都会退避三舍，生怕引火烧身。把保密工作做好，就减少了很多不必要的麻烦，这转业工作可就比天下第一难——计划生育工作简单多了。当然，这是对那些不愿意转业的干部而言的。

自然，确定牛大志转业又是要在保密工作上加一道防火墙的。因为牛大志很特殊。他不仅是全总队的知名人士，而且让他转业又是总队一位首长亲自安排下来的。这样的干部转业，谁敢泄露秘密，除非他不想在总队干了。

起初，高政委也不知道上面要让牛大志转业的事。因为无论是出于工作还是个人感情，他都不想让关键时刻能挺身而出的小老乡牛大志离开部队。高政委是知道的，牛大志的确有很多毛病，喜欢怀疑上级的指示是否正确。当然牛大志的怀疑仅仅局限于战术问题，而不是战略问题。他怀疑的仅仅是一个战斗方案的实施是否科学合理，而不是这次战斗是否应该实施。假如牛大志怀疑战斗是否应该实施，那么这样的干部不要说总队，凡是他的领导都得把他剔除出去——牛大志你想干什么？上级命令你带队出击，你敢怀疑上级的指示，不愿执行上级的作战命令，你听谁的指挥？牛大志不会这样，他有一腔的忠诚，只要是上级决定的事情，都会毫无怨言地完成。只是在完成任务的时候，他经常会使用一些让领导恼火的办法，尽管这些办法很奏效，可这办法却不在预先的作战方案里边。就像牛大志那次为了救建中，在没有指挥员命令的情况下一梭子打死歹徒一样，让指挥官现场就乱了方寸，最后这场战斗竟然还是在牛大志指挥下完成的。

总队指挥官的脸在众目睽睽下丢尽了，电视台在现场直播，镜头始终对准的是指挥若定的牛大志，还有牛大志对总队领导的咆哮。

牛大志多次在这样的场合，毫无保留地抢了许多人的风头，甚至让大家看到了有些领导的低能。一个连级干部，多次在实战中用行动否定了总队一个智囊团的决定，这简直就是打领导的脸。可是牛大志还是在特勤中队好好地待了一段日子。现在他待不下去了！今年的转业名额特别多，自信的牛大志从来没有想到自己会转业，假如提前知道，他一定会给那次接见他的总部首长去个电话求情的。

可是牛大志没有机会，支队没有人敢给他这个机会。大家都知道，在牛大志转业的问题上，这是一池浑水，谁也不想蹚！也有人说牛大志转业活该，牛大志为什么每次在处突的时候都要擅自行动，改变总队既定的作战方案？平心而论，总队的作战方案绝对不是白痴制订的，一群军事专家设计了各类可能发生的情况。而牛大志的方案就是没有方案，他凭当时的情况快速反应，也从不考虑后果，而是导致什么后果就解决什么问题。牛大志的这种做法，往往容易击溃歹徒的防线。所以牛大志每次处突，都能意外地快速解决，不过承担的风险也不小，总让人捏一把汗。

为此，总队处突指挥部对牛大志很有看法。

【闪回：12月5日】

转业工作开始的时候，总队就有一位领导打电话对高政委说："畅扬啊，你们那牛大志啊，就让他走吧。"

高政委一开始没反应过来，就说："首长看上咱们大志啦，我看大志到首长身边进步会更快啊，这干部确实不错。"

"老高啊，你是怎么考察使用干部的？我是说让牛大志转——业。"首长在电话里一字一句地说。

在高政委还想解释的时候，那边一箩筐一箩筐地列举了牛大志的许多问题，什么不听指挥，总是否定别人啊，什么在训练中对战士安全不负责任啊等，甚至讲到牛大志思想十分偏激，竟然反对指挥体制，对部队正常性接待工作也敢指责。他想干什么？这种人你还敢留在部队？高政委就愕然了。

【闪回：12月6日】

对于牛大志的好卖弄、好表现、自以为是等一些所谓的毛病，高政委是知道的，但对于总队领导讲的牛大志思想偏激，反对指挥体制问题，高政委是保留了自己的意见的。这么严重的问题，如果不是亲耳听到，断然不能乱扣帽子。

在12月6日的支队党委会上，其他干部转业问题，孙主任提出方案后，大家都基本上没有什么意见，很快就通过了。在研究大志时就发生了激烈的争论。高政委曾一度认为是支队班子成员把牛大志的毛病告诉了总队领导，甚至还捕风捉影、无中生有地反映了一些问题。总队领导加上处突中对牛大志的看法，就坚定了让他转业的决心。于是他激动地说："大家凭良心说说，一个部队好不容易培养的人才，一个全面素质过硬的特勤中队主官，一个在处突一线立下汗马功劳的人，到底该不该转业？我就想不通，大志的问题怎么连总队领导也知道。一个连职干部转业，竟然还惊动了总队领导，而且领导这么熟悉牛大志的毛病！我这个当政委的，竟然对自己的干部的了解，还不如总队领导！"

高政委是带有情绪说出这些话的，大家看到他的脸色不好，会场就沉默了好长时间。常委们你看看我，我看看你，气氛很是尴尬。最后朱参谋长看大家僵持了起来，就说道："特勤中队是我们司令部的直属单位，大志的毛病我看得最清楚，再这样下去，迟早出事，而且会出死人的大事。你看看那些战士，吃个饭都往外飞，万一摔死了，就成了毫无意义的死亡，就成了责任事故。我可不想看到我的下属单位，给支队抹黑。关于这个问题，我也跟支队领导汇报过。现在既然总队领导点名让他走就让他走吧，这是我的意见。"

"我是分管训练工作的，说实话，我成天也担心牛大志中队，万一要出事情了，我这个副支队长也就估计到头了。我的意见呢，也是让他走。说句不负责任的话，我们支队宁可不要英雄，也绝对不能留下个成天让人睡不着觉的刺头。牛大志要是有能耐，到解放军系统去带兵，特种大队啦，侦察营啦，都可以的。"全副支队长也发表了自己的看法。

高政委心里明白了，牛大志让这两位担心了。你们是担心你们的乌纱帽呢！他心里很是生气，可这是党委会，生气归生气，自己这个书记还是要让人家把意见发表完的。

支队长伍瑞看到参谋长和副支队长这样说，就很是生气地说："我也谈谈我的看法，以我的意见，从总队来说，离开了牛大志地球照样转，可从我们支队来说，一旦遇到什么突发事件，离开了牛大志，地球可能就不转了。唉，同志们，中队是我们这个系统最基本的单元，作战处突都是依靠他们的。你们说说，一旦有个情况，没有牛大志在，怎么办？年轻干部哪个没毛病。不是有位伟人说过，年轻人犯错误上帝都可以原谅嘛。我们不能把干部的个性当毛病到处乱说。我看呢，咱们给总队写个报告，还是把他留下来。"

伍瑞分析，可能是参谋长向总队领导反映了牛大志的一些情况。他很是恼火，可也没有办法。参谋长向总队领导反映直属队的干部问题，说重了，是个人思想作风问题；说轻了，人家向上级谈一些工作上的事情，也不是不行。

其实班子成员都清楚，参谋长跟总队一位领导是老乡，而且这个总队领导又很看重这个老乡，把他放在支队参谋长的位置上，实际上是等着接伍支队长的班的。但不管怎么说，伍瑞是个干了快十年正团的老支队长，他的意见，一般情况下，大家都会尊重。今天他说了这番话后，参谋长和副支队长就没再坚持自己的意见。

政治处孙主任也不同意大志转业，只是因为特勤中队是司令部直属单位，参谋长要让大志转业，他也不好提更多的意见。

会议开到最后，大家都不反对给总队打报告，将牛大志留下。

其实支队党委在这个决议上犯了一个错误，要求大志转业是总队个别领导的意思，如果支队上报转业干部的时候，不报牛大志，那么总队一定会尊重支队的意见，牛大志也不可能转业。然而支队把这个要求牛大志留队的报告一上交到总队，总队党委势必就要重视、就要研究。而牛大志和要求他转业的总队领导相比较，牛大志只是一个转业数字而已，没有人会为一个连级干部在一个军级单位的常委会上较真。

【闪回：12 月 10 日】

12 月 10 日总队召开党委常委会研究确定干部转业名单。银湾支队党委那个报告，就让总队常委们非常恼火。会上，让牛大志转业的领导就侃侃而谈，列举了牛大志的许多问题。有的常委就懵了，原来这个以前经常擅自变更处突方案的牛大志还有这么多的毛病！毛病多，还留他做什么，马上转业！

总队常委会开完后，总队政治部邓主任的电话就打到了高政委这儿，电话从头到尾冒着火星子，一点不容高政委解释，说总队领导亲自打电话给你们都不听，还打报告说情，总队常委会是研究你连级干部的吗？我看这个干部的毛病就是你们惯出来的。为什么？因为你们就不听上面的。你们还真行，竟然给总队打报告强烈要求把一个浑身是毛病的干部留下来，你们想留个定时炸弹是不是？

高政委还是不死心地争取说，首长，这毕竟是难得的人才啊，人才有点毛病很正常，总队也是这样教育我们的，要有容才之量。这个干部没有大毛病。

"我现在不跟你探讨人才建设问题，而是问你讲不讲政治问题！你们还听不听招呼？"邓主任显然非常生气。

高政委还想说什么，就听到了那边嘟嘟嘟的电话忙音。

大志就这样离开了部队，肚子里装了高政委让孙主任去送行时喝的一大杯酒，走了。

牛大志的转业也算是轰轰烈烈，在特勤中队，甚至说在整个支队和总队，连级干部让总队党委纳入议程的，还真就牛大志一个。

2008年12月25日

　　银湾的火车像是温柔的情人，吭吭哧哧地摇晃着你。等穿越了长江的时候，就感觉火车减速了。上厕所的牛大志在车厢的连接处感觉到了寒冷。寒冷自牛大志毕业之后，很少能体会到，现在忽然有了一股冷空气，他似乎一下子清醒了不少。他躲在车厢连接处抽了一支烟，然后轻声地吟起了陶渊明的《归去来兮辞》，"田园将芜胡不归？……"我也该回到自己的家乡了，有什么办法？穿不成军装了，那就回到自己的家乡吧！牛大志心里这样安慰自己。

　　一路上除了上厕所，他就没有离开过卧铺，一直用散发着洗洁精气味的被子蒙着脑袋昏睡。入伍这些年除了在特警学校上学放假回过老家外，毕业分到银湾武警部队还没有回过老家。

　　作为一名军人，我牛大志真的是做到了"受命之日忘其家，张军宿野忘其亲，援枹而鼓忘其身"。可是，我一个真正的军人却在军队里待不住。现在很多军人连尉缭说的一半都做不到，却在部队待着。

　　★大志在列车上回忆一

　　父亲曾多次打电话让大志回去看看。那次父亲说村里那个牛登高才是个班长，都每年回去呢，你是个干部怎么就这么忙？

　　大志在电话里对父亲说："儿子求进步哪，从副连到正连就用了两年，现在都当上了特勤中队队长了。爸你想想，人家领导这样培养咱，咱咋好意思回家休假呢？部队这么忙，我走了万一有什么事情怎么办？再说了儿子所在的特勤中队是什么，是部队的拳头尖刀，拳头尖刀的领头人都不在，这拳头还硬不硬？刀子还利不利？"

可父亲还是觉得儿子不怎么留恋这个生他养他的家了。心里想儿子是不是嫌弃农村了，就说道："人家牛登高一个小班长说回来就回来，他哪里来的假？"

大志就在电话里笑了，跟父亲逗趣说："班长是兵头将尾，在部队管的人最少。在部队是官越当得大，回家就越少。因为官越大，管的人越多。把人管得多了，哪还有时间回家？"

父亲急了，就问道："那你打算什么时候回家？你妈和我还等着为你娶媳妇，我们要抱孙子呢。等你回家结婚了，给我抱个孙子，你哪怕一辈子不回来都可以！"

大志又笑了说道："结婚的事情你们就不要操心了，好歹等我当个大队长吧。如果你们想儿子了，你们就来我这里，我在外面给你们租个房。"

"还是算了吧。"父亲说，"你都把中队当家了，我们去了，你心里照样没有为我和你妈在外面租的家。隔山跨海的那么远，你又说那地方还没有面条吃，听说连油泼辣子都没有的，那咋生活哪？没有面条吃，没有油泼辣子，还不要了我的命！还有啊，租个房子要多少钱啊？还是在村子里好，没啥事了，我们几个老汉一起吼个秦腔扭个秧歌的，比到你那儿滋润多了。我听人说，你们城里人住的是个火柴盒大的房子，大白天的还把门关着，左邻右舍地见面了连个招呼都不打一声，别说串门子了，那情形还能叫日子？我和你妈才不去呢。"

大志的父母不来城里，不到儿子所在的南方城市。虽说儿子出息了，在电视上天天都喊叫的大城市当干部，可老两口不是贪图享受的人，他们要的是面子。明知道大志是个孝子，孩子回不来也是为了给家人争光。孩子不好好地舍命，人家领导就独独能看上你个陕北农村娃？大志的父母知道，儿子一步一步走到今天不容易，就是村子里选一个生产组长，也是本村的能人一拨一拨地折腾，更不要说吃上公家饭，在银湾当队长这样的事情。

"娃走到这一步，就是天大的造化！"大志的父亲一次对老伴说，不承想让老伴狠狠地给批了一顿："你知道个牛沟子！你好歹是个男人家，咋就连我这个婆娘都不如？我成天心慌兮兮的，我老是梦见我娃让当官的催着撵着让和土匪打仗哩。我娃是个愣娃，经不起当官的煽呼。"老头子让老伴给说灵醒了，也没有了主意，嘟囔说老伴把炕烧得太热。

等天亮了，碰上村里人的时候，有人就问你家大志来电话没有，最近见过大领导没有，老两口就又忘记了夜晚的对话，脸上活泛着许多光彩。

在村里，牛大志的响动是很大的，这个就连牛大志自己都知道。乡亲们都羡慕人家这老两口子没白疼娃，人家娃出息大了，都当上特警的队长了，听说能说外国话，还保卫过外国的国家领导人哪。人家娃可见了大世面了。人家还说呢，等当上营长再回家，营长那是多大的官呢！

老人们闲谈的时候，都对大志充满了期望。大志他爹妈就压力大得厉害。年轻人见世面多，都说大志将来不仅能给村子里修路，还能帮村里办厂，并列举了有个省出了什么人，立马村子就成了这个县最富裕的村子，村子里都有了迪吧。老年人不知道迪吧是什么东西，只知道自古至今，能见大世面的只有大志！

乡亲们就这样把大志传得很是夸张。乡亲们都因为大志而光荣得很。他们出门走亲戚，与别的村子里的人聊天，也都把大志作为谈资来长自己的风光。这能不高兴得意吗？全国十三亿人口，有几个能保卫外国元首呢？就是咱们一个牛家村，又有几个见过县长和县委书记呢？

这些，大志从父母那里知道了，就心中窃喜。大志需要别人对他的关注和尊重。男子汉大丈夫，活就要活出个精彩，活得风生水起。大志不愿意做默默无闻的人。甚至有时候他还很天真地幻想过，某一日，自己忽然被某中央首长发现了，首长问："小同志，你搞保卫工作很有一套啊，想不想到北京发展呢？"大志立正了回答："报告首长，保卫首都，保卫首长是我无限的光荣，也是我一生的夙愿。如果能保卫首长，我将以最大的热情、最娴熟的业务技能和最忠诚的使命感，将毕生精力全部投入到神圣的保卫事业上去！"然后，大志调到北京，他以忠诚和勤奋受到了各级首长的肯定。然后，大志就升官了。一次很偶然的机会，他遇到了家乡的省长，很委婉地说自己的村子很穷。于是省长很惭愧。因为大志家乡的贫穷是自己无能的表现。大志是首长身边的人啊，这个消息要是传到首长那里怎么办，不是说我们省的GDP还可以吗？于是省长就秘密安排人立马将大志的牛家村升格为牛家村管委会。因为现在的管委会很多，虽然很难审批，但省长有办法。于是牛家村成了这个省的一个直属管委会。可是牛家村远离都市，卖地没有人开发，搞旅游只有一个大将军墓，连个县级文物都算不上。在神奇的幻想中，大志有办法，牛家村的土壤肥沃，那就改成一个无公害的蔬菜基地吧，所有的牛粪人粪，统统由村子统一管理，一部分用来加工沼气，一部分用来施肥种菜。牛家村要在已经城市化的村庄中随意地开辟几个颇具规模的菜地，让人感觉既是在农村，又是在城市，这样，就有大批的客商来采购无公害蔬菜，也有城里人来这里享受亦村亦城的风光。说不定，自己这个创意会为新农村建设提供一套全新的思路。哇噻！大志很得意，牛家村的人会感谢我，世世代代会记住我。省长因为新农村建设的思路具有相当的前瞻性高升了，自己一定要谦虚谨慎，不能让省长感觉他的高升是因为我大志的建议。

类似这样的幻想，大志有过几次，不过很快，就被紧张的任务搞忘了。大志更需要获得部队领导和组织的赏识，因为部队才是他成就理想的地方。家乡人对他的谈资，正是部队给了谈资的源泉。所以他每次都要按照自己的方针解决领导的安排，虽然成效斐然，却屡屡因为自己和组织的不协调，引起一些领导的反感。大志曾试图跟随大流默默地走，却又不甘心，就这样矛盾着继续他的工作，直到组织上忽然让他转业。

我完了，不可能轰轰烈烈地走完自己的一生了。大志有些悲哀。没想到，当上干部了，家里人和一村人都没看到自己穿个警官服是什么样子。这怎么向父母和乡亲们交代！

2008年12月26日凌晨

火车进入陕北的时候，已经是 12 月 26 日的凌晨。大志的心紧缩起来，巨大的思想压力让他感觉心跳气短。

这一路反复地想着这些事，他也曾试图不想，但脑子里就像钻进来了一个魔，霸占着整个心思。他也觉得，从脱下军装的那个时刻，理智地讲，应该考虑回去找工作的事，可是心里还是被为什么转业的事塞得满满的。

有时候大志特别希望这一切都是梦境。他甚至天真地想这是不是真的是梦呢？因为自己有时候做噩梦，也像真的一样。但当从哭声中醒来时，才知道原来是梦，就在被窝里暗自庆幸起来。他想，这一切如果是噩梦，醒来后，再也不自以为是让领导讨厌了。

★大志在列车上回忆二

大志的想法其实和每一名渴望上进的干部一样，都希望自己所做的每一件事情都能得到上级的认可。当然这个认可必须是基于他所做的每一件事情都符合军队的利益。其实大志心里很清楚，就在他们支队，管理股长就很受领导赏识，这个人的最大特点就是特别会办事，只要领导一个眼神，都能清楚领导想干什么。他还有个特点，就是在领导跟前轻手轻脚，大伙给他起了一个外号叫"小安子"。实在也是这个股长不争气，他的祖宗恰巧也姓了这个姓。大伙这么叫他，安股长也不生气，常常是很害羞地一笑了之。安股长这样的干部在支队是有几个，这些人很清楚地和牛大志他们分成了两部分。

支队有人好事，私下里说支队存在着"牛安之争"。牛大志当然知道牛李之争这个历史典故。可是他觉得自己绝对不是牛僧孺。因为牛僧孺这个布衣出身的宰相有个特点，就是只要是官僚子女，清一色地不用，只要是平民子弟，清一色地划拉到自己的手下。牛大志和安股长之间的矛盾是存在的，牛大志和自己要好的几个哥们儿看见安股长这些人，基本上都不搭理。安股长他们也瞧不起大志，认为大志他们人生的思路不清。

然而让大志美美地快活了一次的事情还是发生了。总队来了一位领导，午饭后，总队领导在支队长和政委的陪同下一起去鱼塘看看，总队领导一脚踩空，掉进了鱼塘。鱼塘水不深，才淹到首长的腰。这时候，安股长就大喊了一声："快保护首长！"随着喊叫，安股长一个猛子就扎进了泥塘。一场闹剧就这样上演了，荒唐的安股长脑袋钻进了鱼塘的泥里面，还是总队领导蹚水救起了他。陪同的其他几位领导就直摇头。不过总队领导还是当场表扬了安股长，说这位干部不错，精神难得！不久安股长就调到了总队直工处。支队长和政委还没来得及高兴，副支队长在某酒店签单的事情很快就让总队知道了，欠款两万多。总队督促副支队长还钱。副支队长因为这件事情，年底很不高兴地打了转业报告，说自己无颜见人。不用说，安股长的功劳一流。

从那以后，安股长来支队检查工作总是趾高气扬的样子。

安股长势利，牛大志正派。很快，大家又忘记了他，另外一个管理股长又像安股长一样出现了。牛大志看到这些之后，心里波波澜澜地难过了很久。

★大志在列车上回忆三

还有一个让大志解不开的疑问，就是主任讲的自己的工作表现都被总部领导知道了。自己一个小小的中队长，怎么可能会让总部领导这么关心呢？我一个连职干部怎么会得罪总部领导呢？哦，那次表彰大会前，首长接见过我，可是并没有与他们打过交道啊！有时候确实得意忘形，推翻过总队的一些既定方案，就算是这些消息传到总部，也不至于被总部领导盯住啊，人家总部领导关注的是正师以上领导干部，我牛大志怎么可能进入总部领导的视线呢?

如果非要把自己的事业和总部联系起来，也只是在学校的时候，自己曾经发过一次言，当时的火药味很浓。想到这里时，大志恍然大悟。

"哎呀，是不是那次把哪个总部机关领导得罪了呢? 我们那学校可是总部的直属院校啊，而且那天学术交流时，前排就坐了很多领导和教授，单是将军就有十几位呢!" 大志想到这里时，身上就出了冷汗。

那事就发生在自己当了队长后到院校短训的时候。部队安排干部到学校短训是常有的事，官话叫"送学"。到学校主要学习如何当好基层主官方面的专业知识，理论居多。触及部队建设的问题，大都以研讨的形式展开。每次研讨，大志都兴奋，似乎看到了制约部队发展的问题很快就能得到解决。不久，学员们就发现，他们的这些讨论，实在是幼稚到了极点，因为要解决这些问题，不是牛大志这样的人能够推动的。

让大志彻底失望的是自己快结业的时候和最为崇拜的一个教授的谈话。教授姓白，是军事理论研究室的主任。白教授每次上课都慷慨激昂，都能切中制约部队建设的尖锐问题。那次下课，鹤发童颜的白教授就点了牛大志的名："大志，通过观察发现，你是一位热心部队建设的好同志。每次发言，你不仅充满激情，而且充满睿智的光芒。这种光芒是理性的，有的甚至就是良药。下课以后，你到我办公室来一下。"

大名鼎鼎的白教授点了自己的名，二百多个学员的目光就齐刷刷地盯向了大志。大志就有些得意、有些激动，就站起来向教授回答了是。

晚饭的时候，大志急匆匆地扒拉了几口。他满脑子想着大名鼎鼎的白教授找自己要干什么。和人家合著一部大作? 显然自己太缺乏这方面的能力。帮助人家校对稿件? 可是这一两年新创的一些专业术语还没有认真消化。那么就是想把自己推荐给有关领导? 很多大有作为的人都是因为直接被推荐到了领导的身边才脱颖而出的。在这样的激动中，大志就一路豪情地走向了教学大楼，身边的树木和行人都刷刷地往后退去，路边有人很是诧异地看着这个像是60年代来的战友。大志全然不知。

出了电梯，牛大志在白教授的办公室前打了报告，褐色的防盗门就打开了。白教授的门是装有防盗装置的，因为他的研究，除了供教学外，还要转送内参。据说，白教授的好多研究成果都为军队上层的决策提供了第一手资料。

怀着这种崇拜之情，牛大志在白教授的指引下坐在了一张硕大的真皮沙发上。

"教授的待遇很不错啊！"大志心里嘀咕。按说这些做学问的人，对于生活的标准要求往往非常低，可白教授似乎很在意享受人生，整个办公室除了办公桌上有许多杂乱的资料以外，其他地方纤尘不染。办公桌的右边，立着一棵挨到屋顶的巨大发财树。桌子左边的角上，是一个绿色的巨大蟾蜍。"教授想发财呢！"大志的心里笑了起来。

"喝茶，大红袍，除了最好的朋友，我是不用这茶接待他人的。"白教授倒了一杯早就泡好的茶递给大志。大志就惶惶地接住说道："承蒙教授抬爱！"

"我也不是谁都抬爱，唯独对于有思想的人，我总高看一眼。譬如说吧，院长、政委就不一定能享受得到我给泡茶的待遇。一般情况下，是他们给我泡茶。当然，不是我不尊重领导，而是因为我是做学问、研究政策的。他们从政，从本质上讲，我不是他们的下属，我只是寄托在他们管理的院校里做学问，呵呵。再者说，我和总部首长也经常一起探讨工作。按照世俗惯例，即使我是他们的部属，也不能给他们泡茶，否则，他们将如坐针毡！还有，我是60年代的老兵，他们还很年轻，我们也没有老同志伺候新同志的道理。不过你是个例外，因为我们是朋友！"白教授呷了一口茶侃侃而谈。

大志就发现，老教授站立的姿势很像一个潇洒的小青年，一只手插在裤兜，一只手端着茶杯，身子保持着优雅的倾斜。"教授您思考问题真和我们不一样。"大志放松了下来，也站了起来，两人就像酒会上端了鸡尾酒的绅士。

"今天请你来，因为你是一个有思想的朋友。我们身边大多数人并不会思考，他们的大脑主要用来保住自己的生活，辨别白米细面和粗茶淡饭的区别，分析领导表扬背后的深意和批评背后的肯定。不能说这些大脑不聪明。但你不同，你有怀疑，也有不满，当然这样的怀疑和不满来自对事业的忠诚。今天我请你来，是想听听你，一位来自最基层的意见，一个最基层的普通干部，发现了部队目前存在着最大的问题是什么？"白教授的目光迸射着逼人的光芒。

大志在这样的光芒里看到了期待和正气。他忽然激动起来，说道："白教授，您能说得具体一点吗？"

"就从思想教育开头吧。"白教授盯住大志说。

"思想教育？我……"大志虽然平时一直有自己的见解，不过那都是针对某一件事情讲的，像这么系统地谈，他从来没有思考过。

"就说说我们支队吧，教授，您知道思想教育的最终目的是为了忠诚于党，坚定正确的方向，激励官兵不怕死。可是我们却注重形式和过程，不注重效果，不以战斗力来检验。现在检查思想教育的好与坏，就是考理论题，检查教育笔记，这是个办法，可这是表象。比如，有的战士可能确实把政治理论背得很好，但他上战场不一定就不怕死，可能还会当逃兵。思想教育关键要看是不是真的入心入脑，是不是体现在了部队建设的实际行动中和完成执勤处突中心任务中了。所以，我认为，思想教育考核办法，除了看一看形式上的皮毛之外，更重要的是看官兵在诱惑面前的坚定性，在危险面前的勇敢度……而要了解这些，有的可以直接看完成任务情况和部队建设情况，在特殊情况下，最好是在军人不知情的情况下，设定情况进行考验。"

大志还要侃侃而谈，白教授一个手势阻止了说："大志，这些，你都不需要再讲，我知道，全知道。我想问的是，你觉得造成这些问题的原因是什么？"

"官僚主义！心没有真正放在部队，做官彻底为了捞取资本，根本不是想把部队带好！"大志激动起来，端着茶杯手舞足蹈。自己却没有发现，白教授正笑眯眯地看着他，一个劲地点头。

"比如说吧教授，我们特勤中队的处突任务很重，我们抓训练是不是应该从难从严要求？可总有人说，我们这样做是给支队捅娄子。我不知道我们这算什么捅娄子。训练中出了问题，很正常的。当然要科学施训。可是要不从严训练，万一遇到大规模的处突任务，让战士做无谓的牺牲，这娄子算谁捅的？不用说，有人要说这是恐怖分子捅的。而不让部队从严训练的领导，他们难道就没有责任？"大志说着就来了气，声音止不住大了起来，白教授就笑眯眯地继续听着。

"照这么说，基层，还是很渴望部队一切按照正规化建设的要求来抓的？"白教授歪着脑袋问。

"当然，比如说，战士犯错，我们需要按照条令约束。可基本上都在变通，该关禁闭的不关，该除名的不除。"大志忽然意识到自己和白教授谈得太多了，尤其在这种环境，跟这种身份的人谈论自己的部队，于自己做人的原则是不相符的，于是戛然而止。

白教授倒了茶，自己喝了一口，又回转身子，给大志倒上，似乎自言自语说道："你说的都是事实，客观事实，不过要解决这种作风上的事情，岂止一朝一夕！"

"你回去吧！这些话，在我跟前说说就算了，别人跟前，千万别。社会很复杂。你是个有思想的干部，千万不能毁在自己的言语上。抱负和现实是有距离的！记住我的话，什么时代，都要紧紧跟着组织走！听明白了吗？"

白教授说完，就自顾自地坐在办公桌后，打开电脑开始了他的创作。过了分把钟，大志才醒过神来，恍恍惚惚地出了教授的门。他心里难受得厉害，似乎一个男人在一个口口声声需要自己身体的女人跟前脱光了，却又被人家拉开窗帘，暴露在众多人面前的感觉一样。大志感到无比羞愧。

★大志在列车上回忆四

看来我真的把丑丢尽了。我真是个蠢货！一个月前的部队建设问题座谈会上的发言，自己指出了那么多问题，领导能不对我这个英雄有看法？大志抱着枕头辗转反侧了起来。他一下子明白了许多。

那次交流，前面坐了很大的领导。我真是吃错药了！月亮忽闪着越过火车窗户的时候，大志还在想。

过去的事就像放电影一样，总在脑海里出现。大志过去是听老转业干部说过的，确定转业后，在好长时间内，入伍后的经历总是一遍又一遍地回忆。脑子里常常纠缠什么事没做对，什么人对自己不好。反复纠缠后，忽然有一天就释然了。人嘛还是要站高一点，看远一点，看开一点。当时大志还不太明白那些老转业干部说的话，现在终于轮到自己一遍遍回忆了。

那次学校召开的是研讨会，学员们都围坐在一个很大的会议室。一开始，大家谈的问题都比较宽泛，讨论到一半的时候，大志就有些烦躁，部队建设的那个草案不是你们在决策层跟前煽呼的？基层官兵才提出一些合理化建议，你们就顾左右而言他了。就这样的情怀，你们还号称什么军队政策落实的推进器，都把部队推到阴沟里去了！牛大志很是不满，加上几个月来学习的东西都千篇一律，死气沉沉，忍不住就在心里咒骂，而后使劲一咳，朝地下吐了一口唾沫。正要忍耐不住的时候，下课了。

真沉闷！牛大志是大踏步地走出教室的，他到厕所，使劲排泄了一下。

走出厕所的大志甩了甩手上的水，用两根手指头从口袋里轻轻地夹出一根烟点燃，刚吸一口，抬头却发现学院的院长也在那儿看着窗户外面吞云吐雾，旁边还围了几个教员或领导模样的人。大志就赶紧掐灭了烟头，大大方方地走到院长跟前说了一声首长好。院长见有人打招呼，就回过头来。大志急忙向院长行了一个军礼说："院长好！我是银湾支队特勤中队中队长牛大志！"

"呵呵，牛大志啊？银湾支队的牛大志！大名鼎鼎的功臣！来，抽一根，憋坏了吧！"院长身材魁梧，看见大志手上掐灭了的烟，笑呵呵地就从裤子口袋里拿出烟来给大志。大志就站得很挺直并很激动地笑着从院长烟盒里抽出了一根点起来。

院长问："今天这个交流你怎么看？"

大志看人家院长一点架子也没有，就很是放松地照实说道："说实话，今天的讨论都是蜻蜓点水，没有入木三分，对部队的问题是犹抱琵琶半遮面。"

"你说得对，部队建设确实存在不少问题。问题的形成，非一日之寒，问题的解决，也不是三下五除二就能成的，正所谓病来如山倒，病去如抽丝。是不是小牛？"院长看着大志笑眯眯地说。

"是这样的首长，我的感觉是，既然已经发现了病灶，就要抓紧时间动刀，不能隔靴搔痒，这样对部队建设是不利的。"大志立正着回答。夹在手指中的烟袅袅地上升，笔直地在他的眼前缭绕。大志被熏得流了眼泪，却不能动。

"一会儿你也谈谈。交流材料都发了，大家也都看了，再这样交流下去意义不大。让大家自由谈，可能还能谈出点东西来。"院长笑着说。

大志是第一次跟院长交流部队建设问题，他觉得院长很务实，心里就有了很冲动的想法：一定要抓住这个机会，把自己的所有想法完整地表达出来。这样的机会对于我这样的小人物，不是很多！很会抓机会的大志这样给自己打气，他的大脑快速地转动着，思考着如何在会上发言。

上课铃声响了后，大志的心脏随着铃声快速地跳了起来。走进教室的时候，学员们已经正襟危坐在了各自的位置上。大志刚坐下，主持人就开口说话了："同志们，刚才，我们根据院长的指示，对今天的交流做了一个改动，书面交流就到这里。文字材料都发了，大家可以回去看。下面进行自由发言，每人不超过十分钟，主要以学员为主。学员都来自部队一线，对部队建设问题，他们最有发言权。今天基层同志讲的问题，将形成成果，上报总部，供总部首长机关决策参考。所以希望大家放开讲，做到知无不言，言无不尽。讲得越透，我们院校下一步拿建议才能拿到点子上，这可是为部队建设大局着想。我们来自基层的同志，平时很难有这样的机会，今天即使说得过一点也不要紧。下面开始，谁第一个发言？"主持人说完，就用眼光扫视。

大志早就想发言了，只是过去在这么严肃这么个规格的会议上，根本就没有他这个连职干部发言的资格和机会。今天让基层的干部发言，大志只觉得心一个劲地跳。课间的时候，院长给他的暗示和鼓励使他备受鼓舞，这一鼓舞，冲动的牛大志就第一个举起了手。

"呵呵，牛大志，好！牛中队长是我们武警部队的功臣，有比较丰富的基层经验。在制约部队建设发展和反恐处突方面，一定有很多话要讲。"主持人带有煽动色彩的话引起了大家热烈的掌声，牛大志就在掌声中一路漂浮着走上了讲台。

牛大志走上讲台后，看着台下一大片抬头望着自己的领导机关干部、教员和学员，心里倏忽一下就有了许多得意。这是个机会，不博个头彩，至少也能让自己抑郁已久的心情得到一些释放吧！想到这里，牛大志就站直了身子，向台下敬了一个礼后，便开始了他的发言。

"先讲第一个看法！"牛大志觉得自己没有必要在讲话上以客套的官话浪费时间，他开门见山地提出了自己的第一个观点。

"刚才教研室黄主任就关于部队信息化问题的看法，我有不同意见。黄主任讲，信息装备上去了，懂信息技术的人才培养出来了，信息化就算完成了。我认为黄主任犯了一个极大的认识上的错误。他讲的这些东西，只是从信息技术层面来讲的，并不是信息化的全部。我理解，所谓的信息化，就是在信息技术极大发展后，引发的思想观念、军事理论、编制体制、武器装备、人才建设的系统的革命，带来的军队训练和作战状态。信息技术也好，思想观念、军事理念、编制体制、武器装备、人才建设也好，都是信息化的组成部分。我要讲的是，比如军事理论，信息时代的战争，前方后方地理概念已经不像机械化时代那样清晰了，我们指挥打仗还要不要搞个前沿和纵深。萨达姆为什么败，除了他政治上的独裁外，在军事上，他就是用五六十年代的作战观念和理论，指挥了信息化时代的战争。他竟然搞了个萨达姆防线，要跟人家多国部队打阵地战，结果连人家长得什么样都没看了，就彻底败了……"

台下的听众都屏气敛息地看着台上一脸严肃的大志。大志在大家的凝神中得到了鼓励。他知道，黄主任今天讲的观点，会有很多人质疑。今天大家能这么认真地听，并不是自己观点的新颖，而是自己一个小小的武警中尉，狠狠地击打了教研室主任的软肋。

大家希望我是扎向黄主任的第一杆标枪，我不能让大家小看了。不能让大家以为我只是有挑战的勇气，却没有挑战的实力。他环视了一下教室里的将军、教员和受训干部们，清了一下嗓子说道："由此，我又想到第二个问题，也就是编制体制问题，这其实也是建设信息化部队的一部分。我知道，这个问题很敏感。但是我还是想讲，我们现在的指挥体制，不是扁平的，而是树状结构，不管什么事，都要层层上报，层层下发。因为我们需要一级对一级负责。这在管理上保证部队高度稳定，确实是我们的特色。部队一直以来都很稳定，可作战的时候呢？现在已经不再是阵地战的年代了。发达的信息技术，需要部队指挥更加灵便，需要中枢神经对部队的指挥迅速地传达到末梢部位。美军打仗，最高统帅机关都指挥到单兵了。我们的这种编制最大的弊端就是容易贻误战机。如果哪天在我们边境的什么地方，外敌入侵了，我们的指挥员因为层层上报，层层签字负责，耽误处置情况了，谁负得起这个责！记得有个战友说过，他在某边防连观察哨当战士的时候，有一天忽然观察到前方一公里左右有一架飞机卷着尘土过来了，他急忙向连队汇报。同时，他组织班里的战士做好战斗准备。火箭筒，机枪，全部架了起来。结果，飞机在距离他们一百米左右的地方停了下来。那是一架直升机，邻国出事了的直升机。飞机落在了他们的边境线上。等飞机上的人全部下来，停靠在旁边的石头上休息的时候，连队的指示才到，而且这个指示让我的战友们想哭——连队的意见是，严密监视，不能轻易动用武器，等待上级指示！同学们，我们想一下，如果那是一场战争，失败的肯定是我们，哭泣的就是我的战友和我的祖国还有我们的人民！"

大志说到这里，下面就响起了热烈的掌声。大志知道，自己刚才讲的问题，实实在在切到了问题的实质。大家的掌声是由衷的。我们的干部，其实和我一样，也渴望部队改革。

教室里有些闷热，大志擦了一把淋淋的汗水。他需要进一步阐述自己的观点："现在的问题是，有的部队没有一点中心任务……像小总队的平时保障，完全可以由其他近邻军兵种部队承担，这样可以减少很多人。现在就是再小的总队也是军级了。有人开玩笑说，总队一级如果再升格就不得了了，将来打起仗来，那么多将军，你一言我一语的，是要贻误战机的。信息化时代，像这个问题，院校要肩负起向总部机关提供决策的责任，切实从国家民族的利益上考虑问题。"

大志看到，他说话的时候，下边不少人在交头接耳。显然，自己的发言触及了一些在座的领导。既然讲开了，就要讲透彻，不能让领导觉得我就是个愤青。

"再一个问题，就是党风廉政建设问题。现在即使是一个中队都要把搞好接待作为战斗力对待。中队哪里有接待经费呢？……"

"我再说第四个问题，人才。一线部队人才全保留下来了吗？我看未必。据我所知，我们总队处突中的战斗英雄，没有一人提到师，早已全部转业。而志愿兵转干的，有的却提到了比较高的位置……"

……

大志记得，那天他一共讲了十个问题。学员们就不停地鼓掌，有的甚至叫出好来。大志开始的时候，还多少有些自我满足、自我膨胀的感觉，但到后来，当看到坐在前排的几位将军的脸色有些不悦时，他的心情随即就灰暗了下来。

大志下来的时候，脑子里一片空白。

真是沉闷啊！沉闷！没想到自己讲李云龙，结果就成了和平时期的李云龙了。唉！十个问题，个个尖锐，个个让领导不舒服啊。不要说是十个了，就是一个如果让领导不高兴了，你大志也不会有好日子过。对了，孙主任说我是因为讲过反对指挥体制的话而被转业的。可我当时也只是讲体制不适应信息化条件下的战争问题，我们应该创新指挥体制。这难道错了吗？为什么要给我扣这个大帽子？天啦！多少天来对自己为什么转业纠缠不清的牛大志终于有点恍然大悟了！

还是孙主任能深悟其中的道理。大志想到那次孙主任请他吃饭时说的，有的真话不要讲，讲了，就会让自己实现远大理想的雄心壮志毁于一旦。小不忍则乱大谋，解决问题是需要时间的。有的问题，甚至需要几代人来解决。

还是人家孙主任，一个文化并不是很高的人，却能把官场游戏悟得很透。

★大志在列车上回忆五

这些天没有给父母打电话，主要是不敢打，突然地转业回来了，怎么向家里人交代呢？当时不是忙得连休假的时间都没有吗？当时不是有宏图大志需要在自己身上体现吗？现在怎么回来了？回来肯定不是牛大志自己的意愿，那只有一个，就是部队把牛大志开除了。

人生无常，看起来有时候很风光，其实危险步步紧随。就像一个渺小的人物，站立在峭壁之上，唱着得意的歌曲，却不料，后边有一只硕大的手，随时可能将他推下悬崖，粉身碎骨！我怎么就没有想到，得意的时候，在背后有一只可怕的手呢？

大志这次回来，把从军十多年积攒的所有东西都打包托运了，还有那块古砖。他想着回到家之后，就把那古砖还到古墓上放好。拿了大将军墓上的东西，却没有实现宏愿，心里失落、难受。

大志觉得，最对不住的人就是大将军。因为自己在大将军墓前发过誓，当兵要当到将军，而且旁边还有师傅做证。师傅早已去世，如果不兑现诺言，就失信于两个在天之灵了。打包的时候，大志看了看那块硕大的秦砖。砖还是当兵时候的样子，厚实沉重。只是十多年来，被自己把玩得已经很光滑了，没有了从古墓上刚刚拆下来的粗糙和陌生。沉重的古砖本来属于古墓，属于老家的原野，跟随大志十多年，沾染了无数的世俗，原野的灵性已经淡了，沧桑和厚重早已不再，留下的，就是世界上人人都熟悉的那份熟悉，随时都有的那份熟悉。和古砖一起打进包里的还有那女中学生写的信和照片。他本来是不打算打包带走的，但他想了想还是放进了包里。毕竟是人家女孩子对自己的一份纯真的感情。也许这是她第一次暗恋别人，把人家的信还有照片扔掉真是不太合适。没有完成父母交给的找媳妇的任务，这也是足以自慰的美好回忆了。"也许还有更好的处理办法！"大志这样想着。

大志的老家，翻开那县志，有名的人实在没有几个。那些所说的古迹之类，大都是一些过去的老学究，为了壮大本县的声势，凭空地根据这古怪的树，或者时断时有的泉水，想象出来的。

　　那么牛家村呢，牛家村的村民们唯一能在外边海侃，说得上叫得响的人物，也就是那不知姓名的大将军。大志其实也想过，那大将军，说不定根本就不存在，或者说，其实就是一个战死的老兵，毕竟这无从考证。

　　大志每想到这里，总有大不敬的心慌。那大将军的墓，早早地在村子里，老老少少都把这当了庙一般的圣物，逢年过节就烧香。谁家的孩子不听话了，总有那望子成龙的父母，扯了孩子的袖子，拉到大将军的墓前，数说了孩子的不是，要孩子在墓碑前，磕头认错，以至于发誓，将来要做像大将军一样的人物，才肯让孩子回去。

　　大志小的时候，师傅经常说："娃娃，这世道，不要总觉得自己多能，大将军多能啊，也把自己埋在了这里。那人过一世，就是蚂蚱的一秋。这村子，我端详了脉气，也就是大将军能保佑出武官。村里的娃娃，大大小小的我都看了，没出息，就你还差不多。你要好好地念书做人，将来出门闯荡天下，大将军就能保佑你。"

　　大志那时候还小，经常被师傅这样一教诲，就全身沸腾了，总有当了披挂的英雄，出征作战的冲动，就一直老老实实地读书，也不敢有丝毫的人品上的脏斑。

　　"没有想到，从小养成的那性格，见不得说假话、办虚事，如今竟然把自己弄成了这样子！"大志心里感叹着。

　　离开银湾前，大志到银湾最著名的一家超市里面转了一圈。他想给家里人带上一些银湾的特产，也算是带上银湾的念想吧。不管怎么说，银湾这地方，留下了他太多的回忆。失意也罢，当初年轻轻狂也好，都要随着自己脱下军装，慢慢地淡出自己的回忆。

　　父亲是抽烟的，大志就给父亲买了几条海王香烟，又挑了两瓶银湾大曲酒。在四楼卖服装的地方，大志认真地挑了几件时髦的衣裳，是给母亲和妹妹的。最后，他托熟人花了几千块给弟弟买了个当地非常名贵的黄花梨算盘。

"人生的账很难算，弟弟一定要把自己的人生大账算清楚。"摩挲着算盘，大志心里为自己壮志未酬戚戚地难过。

大志没有给父亲买衣服，他考虑到自己有不少旧军装，父亲一定会喜欢的。父亲曾来过电话，说村里收水电费的要一身警服，看大志能不能邮寄一套回去。大志笑了问父亲，收水电费的要那玩意儿干什么。父亲说人家说了，收费很难，穿上这样的衣服好歹能让人害怕。大志苦笑了，最后还是没有邮寄。"早知道这些旧军装迟早要回老家，还不如当初给了他们。"包裹这些旧衣服的时候，大志想。

本来，大志的旧军装几年前是要徇私给弟弟的。军装不能外流，但弟弟是个例外，他不会穿着吓人。可弟弟一点也不喜欢，他在电话里开玩笑说，别说是军装了，就是将军我也不稀罕。当时大志就批评他没有志向。弟弟却说："哥，你别蒙我了，我是成人了，什么事情我不知道，当将军那是要花钱的，地球人都知道！"

"不要诋毁军人，有志，你也是大学生了，怎么可以信口开河，将军是拿钱买的吗？你让老板们拿钱买一个我看看！"

"那是你们体制内的事情，你心里清楚，哈哈，不要生气哥，开玩笑的，部队是纯洁的高尚的，好了吧！"弟弟最后以调侃的口吻向大志道了歉。

后来，弟弟大学毕业回来和女朋友在斜阳开了个广告公司，一年多就把公司倒腾得红红火火的。

刚刚宣布让他转业的时候，大志没有一点心情买东西，他甚至还想着能不能不回去。但最终还是战胜了自己。他应该把古砖还到大将军那儿去。事业上的成败都得有个交代。

牛大志知道，这块古砖放回去，需要的不仅仅是勇气，这里边，更多的是他的良心。那个安葬在牛家村的大将军，在他很小的时候，总是在不知不觉间自私地以为，这个大将军是为了自己而安葬在这里的，是为了迎接牛家村有个牛大志的降生而刻意安葬在这里的。

当然，这一切，都是因为师傅多年的暗示也好，明训也好造成的。在那个贫穷的牛家村，当年和自己差不多大的童孩，能让师傅看中的，就牛大志一人。牛大志从来没有想过，这个在牛家村有一手拳脚功夫的老人，能识文断字却不愿意和村人走得很近的师傅，是不是也为了牛家村的这个大将军而居住在这里，心里是不是也曾经有过大将军一样的雄心壮志。

当时的牛大志，显然没有更深入地思考这个问题。入伍后，对于部队紧张生活近乎痴迷的融入，也让他忘记了去想这个问题，直到知道自己转业！

也许这个孤苦的老人，有未竟的壮志吧！他只好在牛家村把自己的那点不能熄灭的火种，撒播在我牛大志的身上。

其他的童孩，在大将军的坟墓跟前，是静静的惊骇和畏惧。而牛大志，更多的却是回归一般的安慰。这个安慰，是一个游子在父亲身边的亲近感。

当然，牛大志这样的情结，还因为师傅的训诫。师傅对自己的教育，总是在对比中进行的——

"看，治平不学好，偷了人家地里的萝卜，考试又是鸡蛋，他都不敢到大将军墓前，只有你敢，你考试考得好！""大志，他不学好，他爹昨天带他到这里跪了半晚上，你从来就没有。你乖，懂事，勤快，读书好！"

……

就在这样不断的对比中，牛大志内心深处就一直觉得，只有自己，才是大将军看重的孩子，因为这个村子里，没有哪个小孩子能像自己一样，十多年来，在大将军的坟墓前，从来没有愧疚过！

"牛家村一定会出一个大将军一般的人物，这个人物就是牛大志了。"师傅经常在夕阳下，抽着呛人的烟，端坐在大将军坟墓前的石头上，看着那一望无际的苍黄，幽幽地说话。这样的话，牛大志听了不知道多少次。

师傅并不和村人走得近，村人却总用尊敬的目光瞅他。

牛大志虽幼小，却看得出这眼神。师傅是牛家村的另一个神秘，牛大志在这个神秘人的话语中，相信自己就是大将军护佑的那个"人物"。

"大凡盛世，都是武将死战，文臣死谏。我不赞成武将就知道死战，还要死谏！打仗，不是哪个将军一个人打。左手托着江山，右手托着人生父母养的性命，要担待起君王，还要担待起自己手下的那些性命。谁错了，就要拾掇谁，要不就不是好将军！"师傅每次擦拭大将军墓碑的时候，就这样说话。

牛大志每次都能从师傅浑浊的眼睛里读到许多味道，在品味了足够多的这样的味道后，他以为，大将军是善战的，也是死谏的。

这样的性格慢慢地在他的心底扎根，一直到转业都没有改变。

所以说牛大志得知自己转业之后，第一个想法就是，如何回家，如何向大将军和师傅交代！他是大将军和师傅一起教出来的，踌躇满志地要做大将军一样的人，可是却没有成功。你牛大志转业了，此生将无缘于大将军这个头衔！

回去了，脸面往哪里放？大将军看了自己这么多年！

2008年12月26日上午

列车终于在大声喘息中于 12 月 26 日上午十点半停在了斜阳车站。眼前的一切陌生而熟悉，宽广的站台，光鲜的人群，五光十色的广告牌，人群里嘈杂的老陕话透着久违的亲切。"故乡，你能容得下我这个打了败仗的儿子吗？"大志的眼睛湿润了。

大志穿好军大衣提着行李箱走下了列车。他深深地呼吸了一下，一股家乡特有的泥土气息扑面而来，这个味道让大志有些迷醉。他闭着眼睛站了好一会儿。他多少有了归属的感觉。

在部队时每天鼻子里充塞的是年轻军人身上散发出来的特殊的汗味，在列车上则是南来北往的杂陈五味，而故乡土地散发出来的则是曾哺育自己长大的泥土气息。大志有些满足了。家乡的气味给了失败的游子依靠和温暖。

这个冬天特别的冷，前天下的雪还在路的两边冻着，雪的表层沾染上了黄土地上的浮尘，脏兮兮地黑暗着，整个城市散发着陈旧年老的气息。因为地上积雪的外壳已经冻住，人踩踏在上面就发出扑咕扑咕的声音。

看着这一块块白雪，黑乎乎地肮脏，大志莫名地生出一股久违的亲切。在银湾待久了，几乎快要忘记这黄土地上的雪。虽然这城市的雪已经被现代工业污染，却毕竟是在故土上踩踏。大志就又踩踏了两下，那思绪，就悠悠地走了，远远地看见自己在牛家村的土地上行走。

回来了，故乡！回来了，牛家村！往前走着，大志竟萌生了跑回家的冲动，似乎自己是一个受了委屈的小孩子，有了急于见到父亲母亲的冲动。

走了几步，大志就感到鼻子有些发痒。他知道，这是家乡的气息在欢迎远方归来的游子哪，紧接着就连续打了好几个喷嚏。

出了大厅，大志就用普通话向问讯处的女服务员打听行李什么时候能够卸下来，说他的行李是随车发的。

"你是从哪里来的？"服务员头也不抬，一口浓浓的本地话让大志感到心里面有股暖流在淌着。

"银湾。"大志不由得用家乡话回答。

"银湾我去过的，好城市，比斜阳好多了！我以前跟车的时候常去。"服务员抬起头看了一下大志。

"斜阳也不错，古都嘛。"大志笑了笑。

"切！什么古都不古都，现在人都喜欢银湾那样的现代城市。古都有什么好？兵马俑里能 K 歌还是乾陵里能吃海鲜？"服务员翻了一下白眼。

大志忽然感觉自己在这个服务员跟前，就像在总队一样地虚弱。他无奈地叹了口气。

"看来，我真的是落伍了！"大志回过头去，看了一眼车站上的秦始皇雕像。服务员又用本地话问，行李多不多，要不要叫车。大志说，谢谢，不要了，我自己租车。

离开服务台，大志就缓过了神——哦，到现在还没有给弟弟打个电话。唉，这一路脑子里被不愉快的事情塞得满满的，都忘了给在斜阳的弟弟打电话让他来接了。心里明明想过这事的，怎么就忘了？大志拿出手机就拨通了弟弟的电话。

"哎呀是哥啊，你好！"弟弟有志的声音很阳光地从电话那头传过来问候大志。

此时的大志就感到弟弟简短的问候让他心里面是那么惭愧，好像做了什么见不得人的事似的，就鼻子一酸问道："有志，你现在在哪儿？"大志这个时候感受最为深刻的就是知道了什么叫无颜见江东父老。他心里难过。

"哥，我在斜阳呢。哥，今天不忙啦，有时间打电话啦。我总觉得你好像比国家主席还忙。"弟弟在开玩笑。

"有志啊，我在斜阳火车站呢，你帮哥叫个车过来。小货车。"大志说。

"什么？哥，你回来啦，不要骗我啊！拉什么军事装备呢，还要小货车？好的，你等着，我这就来。"

"我就在火车站的秦始皇雕像旁边不远的地方。"大志郁郁地说。

"只要十分钟我准到。你找个商店，先坐里边歇歇。"有志说完就挂了电话。

大志本来是要说自己转业的事的，但还是少了点底气，觉得还是等见面了再说比较好。大志没有到商店里面坐，而是在广场旁边的一个石墩子上坐着抽烟。广场上进进出出的人很多。进去的大多是低着头、提着或拉着行李箱、没有什么话语的行色匆匆赶火车的人；出来的都是接站和出站的，都抬着头爽朗地在说说笑笑。唉，人生就如赶火车！进去的都充满期待，憋着一股劲，快步向前；出来的都是品尝收获的。和那些出站的人相比，我牛大志就是个失魂落魄之人啊！俗话说，人到码头车到站！讲的是人生一个过程下来，有一个比较圆满的结局。可是，我牛大志还没有到站，就被列车长无情地在半途赶下了车。有什么值得喜悦的呢？此时的大志忽然就觉得自己非常可怜，他狠狠地抽着烟，拿自己的喉咙出气。

十分钟后，有志电话就来了，说已经到了雕像下边。大志接了电话就往雕像跟前走。马上就见到好几年都没有见到的弟弟了，他步子很快，却感到两脚像有块铅吊着，坠坠地不舒服。远远地看到，雕像下站着穿黑色皮衣的人，再仔细看，不错，正是弟弟有志。旁边还有一个女孩，应该是弟弟的女朋友了。弟弟也在四周急切地张望。兄弟俩都看到了对方，就一起跑着喊叫着拥抱到了一起。

"哥，你多少年都没有回家了，你刚才过来时，我一下子就认出了你！"有志抱着哥哥半天不松手。大志有了想哭的感觉，就使劲地把弟弟抱了好一会儿，眼泪最终没有流出来。他心里有说不出的委屈。

兄弟俩松开后，弟弟就对身边穿着羽绒服一直笑得灿烂的女孩说："这就是咱哥，特警队长。啊，可不是黑猫警长啊。哈哈。"女孩就很是大方地把手伸过来和大志握了一下，亲热地叫了一声"大志哥"。看着弟弟有了心上人，大志由衷地高兴，看到女孩是那样的亲切，像一家人一样，就很开心地叫了一声"妹子好"。有志的女朋友还没过门，大志这么一叫，就让这准弟媳脸红了一下。看到弟弟这么有出息，这几天来，大志总算是开心了一回。

"哥还是那年你们学校放寒假回来过，这一晃就是五年啊！你现在脸比过去黑，也比过去老多了。"取行李的路上，有志心疼地说。

"海岛太阳大，紫外线强，人就显老。"大志嘿嘿地笑。

"有志，你真不会说话，哥才多大，怎么就是老呢？是成熟！"准弟媳在旁边插话。大志和有志就哈哈大笑。大志笑完，心里隐隐地难受，唉，讲这个还有什么用，大太阳、紫外线与自己再也没有关系了。

小客货车司机把车停到取行李的窗口后，大志就把行李单交给了车站工作人员，很快行李工就把几个纸箱子搬了出来放在了小客货车上。有志看了几个箱子就有些不解地问："哥，探个亲带这么多东西回来干吗？多难拿啊！你也太老土了吧，现在啥东西买不到啊。就是咱们斜阳的酒店照样可以吃到你们那儿的海鲜，而且还是鲜活生猛的。"

"我转业了！"大志回过头，意味深长地把憋在肚子里面的觉得十分丢人、难以启齿的话和自己的第一个亲人说了出来。

"什么？你转业啦！"有志感到非常惊讶，"为什么？你不是说要在部队干一辈子的吗？"

"一言难尽！"大志低下头拍了一下弟弟的肩膀说，"回去再说吧。"

有志看着大志发了一会儿愣，他女朋友小爱没有表情地拿出车钥匙到马路边把车子开到兄弟俩跟前。显然，她对有志的哥哥有些失望。虽然她没有亲眼见过大志，但大志的光辉形象早已在她的心里顶天立地了。在认识有志之前，她甚至曾疯狂地暗恋着他，还往大志的部队寄过信。现在，就连她周围的朋友都知道，她男朋友的哥哥是位非常了不起的特警队长，曾经出生入死抓过好几个穷凶极恶的歹徒，曾经几次用他手中的狙击步枪，一枪毙敌，解救人质，是一等功臣。就在刚才看他们兄弟俩拥抱的时候，小爱的体内禁不住涌动着热流。英雄突然来到了身边，像阳光一样喷薄而出穿进她的心房。她在心里一遍遍默念着好几年前给大志写的诗句，激动的泪水情不自禁地流淌：

我的太阳神！是你给了我光明和温暖！是你给了我正义和力量！你的光明和温暖，你的正义和力量，定能战胜一切魑魅魍魉！我的太阳神，我愿做你唯一的爱人，溶化在你炽热的胸膛，为你守护万丈光芒！

我的太阳神，难道是天狗灭了你的万丈光芒？她是知道的，像这样的英雄，怎么会转业呢？况且，有志也说过的，哥哥有着远大的志向，想在部队干到底的。难道犯了什么错误？

有志没有发现女朋友的反常，向客货车司机喊了声"师傅走了，跟上我们啊！"就为哥哥打开车门。兄弟俩在小车后面的位置坐定后车子就开动了。唉，颠簸了一路，脑子里七思八想了一路，现在把转业的事告诉了自己的亲人，大志觉得心里轻松了许多。准弟媳开的这小车就像家那样温暖，温暖得让他有些犯困。此时，他根本就不知道，坐在前面开车的女孩子，心里面是多么的冰凉。

"这是我们刚买的车，我和她一人八万。哈哈！AA制。哦，还没告诉她的名字，张小爱。"有志看着哥哥说。

"好，小爱，挺好听的名字，爱自己的家人，人人都这样，就凝聚成世界的大爱了。"大志打着哈欠有一搭没一搭地解释小爱的名字，心里忽然就灵醒了一下，小爱，怎么就跟当年写信给自己的女中学生一个名字。而且长相也与那照片上的女孩有点像。

"哥哥蛮有意思的。有志，哥一定饿了，咱们先去吃饭吧。"小爱开着车说。

"哥，羊肉火锅咋样？"有志侧过脸问。

"随便吧。"大志没有表情地回答着，心里还在想着小爱的名字。

"哥，我看呀，人还是实际一点，转业也不是什么坏事。其实我说了你又不高兴，你刚才说转业了，我虽然感到意外，但心里面却非常高兴。为什么呢？因为我知道，干特警就像当模特，吃的是青春饭。当你干到面如老黄瓜时，人们就记不住你青春靓丽的样子了。你赖着不走，组织上念你有过功劳，不让你转业。可是一过三十，你干得也就吃力了。如果作用没有发挥好，可能还会耽误大事。耽误了大事，既毁了自己的前途，也害了部队，所以还不如早走，这就叫见好就收。像哥回来，一定能安排个好工作。我是知道的，一等功就能随便挑工作了。哥，你就到公安局谋个差得了。有哥罩着，我们的生意会更好的。我听说，在部队上，都是年轻干部特别想转业，老家伙不愿意走，老家伙走了没人要。哥，你这么年轻就转业了，有什么不开心的？当个特警也就是好听一点，工资那么低，有那个精气神，还不如赚很多的钱，将来盖个别墅，开个宝马。"有志嘴巴不停地说着。

"你懂什么啊，哥哥做的是国家大事。男人嘛，就要志在天下的。哪像我们，一人吃饱，全家不饿。像咱哥这样的人，即使不当特警了，他肯定也会当领导特警的领导的。咱哥一定是太累了，撑不住了。"小爱细声细语地说着。

大志没有心思听弟弟和小爱唠叨。

"管他呢，哥哥转业回来了随便也能弄个领导干部干干，离了部队难道就不能发挥哥的专长了？才怪！"有志搂着哥哥的肩膀说。

"你就知道当官，就知道赚钱，男人能没有理想没有追求没有社会责任感吗？"小爱插话说。

大志在两人的你一言我一语中脑袋都要爆了。他最不想听到的就是"转业"这两个字。"转业"这两个字对于他这个准备把一生都献给部队的人来说，和"开除军籍"没什么两样！

"哥哥对不住你们，也对不住爸爸妈妈，哥哥是犯错误了才被人家弄回来当老百姓的。"大志冒出一句来就把他们打断了。他没有说犯了什么错误，这就把有志和小爱吓了一跳。心中景仰的英雄竟然是因为犯错误被开回来了，小爱因为受了点惊吓就不由自主地踩了一下急刹车。车轮子就发出了嘎嘎嘎的怪叫声，三个人都同时冒出一身的冷汗。

惊魂甫定，大志也觉得奇怪，怎么就说了自己是犯错误回来的了？再想想，也是的，不是犯了错误，组织上怎么就让一个立了战功的英雄转业呢？难道说自己是因为地方建设十分需要我这样的人才，非要我牛大志脱军装不可？牛大志如果不转业回来，这地球就真的不转了？

2008年12月26日中午

　　吃火锅的地方是斜阳的老店，阔气豪华，看得出来，有志是想让哥哥美美地尝尝家乡的味道。

　　虽然是孜然味羊膻味浓浓的热气腾腾的火锅，但饭吃得很是冷清。有志要了一瓶二十年陈酿华山论剑西凤酒。本来大志是想把自己一下子痛痛快快地灌醉，在亲弟弟跟前唠唠心里话的，但看到弟弟的女朋友一直拉着个脸，就为了弟弟有志，不能酒喝多了丢了咱牛家的人。所以，无论有志怎么劝，大志也就表示个意思。

　　心中的英雄倏地一下子消失了，小爱失望得把应有的礼节也忘了，只顾低着头自己吃，弄得有志非常难堪。有志是知道的，小爱跟自己好，是自己沾了哥哥这个无形资产的光。因为有司机在旁边，也不好说太多的话。这倒是便宜了司机，嘴巴里始终塞得鼓鼓的，胖脸蛋上满是汗珠子在兴奋地滚动。

　　饭桌上女朋友小爱的没有礼数，让有志很窝火；哥哥大志在饭桌上一言不发，让有志很心疼无奈；司机只管自己的胃口，让有志很是厌烦。哥哥刚回来，就这样子吃了一顿饭。有志在很不舒服的情绪中埋了单。

　　大志在有志接过服务员递过来的发票后，就对有志和小爱说道："我回去了，都好长时间没有见爸爸妈妈了。"

　　"哥，不急，在这里住一个晚上，好好休息休息，咱哥俩还没好好聊聊呢。"有志拿着个牙签掏着牙说道。有志是理解哥哥的心情的，他不想让哥哥就这样子回去，想劝哥哥留下来。

　　"你还是让哥回去吧，哥急着回去看姨和叔呢。再说了，不是都转业了嘛，什么时候来都可以，反正有的是时间。"看到有志劝大志，小爱就拿起放在桌子上的手机和车钥匙站起来说道。

见女朋友说了有些不耐烦的话，有志知道小爱对哥哥失望了，就没敢再说什么，心里面还有点窃喜。他一想也是，哥哥都五年没见过爸妈了，还是早点回去好，就对大志说道："那哥就先回去吧。我这里刚接了个大活，暂时还走不开，等活忙完了，我就回家，咱兄弟俩好好聊聊。"

大志点了一下头，然后就站了起来。

四个人出了饭店来到停车场，司机上车打着火后，饭店保安就用手挥舞着像交警一样的动作，指挥司机把车子开了出来。等车停好后，大志就走到客货车的后面，右脚尖一蹬就直接跳上了货车，把小爱看得张开了嘴巴。一旁的保安哇的一声说："这身手太厉害了！"

大志在车上拉出一个纸箱子，"哗啦"一声就撕开了胶粘的封条，然后从箱子里面取出一个木制的算盘来，把箱子重新放好后，又翻身一跃跳下车对有志说："哥也不知道你喜欢什么，反正你是经商的，就给你买了把算盘。社会很复杂，有志，人生的这笔账，要算得清清楚楚，什么大，什么小，什么值得做，什么不值得做，要明明白白。"又苦笑了两声说："现在都用计算机了，不喜欢就扔了算了。"

有志乐哈哈夸张地伸出双手，鞠了一躬，接过算盘说："喜欢喜欢，咱哥送啥弟都喜欢。"嘴上这么说，心里却感到哥哥也太小气了，竟送个算盘给自己，这啥年头了。又想，哥回来真好，得想法子帮哥找个工作，自己的生意不能总是仗着未来的老丈人。

一旁的小爱只是微笑着看这兄弟俩，没有说话。就想着，这样的身手，不为国家做事也太可惜了。

2008年12月26日午饭后

　　大志坐上客货车和有志小爱挥手告别后心里就一直忐忑，想着这回去该如何向父老乡亲交代。他是知道心里留不住话的父亲是怎么夸这个儿子是多么有出息的，他也能想象到村里人是怎么自豪地到处拿他说事，长自己脸面的。这一路上他不停地抽着烟。司机似乎看出了人家货主有心事，也不敢问什么，就善解人意地把收音机打开，稳稳当当地开车。

　　还是那年放寒假回来过，五年了，故乡终于在凛冽的寒冬迎接这些天来心如寒霜的游子。

　　你大志怎么了？是身体羸弱告老还乡，还是世界太平解甲归田？你一个28岁的特勤中队队长，反恐尖兵，人民花那么多钱培养你，怎么就收起钢枪离开了战场，回到娘亲的身旁。难道你要把满脑子智慧用在地方机关拿个文件夹子在办公楼上蹿下跳，还是要把一身的武功用在庄稼地里拿把锄头锄草种菜。离家越近，大志的心就越不安稳。

　　这几年来每年干部转业工作搞动员，高政委不是都说，像我们支队，就是总队的拳头尖刀，年轻人就是刀尖上的锋刃。锋刃如果不在了，这刀还有什么用，不就成了废铁了？共和国卫士们，热血男儿们，你们应该为自己成为锋刃上的一员而感到自豪！当你们岁数大了的时候，也要自觉地靠到一边，让年轻的同志上去，使尖刀永远锋利无比！只有尖刀永远锋利无比，我们这支队伍才能所向无敌，才无愧于人民赋予的"守护神"称号！所以，年轻的同志提出转业可耻，老同志不从锋刃上让出来可气。高政委的话和说话时候的那个模样，随着车子的颠簸越来越清晰。大志想要忘掉部队上的那些事，可是越想越深。想得越深，大志心里就越恨自己，恨自己怎么就这么窝囊。

牛大志，虽然你没有提出转业，是组织上安排你走的，这本质上和组织上把你赶出这支光荣的队伍有什么区别？大志在车子上了塬，在故乡的田野里疾驰时，忽然脑子里就翻滚着这些。他眼睛紧紧地闭着，他羞于见到故乡的山、故乡的草，哪怕是地里的一个土疙瘩。他觉得自己对不住故乡的山山水水一草一木。他甚至觉得自己被部队安排转业回来就是玷污了故乡。他的眼泪终于从眼角溢出来了，然后就滚滚而下。

这是有着很长驾龄的老司机，脑子里面就像是装了卫星定位仪一样。

他把车子一直开到村子口停下后，就用手推了一下大志说师傅到了。大志用手抹了一下还没有干的眼泪把眼睛睁开。睁开眼睛的大志，就被眼前的景象惊呆了。

村子口站满了人，两棵老槐树的中间挂着红色的大横幅，横幅上赫然写着"热烈欢迎牛家村英雄牛大志衣锦还乡"！父母亲被乡亲们簇拥在中间，满脸灿烂地笑着。

这是大志最不愿看到的景象，也是自己想都没有想到的景象。毕竟自己不是当年的汉高祖以一泗水亭长贵为天子，衣锦还乡！更何况，他这个英雄，是在自己不情愿的情况下被领导安排转业回来的！

"这算什么？迎接英雄吗？我算哪门子英雄，不错，我是有过英雄的称号，可是这样的称号现在在部队根本就不名一文。我的父老乡亲啊！你们这是把大志架在火上烤啊，让别人看笑话啊！"大志心里悲切地想。

一回过神，大志就忙叫师傅掉车头。可是已经来不及了，有眼睛尖的远远地看到客货车上坐着大志，就大声嚷嚷起来。几个壮汉就跑过来把车门打开，连拉带抱地把大志请了下来。无可奈何的大志脚刚踏在地上，震耳的鞭炮声就噼噼啪啪地响了起来。大志站在地上还没有稳当，就有个小伙子大声说："咱们把大志哥抬起来吧！咱们也学习学习电影上的，把英雄抬起来！"就这样，大志就在稀里糊涂中高高地坐在了人椅上。

几个小伙子把大志抬着，就像当年武松打死了老虎被人抬着游街一样热闹无比。乡亲们一个个咧着嘴巴开心地笑着往大志家走，这巷子里的人流五颜六色的顿时就像斑斓的潮水一样。这百十米路，大志什么也没有说，只觉得自己如同木偶一般。等大志从人椅上下来后，面前就是一大片要求握的手。有镇长书记的，有村长书记的，还有乡亲们的。大志此时脑子晕乎得也不清楚一只只手的主人是谁，就一个个胡乱地握了一下。

"我的故乡，你就这样迎接一个游子啊！"巨大的心理压力让大志感觉浑身疲惫。他很想找个地方好好地歇息一下。他什么都不想看，不想听，静静地躺在地上，静静地过去，到什么痛苦都没有的世界。

大志迷迷糊糊地感觉到，在村子里的每一块空地上，到处都是喧嚣的人群。在牛家村，英雄牛大志已经被神化了。牛家村的人知道，牛大志的未来就是牛家村的未来。自己的孩子，将来依靠着牛大志飞黄腾达的日子不会遥远了。即便不是飞黄腾达，至少，牛家村的人将不再被人瞧不起了。

就在大志慢慢清醒的时候，镇上的仲书记清了一下嗓子，开口讲话了。书记拉着大志的手，说道："大志同志，你一路上辛苦了！我代表镇党委镇政府和全镇的乡亲欢迎你！你打个电话言传一声不就得了，我应该亲自到市里接一下的。"

大志看着一脸真诚的书记，不知道该说什么，木然地应付道："哪敢哪敢！"

在吵吵嚷嚷的声音中，刘村长就用散发着洋葱味的嘴巴问："大志，怎么没穿上军服呢？明天把军服换上！我们大志啊从小就喜欢穿军服，小时候我嫂子都是给他做绿军装，后来大了就穿他堂兄从部队上寄来的。你看，这成了真正的警官了，回家倒不穿军服了。"然后就爽朗地大笑。

大志正要说自己已经转业了，可就在这时，门外面乱开了，就听有人喊，电视台来人了。

人们马上让开一条道。

大家是知道的，他们县上立过大功的人从来没有，就那年南国的战场上，下来过几个三等功臣，县上市上都安排了记者的。大志的新闻电视台都不知报道过多少次了，虽然现在大志回来不是什么处置突发事件的新闻，但是，大志还是个新闻人物，曾经的新闻人物，市台和县台现在报道，也不算晚!

村子里的人被镇上安排过,电视台来的时候,要有秩序,绝对不能说话,一说话就现场直播了。所以,刚才还非常吵的屋子,看见电视台来人了,马上就自觉地安静了下来。镇上的两位领导都有意识地站到了大志的两边。

镇上领导是见过世面,接受过采访的,都有镜头感。村上的两位领导见镇上领导站到人家大志两边了,也都自觉地站了过来。他们经常看电视,新闻里,省长书记到下面县上考察工作时,身后都是围着县上领导同志的。

扛摄像机的一进来,就把镜头对准了大志。他们非常有经验,这个时候虽然大志没有穿军服,但他们看到镇长书记把一个人围在中间,那中间这个人不是大英雄还能是谁?这个时候除了县长书记,谁没事了敢站在人家镇长书记的中间?

管灯光的是一个穿着牛仔裤长发披肩的小伙子,他找到插座把电通上后,就"啪"的一声把灯打开了。村长和村支书没见过拍电视时还有这么个东西照着,就都不约而同"啊"的一声叫,用手把眼睛挡了一下,再看看人家中间三个人动都没有动一下,就悻悻地把手放了下来。

大志这个时候就感到自己像是开关失灵了的机器,插上电后就再也停不下来了。

这时,村里人每个晚上都能在电视里看到的那位像天人一样漂亮的女主持就站到了摄像机的前面。有的就窃窃私语了,说你看,这就是每天晚上上电视的主持人哎,着实好看,你看看人家那眼睫毛,多长!大部分人是瞪着眼睛看,侧着耳朵听。

就听女主持人说道:"各位观众,这里是牛家村。今天我们来到牛家村采访,是因为在这个普通的自然村落里,出生了大家非常熟悉的全国英雄模范,武警部队的一等功臣、某特勤中队队长牛大志同志。牛大志同志在军校毕业五年后,今天忽然探亲返乡。这些年来,我们台曾三次赴大志所在的部队采访大志,大志是我十分崇拜的老朋友了,我想也是无数少男少女最崇拜的偶像。今天,我终于能在大志的家里采访他,感受英雄的另一面风采,感到既高兴又兴奋。下面,我们还是请大志谈谈这次探亲的感受吧。"

就在摄像机对着大志的时候，大志的情绪已经平静了很多，脑子也清醒了。大志毕竟是经受过风浪的人，就连那年处置穷凶极恶的歹徒在市农机站拿着手枪劫持一个女人质时，他也没有慌乱过。那是什么现场？歹徒已经失去理智，子弹已经上了膛，几秒工夫人质就会丧命。房子四周没有窗户，没法观察，没法发挥狙击手的作用。当时军事专家分析，不解救，人质死的概率是100%；而解救，办法就是一个，强攻，但攻击队员牺牲概率是99%。为什么我们的队员牺牲概率绝对大，因为当时门是关着的。一个是要打开门，这就给了歹徒射击的准备时间；一个是歹徒是把人质抱在前面的，人质大面积挡着歹徒的身体。而我们的队员却什么也没有，身体完全暴露。总队首长已经抱着牺牲队员的决心解救人质了。也就是我们武警抱着只有1%的希望，在争取100%的胜利。我们不这样争取，那人民养我们这支部队干什么？首长就把目光投向了没有来得及穿防弹衣的特战队员。大志是好样的，明明知道这一去就没命了，却毫不犹豫地持一号微型冲锋枪第一个站了出来，没有一句豪言壮语，而是很利索地将子弹上膛后，没有等待首长下达命令，就以百米冲刺的速度，弓着腰迅速靠近劫持点。首长和队友们看到，大志调整了一下呼吸，然后稳稳地端起枪后，就嗵地一脚踹开了门，几乎就在踹门的同时，现场的人就听到当当当地响了几声枪声。首长和战友们的心随着枪声一下子都揪紧了，有几个围观的女孩子一下子就吓昏了过去。但当枪声沉寂后，就见大志抱着那名被吓得昏死过去的女人质从房子里走了出来。首长和战友们看到，他的头盔上有一道被子弹划过的痕迹，上面还在冒着热气。这头盔至今还在武警部队博物馆存放着。大志放下人质后，总队首长跑着过去就把他紧紧地抱着，将军的眼睛里含着泪花，就像父亲抱着自己的儿子一样。后来，首长每次讲到这个案例时，都说，真是后怕啊！我们的大志和歹徒是同时面对面射击啊！距离也就是两米。真是命悬一线。那个歹徒，因为抱着人质，只露了一个脑袋在上面，脑袋上却被大志用子弹穿了三个窟窿，而人质却安然无恙毛发未损啊。我们的大志，就和我的儿子一样大。作为父亲，谁不心疼孩子，万一牺牲了，大志的父母可怎么办啊。作为首长，我为大志感到自豪。大志是真正的军人，为了人民会毫不犹豫地献出生命的军人，是对党和人民无限忠诚的军人！

"人怂志不怂，浩气贯长虹！何况老子还不是怂人！就是肉体倒下了，也要在精神上顶天立地！我不是罪犯，多少，我还曾经是个英雄！"大志这样安慰自己。

就这一会儿，大志已经做好了豁出去的准备。他习惯地调整为在部队开会讲话时的姿势，不动声色地做了一个深呼吸之后，就对着镜头十分沉着地用本地话说道："非常感谢这些年来本县各级领导和父老乡亲对我的关注！感谢电视台同志的不辞劳苦！大志过去的荣誉永远属于家乡人民和我的父母对我的哺育，还有部队首长的培养教育。实际上，从我取得荣誉的那一刻起，荣誉的光环已不复存在。但我将永远把荣誉作为鞭策的动力。铁打的营盘流水的兵，大志我这次回来，不是探亲，是因为组织上安排我转业了。谢谢！"

大志刚一说谢字，灯光就"啪"地灭了。显然，长发披肩的男灯光师在听到"铁打的营盘"时就已经感到非常失望了。一会儿时间，这些一天到晚把大志挂在嘴边上很是牛气地和外面人吹牛的村民们也都离开了。有叹气的有摇头的。

领导毕竟是有领导做派的，礼节性地和大志握了一下手后也就走了。

牛家村的闹剧在村人离开大志家后就趋于冷清。牛大志是被人们一厢情愿地拉进这个闹剧扮演了主角。等谢幕的时候，大家才发现，他们上演的是一出荒唐的闹剧，于是在大伙溜之大吉的时候，把尴尬留给了大志。

大志庆幸自己的清醒，如果不在电视台前说出自己转业的话，那么虽然自己的落差可能要小一些，领导和电视台的功德最起码也算圆满。可大志就成了不折不扣的骗子！

其实大家心里面都非常明白，这么大一个英雄，一个就像中午太阳一样火热的前途无量的年轻干部，部队怎么会安排他转业呢？你大志被安排转业了，除非你身体有毛病，如果身体好好的，那就是思想上有毛病了。

电视台那个漂亮的女主持人徐黛泪是最后一个离开的。她曾三次到部队采访大志。以她对大志的了解，大志是不会转业的。她本想问问大志，但当看到大志那酸楚的表情，就惆怅地收拾东西离开了大志的家。

此时，她忽然想到了英雄无用武之地，想到了大风起兮云飞扬，甚至还想到了虎落平川这些大英雄们讲的话，还有调侃英雄的俗语。她的眼睛里噙满了为英雄的无奈而生的泪水。

这个时候，倒是那客货司机非常地愉悦。司机看到一个村子的人都在欢迎英雄回来，人家村里人高兴得哪里还顾得上帮助英雄搬东西，就一个人把大志的行李物品卸下来，整整齐齐地码好。司机当然明白，牛家村出了这么大一个英雄，是不可能有小偷来偷人家英雄的东西的，除非他不想在牛家村那么风光体面地生活了。等村民们看完了英雄，就会充满感情地回来，抢着帮英雄把东西搬回家。司机怎么也没想到这一路上在旁边坐着的竟然是位全国有名的大英雄，冒生命危险救过人。当然，他这些年是知道当地有这么个人物的，他是从报纸上知道的，却不知道这个英雄就是坐了自己车的人。司机就有些纳闷，这英雄为什么一路上都在流泪。哦，可能是想父母亲想的，毕竟为国尽忠，不能照顾父母，所谓忠孝不能两全嘛。唉，真是英雄有泪不轻弹，只是未到伤心处。这大志也真是侠骨柔肠啊。

这里的司机生意不是很忙时，喜欢开着车到乡下听人家唱秦腔，听多了就熟悉一些戏文里的唱词，也就是说肚子里是有点墨水的。他就感到有些遗憾，应该让人家大志在衣服上签个名什么的。

回去的路上，司机就觉得自己沾上了英雄气，很为自己可能要交好运，生意忙不过来而开心。就像当年扛过关公大刀的兵卒阿三，后来成了阿斗的门庭官一样。

司机就吹着口哨兴奋地猛踩油门，把车开得呼呼飞快。路上不住地有被车子惊吓了的母鸡，惊恐地扑棱着躲开汽车，后又躲在不远的路边，朝飞驰的车子观望，便有公鸡咕咕地呼唤，那母鸡们就飞快地过去。司机看着那些惊恐的鸡们，心里莫名地生出了许多的兴奋，寻思了那牛大志，今日竟也和自己跑了一路。

再说有志和小爱把大志送走后，性子急的有志就从小爱手上要了车钥匙要送小爱回家。他想让小爱的父亲帮忙给哥哥找个工作。有志就想，哥哥的工作可是自己的头等大事，把哥哥的工作安排好了，就不用一天到晚地受别人的气了。这年头开个公司，谁都管着你，稍微没有想周到，人家就来找你的麻烦。还好，小爱的爸爸面子大，生意场上少了很多纠缠。

坐在旁边的小爱不停地叹气。有志知道这一定是为了大志转业的事，心里想，这下好了，哥哥因为犯错误转业回来了，你小爱还会有什么想法呢？唉，我替哥哥尽这种责任和义务该到头了吧。一直以来，有志从来没有把与小爱建立恋爱关系的内情告诉大志。这是尊重了小爱的父母和大姐的意思。有志和大志不同，他更为实际。当他后来知道小爱曾那么暗恋哥哥时，心里一点也没有不爽，反而觉得替哥哥还人家感情债也是应该的，况且，他更看重小爱的家庭，因为未来的岳父路子很广，这对自己的创业要省多少劲啊。有志性格豁达，所以，把这复杂的事想得就简单一点。

快到小爱的家门口时，有志说："我哥的事，看来还要你爸帮着找找人。"

小爱一听就不高兴地说："你哥的事请你不要烦我爸。"

"唉，都是自家人，我不找你爸那找谁呢？这官场上我也不认识什么人啦。"有志一脸的讨好相。

"离开咱爸你就活不成啦，看你的出息。"看着有志巴结的样子，小爱就娇嗔了一下。

有志就笑了说："这社会就是关系，什么是社会？我们上中学时教科书上就说，社会是由许多个具有一定关系的群体组成的。我目前如果离开咱叔，就等于脱离了关系，还真的不行。"

小爱白了一眼，也没再说什么。

到小爱家，小爱的父亲正睡在躺椅上准备把手上的烟抽完迷糊一下。有志把背在身上的包取下来放在茶几上就坐了下来，就直奔主题说："叔，我哥转业回来了，叔叔能不能帮助在公安局给找个工作？您是知道的，我哥是特警，又立过大功，进公安局应该不是很难的。"

小爱的父亲听大志转业了，就睁开眼愣了一下说道："大志是不是犯下什么错误了？要不一个英雄怎么说转业就转业了？"

正帮着父亲泡茶的小爱说："爸，您说对了，大志是犯错误了才转业的。"

小爱的父亲没有理睬有志提出的公安局安置问题，眼睛盯着天花板吸了一口烟，却呛住了，咳了老半天后，就把手上的烟头在烟灰缸里掐灭，没有再说话，而是闭着眼睛养神。

有志讨了个没趣，看小爱哥哥家的孩子在地上爬着玩，就过去把孩子抱起来，说道："小家伙，看叔叔给你带什么啦。"说着，就从自己带来的电脑包里取出大志给他的花梨木算盘。

小爱的妈妈从厨房出来了，有志就叫了一声"姨"。老太太说："哦，有志来啦。"又对闭着眼的老头说："看把你呛的，让你戒就是不戒，抽死你这个老东西。"这时就看到孙子哗哗哗地拿着个算盘在地上摔着玩，就大声笑了起来，说道："这是有志买的吧，你也真会买，哪有给孩子送算盘玩具的。也好，让咱孙子长大了会算大账，咱孙子将来是要当大老板的。"

老人走近看了一下算盘就叫了起来："咦，怎么算盘珠子和算盘框子一样都是黄的！"又好奇地蹲下身子用手摸了一下说："哎呀，这木头可跟咱孙子的屁股蛋一样细滑呢。"

小爱的父亲听老伴说话，就睁开了一只眼睛往孙子手上扫了一下，立马就坐直了身子说道："快拿来，我看看。"老伴就把算盘拿起来，又取了抹布擦了擦孙子流在算盘上清亮的口水，然后就递到老头手上。老头从茶几上取过老花镜戴上，反复瞧了瞧，问有志："这东西是哪儿弄的？"

有志拉着个脸看都不看老头一下说："咱哥给的。"有志就想，你个老家伙，不就是有点臭关系嘛，帮就一个字，不帮就两个字，都是自家人，还摆个臭架子。

老头继续把玩着算盘，眼睛盯着老伴问："你知道这是什么吗？"

老伴就觉得老头有趣，说道："不就是个算盘？"

老头睨了老伴一眼说："你知道个啥，这是花梨木算盘，而且是黄花梨。怪不得呢，大志不就在原产地嘛。你看这鬼脸，还有这气味。这东西我在市长家见过。市长家那还只是个小茶壶，嗨，名贵得很啦。封建社会里是皇宫里面的用品。听说现在当地这树早都挖光了。当地有的人家都把祖宗的牌位拿出来卖呢！当然，那牌位可是花梨木的。就说这个小算盘吧，在北京上海要一两万哪。在我们这儿，就是你再有钱也买不到，别说买不到，就是看也看不到。市长家那小茶壶，现在摸都不让人摸呢。"说完就抬头问有志："你刚才说什么，大志要到市局？行，我帮问问。"

小爱听了父亲的话，一脸的不高兴就进了自己的房间，把门"砰"地给关上了。虽有些生气，心里却在想，毕竟是个英雄，做事倒也大气，出手就买这么个算盘给弟弟。可惜的是这算盘现在易主了。

有志看老头该午睡了，就打了个招呼，从茶几上拿起刚才放花梨木算盘的包走了。一出门就用手使劲地拍打背在身上的空包，心疼起那算盘。他倒不是因为钱，而是那东西实在太名贵，不仅难买，而且看都看不到。心里就嘀咕："哥，你也真是的，为什么不早告诉我，还说什么没有计算机好使，不喜欢就扔了。这倒好，一扔就扔到老头子的手上了。"然后又一想，就乐了，还是咱哥疼弟弟，送这么名贵的东西。还好，把名贵的花梨木当玩具送也不亏，老头子终于答应给咱哥安排工作了。

小爱进了自己房间后睡了一觉，不想这觉一睡，就发起高烧，而且烧得非常厉害，嘴里还"大志大志"地喊叫着。父母见女儿这个样子，就没敢打电话叫有志过来，老两口手忙脚乱地把女儿送进了医院。

为小爱诊治的医生过去是为小爱看过病的，和小爱的父亲也是朋友，是个医术颇高的名医。医生说，病人白天肯定在情绪上有过大起大落，然后又是车内车外、房内房外的进进出出，风寒就趁她情绪低落的时候进入身体，把她击倒了。小爱的父母听了医生的话就直点头，让医生用最好的药，尽快让女儿康复。

看老两口着急的样子，医生就说道："没有大碍的，住上两天就好了。你们别担心。"

小爱住进病房，一切安排妥当后，老头就打了电话让大女儿过来陪床。

老头让司机把他们送回家后，老两口早早地就上床想心事。老头抽着烟。老伴一会儿翻过来，一会儿翻过去地睡不着。老头就很烦地说："你别翻了行不？这下可要看热闹了，咱们的宝贝女儿！"

老伴就骂了一句："你这个老东西，还不是你讲故事讲的。都怪你打小就给她讲英雄的故事，不然就什么事也没有了。"又叹了口气说："按理说这些年都过去了，不会再有什么事了。"

老头说："现在埋怨我还有什么用！老大小时候不也是听我讲英雄的故事，她怎么就没事？唉，但愿不要生出什么事来，搞不好会让人看笑话，还会搅得人家兄弟不和哪。我看啦，还是让他们赶紧结婚。"

"也好，一结婚就没指望了。"老伴说。

老头忽然想起下午有志托他办的事，说道："大志嘛，还是让他在县里安排工作，不能放在斜阳，放在这儿就会常见面，常见面就容易生事。"

老伴翻了一下身，嘴里囫囵地说："记着明天把那算盘还给人家。"

老头把烟在烟缸里掐了，喝了一口水就按灭了灯，然后一边往被窝里钻一边说道："你这老伴，都这时候了，还分什么内外。结了婚，女婿就是咱半个儿。我看还是有志好。那个大志啊，虽然转业回来了，我看也是个指望不上的主，心气太高，家在他心里面占的地方太小，甚至都没有。我看哪，他将来真的治国平天下了，也不会给家里帮什么忙，我们都是凡人，就过凡人的日子。"

"什么平天下不平天下的？平天下的就不过日子，不生儿育女啦？一天到晚地命悬在钢丝上怎么成？咱们那宝贝女儿一定是中了什么邪。你说好端端的一个大姑娘，怎么就怪兮兮地喜欢上了那个大志。大志是她喜欢的？睡吧，明天一早还要去医院呢。"老伴嘟囔着。

窗外的路灯昏黄昏黄的，马路上车辆的噪声，在房间内的灯关了后，一下子就好像挤破了窗户涌了进来，呼呼啦啦的。小爱的父亲就越来越烦。

"社会才发展多少年，人就不得安生了。这社会发展了有什么好？"老头子拉了一下被子，心里想。

2008年12月26日夜

　　冬日的牛家村气候是干裂的寒冷。风不大的时候，整个平原就如同蒙了灰尘的镜子，一切变得冰冷而且模糊。牛大志就在这个模糊的镜子里，模模糊糊地难受。

　　一场闹剧发生过后，等看热闹的乡党们都散去，院子里清冷了，大志这才想起自己的行李来。老父亲还怔怔地站在他的旁边抽着烟，苍老的脸颊布满了沟沟壑壑。大志看着老父亲，心里很歉疚，沉默了一会儿说："爸，咱家的推车呢，我去村头把东西拉回来。"

　　还在为大志转业纳闷惊讶的父亲反应了过来，马上说："娃，你在家待着，出去不方便，爸去拿回来就是了。"

　　"这有啥不方便的，我正常转业回来，又不是犯了什么罪。再说了，人家师傅那么远把东西送来，虽说有志已经付了运费，可这大冷天的还是请人家到屋里坐一下，吃完晚饭再走。"

　　大志的小妹云志从电视台女主持人最后一个离开她家后，看哥哥呆呆地站着，就上去把哥哥抱住了，泪水一个劲地婆娑飞舞。

　　大志从裤子口袋里掏出纸巾帮助妹妹一边擦泪一边说："妹子不哭，哥哥没事的，啊！"

　　云志就拉着哥哥的胳膊不肯松开，好像哥哥马上还要离开似的。听父亲刚才这样说话，云志说道："爸爸，怕什么啊，哥哥说得对，哥哥是干部转业回来的。我听说，部队只有干部才有转业的。这有什么丢人的啊。再说，英雄又怎么了，英雄就不能转业了，就不能当普通百姓了。我宁要天天都在家的哥哥，也不要五年都不回家的哥哥。哥哥，你可不知道爸爸妈妈多辛苦，妹子多想你了。哥，我和你去拿行李。"

母亲见儿子回来了，就开心得不行。老人此时正在厨房里包饺子呢。灶膛里的火苗烧得旺旺的。上午有志打电话回来说，哥哥回来了，把老人高兴地忙到现在。老人就有些埋怨有志，怎么也没有说清楚哥哥是转业回来了，结果你那大嗓门父亲在外面一言传，镇上村上就把事情弄得那么大动静，把人家镇长书记都惊动了，还让村子里花钱买鞭炮挂红布。不过话说回来，买鞭炮请电视台，那是村镇上的事情，家里才不稀罕什么电视台不电视台的，儿子是自己的，不管干什么，不管吃谁家的饭食，回来了娘的心里才安稳。前些年，报纸上一直登大志这风光那风光，风光有什么用，又不是当官的那些风光。当官的风光都是坐在房子里风光，下雨不种地，晒太阳不收割。儿子的风光是拿命换的。按老一辈人的说法，是二杆子！大志娘虽然不是很清楚儿子这些年成天地在干什么，但她知道，儿子的工作很危险！她也清楚村上的人为什么那么热闹地要迎接大志，谁都有自己的小九九，都指望大志呢！现在好，听大志转业了，一个个都走了。

"还是转业了好，转业了就不总让娘担惊受怕了。你看那电视上说的，那是我娃大志吗？万一有个什么闪失，该如何是好？"老人取了一块毛巾擦干手，舒展了一下腰身。

大志和妹子云志推着车就到了村头。本来大志是自己一个人推，可妹子也要推。兄妹俩就一人一边往前推着走。云志调皮，像扶犁耕田一样，嘴里"驾驾驾"地喊着。因为天冷，这路上倒没见几个人，都是大志主动地叫着叔好，姨好，一个个打着招呼。村里人也都客气，点点头，只是少了热情。放在过去军校放假回来，人家总要把大志拉住停下来说几句话。有的还会开玩笑讨要支烟抽抽。大志的心里就多多少少地生出感慨。

几包行李还静静地在路上孤零零整整齐齐地堆着。大志向远处望了望，知道人家师傅已经冒着寒冷饿着肚子早把车子开走了，心里面觉得亏欠人家，就对云志说："那送我来的师傅真不错，是个好人。回去给二哥打个电话，给人家买两包烟送去。"云志就应了一声。

夜幕降临，早早被看热闹的人们吓跑的鸡们一个个咕咕咕地回来缩着脖子钻进了鸡窝。母亲已经把热气腾腾的饺子和菜端上了桌子。大志打开一只箱子，把给父亲买的烟酒拿出来，又从另外一个箱子里拿出给母亲和妹子买的衣服。妹子从哥哥手上顽皮地抢过来后就往身上套。十七八岁的姑娘正是最爱美的时候，大志就开心地看妹子穿衣服。母亲则怜爱地用手指头轻轻地戳了一下女儿的头，说都这么大了，也没个正形。父亲则把烟拆开，抽出两支，一支叼在自己嘴上，一支递给大志。正在口袋里摸火柴时，大志就很快地掏出打火机，啪地帮父亲点上。云志穿好衣服过来，就从哥哥手上要过打火机说："哥，我帮你点。"父亲就在烟雾里嘿嘿地笑了说道："娃到底还是把烟学上了。"

大志也笑了，说："儿子还学会了喝酒。"

父亲说："会喝点酒好。唉，你爸是个没本事、与世无争的人，这辈子就是喜欢抽个烟喝个酒。等你们一个个成家了，将来我有个烟抽有个酒喝就行了。呵呵。咦，这烟味道不错。要好几块钱一包吧。"

大志没有答父亲的话，而是把银湾大曲打开，先倒在白酒壶里，然后再把壶里的酒倒在父亲跟前的白酒杯里，自己也倒了一杯，又从炉子上把直冒热气的水壶提过来给母亲和妹妹泡上热茶。茶是自己从银湾市场买的普洱。家里人没见过这茶。就在大志把茶从茶饼子上掰下一块放在壶里后，父亲就好奇地笑着问："这是什么茶，怎么就像牛粪饼子一样。"

大志乐了："这是云南的普洱。"然后大志就把这茶是怎么成了饼子的，给父母和妹妹说了一下。

一家人就在这个冬日的夜晚里高高兴兴地聚在了一起。父亲正要端起酒杯喝，刚才还一脸活泛着笑容的大志忽然就一脸沉重地端起酒站起来，"扑通"一声跪下了。就在父亲和娘惊讶的时候，大志说话了，他的声音很低沉："爸，妈，儿子这些年没有尽好孝道，就用这薄酒向二老赔罪了。一个是赔没有赡养二老的罪，再一个是赔没有娶妻生子让二老早点抱上孙子的罪，还有一个是赔没有能带上二老到外面走走，让你们快快乐乐安度晚年的罪。"说完就站起来把杯子里的酒喝了。云志看到，哥哥的眼里闪着泪花。

云志拿过酒壶帮哥哥把酒满上，一脸不高兴地说道："哥，你还要敬爸敬妈敬我敬二哥，赔让一家人担惊受怕的罪的酒。"说着，云志的眼泪一下子就出来了，边哭边说道："一家人从报纸的照片上看到那钢盔上的弹痕，你知不知道我们是怎么挺过来的。咱妈看到那照片，一下子人就不行了。在病房里咱爸抽了一夜的烟。咱妈醒过来后，我和咱妈就挤在一个被窝里浑身抖着一直到天明。万一那坏人的枪子儿偏一点点，我和咱爸咱妈还有咱二哥可怎么办啊？"云志就趴在桌子上伤心地哭了起来。

一家人好长时间没有说话，两位老人不停地用手抹着眼泪。过了一会儿，父亲慢慢地说："我就两个儿子，一个女儿。为了保卫国家保卫社会，保卫好人，你几次差一点送命，也够向党和国家交代了吧。唉，早知道当武警要这么不要命地往上冲，当初就不让你上什么特警学校了。待在家里，我和你妈早就抱上孙子了。你看看人家支书家，孙子都那么大了。当初人家恒志是和你一起考的吧，人家落榜了，但人家早就生娃了。唉，虽说我在外面总是风光地和乡党们聊你这个英雄儿子，可是回到家里心里就不是个滋味。唉，在家种个三亩地不也挺好吗？"

大志从裤子口袋里掏出没有用完的纸巾，拿出一张给妹子云志擦眼泪，自己用纸巾捂住鼻子使劲地擤了一下说道："爸，妈，小妹，我这不是回来了吗？从此以后再也不让你们担惊受怕了。"

"对，我儿回来了，一家人应该高兴才对，来，吃。"母亲一个劲地往大志碗里夹饺子。儿行千里母担忧，可是这儿却不是一般的儿，是时时刻刻走在钢丝上的，走在火海刀山上的儿。这忽然就回来了，老人的心里从来没有这么高兴过。

云志破涕为笑，拿起爸爸的酒杯敬哥哥，呛得咳了老半天。把爸爸、妈妈和哥哥都逗乐了。

外面不知道什么时候纷纷扬扬地下起了大雪，西北的原野瞬时在大雪中有了许多的温情。干旱的塬上马上就有了一股泥土的香味。这个香味，大志感受得最为清楚深刻。他贪婪地盯住窗户外边，那雪，却似抖落的一般，把整个原野都抖动了。

一家人就这样在这个纷飞着雪花的夜晚里开心着……

小爱因为大志生病，在医院里打了三瓶液体昏睡大半夜后就好多了。

醒来后在地角灯昏暗的灯光里，她看到自己是躺在医院里的，旁边的陪床上还睡了个人，就妈、妈地喊叫着。陪床上的人是和衣睡的，醒了后就马上坐了起来。小爱一看却是大姐。大姐下来就过来用手摸了摸小爱的脸说："嗯，终于退了，看把人吓的。这么大一个人了，都不会照管自己。"大姐把小爱床头柜上杯子里的水到卫生间倒掉，重新在饮水机里接了开水放在床头柜上，然后帮小爱把枕头垫高，让小爱坐起来。

大姐削了个苹果递给小爱，小爱摇了摇头。

大姐把削好的苹果放在妹子的床头柜上就回到自己的床上坐在被窝里，长长地叹了一口气说道："小爱，姐可跟你说好了，人家大志回来了，你可不要犯傻啊！"

小爱摇着头说："这些年来，我除了身体外，把全部的思念都给了他。到头来见面看到的却是一个伪英雄。唉！"

大姐没有说话，听了小爱的话就暗自高兴。她和爸爸妈妈终于可以放心了，妹子还是能够面对现实的。

小爱看着天花板说道："昨天一见面，我就感到不对劲，怎么一个大英雄，五年都没有回来过，终于盼到回来了，却是这样灰溜溜地。那时我正在公司弄一个方案，就听有志说，哥回来了，我心就乱了，就赶紧把方案放在一边，催有志去迎。当时我还让有志去买束鲜花。有志说，都什么时间了，别让哥等急了。我以为他是不是已经被市领导接上了。可到了火车站才发现，英雄就一个人可怜兮兮地在等着拿行李。没有鲜花，没有掌声，没有乐队，什么都没有。我就知道，这英雄八成是不想在部队干了，要么就是被部队赶回来了。"

小爱坐起来拿杯子喝了一口水接着说："这些年来，我一直把他当太阳抬头仰视着。我愿站在地球上永远这样看着他，我甚至都害怕见到真实的他。他是不应该回到地面上的，回到地面就不是英雄了，就只是一个土疙瘩了。大姐，你昨天可没见到，整个就是一个比农民还农民的土老帽。那个脸黑得啊都发亮。我看就跟那个追我的非洲小黑子差不多。"

大姐心里就觉得妹子可笑了，还说人家大志就像太阳在天上悬着呢，你自己就从来没有生活在地面上过。人家大志可是实实在在、有血有肉的一个人。她就觉得还是自己当初的想法好，如果不把大志的弟弟有志介绍给妹子，这妹子一生可就完了。

【闪回：几年前】

小爱自从第一次在电视上看到陕北有个叫牛大志的武警警官，冒着生命危险解救女人质后就把人家盯上了。报纸图片上大志解救人质时的眼神，就像阳光直刺她的胸膛。她虽然是个涉世未深的小丫头，但从网上报上看到，这个社会、这个世界充塞着欺诈、暴力、恐惧、死亡。就是她所在的校园，竟也肮脏得让她厌恶。同学为了当个班干部，竟大打出手；美丽的校园小树林里竟发生了一群男同学强奸女同学拍视频取乐的犯罪事件。校园如此，社会呢？浑浊的环境、有毒的食品、贪腐的官员、逍遥法外的罪犯、缺德的医生、欺诈的朋友，不断涌来的负面消息让她每天痛苦不堪。她常对姐姐说，这个社会弄脏了我的眼睛，弄脏了我的耳朵，弄脏了我的皮肤，现在唯一没有脏的就是我的灵魂了。因为灵魂是我自己的，裸露在外面的已经不属于我了。她一遍又一遍地从心里呼唤救人于危难的佐罗一样的英雄出现在自己的身边。终于有一天，她眼前一亮，一个出生于陕北的高大帅气的英雄牛大志出现在报端。牛大志就如炽热的太阳把她的心灵点亮。牛大志，你就是太阳神降临人间。她甚至从报纸的文字中分析，牛大志一定是太阳神，那次解救人质明明是去送死，他却安然无恙。就一线之间，女人质就从地狱回到了阳光下。我的神！你一定是从天上带着使命而来！

她天天想着如果将来自己的白马王子就像人家大志哥一样该有多幸福。那时的小爱高中还没毕业，就已经把大志当成情哥哥了。她从上小学时就喜欢课本里的英雄，每读到这些写英雄的课文，她就感到浑身都有热流在流淌。英雄总是救人于危难，跟英雄在一起，生活是多么亮堂刺激。她常跟朋友们说，这个世界如果没有英雄，是多么灰暗。她甚至找来《荷马史诗》一遍一遍地看，并能背诵里面的很多诗句。她对姐姐说，海伦的生活是多么浪漫刺激。姐姐就笑她说海伦有什么幸福的，因为海伦，希腊人和特洛伊人爆发的战争死了多少人？可小爱说，没办法了，妹子就是喜欢英雄。姐姐说，女人喜欢英雄的时代已经过去了。比如说中世纪的欧洲，毕竟那个时候的英雄让非常压抑地生活在黑暗的欧洲的一些浪漫的贵族小姐们强烈地感受到了生活的激情。可现在是什么时代？人们都在想着怎么赚钱过富裕生活呢，英雄能值几个钱呢？他能给你带来什么？这完全是内心的虚荣在作怪。姐姐有时候就埋怨父亲，说是父亲从妹妹还没懂事时就讲英雄的故事给她听，结果埋下祸根。姐姐自己也是听父亲讲英雄故事长大的，可是她就觉得英雄总是活不长，所以就没有像她妹妹那样陷进去。父亲就有些后悔地说，早知道你妹妹会是这个样子，我就给她讲居里夫人了。

有一次，她对姐姐说，你知道太阳神阿波罗吗？阿波罗是光明之神，他身上没有黑暗，他从不说谎，光明磊落。他精通箭术，百发百中，从不失手。他还是最美最英俊的神，他让女人魂不守舍。大志哥哥就是我心中的太阳神。虽然我还没有见过真正的大志哥，但我已经感受到了他给我的温暖。只要心里有他，我就没有恐惧。自从在报纸上看到大志哥哥的照片，我就没有再做过噩梦。

大姐从小爱拿回来的报纸上看了牛大志解救女人质的报道后，就吓得说不出话来。她对小爱说，这个不要命的英雄无论如何也不能成为我们的家庭成员。他不要命事小，我妹子守了寡事就大了。

可小爱说，牛大志真的是太阳神，要不在百分之百会牺牲的情况下，为什么还把罪犯打死了。因为阿波罗必然战胜黑暗，因为阿波罗百发百中。这个社会有了他，才到处充满阳光。我张小爱要终身追随他。她还怀着少女的憧憬和稚气为大志写了一首诗：

我的太阳神！是你给了我光明和温暖！是你给了我正义和力量！你的光明和温暖，你的正义和力量，定能战胜一切魑魅魍魉！我的太阳神，我愿做你唯一的爱人，融化在你炽热的胸膛，为你守护万丈光芒！

后来小爱从网上搜，就把大志的资料都找齐了，还在自己小房间的墙上贴满了大志生活和训练时的照片，一有时间就钻在里面不出来。她脑子里甚至出现与大志拥抱亲吻的幻觉。从此，每看到社会负面消息，每看到身边发生的阴暗的事，她就呼唤她的太阳神牛大志。她甚至在看到这些不好消息之后，都要掏耳朵，清洗自己的身子。她说，我要把干净的身子留给太阳神牛大志。

父亲是合作总社的总会计师，原来的合作社领导提市领导了。因为跟市领导私交深，苦恼不堪的父亲就把宝贝女儿难以启齿的情况跟人家市领导悄悄地说了。市领导见识毕竟多一些，懂的事也多一些，说这可能是精神或心理上的问题，我跟管卫生的领导打个招呼，让他们安排个人帮娃看一下。

第二天，管卫生的领导带着个大夫亲自找到门上来了。这毕竟是市领导亲自安排的事，所以行动就特别快。老专家一听一看，说娃现在已经成疾了，是心理毛病，得想办法抓紧治。如果不抓紧，就别指望考大学了，说白了将来就是一废人，还不是一般的废人，这废人还得一个健全人看着。医生还比喻说，这病年龄小最容易成疾，而且成疾后一般都非常难治。这就像喝酒的人得脂肪肝一样，如果从小就喝，一喝就醉，年龄很小的时候就会把脂肪肝得上，如果发现得及时还能逆转。但如果任其发展，那就麻烦大了，就会肝萎缩、肝硬化、肝坏死。一个人肝都坏死了，那还有什么活的呢？

这一比喻，小爱的父亲急了，就暗示老伴给人家大夫和管卫生的领导红包，说请领导和大夫无论如何都得想办法。

大夫和领导都没有要红包，就是有那个心也没那个胆。大夫说，治病救人是我们的职业道德。收人家的红包那还是医生吗？管卫生的领导当时就表扬了那个大夫。

大夫开的方子是最好让娃换个环境，越远越好，比如出国。小爱的父亲说，出国倒不是什么大问题，娃她舅和姑一个远在阿姆斯特丹，一个远在伦敦。专家说那就抓紧办过去。反正国内是待不成了。好在现在还没有发展到跑到人家部队上去。如果再不到国外去，也许很快就会跑的。

小爱的父亲就吓得出了一头的汗。领导和专家告辞的时候，老头都没有想起留人家吃个饭，就马上拨通了娃她舅和姑的电话，说让娃过去上学。那边都同意娃过去。剩下的就是老头做女儿的工作了。老头就按专家意见与女儿说了实话，说你这么小，和人家大志年龄差距那么大，而且人家大志的发展肯定是越来越好，你不出国，就是个丑小鸭，人家将来可能连看都不会看你一眼。这情陷得这么深总得走出来，要不这一生可就废了。

小爱毕竟年龄小，经不起大人左说右说，也就勉强同意了。父亲为了把宝贝女儿的工作做通，就提前做了很深的功课。父亲甚至说，你到了国外，如果学习成绩好，上了牛津什么的，你就变成女神了，那和人家大志这个太阳神不就般配了？单纯的小爱就笑着答应了，而且主动要求到英国。

小爱到了英国，陌生的环境没有了加剧病情的土壤，这像脂肪肝一样的心理疾病就向好的方面变化了好多，算是有了根本转变。高中毕业后本来是要在英国读大学的，但牛津没有考上，加上那边有个非洲黑人同学特别喜欢亚洲女孩，就把小爱盯上了。当然，如果小爱爱上人家了还罢了，关键是小爱不喜欢，甚至还非常讨厌那个人。小爱的姑姑知道了就害怕了，这万一被人家拐到非洲可如何是好，那么远，也不知道那个国家乱不乱，万一有个三长两短怎么对得起远在中国的哥哥和嫂子。姑姑就把非洲黑人追小爱的情况在电话里告诉了小爱的爸爸。其一听就急了，说赶紧让小爱回来。不行的话再把孩子送到韩国去。就这样，小爱又回到了国内。但她一回来，就再也不想出去了，说出去了总是吃不饱饭，特别不想到韩国，说韩国男人没有中国男人有男人味。女孩子家心里想的就是怪。小爱的爸爸就开玩笑说，幸亏女儿没有当上外交官，否则影响外交关系就麻烦大了。

小爱到国外毕竟见了一些世面，再加上非洲黑人把她那么一追，感情上也就成熟多了。父亲就因势利导，说男女之间就是这样，两情相悦才能走到一起。如果把你硬嫁给痴情的非洲黑人，你同意吗？非洲黑人于你就如你和人家大志。当然，你比那个非洲黑人强若干倍了。现在，你都在国外读了高中，你和人家大志距离上虽然短了些，但由于两个人年龄上的差距太大，成的可能性还是几乎为零。爸爸是过来人，过来人是有这方面的经验的。虽然小爱没有再在感情上出偏，但就是对找男朋友不感兴趣。这就让一家人很是发愁。大姐知道，妹子对牛大志还没有死心。

再后来，大志的弟弟有志大学毕业到斜阳闯荡，在朋友手下跑业务。有一次就鬼使神差地到了小爱的姐姐的办公室谈业务。小爱的姐姐看有志名片上的名字是牛有志，就说你和大英雄牛大志就差一个字。

有志就笑了说，大志是我亲哥。

小爱的姐姐就惊骇了，心里边就自觉地把人家有志当成了亲人。毕竟自己的妹子单相思人家哥哥这么些年了，在感情上秘密地把有志当亲人也是在理的。再说了，当初妹子得相思病病成那个样子，她父母亲曾让她去大志家镇上访访大志家的情况，看能不能找个人帮撮合撮合。当时是镇上的书记接待的，书记讲，你妹子与大志绝不可能。人家大志是谁啊，大志可是全国的英雄，人家能看上你家妹子？不可能！不过呢，那老牛家教子有方，人家还有个老二，也就是大志的弟弟，在大学读书，这个小伙子和他哥哥一样，长得结实，年龄呢也和你妹子相差不多，倒挺合适。当时她就有些兴奋，觉得如果把有志介绍给妹妹，倒也有个大志的影子，让小爱不至于出什么偏差。再说了，虽然人家是农村的，但这个家庭一下子就出了两个大学生，还有一位是响当当的英雄，这与自己这个城市家庭，倒也门当户对。因为有志当时还在上学，姐姐就想还是等人家毕业了再说。

让姐姐喜出望外的是，有志毕业了竟然凑巧地到自己的办公室来联系业务，这不是上天眷顾小爱又是什么？于是她就细心地问了人家有志上的是哪个大学，有什么打算，有没有女朋友，要不要给你介绍一个等。

有志是个见杆子就往上爬的年轻人，虽然见这位刚刚认识的大姐有点太热情觉得怪怪的，但人家一个机关公务员如此看得起他这穷山沟沟里出来的娃，有志就有些受宠若惊的样子满脸是笑，毫无保留地把人家问的事情一一都答了，还大方地答应人家帮他找个女朋友。

姐姐一看小伙子长得跟他哥哥一样端端正正的，又是个大学生，没有女朋友，还很有人生目标，就暗自高兴，主动要了人家有志的电话。下班后就开着车直奔娘家。她要把她意外发现的好事赶紧跟父母说一说。

父母亲听大女儿把话说完后，不知道有多开心，都觉得有志忽然出现在斜阳，简直就是有天神在搭救自己的宝贝女儿。宝贝女儿大学也快毕业了，到现在还没个男朋友，谁追也不看人家一眼。这说明她心里还有大志。得把她的幻想化小再化小。父亲就出主意给大女儿，让她找她妹子，告诉妹子，就说大志的弟弟有志跟他哥哥一样出色，将来发展起来也错不了。人家哥哥是要当将军的，你看你能不能成为将军夫人？说不定人家大志还觉得你非常可笑呢。如果成为人家弟媳了，不就是一家人了吗？与其去掉不实际的想法，还不如和人家弟弟处朋友。这样最划算。话说到这分上，小爱也就妥协了。她心里是有个小九九的，成了有志的女朋友，地理距离上离大志也就不远了。

实际上大女儿明白，父母亲是有不能说出口的想法的，并不是女儿就不如人家大志，年龄差距大有什么。关键是大志命中注定就是属于国家属于人民的，一天到晚所做的工作太危险，一年到头也不回家，那咋行？万一有个三长两短的，怎么办？所以只能把女儿的想法用父权母权压制住。

而有志一开始也不明真相，对小爱满是同意。有志急切地要改变生存状态。他常常感慨农村怎么就这么穷？怎么就一代又一代地穷？人家小爱到国外留过学，她父亲又是个不大不小的官，跟人家市领导还能说上话，真是求之不得。跟小爱结合，攀上人家这个家庭，是八辈子修来的福。他才不管你小爱过去怎么样呢，他要的是现在的张小爱。后来两个人交往上了，有志才知道小爱曾那样爱着哥哥大志。有志就这样被人家小爱当作大志的一部分在情感上依赖着。

还好，大志从天上到了人间，小爱心中的神没有了，通过一夜的高烧，凤凰涅槃后，小爱正常了。小爱的爱，是什么样的爱，小爱自己不清楚，父母更不清楚，就连有志，也说不上小爱是不是真的喜欢大志这个人。

2008年12月26日至12月31日

　　牛大志在银湾那么多年，从来就没有想到过故乡能让自己安静下来。当然，在那个纷繁芜杂的沿海城市，除了城市的喧嚣使人无暇顾及故乡以外，更多的是牛大志在成日的紧张中淡忘了自己是从牛家村走出来的，自己还是一个有根的游子。

　　他不断地处突，不断地分析敌情，不断地组织部队训练，不断地教育自己的战士。回顾走出牛家村时的自己，是奢侈的，更是疲软的消磨。

　　部队就是这个样子，尤其是基层，一年到头神经紧紧张张，工作满满当当。何止是满满当当，上面千根线，下面就一根针。不管针孔愿意不愿意，机关的千根线，也得想办法穿到基层的一根针的针孔里面。而且上面的线，都事关中心任务的完成，都关系到部队的稳定。哪个都极其重要！有时候，同一个部门各处室安排的一个月的工作任务，如果把几个通知上规定的时间加一下，往往需要40多天。就这，还不算其他部门安排的事。这样一来，很多干部休国家法定的假就觉得不好意思，好像干了什么见不得人的事，生怕领导不高兴。

　　这些天，大志自己也感到奇怪，从组织上确定自己转业到回到家里的那一刻，心灵简直受到了炼狱般的折磨。这倒有点像小爱。

　　从考上军校起，他的奋斗目标、人生欲望就像是风筝腾空，在天上飘着，而且是越飘越高。紧张的训练、比武、处突、抢险、鲜花、掌声、报告会，他已经忘记故乡的样子。偶尔他也会想，故乡是不是发生了什么难以想象的变化，甚至想着我还是牛家村的人吗？就在被确定转业的那一刻，原本上升的风筝就开始急剧地往下降。直到到了家里，这风筝才彻底掉了下来。等掉了下来才发现，家乡还是那个家乡，还是那么厚实坚硬，让人感到温暖和安全。人还是那些人，吐着浓浓的乡音，吸着浓浓的旱烟。这乡音，这味道，让你即使有天大的委屈、天大的困难，也会立即消解掉。

大志也就在这风筝掉下来的那一刻，看到了赤条条的自己。身上的光环没了，大志还是原来在田埂上一身黄泥巴玩耍的大志。就在那晚和云志妹吱吱嘎嘎地推着车走在到村头拿行李的充塞着牛粪味的巷子里，他一下子找到了入伍前的感觉。那感觉多多少少让他有些迷醉。这迷醉的因子就把入伍后附在他身上的东西往外排解着。

大志回到家的那天和父母亲还有妹妹吃完晚饭后，一家人先是围着炉子喝被爸爸比作牛粪饼子的普洱茶，然后又坐到炕上接着聊。毕竟分别五年了，在最亲的人面前有聊不完的话。在父母和妹妹面前，大志就把自己最近的遭遇全说了，也把自己的壮志未酬和不甘心全说了。儿子本来是想在部队一直干下去的，男儿当志在四方的，男人不去保卫国家、保卫社会、保卫人民，那还算男人吗？儿子无能啊，不能继续在部队待下去了，也不能光宗耀祖了，请父母亲原谅。还有，儿子回来，也成了言而无信的人了。因为儿子当初当着师傅的面答应过古墓里的大将军。

父亲说，像我们这个家族，往上数四代，再往上我也没听说过出息过什么人，反正这四代没有出一个吃皇粮的，都是种田纳皇粮的庄稼人。也不知道是不是老天开眼了，还是祖坟冒青烟了，你高中一毕业就考上了军校还提了干，你弟也考上了大学。更没想到你还成为英雄，报纸登、广播广，全国都知道了，还保卫过那么多大领导，让一村一镇一县的人都跟着你有面子。我看啦，咱心气也不能太高，早够了，人家领导给我们也太多了。人家说你有毛病我看说得也差不离，你这脾气我还不知道啊。当然，不是说你爸不同意你往上升，当上将军才好呢！可咱们草根一个，有那命吗？你本事大，全军的冠军，可你现在干的工作，拿的成绩，是用命拼来的。你妈也常说，什么时候是个头，大志不要顶着枪子救人就好了。你再不回来，我和你妈肯定不会老死，会被吓死的。这几年，我和你妈很少能睡个安稳觉，前两年夜里听到狗叫都以为是有人送信报丧来了。后来装了电话，夜里电话一响就把我们吓出一身的冷汗，不敢抓那个电话话筒，以为是部队领导报什么不好的消息。我就骂你弟，以后没事不要往家打电话，一个是费钱，再一个是吓人。性命和前途相比，我和你妈看得贼清楚。这次回来，就在县上找个安稳的事做做就行了。至于什么大将军和你师傅，一个连个名字都没有，一个也已经过世了，你还在乎那干什么？再说了，也不是你自己怕苦怕死跑回来的。想当初知道你后来干这么危险的工作，我和你妈就不让你跟那个岳拳师学拳脚了。

这一聊直聊到公鸡打鸣才睡下，而一睡下就不想起来。过去上军校放假回家时，刚回来的几天总是早早地就醒了。大志就想，那是因为太兴奋，衣锦还乡的兴奋，总想着早早地起来穿着军校学员服显摆，讨贫困的乡亲羡慕的眼光。而这次回来，却是转业，因为自己在人生的道路上败走了麦城，除了无奈，不可能再有风筝往上飞的际遇了。难道还要起那么早，在巷子里面走来走去？不断地提醒乡亲们，我大志回来了。然后讨个嘲笑，啊，大志回来了，国家元首不需要你去保卫啦，好好找找关系，在县里找个工作。日后当上县长了，我们到县城去玩，你婆姨不要嫌弃我们乡下人换了鞋脚臭啊！

这些天来每天早上，妹子云志总会轻手轻脚地过来捏着他的鼻子，不让他出气，把他弄醒，让他起来。母亲知道了总骂，臭女子，别去捣乱，让你哥好好休息，看这些年把你哥给累的，脸晒得那么黑。

我怎么这么能睡呢？大志就有些纳闷，慢慢明白，这就是指导员们说的什么醉睡。哦，醉睡原来就是心里什么事也不装，也没有什么事情可以装，一觉睡到自然醒。可以不考虑领导要来检查工作，可以不考虑考核评比，可以不考虑做哪个战士的思想工作，可以不考虑第二天该加几个菜，可以不考虑部队出动。现在连手机都不要了。过去外出执行个什么任务，手机总要开着，生怕领导找不到你。真正转业的境界就是不要考虑部队上的任何事情，真正转得洒脱就是不要再说离开部队了还关注部队的发展和哪个战士的成长进步。大志就佩服起那些住在部队营区里的转业的同志，人家接到命令的第二天就醉睡了，就在军号声底下。而自己却是走了几千里地，经历了好几个彻夜失眠，在地理距离上把部队远远地丢到一边了才什么也不想的。比起人家来，自己确实境界低了很多。

　　大冷的天，也没有什么农活可干，大志就这么在炕上坐着或躺着。妹子云志就把妈妈的话当耳旁风，每天都调皮地一早过来把哥哥弄醒，拉着他起床。起来后无事可做，就又回到床上躺着。

　　是啊，这是西北冬天的农村，冰雪覆盖的农村，农民们一早起来除了放鸡出来喂食，捅一下炉子，扫一下庭院昨夜下的雪，还有什么重要事情可以做呢？况且现在地里也没有什么农活可做。回来后过了两天大志就感到，父母亲已经把儿子作为入伍前的家庭成员了，母亲已不再早早起来做早饭吃了，中午也就是一大碗面条，晚上馒头就着苞谷稀饭。农村就是这样，冬天不下地，为了不费粮食，早上使劲地睡，一天只吃两顿饭。放在过去军校放假回来，亲戚朋友们还一家一家地轮着请饭，让他在感受浓浓亲情的同时，还让亲朋们收获自豪。亲人们并不是图你能帮他们什么大忙，但你从部队探亲回来了，他们就是开心，就觉得虽然穷也要摆个酒席热闹一下，让左邻右舍知道，我们家里是有吃皇粮的人在外面的。

　　春天快到了，自己该拿着农具和父母一起下地施粪干活了，然后利用闲时到城里联系联系找个工作，到下半年把班一上，过个朝九晚五的生活吧。不这样又有什么办法呢？大志被妹妹折腾得回到床上躺在热被窝里就想这些事。

　　大志这天又被云志捏着鼻子起来了，心里就开始有些厌烦，但一想自己是哥哥，毕竟这么多年都没有回来过，就没有对妹妹使脸色，就问道："调皮蛋你让哥哥早早离开热被窝，跑到院子里，就是看一下天，看一下地，然后又回到炕上，你就不怕把哥哥冻感冒啦？"

　　可云志却把头一歪说："哥说得不全对，妹子让你除了看家乡的天和地之外，还要看妹子，看爸爸妈妈，妹子也要看你。哥哥想想啊，你这一走就是五年啦，你心咋就这么硬，不想我们啦。有时候我和爸爸妈妈都忘了你长什么样子了。你想想啊，你上次离开家的时候，我才十三岁。我还没问哥哥哪，那天你回来时，如果我不拉着你，哥哥你能把妹子认出来不？

097

现在真真的哥哥就在身边，就觉得看不够。你知道不，我都进来老长时间啦，一直看着哥哥。我就想着啊，这就是咱的大志哥，咱大志哥这一回来，我和爸爸妈妈就有依靠了，过日子就有奔头了。”

大志心里不觉一酸，搂着云志的脑袋半天说不出话来。过了一会儿，大志说：“妹子，你看哥哥现在就像个废人一样无事可做，时间一长，你会烦我的。”

“就是烦，我也高兴。”云志把小嘴巴一噘说道。

大志乐了，伸手从床头拿出烟来点上说道：“好妹妹，等天气变暖了，哥哥帮你找个学校学习个技能，然后就在城里找个工作。我妹妹这么聪明能干，将来就在城里成个家。”

云志就很乖地将两只胳膊撑在床沿上，双手托着腮，跟着哥哥的话憧憬着，脸上泛着红晕。其实云志心里早就有这个想法，可一直没敢提，主要是二哥那边是和未来的嫂子合伙开的公司，还不知道到了人家那边，未来的嫂子愿不愿意。再一个是自己一走，爸妈怎么办？

云志是个有心眼的姑娘，就说道：“我可不急，我要等咱哥成家了再说。我哥在哪个城里，我就在哪个城里找事做。还有，我以后还要跟咱爸咱妈住在一起的。”

大志又乐了，说道：“那哪成啊？咱爸咱妈住你那儿，那要我这个儿子干什么？到时候还有你的公公婆婆呢。”

云志就把头低下了，细声说道：“哥哥真坏，人家还小呢。不理你了。”说完就要走，忽然又想起什么，就说道：“哥，你说过的，也向咱爸咱妈赔罪了，你得抓紧给我找个嫂子。你看二哥都有了，你还大哥呢，都掉在二哥的后面了。”

大志笑了笑说：“哪有那么容易，得碰，得靠缘分。还好，过去总想着自己是个特警，手下那么多兵，现在没那么多事了，真是可以考虑考虑了。看看哪家的姑娘那么倒霉了。”

云志听哥哥答应，便不再说话，“嘿嘿”了两声，做了个鬼脸，就高高兴兴地跑了。看着妹妹跑开的身影，大志心里有一股说不出的温馨感。

2009年1月2日晨

牛大志总觉得自己是个胆气豪壮的男人，从来就不知道什么是害怕，可这次做的梦，着实让他吓了一跳。

夜里，大志梦见自己怎么走着走着就碰到一个红脸长须男人，此人身穿绿袍，手持大刀，一身威仪。见到大志就像舞台上演古装戏的演员口念戏文，然后就是一声大喝："来者何人？"大志说："我叫牛大志。"长须男人忽然一脸怒火用长刀指着大志骂道："大志无志，空享俸禄，无忠无义，废人也。"然后就"啊……"大声吼叫，忽然就把长刀收起往前一挥，嘴里又是大喝："看刀！"这一声就把大志吓了一跳，一下子坐了起来。大志就觉得奇怪，怎么就做起这么个梦来。

大志用手摸到墙上的电灯开关把灯按亮，披起衣服，掏出一根烟来吸着，心突突地乱跳个不停，就想着，这梦里人怎么就知道我空享俸禄呢？

是啊，人都转业了，有大半年等待安置的时间，在这期间工资照发，这不是空享又是什么呢？大志就惴惴不安起来。想那人看起来似乎像是电视里面的关云长的扮相，又像自己想象中的牛家村的那个古时候的将军。其实，大志做这个梦并不奇怪。古人就讲过日思夜梦。从精神分析上可以发现，虽然回到家乡的大志，认为自己已经是落到地面上的风筝了，但在他的潜意识里面，始终是每天24小时为自己壮志未酬而耿耿于怀的。梦吗，不就是潜意识在自己睡着的时候像妖怪一样冒出来作怪？

"难道是古砖没有归还回去？"大志心里纳闷。大志敬天，但他讨厌迷信的东西。大志当特勤中队长时，也参加了一些老乡聚会。宴会上，朋友之间互相赠送的东西让大志脸红。白天都是高唱大调的，晚上的宴席互相介绍的却是哪个庙宇的香火旺盛，哪个道士和尚的卦签灵验，赠送的东西不外乎桃木手链之类的东西。

"社会变了！人心也变了！"大志遇到这样的场景，就这样安慰自己。

不知过了多久，家里的公鸡打起鸣来，还压抑地沉浸在梦境中的大志，忽然就感到心里面似投进了一缕阳光。天终于快亮了，被梦弄出一身冷汗的大志决定起床。想想自己已经有好些天都没有锻炼了，这觉睡得身上都有些酸痛，就从柜子里找出运动衣裤，穿好后到田野里跑步锻炼。

东方泛出鱼肚白，启明星就像硕大的水晶明亮地挂在天上。今天终于晴了。慢慢做着准备活动的大志深呼吸着田野清新的空气。

云志起床后到哥哥的房里看哥哥白天穿的一堆厚衣裤都在床上扔着，知道哥哥一定是锻炼去了。哥哥过去休假时是有这个习惯的，就把昨天到镇上买的一大包纸巾放在哥哥的床上，找出自己织的红毛线手套戴上，抱上哥哥的军大衣就又蹦又跳地往田野里跑。

云志女儿家心细，从哥哥回来后，就常看到哥哥总是呼呼啦啦地擤鼻子。就问哥哥鼻子怎么总是不通，老是要擤。哥哥说，可能南方空气里水分大，一到北方太干燥，鼻子就出问题。昨天云志看到哥哥身上的纸巾用完了，用手直接擤着鼻子，她就赶紧骑上自行车到镇上买了几包回来。她觉得还是纸巾用起来干净方便。这些年来，小姑娘一直用着手帕。她本来也想收起手帕改用纸巾的，可买纸巾毕竟要花钱，就一直没敢跟妈妈说。

到了田野里，云志远远地就见哥哥在那古墓前的一片空地上，在刚刚升起的金色阳光映衬下，挥舞着拳脚。哥哥可是全国散打季军，从小就跟一位拳师学习拳脚，在部队通过这么多年实战的锻炼，现在一定有了很大的长进。云志一路跑到哥哥的身边，把哥哥的大衣披在自己身上，看哥哥的过硬武艺，每看到哥哥有精彩的动作就大声拍手叫好。

大志跑完步几套拳脚下来，已经是满身大汗。云志赶紧把围巾取下来要帮哥哥擦汗。大志摆摆手说，没事的，吹吹就干了，哥哥已经习惯了。

大志在原地一边跳，一边抖动抖动胳膊腿，做完身体调整后，云志就把大衣从身上取下来，披在了哥哥的身上。大志把大衣在身上整理好后说：

"小时候我总爱在这空地上打拳，记得有一次不小心把头磕碰在那墓碑上，当时鲜血直流，可把师傅吓坏了。这里还有个记号呢。"大志指了指额头上那块看着有些模糊的疤痕，又走到墓碑跟前蹲下，叫云志过来，指着碑基凸起的角说："记得当时哥的额头就是碰在这里的。"

云志也蹲了下来，用戴着手套的手摸了一下那个角站起来说："哥哥为什么爱在这里打拳。一座坟墓，一点也不好。要不是哥哥在这里锻炼，我才不来呢。我最不敢在墓地走，阴森森的吓人。"

"嗨，那你不知道吧，咱们这一片就这地方有这么一大块空闲平地，而且是土质的，没有一个石块石子。也奇怪，前几天下雪，这里竟然没有多少积雪。还有啊，这块地方也影响了我的前途。"大志看着妹妹说。

云志不解，就问为什么。

"那次把头碰破了，才知道问师傅这是个什么墓，为什么要立这么个石碑。师傅说，这是个古墓，墓主人是谁县志上没有记载，历史已经无从查证。村子里传下来的说法，墓主是明末清初时战死在这里的，听说还是位指挥官。这位将军战到最后时刻，决不投降，对劝降的敌人说，在这里只有断头将军，没有投降将军！说完后，就被人家乱箭射死了。当时兵荒马乱的还是我们牛家村人帮收的尸安的葬。当时在他身上也没有发现官印，也不知道他叫什么名字，是哪里人，只从他身上一块铜制的腰牌上发现了两行字：此生不为大下计，生下不如即刻死。然后，我们这里的地方官就差人把这两行字刻在了石碑上，立在他的墓前。当时我虽然很小，但我就感到这个人是多么了不起。我想，人家远离故土，战死在异乡，连个名字都没有留下，为的是什么，为的是家国天下，为的是黎民苍生。一个人只有这样活才有意义。一个连名字都没有的人，却一代又一代流传着他的事迹。而我们牛家村从大将军战死的那年算起，一代又一代死了多少人了，到现在我们记住了几个？往上四代，我们就不知道祖宗名字叫什么了。我们牛姓人连个家谱都没有。就是有，我们记着那么多的老祖宗的名字又有什么意义呢？"

云志觉得哥哥的话说得怪怪的，一个古墓，不就是一个土堆子，想那么多干吗呢？

大志接着说道，师傅那次指着我们村的乱坟岗说，你们村那个乱坟岗有几百个坟包，可是你们村子里的人，谁能叫出那坟主人是谁？再过几百年，这些坟包又被新坟覆盖了。可是大将军就不一样了，他是为国家战死的，他的生命就重生为光耀千秋的大生命了，就活在天地之间，活在历史的长河里了。我清楚地记得师傅有一次在这里一边擦拭石碑一边对我说，每个人都逃不过死，但死的意义都不一样。这不一样就决定了他在天地之间，在人们心中的高度。从大的生命意义上来说，死并不可怕，更不是悲痛的事，有时候还是一件乐事。秦桧把岳飞杀死在风波亭，从南宋至今经历了多少朝多少年了，现在人们还到西湖瞻拜岳墓，岂不看到岳飞死亦可乐！孔子说，成仁得仁又何怨。现在的人们越来越不明白这个了，只为自己活着。他们不明白杀身成仁，舍生取义，成仁取义，岂不可乐的道理，一个个活得是那样的自私可怜。所以，有的人死，死得一点也不亏。人生的大账要算得清清楚楚，明明白白。师傅是个懂点玄学的人，在我伤口好了之后，就买了香烛和祭品，把我带到这里来，让我跪下磕头。我边磕头他边念叨，求大将军保佑我的弟子从此武艺高强，继承您老人家的遗志，日后为国尽忠，成为国家栋梁，死而无憾。然后师傅对我说，孩子啊，为什么你会在大将军墓前跌倒啊，是大将军在天之灵收你为徒啊。从今以后，你就是他老人家的香火传人，大将军会保佑你的。然后师傅就让我按照他所讲的话，在这里向大将军许下承志宏愿：我牛大志一定继承大将军的遗志，从军报国，做杰出人，成天下事。也不知道为什么，师傅总是叫墓主是大将军。

那次就在我跪着叩完头后，师傅对我说，做人，要讲仁、义、礼、智、信。做军人，要讲勇、智、仁、信、忠，这是《六韬》里讲的。孙子说军人必须要讲智、信、仁、勇、严。意思都差不多。做到了这些，就是真正的军人了。后来我到军校读了很多书籍，受到很多领导的教育培养，我的视野就更开阔了。也很有意思，当年在师傅的教育下，我在这里练拳脚就特别来劲。这一股子劲就一直保持到转业那一刻。也奇怪得很，可能是潜意识比较活跃，这么多年来就经常梦到大将军。或许我的人生之路这样走就是天意。大志一边往回走，一边对云志说。然后又叮嘱云志，哥今天说的不要跟别人提起。

大志再回过头看古墓时，就发现石碑在太阳的映照下，四周就像镀了一层金一样放着光芒。此时，大志就忽然想起夜里做的那个奇怪的梦，心里感到有些惭愧。他想到了自己带回来的古砖还在箱子里，该还过来了，就紧走几步赶上云志说："找个时间咱们到镇上买些香烛，来这里祭一下，另外再到祖坟和师傅坟上去一下。"

云志就说了一声好。

到家的时候，爸爸妈妈也都已经起来，云志赶紧钻到厨房为哥哥烧洗澡水。小丫头听了哥哥在墓前说的话，心里面就有些怪怪的感觉。她现在终于多多少少明白了一点，哥哥为什么从小就爱穿军装，为什么总是不怕死地去完成任务，为什么说自己是壮志未酬，为什么常常一个人无奈地叹气。还好，哥哥一转业，总算是被拴住了，把哥哥拴住了，哥哥就平安了。哥哥平安了，一家人就踏实了。

不过，云志还是感到难以理解，一座古墓怎么就让哥哥变成了这个样子。这古墓在牛家村多少年了，一代又一代人还不是几亩地，一头牛，老婆孩子热炕头？怎么在哥哥这里，就让他忧国忧民，关键时刻挺身而出不怕死了？哦，或许这古墓就是一本书呢，这几百年来就被哥哥一个人读懂了！云志的眼睛一闪到放火柴的灶洞里的一本《白雪公主》时就忽然灵醒了一下。云志从灶洞里拿出不知被她看了多少遍的《白雪公主》，打了打上面的灰尘，小姑娘好像一下子全明白哥哥心里头的密码了。古墓对哥哥来说，不就像《白雪公主》于自己吗？自己追求的就是找个像书里的疼自己爱自己的白马王子，然后给人家生孩子，照顾公公婆婆和丈夫孩子。所不同的是哥哥被大将军感化了，而自己则迷进了《白雪公主》里面。

大志擦了澡出来，爸爸正拿着个簸箕嘴里嘟嘟嘟地在给鸡喂食。看见大志出来，爸爸就说："一早你舅啊姑的都来电话了，他们约好了说今天来看看你，一会儿我到镇上买点菜，中午把你大伯和小叔也一起叫过来。还有人家村长支书，平时人家村领导对我们家可关照了。"

大志想姑姑舅舅都好几年没有见面了，就说了一声好。

103

2009年1月2日上午

上午十点一过，客人们就陆陆续续地到了。大志的舅舅还没进院门就大声嚷嚷道："大志啊，好外甥哦，舅舅来了。"大志小时候就很喜欢舅舅，因为舅舅总是大大咧咧，爱开玩笑。正在收拾桌子的大志忙跑了出来，伸出手来要和舅舅握。没想到舅舅却把皮手套摘下来，把手使劲在裤子上蹭了蹭说："咱外甥的手可不能随便握哦，讲文明点就是不能亵渎，咱外甥的手被好多外国元首握过的，握了能沾贵气。"舅舅一句话就把大志逗乐了，大志叫了一声"舅舅好，姑姑好"，然后就拉住舅舅的手说："舅舅姑姑来大志最开心了。舅舅姑姑到屋里吧，外面冷。"

大志的姑姑是和大志的舅舅一起来的，舅舅在路上用车搭上了正走路到大志家的姑姑。舅舅姑姑进到屋里，姑姑就对大志说道："本来应该早点过来的，可一直下雪，今天终于晴了。志娃，来让姑好好看看。"

大志就憨憨地笑着到了姑姑的跟前。姑姑拉着大志的胳膊，看着大志的脸很是心疼地说："娃，怎么就这么黑，听说那边的太阳都能把人晒出水泡来。"

大志笑了笑没有说话。

舅舅接过话说："晒出水泡很正常，关键是能把人晒死的。"

姑姑就惊奇了问大志："是不是真的？"

大志说："舅舅开玩笑的。"

姑转过脸对大志的爸爸说："听说娃转业回来了，我心里面甭提有多高兴呢。"又对大志说："你这一走几年，可把家里人担心坏了，姑姑晚上常想你睡不着，你姑父就骂我是闲操心，说娃命大没事的。"

农家小院比起大志回来以前，不知热闹了多少倍。

大志他们正高兴着，大伯牛得水也在小叔牛得地的搀扶下拄着拐杖过来了。他们掀开门帘子见大志的舅舅来了，就热情地打了招呼。见大志的姑姑在一边坐着，兄弟俩又分别叫了声"妹子好""姐好"。大志的姑姑站起来和自己的哥哥弟弟招呼。

大伯和小叔在大志刚回来的那天已经来过了，也分别请大志到家里吃过饭。小叔进来时把哥哥牛得水安排坐在凳子上后，就自豪地对大志的舅舅说："有舅舅帮忙，我侄肯定能安排个好工作，到时能把我家女儿给照顾吃公家饭。"

小叔牛得地也就比大志大了十多岁，和大志感情很深。大志小时候就常淘气地骑在小叔的肩上玩，让叔叔给他买糖吃。大志就笑了说："我小时候嘴巴馋，总是缠着叔叔买糖吃，有一次实在没有什么东西换糖了，叔叔就把自己的一条裤子拿去给我换了糖。这事被我爸和我大伯知道了，我爸就把我打了一顿。我叔就被我大伯骂了一顿。是吧，大伯？"

大伯听大志问他，就咧开缺了门牙的嘴哈哈地笑。

小叔也笑了。

大志又说："只要我把工作安排好了，一定把咱妹子照顾好，让咱叔叔放心。谁让我小时候那么贪嘴，欠咱叔叔那么多的债。"

大志一个玩笑，又惹得大家大笑。小叔就过来从后面要把大志抱起来，可试了半天也没有把魁梧的大志提起来，就说："这小子又高又沉，提都提不起来。小时候总骑我脖子上，没想到大了，就长这么大块头！"然后又走到大志的面前伸出手来说："大志，来，跟叔叔掰一下手腕。"

舅舅就乐了说："现在的大志，就是你七八个叔叔一起上，也不是他的对手，他可是全国散打季军。大志，你就用一成的力气，让叔叔知道你的厉害。"

大志没有和叔叔掰，而是伸出手来，叔叔也就把手伸过来和侄子握着。大志又亲热地用另一只胳膊搂着叔叔的肩。

舅舅一看大志的小叔握着大志的手就开起玩笑，说道："握手是要钱的，不能随便握。你侄子的手，有贵气，握了他的手能当官能赚钱。大志你跟小叔要钱。"

大伙听了大志的舅舅的玩笑话，就都哈哈大笑。

坐在一边戴着个老花眼镜，两手抓着根拐杖的大伯这时却一本正经、慢条斯理地说："大志的舅舅说得不无道理，放在封建社会，大志就是受了皇命，手上握有生杀大权的官吏，他的手谁敢碰得？"

姑姑听后就一脸的不可思议。舅舅则大声嚷嚷着要云志倒茶。

大家热闹了一会儿，大志的爸爸就对大志的舅舅说："今天你来了，我把村支书和村长也请了。"

大志的舅舅就说那好。

大志的叔叔放开大志的手就直嚷嚷："请他们做什么？这些人势利得很。你看那游团长也是刚刚回村里休假，村子里都专门请了一下。现在村干部都一家一家地轮着请呢。可我们大志回来了，不就是转业吗，还反过来了，让我们请他！"

大志的大伯叹了口气说道："请了就请了，也没什么。平时志娃不在家时，村里还是帮助不少的。再说了，虽然游家在村里是小姓，就几户人家，但毕竟人家是团长，村里请人家也是应该的。"

大志的舅舅点头说："大哥说得对，如果大志没有转业，你村里不请大志就没有道理了，因为都是村里人在外面服役，又一起休了假，请两个人一起吃饭也是应该的，况且大志还是英雄。"舅舅顿了一下又说："现在大志转业了，回来了就是民，不再是军民关系，村上的不管怎么说，也是一级父母官，不就是在家里请客嘛，多两双筷子的事情。"听了大志的舅舅的话，大家就统一了意见。

2009年1月2日中午

牛支书和刘村长是最后到的。两位村领导进来一看大志的舅舅也来了，支部就有些责怪大志的父亲，说道："成科长来了，怎么没言语一声？我们应该早点过来迎一下的。是吧，老刘？"

刘村长就直点头，是的，应该的。

大志的父亲牛得草说："支书村长客气了，他再是科长，不还是大志的舅舅嘛。进了这个村子，就是亲戚，什么官不官的。"

支书和村长就笑了。村长说："那可不一样，领导就是领导，这礼数还是要讲的。"

牛得草见客人都到齐了，就张罗大家坐下。牛得草本来是让大志的舅舅坐上席的，可大志的舅舅说那不成，应该让支书和村长坐，支书和村长是父母官。支书村长坚决推辞，说成科长开国际玩笑了，这不是骂我们吗，你可是我们的上级领导啊，还是科长您坐。大志的舅舅说，那就让大志的大伯坐，因为大伯年纪最大，德高望重。大伯摇摇头，慢条斯理地说："他舅舅就不要客气了，娘舅为大，还有一个最重要的理由，你是县政府法制科的科长，官员更为大，所以该你坐上席。"

大家推来推去，最后大志的舅舅坐了上席，支书就坐在他旁边作陪。如果大志的舅舅不是公务人员，这个位置应该是人家支书的，所以，按照大伯的话讲就是，支书现在陪的不是大志的舅舅，而是成科长。礼到了，理通了，一桌人就舒坦了。

大志的姑姑在厨房帮忙做菜。女人不上席，是这儿的规矩。

三杯客套过后，大家就自然地把话题集中到了大志的工作问题上。

大志敬舅舅一杯，舅舅刺溜下去，拿着筷子夹凉拌猪耳朵的时候就问大志有什么想法。

大志说还没考虑，但进政府机关的大目标不变。

舅舅说，关键是你进省政府、县政府还是镇政府？

大志的小叔一听就帮腔说："肯定进省政府嘛，到镇政府有什么出息，当公家人吃公家饭，当然是门楼子越高越好。"

大志的舅舅有些不高兴，用筷子指着大志的小叔说："你先别吭声，我问大志自己的想法。"因为人家是大志的舅舅，又是科长，牛得地知趣地没再说话。

大志看大家为自己的事操心，就说："当然是机关越大越好。我想啊，如果能进大机关，自己也没白念那么多书，可以为社会做很多事。"

舅舅拿起杯子碰了一下大志跟前的杯子，算是赞许。大志马上端起杯子就一仰脖子下去了。舅舅笑了说："这小子动作就是快，舅舅碰你的杯子，舅舅还没干，你倒先干了。"

舅舅也喝干了又说道："这大方向确立完了后，就要查一下有关规定，比如，你一个正连职干部能不能在地区安排。你一个大功臣，能不能在全省选工作。如果能，那就到省政府。大机关就会有大发展，不要讲什么为社会做什么大事。这社会适者生存，自己进步快了，当上大官了，你说什么都是对的，说不定将来舅舅还要你这个外甥帮衬呢。你说我说得对不对，大哥？"

正认真听着大志的舅舅说话，用缺了三颗牙的嘴慢慢咀嚼着羊蹄筋的大伯见人家成科长问他，就使劲地点了点头，然后忙囫囵地咽下嘴里的肉说："成科长说得在理。把情况弄清楚了才能有的放矢。"然后清了一下嗓子说："不能情况不明决心大，思路不清点子多。"

大志听了大伯的话惊诧得差一点被酒呛着。大志从小钦佩大伯的学识，一个仅读了几年私塾的老人，思想观念一点也不陈旧。但没想到，几年没见，大伯说的话怎么就像现在的部队首长一样，竟然一套一套的。他忽然就想到了中队文书小夏，虽然是个战士，可谈起学习体会来，也都是首长讲的话，大一二三里面套着小一二三。他就抬头看了看支书，想着，总不至于村干部常常与大伯交流工作上的事吧。

这时，大志的舅舅端起杯子敬牛得水说道："大哥是人老心不老，水平非常高，我看可当支书的大幕僚。"

他的一句话又把大家逗乐了，刚才大志的小叔被他说了还在不高兴，这时站了起来敬了他一杯。

大志工作上的事说完了，大家就你来我往地敬起酒来。特别是支书和村长，人家知道，有成科长在这里，谈大志工作上的事，没有你说话的份。现在正事说完了，他们就把成科长的马屁拍得乒乓直响。成科长也都一一笑纳，肚子里就喝了很多酒。

大家已经是脸红脖子粗，酒闹得差不多了。这时，就见支书摇摇晃晃地站了起来，端了酒杯说："我再敬下大志。大志侄，你、你是好样的，村的光荣！啊，这些年只要一、一开会，上面领导就表扬我们牛家村，我嘛，哈哈，就特有面子。大志，你、你为我们争了面子，我们也、也不亏待你们家，农忙的时候，我、我就发动，乡亲们把你们家的活全包了。其实，也、也不用发动，大家伙儿都愿意，哈！论职务呢，咱俩一样，我、我也相当于连级，我管几百号人，你、你管百十号人，论地位呢，你、很高很高，你能一枪把人给办了，我、我可不能，要、要人命的事，得、得成科长说了才行。"

舅舅就笑了说："胡扯了不是，我可没那么大权力，这得依据国家法律，要法院审判的。"说完，就端了杯子与村长刺溜。

"成科长，我、我可没瞎说，要是哪、哪个得罪咱，偷鸡摸狗的事，你老人家得帮助我收拾，那、那就是一句话，得蹲、蹲号子！"支书直愣着眼睛看着舅舅说。

大家都笑了，舅舅也笑了说："支书还是能当得住家的，这管理一个村子，也不容易。我看牛家村就被你们俩治理得不错。"支书拍了一下村长的肩，村长明白，人家支书示意自己，两个一起敬一下肯定了他们工作的从县里来的成科长，村长也站了起来，两个人就一起端了杯子敬成科长。

村长坐了下来。支书又倒了酒端着杯子，身子摇晃得把杯子里的酒洒得到处都是。因为舅舅刚才打了个岔，支书提高了一下音量说："论年龄，我、我可是长辈，我只想问大侄子一句，你、你干这么好，部队首长怎么就、就舍得让你转业？"

刚夹起一粒花生米的舅舅显然是听清了支书的问话，就大声地咳嗽起来，提醒大志注意，这一咳嗽就把花生米掉到地上了。舅舅就弯腰去找，嘴里大声说："咦，我的花生掉了。"

此时，大志的酒喝得也有些高了，加之大志敢说敢当的性格，也没有管舅舅的咳嗽，脱口道："嗨，首长说我不听指挥，再不安排转业搞不好会成祸害！这哪是哪儿啊！"

支书听了大志说完，就把杯子里已经摇晃得没有多少的酒一口干完坐下，然后说道："游团长回、回来好几天了，听说你也在休假，人家还说大志怎么、怎么就不见露面呢。我是好心，啊，人家游团长是、是不高兴，说你大志眼里没有这、这位首长啦。哈哈。"

一直默默不语的刘村长就用非常惊讶的目光看了看大志，感到大志说话太不注意了。牛姓是村里的第一大姓，你牛支书不是跟大志同姓吗，问这话是什么意思呢。刘村长就感到这支书牛解放是有什么用意在里面。否则，这不是让我这个异姓人在这里看笑话吗？

大志的叔叔听了牛解放的问话就非常光火，从柜子上拿了瓶酒，又找来两个碗，就把酒往碗里倒，边倒边说："我今天还没敬支书呢，支书这么关心大志，我就敬上一碗。"

大哥牛得水看弟弟要让支书下不了台，他是知道的，这个弟弟喝多了发凶闹起事来谁都按不住。还有一点，如果把支书弄不高兴了，大志的事不知要被他的媳妇怎么编排呢，就说："别喝了，这一碗下去，人家支书没倒，你就倒了。"

舅舅也知道这个时候让支书下不了台会坏事，就把捡起的花生米用力往桌子上一丢，然后端起酒杯说："大志喝多了，胡说呢。大家门前清了，啊，干！"

杯子在叮当作响中，酒就下了各揣了心思的肚子。牛家村的天气还是那么寒冷，酒不但为大家祛了寒，还让各自把心里的话都漏了一点。

2009年1月2日下午

大家吃完饭送走了支书和村长，舅舅就有些责怪大志，说："娃太实诚，说那么多干吗，什么领导不愿意你留队，不会说是你身体不适应银湾的气候？你是大功臣，还担心政府给你解决不了一个好工作？说这话，会影响工作安排的。"

大伯叹气道："老牛家的人，扁担捅炕洞，直来直去的，娃缺少官场经验，还是太嫩，那几句可是惊天动地啊。你是谁啊，你不是一般的人，别说是全省，全国都在关注你呢。这下可好了。一世英名要毁了。对于你来讲，任何风吹草动都是要注意的。"大伯激动了，说了几句就有些喘，咳嗽了一下接着说道："娃啊，你还不接受教训！你说你为什么就转业了，还不是说话太直！刚好的伤疤就忘了疼！地方上比部队上更要注意，有时候一句话你就一辈子翻不了身。为什么，因为部队上还经常调来调去的，领导也经常换来换去的。地方上呢，你一到某个单位，可能就干到退休了。你说你把领导得罪了，这一辈子有好果子吃吗？俗话说，饭要嚼嚼吃，话要想想说。以后一定要注意！"

小叔牛得地就嗓子里咳了一声，"呸"地吐了一口痰在地上用脚踩了一下抬起头看着老大说："怕什么啊，谁还不犯个错误。牛解放那德性，他敢在外面瞎掰我侄，看老子不骟了这坏种。"

牛得水瞪了小弟一眼说道："别发狠了。"想了一下说道："现在呢，这事啊就顺其自然。俗话说，命里有的跑不掉，命里没有瞎胡闹。咱们家孩子有这么个程度知足了。再说了，我就不信，国家还不安排大志当个国家干部。实在不行就到舅舅手下去。还有个俗语，当官不要大，只要不离家。

舅舅你看行不？哈哈。"老汉说完就为自己的见解有些得意。

舅舅非常敬重大志的大伯，一个农村老人这么有看法、这么开明，真了不起。马上说道："大伯说得非常在理。我看也是，先到省里市里问问，实在不行就在县里安排。咱们县这些年发展得还是不错的，不少岗位都需要有本事的人。"

大志在一边没有吭声，他就觉得这饭吃得真是窝囊，请人家支书反过来还被人家算计了。他甚至都不信有舅舅和大伯说得那么严重。就这么句话，他支书能传出去，本村的人，乡里乡亲的，传出去了，他脸上就有光？不过他又想，如果支书真混蛋到那程度，小叔说得对，就把这坏种给骗了。这是怎么了，老子到了生我养我的小村子，你支书也要给我小鞋穿？想到这里，大志的心里又出现了沉闷的感觉，他奶奶的，宣布我转业，就因为中队官兵给我喝点酒送行，你孙主任当着全体官兵的面一句话，就把我军旅生涯来了个全盘否定。即使我牛大志真的犯错误了，你明明知道我在部队已经没任何机会证明自己了，竟让我竹篮子打水一场空。现在就因为老子性子直，你牛解放就设个套子让我钻，让我牛大志刚回来就抬不起头来。假如真的那样了，就对你不客气。

大志把拳头握得咯吱咯吱响。

2009年1月2日夜

舅舅是第二天才回去的，因为喝了不少酒，就在外甥的床上，两人鼾声如雷此起彼伏地响了大半夜。

第二天早上天快亮的时候，舅舅就醒了。舅舅一醒就咳了一下，然后叫大志。大志听舅舅叫他就迷迷糊糊地应了一声，灵醒了后就把灯打开披了衣服坐起来问舅舅，是不是不舒服？

舅舅也披了衣服坐了起来说，没有不舒服。我们喝酒的人，常常是后半夜就醒了，然后头脑很清醒地睁着眼睛到天亮。

大志笑了一下，下了床，提了壶泡了两杯茶放在床头，然后又拿出烟帮舅舅点上，自己也点了一根。

舅舅心疼大志，心里有好多话要告诉这个让他十分自豪，但又不太放心的外甥，就抽了一口烟说，大志啊，这社会非常复杂，以后说话一定要注意。俗话说，祸从口出。这个一定要注意。

大志没有吭声，一直抽着烟听着舅舅讲。大志知道，舅舅是为了他好。大志心里非常感谢舅舅。

2009年1月3日中午和下午

大志第二天送走舅舅后，中午就受军校同学单双武之约在镇上吃了饭。单双武当年是和大志一起考上军校的，在学校时，由于训练强度太大，双武的体能跟不上，读了两年就被退了回来。

双武早知道大志回来了，本来想早点请大志的，但自己生意上太忙，加上这雪一直在下，就拖到今天，还好，这一拖，就把在家的当年经常一起玩的同学、战友全约齐了。

舅舅离开家的时候，双武的车也到了。大志高兴地要把双武请到屋里坐，双武说："不了，你得跟我走，我不知道你手机，也没法提前通知你，我是受大家之托，用部队突然袭击的战术来把你拉走。"

大志就非常高兴地上了双武的车。也就二十来分钟，车子就开到了镇上，拐了一个弯后就到了毛家饭店。双武说："大英雄，到了，请下车。"

大志看了看装修很是新潮的店面，就有些感叹地说道："才几年时间，镇上变化真大。我在南方看到人家的小镇还常感叹哪，就觉得人家一个镇比我们的县城还气派。没想到这些年咱们这儿变化也非常大。你看这街道，这两边的铺面。"

双武说："现在地方上都在挖空心思想怎么招商、怎么赚钱、怎么搞小城镇建设，怎么建设文明生态村呢，你如果能从南方拉来钱投资牛家村，那你就是大功臣了，比做大英雄还受欢迎呢。关键是还有几个点的回扣呢。"双武就用手指做了个点钱的动作，然后嘿嘿地笑。

进了饭店，四个穿着红旗袍、脖子上围了厚厚的白色羊毛围巾的迎宾小姐同时叫了一声"欢迎光临"，就把双武打了一激灵。双武开玩笑说："以后看到我单总来了，不要再一齐喊欢迎光临了，你们喊得怪吓人。"在领班的带领下，双武边往里走边说道："大志别见怪，镇上的人想学洋，结果搞得洋不洋土不土的。"

"见什么怪，自己的家乡，再怎么着也是养育了咱们的。"大志笑着说，"不过，确实挺意外的，连我们这个土地方都有四个迎宾了，真不简单。记得五年前咱们在镇上吃饭找饭馆，除了面馆就是羊肉泡馆。现在都有毛家饭店了，我看啦，再过几年就会有海鲜馆了。"大志打量着饭馆说。

"哈哈，大志，这你就老外啦，我们镇现在就有家海鲜馆正在装修哪。本来今天是要请你到县城吃海鲜的，但一想不对，你是从海边来的，吃那有什么劲。"双武虽是一脸的不屑，但却说得豪迈。

大志就更加感慨起来。

到二楼进了一个大包间，大志一看，一大桌子已经坐满了人。大家见大志双武进来了，就站了起来，不知是谁鼓了一下掌，大家就都鼓了起来。双武问："大志，要不要介绍？"大志环视了一下说，开什么玩笑呢，不是同学，就是战友。然后就一一握手，叫名字打招呼。大家把大志让到桌子中间的主位坐下后，就都落了座。双武坐在大志旁边。大志给大家一一递烟。一会儿服务员就端上来了几道菜。双武咳了几声，大家就安静了下来，双武端起酒杯说："今天我受大家之托，先牵个头，在这里摆个酒，主题只有一个，就是为大志接风洗尘。今天很巧，过去我们同班一起玩的好友都来了，主要是感谢老天连续地下雪，大家就是再忙也把今天这个时间腾出来了。过去，大志是英雄，我们不敢问他今后的打算，怕拉他的后腿。现在转业回来了，我们就又到了一个战壕，在座的要有力的出力，有银子的出银子，有时间的出时间。现在刚过 2009 年元旦，出时间就是今年整个一年，大志也没什么事做，大家就陪大志多玩玩。"说完就把杯中酒干了。

大家也都端了酒杯仰了脖子。

服务员倒了第二杯酒后，双武又端起杯子说："大志啊，说心里话，我们在座的都希望你转业回来。说句你不爱听的话，你当英雄，除了名声好听，还有啥？你说说，一个大英雄，不食人间烟火，就像个太阳在天上孤

115

零零地亮着，我们只能仰视。长此这样下去，你还有朋友不。我们同学战友可不像那些势利眼，看你回来了，就说三道四。我们除了高兴还是高兴，为什么，主要是你回来了，我们的力量一下子就倍增了。同学战友在一起，又热闹，互相又能照应，什么事能难得住我们？来，干。"

大志和大家一起干了杯后，不知怎的，心里面忽然就又想起古墓里的大将军。自己很小的时候，跪在大将军墓前说的誓言就像大将军墓前石碑上的字一样，深深地刻在心里。这些年来，从不敢亵渎了自己真诚的誓言。师傅曾讲，头顶三尺有神灵，大将军始终都在你的头顶看着你。虽然那个时候自己还小，但言而有信这个道理自己是懂的。况且，自己是向一位英雄承诺，向一位几百年前为国牺牲的忠义将军承诺。正因为自己的承诺，自己的人生才变得那么波澜壮阔、丰富多彩。他甚至都有些迷信，那次解救女人质后，他回想时就感到非常后怕。那可是百分之百地会牺牲的。房子里面没有窗户可以观察掌握歹徒的情况，门又紧闭着，歹徒还有人质在身体前面作掩体。而自己就在对里面一无所知的情况下，一脚把门踹开，这给歹徒多长时间的反应和多好的射击机会啊。可是，自己竟然毫发未损，就那么一端枪，一扣扳机，微型冲锋枪里就射出了三发子弹，而且就直冲歹徒在人质脑袋上面露出的半个脑门子。冲锋枪的射击稳定性多差啊，可是竟然打这么准。这一定是大将军在保佑自己。现在，虽然自己转业了，但自己是什么人自己心里非常清楚，自己仍然是站在天地之间的军人。所以，在这样的场合，大志感到有逢场作戏的味道，每杯酒下去，就好像自己的心灵已不再纯洁。大志就非常地痛苦。过去在部队时，如果一起吃饭闲聊，大家三句不离送礼啊提职什么的，自己总是借故离开。可在今天的酒桌上，人家是为你摆的酒，怎么能借故离开呢？一次得罪人家还能理解，你总不能次次得罪吧。那真是不食人间烟火了。也真是的，现在已经没有人跟你谈人生，谈远大志向，谈报效国家了。现在组织上这一纸命令已经把自己永远地从部队开到了社会之中了，自己该怎么办呢？

大志正走神时，双武又端了第三杯酒说："大志是一等功臣，转业安排工作，按照政策应该是随便挑的。我建议啊，就进那些强力机关，比如，组织部、纪委、财政局、税务局。但最好是进公安局，你看我们在座的都不是公务员，唯一吃公家饭的是赵琳，还是人民教师。其他的都是做买卖的，我现在除了倒腾服装外，还打点擦边球，从外地倒腾点套牌车卖卖。现在我们镇上跑的基本上都是我弄的。为发和钱开，一个搞歌舞厅一个开桑拿房。那几位都有自己的铺面。我们那一届学习成绩普遍不行，就考上了三个，你，我，赵琳，我还半路给淘汰回来了。还有同学都到外面打工了。我们大家在这里就祝大志顺顺利利地找到好工作。需要找关系的，我们来跑，需要花钱的，我们包。就这样说定了，干杯！"

大家一个个坚决地向大志表了态后，一饮而尽。

"嗨，工作找得上找不上也无所谓，如果老同学看得起，我们一起干。我、双武、钱开几个亏不了你的，也不多给，年薪50万左右吧。"老同学为发看大志有些心不在焉，凑近了大声说。

大志笑了一下说："我哪里懂经商啊？年薪50万，我真的不敢接受。就算年薪5万，我能帮你们干什么呢？"

为发乐了说道："又不是什么高科技，也不要你做什么具体工作，给我们几个当个名誉总经理就行了，实际上也就是入个干股。先不要表态，想好了支应我一声。"

"干股？我怎么能白白拿你们的钱呢？无功不受禄。"大志看着为发笑了说。

"当然有用，就凭你一等功臣的荣誉，金字招牌啊！谁和我们做生意，还不相信我们的信誉？"为发说。

"万一你们做见不得光的生意，把我的牌子砸了怎么办？"大志看着为发认真的样子，就冲他开了个玩笑，大家就都笑了起来，说我们敬一下"牛大志"这个招牌。

大家正闹酒，钱开到大志跟前说："我刚才去撒尿，碰到白所长了，他们正在旁边的包厢请你们村的游团长呢。"

大志就问哪个白所长，双武说："是镇上派出所的白所长，平时和我们交往比较多，我们有事常找他。特别是我弄套牌的事。"

大志就想到牛支书提到游团长时讲的话，就说道："这样，我过去敬一下游团长。"

双武说："游团长算是个人物，带上我，我和为发、钱开陪你过去。"

钱开就把三个人的酒杯倒满，手上提了酒瓶子。

三个人到了旁边的包间门口时，里面也正在闹腾。大志就感到，这包厢里的酒味就像里面闹酒的声音一样直往外涌。

一个村的游团长当然认识大志，自然也知道大志的英名。他见包厢打开后进来了牛大志，就很高兴地站起来离开座位大声说："哎呀大志啊，好兄弟啊，我早知道你回来了，就是没有见到你哪！"然后就伸出手来和大志使劲地握。

大志说道："我也早知道首长回来了，因为自己这些天事情多，就没有登门拜访，请团长原谅啦。"说完就先喝了杯子里的酒说道："这是给团长赔罪的！"接着又添了一杯酒说道："给你再敬一杯，这是大志给首长、牛家村的哥哥敬的酒！"

旁边有人见状，赶紧拿来游团长的酒杯递给游团长，游团长说："互敬！算是互敬！"说完一饮而尽。喝完酒，游团长满面红光地说："你刚才说没有登门拜访，这哪里话？应该我去看你的，你可是我们军人的光荣，我们村的光荣啊。"

白所长叫人到包厢外面把服务员叫了进来，让加三个位置，然后让大志和双武几个坐下。白所长说："没想到在这里见到大志啊。大志可是我们的自豪啊，我走到哪里只要一提大志是我们镇的，人家都非常羡慕，就冲这，大志，我和你喝一个！"说完就起身敬大志。

游团长让服务员把酒倒满，说道："唉，没想到啊，我大志兄弟这么优秀的同志就转业了！不过呢，大志兄弟啊，也好，部队也不是长留之地，还是地方上稳定，将来能有很好的社会资源。我呢，过两年也是要转业的。来，兄弟，我敬你。"说完就把酒往嘴里一倒，干了。

这动作就把双武看直眼了，这游团长喝酒竟然是把嘴巴大大地张开，然后把酒杯里的酒往嘴里一倒。这家伙肯定酒量很大。

白所长听了游团长的话，就说道："哎，团长转什么业啊，肯定要干到师，干到军的，争取当个将军，我们镇还没有出过将军呢！"

游团长就憨憨地笑了，拿起毛巾使劲擦脸上的汗。游团长因为太胖，再加上脖子又短又粗，军装的衣服领子就显得很高。游团长一边擦汗一边说："大志是知道的，我们草根一个，不要说是升到军，就是升个正团都很难的。就像我从一个志愿兵，转为干部，又从一般干部，提为团领导干部，也是费了老鼻子劲啦。这年头啊，到哪儿都一样。你们说，大志有本事吧，可照样让他转业。那天一听大志转业了，我并不感到惊讶，一定是你兄弟太能，太自以为是，是不是啊？"游团长说着，就端起杯子和大志一碰，然后脖子斜仰着，把酒往嘴里又是一倒。

游团长头上的汗还在一个劲地冒，他索性把军装脱下来挂在椅背上，然后对大志说："兄弟必须吸取教训，回到地方后，不能只顾低着头拉车，不抬头看路。"然后又把椅子往大志跟前拉了拉，低声说："咱们这穷乡僻壤的人容易吗？这年头就是要跟上形势。你现在暂时受点委屈，不还是为了有朝一日出人头地吗？说实话兄弟，像我这个游姓，不要说在中国，就是在咱们这个才几十户人家的牛家村都是个小姓。我从小看惯了别人的脸色，所以我发誓要走出去，弄点名堂出来光宗耀祖。可是我文化不高，只转了个志愿兵。嘿嘿，兄弟不转业我不敢吹，现在兄弟你转业了，我绝对敢说了，我肯定是牛家村有史以来最大的官。可以说，只要有我大哥在军区机关，就希望很大。"

大志想一想，游团长没有当官的哥啊，就纳闷问："首长还有大哥在部队？"

游团长说："不瞒你兄弟，那是我认的干大哥，现在都是军级首长了。刚好大前年他到我们团检查工作，我当时负责安排他休息，就这样建立了关系。"

大志就哦了一声，心里就很不是滋味。又闹了好长一会儿，饭总算是吃完了。这时为发就过来对白所长小声说："单我已经埋了，一会儿去泡个澡，所长大人您给宣布一下。"所长就说："哎，客气了，还要兄弟埋单。"然后就站起来打着酒嗝大声说："各位！到县城，老规矩，一条龙。为发老弟的一片心意，大家一定要给面子啊。"

这时钱开也站了起来说："今天见到这么多的贵人，那就先到为发那儿泡澡，我也不能没有表示吧！完了再到我那儿练嗓子。大家可别小看了现在的练歌，那是提底气的，是一项高雅的、愉快的体育活动，大声唱一唱，出出汗，浑身舒坦！"

大家听了就都笑！

游团长起身穿上衣服，边走边说，我就不去啦。

大志也说喝多了，你们去吧，我头昏得很，得回去休息。

白所长一手拉着游团长一手拉着大志说："那怎么行呢，大团长，大英雄，你们要不去，我们去有什么意思呢？"

"哈哈，所长有趣，怎么我不去就没有意思了？"游团长笑眯眯地盯着白所长。

"我们几个成天在一起。你和大志不一样，才回来，你们去了，我们就会有新鲜感，也能找到表现的机会，是不？"白所长哈哈大笑。

游团长也大笑，小声说："我去不方便，穿着军装太惹眼。"后面的双武听到了就紧跟两步说："没事的，一会儿我去给团长买个外套。"游团长回头看了看大志，笑眯眯地说："那我们就恭敬不如从命啦，哈哈。"

大志没有说话，站着等了一下后面的为发，对为发说：我就不去了。

为发递过来一根烟说道：那不好，大志你酒量那么大，我看就你清醒。你如果不去，就是让大家难堪，好像我们这些人都不正派了。再说了，人家游团长也在这儿，你不去，不是让人家下不了台吗！

旁边的双武也听到大志的话了，就小声对为发说："大志刚回来，我们不要勉强，来日方长。我看这样，大志回来也有好几天了，农村里没有条件洗澡，就让大志到为发那儿痛痛快快地洗个澡。要不怎么叫洗尘呢？洗完了就在店里休息。游团长另外安排，行不？"

双武的岁数比为发大，为发就说行。大志见双武解围，也不好再说什么，只好听从安排。心里既生出对双武解围的感谢之意，又为来日方长这句话不安。

2009年1月3日晚上

　　县城的夜晚很是热闹。大志感慨在中国的每一个角落，无论是繁华的大都市，还是偏远的小县城，到了晚上，都一样，都是一身华丽的霓虹，都是满城市的歌舞升平。

　　"社会进步了，物质发展了，可是，人也倒退了！"大志想着。

　　一个吆喝着卖烤红薯的声音把大志的思绪打断了。

　　烤红薯的铁皮桶在幽幽的路灯下孤独地站立着，烤红薯的人在机械地吆喝，几个打算进歌厅的人问了红薯的价格，都嫌贵，匆匆地离开。心里有些不爽的大志一下子就花了五十块买了一大袋子。卖红薯的人很显然感觉到了大志的照顾，吆喝声在这繁闹的夜晚就高了很多，却很快被车来车往的喧嚣淹没了。

2009年1月5日上午

牛家村虽然穷，可牛解放支书还是知道官场上的一些道道的，汇报勤一点，总不是坏事，老人们都说，有礼不打笑面人。

支书牛解放在镇上，从来都是笑脸。

牛解放在大志家喝完酒后的第三天，也就是1月5日，他就到了镇上，去向镇委书记汇报了。

一进书记办公室的门，看到书记正与围着茶几的几个人在说话。他就没头没脑地说："仲书记，我有事要汇报。"

书记抬头看了一眼牛解放，不高兴地说："你没看到我这儿正开会呢。你先到隔壁办公室等。"

到了隔壁办公室，接待他的是位年轻女干部。牛支书性子急，和女干部聊了一会儿，就又起身要去敲人家书记的门。

女干部笑着说："书记会还没开完，开完了他会通知我叫你的。要不让我待在这办公室干什么。书记说了，我就相当于书记秘书。"

牛支书一听是秘书，就敬重地站了起来，弯了一下腰说："刚才失礼了，秘书好！"然后就伸出一只手想握一下人家秘书。但女秘书似乎没有反应，她把桌子上的红色手机拿起来用纸巾擦了几下才抬起头客气地把手伸过去。牛支书就大大咧咧地用劲握了一下女秘书软绵绵的手。

过了好一会儿才听到书记办公室有人离开的脚步声。牛支书就站起来要过去。秘书忙说，等等。

牛支书无聊地站了一两分钟后，秘书桌子上的红色电话响了一下，女秘书接了后说："仲书记叫你去呢。"

几天没来，怎么就多了个秘书？牛解放觉得真是多此一举，不就是嘴巴喊一下吗，还要浪费电话费，还要安排个人在这里。咱们村子叫人，就在巷子上一喊，如果开大会，才用大喇叭的。

牛解放想着问题就离开了女秘书的办公室，连招呼都忘了打。女秘书就用看乡巴佬的神情笑了一下。

牛支书到了仲书记办公室，书记就一脸笑的批评道："解放啊解放，什么事这么火急火燎的，也不提前打个电话给秘书报告一下，让秘书安排见面时间。噢，我这个镇委书记就只管你一个牛家村啊，啊！四十多个村委会，二十多个企业，上面还要对着县里的部、局，甚至是县领导。光是今天，我就有几个会要开呢。我管的人数在部队相当于几个军哪。虽然不能说是日理万机，但至少也是马不停蹄啊，基本上是在车轮子上办公。"

"在车轮子上办公？车轮子上咋办公？有办公室为什么不用？"牛支书就一脸的纳闷。

"哈哈哈！"书记大笑说，"解放啊，你可真是个木鱼脑子啊。我刚才讲马不停蹄，就是说一天大部分时间是坐在车上跑，现在明白了吧。说吧，找我做啥？刚好，我正准备明天到你们村，你就过来了。"

牛支书咳了一下，清了嗓子说："前天我在大志家吃饭，听大志讲，他是被部队处理回来的。"

"什么，处理回来的，他那天接受采访不说是转业吗？"书记一下子就把眼睛睁圆了。

"是转业，但他不听领导的话，就安排转业了。"支书说。

"嗨，你把我吓一跳，处理回来和转业回来是有本质区别的，你不懂别乱讲。这部队领导也真是的，人才嘛，都是有本事的人，有毛病很正常，就这事把人家安排转业了？都说千里马好，可千里马爱叫唤，还吃得多，有时候脾气上来了还踢人。就这，就不用千里马了？"书记有点想不通。

"大志还说了，领导说，再不让转业就成部队祸害了。"

"什么，祸害？那说明大志的问题还非常严重。这小子，跟你说这干吗？"

123

"他喝多了，酒后吐真言。"牛支书见仲书记对他的话感兴趣，就有些幸灾乐祸。

"酒后吐真言？那就是你设的套？看不出来啊，解放，你还有脸来报告？再说了，大志就是有问题，也不归我管啦。"

"哪里，是他自己主动说的。我今天来也是随便说说，毕竟他是我们村的人嘛。"牛支书不想落下个给人下套的话柄，尤其是在镇委书记跟前，就笑了解释。

书记沉思了一下，就坐直了很严肃地对牛解放说："这事还有谁知道？"

"村长、大志的舅舅成科长、大志的大伯小叔，还有他爸。"牛解放扳着手指头。

"我现在就给你几条，一嘛，你自己不得跟任何人说起；这第二条，你马上打电话跟村长说，他不得对外乱讲。人家大志的亲戚当然不会说。你有没有跟你婆娘说？"书记问。

牛解放迟疑地摇了摇头。

"第三条，你还要跟大志言传一下，以后就不要提这不光彩的事了。为什么，这里有个大局问题。北京有个很大的公司，到我们县想通过土地流转的形式搞大棚。人家是做出口生意的，生意做得非常大。人家到了县里后，听说大志是我们镇的，就直接说要到牛家村谈，签协议。这可是天大的好事。人家租金很高，一亩地八九百块，另外土地还可以以入股的形式参与每年的分红，农民还可以在里面工作。以后啊，你们牛家村就发大了啊！你这个支书啊，将来可是比我还牛啊，真的就是牛支书啦。知道吗？出口生意，那是国际贸易，也就是说，你们牛家村将来做的都是国际生意！知道不？"书记一口气说道。

"这与大志有什么关系？"解放心里乐开了花，但还是支棱着个眼睛不解地问。

"哎呀，你真是木鱼脑子。大志是谁，人家可是全国有名的大英雄。为什么这大英雄就出在我们镇，出在牛家村，这说明一个非常明了的道理，说明我们这里村风好，民风好，信誉好，好地方出好人，最好的地方出最杰出的人。人家把大棚放在这里，等于就放在了风水宝地上，无论是在安全上，还是在合作上都是绝对的放心，这是不是顺理成章的事？这就是名人效应。为什么好品牌都是名人做的广告，怎么就不叫你去做？你去做，人家会买吗？如果人家听说大志是出了问题回来的，那人家还把咱们这儿当风水宝地吗？说不定就被县城周边的乡镇拉去了。当然，这还只是个意向。县长今天一上班给我打的电话才说的事。但县长说了，这有绝对的把握，他要我们现在就做准备。你们好好准备准备，主要是搞好情况介绍，然后中午安排个饭。记住，先不要给人家提条件，把人家吓跑了。等人家愿意在这里做了再说下一步的事。过几天人家就来实地考察了。"书记说。

牛支书一边听，一边直点头。他感到人家仲书记水平就是高。末了就用手拍了一下脑袋，哽了一下嘴说道："可能要坏事，我前天喝了酒回去，好像跟我婆娘提起过大志的事。"

书记听了一拍桌子就骂道："你们这些人就两个字，无聊！不说个东家长西家短的，就会烂嘴。赶紧跟你婆娘，还有村长说，必须严守秘密，绝密，最好永远烂在肚子里面。唉，好在现在家家还有电视看了，有了娱乐生活，要不你们的嘴巴就长翅膀飞上天了，传话都能传到嫦娥那儿。"

牛解放出了书记办公室，就后悔那天不该设个套子问人家大志。他后悔听婆娘的话，非要叫吃饭时问人家大志为什么转业。唉，当年自己的娃没考上军校，就嫉妒人家，现在知道人家是被处理的，就幸灾乐祸。这倒好，搞不好项目就来不了了。

牛解放是个地道的农民支书，虽然有着非常浓的小农意识，但他深知庄稼人的苦处，辛辛苦苦忙活一年，刨掉农药、种子、化肥、机械收割等成本，就是填饱个肚子。如果大棚项目进来了，别说是每亩给个八九百，就是不入股分红，不在人家公司上班也值。刚才在仲书记办公室听指示时，自己就在肚子里面匡算了一下，单是每亩八九百元，一年一个牛家村就收入一百多万。再在人家那儿上班，每个月又是好几百，然后再分红又是多少。牛解放不敢再推算了，他就弓着腰子猛蹬胯下的自行车。今天来得急，手机忘带了，要不就打个电话提醒一下了。他又不敢在人家仲书记办公室

125

用人家的电话，丢人现眼地说事。时间就是大棚啊，大棚就是钱啊，钱就是一村人的幸福。如果因为自己把这个项目弄丢了，那还不被人骂死，会在全县遗臭万年的。他甚至想到了那无名古墓，人家没有名字的一个人，现在还受人尊敬，将来还会继续受人尊敬。如果自己干了大坏事，死后会怎么样？他脑子里面胡乱地想着。他就怕一直都在嫉妒人家大志的婆娘不把门的嘴还在胡说呢，就把车踏得咣咣直响。他眼前就感到煮熟的鸭子已经在飞了。

牛解放没有估计错，他那天到人家大志家吃完饭把大志为什么转业的事跟婆娘一说，婆娘就煞有介事、添油加醋地和左邻右舍扯开了闲话。她没有说大志是转业回来的，而是说大志是犯了大错误被部队开除回来的。第二天牛解放又到妹子家喝酒，这婆娘在一天多时间就把大志的事在牛家村弄得家喻户晓了。

牛解放的婆娘是个小心眼，生了个儿子后就认为天底下就自己的儿子是最优秀的。按理说这也是可以理解的。不是有句俗语，老婆是别人的好，儿子是自己的强。但她不该从自己生了儿子后，就看不得别人的孩子比她的优秀。特别是她男人当了村干部后，就更把自己和儿子变得尊贵起来。但不幸的是，九年前儿子高考落榜了，而人家大志却考进了军校。读军校是不要学费的，吃的穿的又全是国家的，每个月还发津贴，这对于贫困落后的农村来说，可真是天上掉馅饼的大美事。这就把这婆娘弄得心里总不是个滋味。你牛大志是什么东西，你爹要本事没有本事，你祖宗八代都是农民，我们牛解放大小还是个村上的支书。村支书说起来不是国家干部，但也比干部差不到哪里去。乡上的干部除了书记镇长，哪个对我们家解放小看过？这些年农村虽然说免了农业税，但是修路修桥的，哪次不是牛解放前后招呼！牛大志的爹，三棍子打不出来一个闷屁，凭什么你的儿子能上军校？就在这样的臆想中，牛解放的婆娘慢慢地把牛大志的一家当成了仇人，总希望大志出点什么事。

有人就分析，越是落后的地方为什么小农意识更强，那是因为人在原始状态下力量太小形成的。每个人都想比别人活得好。但人在与人的比较中，由于自身的力量在与所处的自然环境的斗争中难以改变自身的生存环境，就会对比自己生活得好的人，生出嫉妒之心，甚至想出办法来阻碍别人实现自身利益。有人就总结，在自然环境比较恶劣的地方，就容易形成"你行，我叫你行不通"的社会心理。而在自然环境比较好的地方，就容易形成"你行，我比你更行"的社会心理。牛解放的媳妇就属于典型的前一类。而大志家两兄弟都出人头地了，又有几家不眼红呢？

在这么短的时间内牛解放的媳妇就把大志的事弄得牛家村家喻户晓是必然的。因为她在传播时就讲，这是自己的丈夫从大志嘴里得知的。自己的丈夫是村支书，就使这消息变成了官方消息，自然这婆娘就成了牛家村村委会的新闻发言人。更让牛解放始料不及的是，现在是信息社会，村子里几乎家家都有电话，这消息的传播半径就变得不可控制，难以预料了。

第二天晚上大志回到村里后，和送他回家的双武打了招呼进了家门后就看到大伯和叔叔在和父母亲谈事。这都快十一点了，大志就纳闷，大伯这一把年纪了怎么还不回家休息。就叫了声大伯和小叔，说自己回来晚了。还好，没有被同学战友灌醉。

母亲说："没什么，你都是大人了。只是酒要少喝。告诉你的同学战友，喝了酒不要开车，让家里人操心。"

大志嗯了一声。

父亲说："大志，你坐下，大伯和你小叔有事要谈。"

大志又以为是工作安排上的事，就搬了个凳子过来。

叔叔牛得地先开了个腔："大志啊，那天吃饭你真的不该说为什么转业的事的，现在好了，那支书婆娘可把你糟践坏了。我们等你回来，商量一下看怎么收拾他们呢。"

"什么玩意儿，我找这坏种去！"大志紧握了一下拳头抬腿就要出门。

牛得地说："我和志娃一起去，看我怎么抽他们两口子大嘴巴子。"

大伯见这两个要去找牛解放两口子，知道把摊子弄大了不好收拾，就用拐杖拦了一下大志的腿说："志娃，你都一个带兵干部了，怎么就这么不冷静？现在不能去。你去找人家，一找，就把你的形象败坏了。这不正中人家的下怀，你们想想是不是？"

大伯这一拦，大志稍微冷静地想了一下就感到没有必要了。自己原来是想干很大很大事情的，可现在都成这样了，还在意人家干什么？就说道："嗨，也是，让他们说去呗。本来也是，人家议论也正常。"

"你不知道，她说你是被部队上开除回来的。"牛得地因为被大哥拦住就非常气愤地说。

"就听大伯的，让她说去。笑话，如果是被开除的，部队就会来人了。等我工作安排了，看她还瞎说不。"大志回到桌子旁边坐下说。

"如果光说说也就罢了，今天村会计私底下找到我，说那刘姓的已经跟村干部反映，要求把这几年给我们家做农活的钱给补了。他们算了一下，前前后后有五六百块。"父亲说。

"唉，势利眼啊，当初咱们大志争了荣誉的时候，你看这些人当面把我们马屁给拍的。现在是翻脸不认人啊。唉，世风日下。"大伯打着哈欠说。

"大伯，叔，爸，妈，我看这样，这钱还是要给人家的。我们不要欠人家的，如果不还人家，这不单单是个钱的事，还有个情，这两个债背了不好。这一天不还，一天就亏欠人家，就一天看人家的脸色。我们不单是还人家刘姓的，还要还咱们牛姓的。一村的都要还。总共大概多少钱？"大志问道。

"娃说得在理。老二，老三，我看就这样。这娃在部队没白干，事情想得明白。"大伯说道。

"总共大概一千五六百块的样子。"父亲点了烟，抽了一口说。

"就千把块钱，明天一早，我就把钱给会计送过去。"大志说。

"那不要，你是国家干部，犯不着给他们脸，还是你爸去合适。"大伯说了就挂着拐杖站了起来。他实在顶不住了。一家人总算把处理事的办法商量了出来。

云志没睡着，她一直流着泪听着外面大人说话。她一开始还挺支持哥哥去找人家理论的，后来就觉得哥哥很会处理问题。大伯他们走后，她就迷迷糊糊地睡着了。

第二天一早，大志就把钱交给了父亲，父亲就到了会计家送钱。会计也是牛姓，是大志大爷爷那一系的，跟大志家比较亲，就觉得大志把这事办得比较明白。他就按照人家提出的要求和标准，一户户地把工钱给分了。虽然不少人家还是很客气地说，不应该收的，不就是出点力气吗，咱们当时给大志家帮忙，又不是冲着钱来的。话虽这么说，但钱还是拿了。随后又说大志真没出息，怎么就犯那么大错误，被部队给开除了。如果较起真来，大志欠得可多了，他把一村人都给忽悠了，而上当受骗的一村人又把外面的人给忽悠了。有的还开玩笑说，这钱就当是大志交的学费吧。

牛支书那大嘴媳妇最开心了，她收了钱后就叫了几个婆娘来家里打麻将，看谁赢大志退的钱多。

2009年1月5日中午

牛解放支书大汗淋漓地回到家后，媳妇刚好收完摊子准备做午饭，她要犒劳到镇上向仲书记汇报工作的支书丈夫。看到丈夫流了那么多的汗，他就赶紧拿来毛巾心疼地说："这大冷天的，怎么就流了这么多汗。"

牛解放接过媳妇手上的毛巾说："事情急，就骑得快了点。"

"什么事这么急啊。这太平盛世的，能有什么急事？急事，急事就是急着要去镇上陪领导喝酒，喝多了不知道又该盯着哪个骚婆娘看！"媳妇笑着骂男人。

"嗨，还不是大志的事。你就知道女人！"牛解放瞪了媳妇一眼。

"哈，我还以为什么大事呢。哎，有好事告诉你。"媳妇神秘地说。

"你能有什么好事？"

"今天手气特好，赢钱了，而且赢的是牛大志的钱。"媳妇高兴地说。

"什么，你把人家大志叫屋里打麻将赢钱？"牛解放两眼盯住不知轻重的媳妇问。

"哪是啊！这钱是村里人给他家帮工的工钱。"媳妇有些得意。

"什么工钱？"牛解放有些摸不着头脑。

看着男人迷糊的样子，牛解放的婆娘一边在男人面前炫耀地数着赢来的票子，一边就把会计发钱的事说了一遍。

"完啦，这下完啦。"牛解放听女人这么一说，就一下子瘫坐在了地上，两手使劲捶打着自己的头说道："我们这是作孽啊，要被全村全镇全县人骂死的啊。"

媳妇不知道是怎么了，就骂道："看你那出息，不就是收点钱吗？"

"你这臭婆娘啊，可把我给害苦了啊。"牛解放数落着婆娘。

"一个牛大志，不就是个臭当兵的吗？我爷爷过去在国民党手头当团长都没有这么牛气，你看你！一个碎锤子连长把尿都吓出来了！他还钱咋啦，给他家干活难道是应该的？"牛解放的女人看男人的样子，把钱装进口袋后一脸的鄙夷。

"你成天就知道在外边说这说那，官场上的事情你懂个锤子！"牛解放看着蛮横的老婆，气不打一处来。

"得，得，你懂，就一个村干部！说是干部，还要加上个村字。你真把自己当领导了，我在外人跟前抬举你就成了，你回到家里还把自己当干部。你哪里有个官场？你不是酒场就是赌场！人家成天坐办公室开会的，那才是官场。牛解放你羞死人呢！"婆娘轻蔑地瞪着男人，抱了一堆脏衣服一把扔给男人道："官场的，你给我把这些脏衣服洗了，拿手洗，洗衣机洗不干净，还费电！"

看着婆娘无理取闹，牛解放就坐起来说："好，好，那我就告诉你，你看这是不是官场上的事情！"完了就把人家仲书记说的大棚的事说给了这不懂事的媳妇。

媳妇听了半天没有反应过来。虽说她嫉妒心重了些，但作为一个生活在这里的农民，当然明白这个项目一旦在牛家村落户了，对于从来没有在经济上翻过身，祖祖辈辈过着穷日子的一村农民意味着什么。

她想哭，却哭不出来。过了好长时间，她拉了一下抱着个脑袋好像已经绝望了的丈夫说："解放啊，这事不能就这样完了，就死马当活马医，要不咱一家人就没法在这儿活了。我去向人家谢罪，磕三个响头。你也别闲着，开个大会当着大伙儿的面给大志赔个不是。钱的事，让会计收了还给人家。你说呢？"

"也只能这样啦，就看人家大志一家接不接受哪。你赢的钱，先还给那几个婆娘，要不那些个婆娘又会嚼舌头，说咱们的闲话的。"牛解放低垂着个脑袋有气无力地说。

牛解放的媳妇到大志家赔罪时大志一家人正吃午饭。她推开院门进了

131

院子时就被眼尖的云志看到了。云志放下碗筷就到脸盆架上取来半盆子水跑到门口，一下子全泼到了支书媳妇的身上。

一家人以为这媳妇是来找事的，就一下子提高了警惕，没想到她一跨进内屋门，就"扑通"一声跪下了。

正在吃面条的大志的父亲就愣了一下，等反应过来便慢慢放下手上的碗说道："我说解放家的，你这又是演的哪一出啊。你是支书娘子，这大礼我们平民百姓受不起啊，要跪你回去跪你们家支书吧。"

牛解放媳妇低着头抽泣说："他叔他婶大侄，我和我们家解放对不起大侄，我这是来赔罪的。"说完就磕了三个响头。

"这又何必呢？是我们家大志没出息，妨碍了你这个支书娘子，妨碍了你们家的大支书。有罪的应该是我们。"大志的父亲从碗里捞了面条吃了一口说。

牛解放的媳妇看人家还在吃着面条一口一个支书地跟自己说话，就知道人家丝毫没有原谅的意思，马上明白过来了，丈夫才是一家之主，事情就出在牛解放在人家吃饭套了人家大志的话，赔罪是应该让男人一起来的，就想了一下说道："解放也是要赔情的，但他说，他是村支书，他要当着全村人的面向大志赔情道歉。大侄子，就念在咱们都姓牛的分上原谅我们吧。"

大志觉得实在无聊，就说道："算了，你快起来吧，你是长辈，这样子我受不了，也没什么原谅不原谅的。要说这些年来，是我大志欠全村的，这情我在心里记着。你给支书带话回去，也不要当着全村人赔什么情了，不就是传了些话吗，又不是违法犯罪，也没有什么纠纷不可调解。"大志在部队是学过法律的。他就觉得事情越弄越大反而复杂，说不定会变得不可收拾。

大志母亲看解放媳妇还跪着，就过来把她拉了起来。解放媳妇见大志这样说话，就觉得更为惭愧，抹了两把愧疚的泪水后，就悻悻地回家了。

2009年1月5日晚

村民大会是当天晚上在村委会门口的空地上召开的。当天下午，牛支书就通过绑在大杨树上的大喇叭一遍又一遍地发通知。

下午，大志的父亲就叫上弟弟一起到老大家，兄弟仨要研究研究事情。两人一到老大牛得水家里，大志的父亲就把解放媳妇磕头赔罪的事和晚上牛解放为什么要开村民大会对哥哥说了一下。

老三就觉得很解气地说道："该磕头赔罪，他敢得罪我侄，我侄是谁啊，给我侄磕头是这婆娘的福分。我侄还钱这招就是狠，本来我昨晚还有点想不通呢，现在看，牛解放脸上挂不住了。"

"别说这些没用的！"老大显然对自己的兄弟不着调的话有些反感。他说："我看晚上的会大志娃就不要去了。为什么呢，因为娃一·天没到地方上班，他一天就还是现役军人。现役军人的户口是在部队的，娃的一切活动就应是部队的事。既然娃不是我牛家村的村民，就没有必要参与村里的一切活动。民间的也就是聊聊天，喝喝酒，打打牌之类的。晚上的活动老二你去。看他牛解放有什么动作。你就来个韬光养晦，沉着应战。如果他真的是赔情了，你就谦虚一下。毕竟这些年来乡党们帮助过我们不少。你就摆个姿态，向乡党们鞠个躬。钱反正也给了，再在情字上有个姿态，也就扯平了。"

得草听了哥哥得水的话，就不住地点头，说我听哥的。

晚上，虽然很冷，但村委会的空地上还是站满了穿着厚厚衣服的老人和孩子。这个时候年轻人还都在外地打工。村民们现在开会可不像"文革"时期了，平时除了换届选举一般都不开会，有什么事，都是大喇叭一喊。

但这么冷的天大家还是来了，主要是平时除了在家看电视，也没什么文化活动，再加上支书说有重要事情宣布，大家就都来了兴趣。

牛解放看人来得差不多了，就站到了会场中间吊着的灯泡下。他跟前摆着桌子，桌子上还放了话筒。当他看到人群里站着大志的父亲的时候，就从桌子上拿起话筒，先喂喂喂地试了一下，然后就直奔主题地说道："各位乡党，今天这个村民大会是我牛解放的个人行为，这么冷的天把大家伙儿请过来，我先给大家鞠个躬，对不起大家啦！今天，把大家请过来，就一个意思，就是我要当着大家的面向大志同志赔个情，道个歉。大家可能也都听说了，由于我嘴巴不注意，喝完了酒后乱说话，把人家大志转业回来，胡说成是被部队处理回来的，给大志同志造成了极坏影响，作为一个支书，一个长辈，我简直太不像话。今天我当着全村父老乡亲的面，给大志同志赔个不是，望大志原谅。还有，由于我的问题，有不少乡亲要求大志补上帮助大志家做农忙活的钱，这又是我的第二个错，我把这个钱还给大志家。也希望大家给我个面子，把钱还给人家。这钱就交到会计那儿。"

大志的父亲看牛解放说完了，就走上台来，从牛解放手上拿过话筒，也先喂喂了几下，就说道："牛支书言重了，我家志娃这些年能在部队进步，还不是靠部队首长的提携，靠乡党们的帮衬。这些年给大家添了很多麻烦，我和我们大志是把大家这个情放在心里的，钱就不要退了。大志今后就在家乡工作生活了，免不了还有麻烦大家的时候，有不到的地方，得罪大家了。我就给大家鞠个躬，谢谢大家！"不太会说话的牛得草，就按照他哥哥下午教的，一一给说了。

两个人一说完，冻得直跺脚的村民们就散了。大家就觉得这两家是不是太无聊了。特别是村支书，何必呢？说错了又怎的？到人家大志家说一下不就行了，犯不着把大家召集在一起。还说要退钱，开什么国际玩笑，这一退的话，不是全村人都错了，都变相地向大志赔了情。所以，村民们散了之后，除了支书媳妇把钱退给那几个打麻将的女人，把自家收的钱交到会计那儿，没有一家退钱。

这支书是留了一手的，他今晚没有讲大棚的事情。他是知道的，如果今天晚上讲了，急眼的村民是会要了他的命的。村民们散了之后，这牛解放就在盘算下一步该怎么走。

刘村长当时也到了会场。在村子里，人家支书是一把手，人家晚上要开会不跟你村长提前打招呼很正常，况且刘姓又排第二。本来到会场时刘村长是和支书一起站在主席台的，也就是桌子前面，可听着牛解放说的话，就感到不是村上的行为了。他就悄悄地转到了群众的后面听牛姓人演戏，看牛姓人的笑话了。但他不明白，你牛解放到底是什么意思，先设个套子套人家，然后又让婆娘到处乱讲，现在又赔礼道歉？

2009年1月6日早上

牛解放怎么也没有想到，好事情会来得这么快！

头天晚上刚刚赔了情道了歉，第二天一早，镇委办公室的那个女秘书就打电话过来了，说分管招商和农业的副县长将带着北京来的商人，明天早上到牛家村实地考察，中午就在牛家村用餐。

放下电话，牛解放就坐在床上犯愁了。正在哇哇漱口的媳妇放下口杯就问是谁的电话。解放说是镇上打来的，北京真的来人了，还要来个县长。

媳妇听了就拿了条毛巾把嘴巴一擦，过来爬到床上说，来就来嘛，看把你吓的。

"唉，我估摸着这事八成要黄。书记那天说了，人家来是冲着大志的。"解放闷闷地说，说完就用手在被子下面摸，摸了半天，摸到了被压得皱巴巴的烟盒掏出一根有些弯曲的烟点上。

"昨晚不是都道歉了吗，村里人也都知道大志不是被处理的，是正常转业。这对家家都好的事，谁还会嚼那舌头？"媳妇说。

"唉，你们女人就是见识短啊。你想想，就是本村人不说，外村呢？就人家大志被处理的事，还不知道传了多远呢。我原以为书记也就是说说，或者，没那么快，等人家大志工作安排好了，这些我们弄出来的传言，也就不攻自破了。谁料到这么快就来了。也真是的，这北京人想做就做了。这穷得叮当响的地方，还真的能找过来。"牛解放有些无奈地说。

那天从仲书记办公室出来时，他真的明白了，什么是人过留名，雁过留声。

"唉，如果人家早几天来就好了，不是就没这档子事了。"媳妇也是一脸的无奈。后来两个人就不再说话，媳妇就像一摊肉堆着，牛解放就这样吧唧了半天的烟。等几根弯弯曲曲的烟抽完，牛解放就把掉在被子上的烟灰拍了拍说："马上把几个村干部叫过来开会，大家合计合计。就是千错万错，我就不信，他们还能把我们两口子活剥了。"

媳妇说行，我这就烧茶水去。心里就直骂自己那舌头嚼得是多么不值得。

电话是牛解放亲自打的，几个村干部接电话时还都在炕上躺着，都说这么早有什么重要事要研究啊，重要事不是昨天晚上村民大会上都说了嘛。几个人就不想离开热被窝，在电话里面调侃牛解放。

牛解放就一个个地耐心叫，说事情比昨天晚上的还要重要，穿了衣服马上来。还赖在床上不肯起来的，牛解放就骂道，他妈的，这外面那么冷，就是跟你婆娘做那活，也没法洗啊。快过来开会。

最后大家伙儿在电话里形成了一致意见，你老牛弄的又不是什么好事，昨晚那么冷，冻了全村人，今天一大早又要惊动我们村干部，我们不想起来研究你那破事。除非去了你家，让你婆娘弄早饭给我们吃，让我们热乎热乎。刘村长就更赤裸裸地提要求说，我正跟我婆娘在床上呢，你坏了我的好事，你得在面条里面给我一个人下两个鸡蛋压压惊。我是村长，待遇自然要比别人高些。

牛解放就在电话里说行行行。放下电话就大声喊媳妇，快擀面，他们来了要吃面。再在老刘的碗里弄两个鸡蛋。

媳妇就唠叨，现在给他们吃了，我们中午吃什么？

几个村干部陆续来了之后就围着炭炉子坐下，牛解放拿了煮好水的茶壶，给大家一个个倒满。然后又是分烟。

村长端着茶杯吹了吹杯口上的茶叶，喝了一口茶说："老牛，又有什么事让你为难啦。如果再是大志的事，我可就走了，这可是你们牛家的家务事，我不好过问的。"

牛解放把烟给自己点上后说道："县长明天要来我们村。"

听牛解放一说，几个村干部就都愣了。刘村长问："县长要来牛家村？"

"啊，是分管招商和农业的副县长。"牛解放说。

"这冰天雪地的来这儿干什么，要玩没玩的，要吃也没啥特色的东西啊！"会计来了一句。

"人家要来我们这里谈项目，是北京一个大老板看上我们这块地了，要来搞大棚。"解放有些激动。

"不会吧，他们是不是以考察为名，来弄点土产回去，反正也快过年了。"三组组长问。

"嗨，你把人家说的。人家是冲大志来的。说大志是名人，是英雄，人家要来我们这里搞土地什么转流还是流转，说白了也就是让我们把地租给人家。"解放说。

"那租给他们，我们吃什么？大志咋就那么大能耐？能把人家那么大领导和老板弄过来？他跟人家什么关系？"一组组长问。

"具体情况要等人家来了才清楚。不管怎么说，我们牛家村第一次来这么大领导，我们一定要接待好。书记说要在我们村吃中午饭。可不要让仲书记丢了面子。听说仲书记要到县里当局长了，也就是一年半载的事。"牛解放说。牛解放这个时候就没有把租金是多少，还有乡党们可以在地上上班拿工资的事说出来，他怕干部们笑他套大志的事。

大家商量决定：饭放在支书家吃，因为村子里没有饭馆，支书媳妇做菜味道好。喝支书家自己酿的酒，因为农村里卖的几十块一瓶的酒都是假的。烟就抽金丝猴，来一条，争取给每个客人口袋里塞一包，虽然不贵，但这是老牌子，也不掉价。各组组长分头一户户地做工作，县长来了不要胡说，特别是不能讲大志的坏话，谁乱讲了，谁就是牛家村的千古罪人。支书用大喇叭广播，动员全村搞好接待。上桌子陪吃陪喝人员，主要看仲书记的意思，支书和村长肯定是要上桌子的，如果其他人员仲书记不让上桌子，就先在厨房里面候着，轮流过来敬酒，等上面的领导吃完了，敬酒的人再接着吃。菜量要大，不能丢了咱牛家村的人。在村子口拉个红布写上"欢迎县长视察牛家村"，放个鞭炮，规格和形式就和欢迎大志一样。大志当时也是享受了县团级的待遇。村干部们实在想不出比这规格更高或更低的欢迎仪式是什么样子。所有开支就从提留里面出。

牛家村迎接县长的决议，在支书牛解放的家里就这样形成了。

牛支书不怎么懂得支部决议的基本程序，也不知道到底民主集中制怎么样运作才能体现执政水平。对于民主的认识，他知道，就是让大家来提建议。而对于集中，牛解放支书还是在镇上仲书记对他的一番谈话中，才有了自己独特的见解。

"解放，你知道吗？你们这个支部班子，是党在人民群众中最为基层的组织。你们的决策，代表着党的执政水平。这个基层党组织啊，说实在一点，理论水平上还是比较低的。关键要看你们一个班子，怎么样保持高度一致。这个保持高度一致，就是要善于搞好民主集中制。民主嘛，就是要广泛听取群众党员的意见，好的要听，不好的也要听，有建设性的要听，没有建设性的也要听。至于集中嘛，这个话不好说，我的意思，最终的决定，还是你和老刘两人。关键还是你做决定。但是，决定嘛，还是要看你的能耐！"仲书记看着牛解放说。

牛解放是第一次正正规规地听说关于他们这个村的支部班子还有这么多的名堂，一时间就摸不着头脑了，愣愣地看着仲书记说不出话。仲书记就拍了一下牛解放的脑袋说："关键，不能脑袋发热，拍脑袋搞决策！"

牛解放离开仲书记的办公室后，一直就琢磨这个民主集中制，最后琢磨透彻了，无非两句话，第一就是要和大家商量，第二就是商量结束了，关键还要我牛解放自己决定。

"集中，他大的头，还是我牛解放！"牛解放的自行车进了自家的院门，第一次就组织村上开了民主生活会。这个所谓的民主生活会，还是牛解放在听了仲书记所讲的一些基本常识后，一时冲动组织的。他知道，会议要切中两个要点，一个是要大家说话，二就是要他说大家。结果在自己的要求下，互相批评成了互相攻击，最后牛解放看收不住摊子了，就干脆利索地拍了桌子骂道："让你们民主一下，就一个日一个的沟子，这咋成？我也批评一下……"完了牛解放就把一个个人的致命缺点逐一列举出来，并加上了自己的评语。牛解放的评语是在俚语加乡骂的基础上形成的，很贴题，但也很粗。村干部在这种类似咒骂的批评中一个个如同霜打的茄子，蔫了！

牛解放不同于其他的村干部，他虽然文化很低，类同文盲，但是他除了有掌控大局的能力外，还有一点，就是有很好的观察能力，能洞察所有和他打过交道人的弱点。

当然，这个文化不高的村书记，还是一个比较称职的书记，因为他在给自己谋利的时候，首先还是想到集体。

牛解放的地位，就这样在村子里奠定了。

当然今天也不例外，牛家村党支部的决议就这样在支书牛解放的组织下形成了，议题就是如何接待好县长。当然，最重要的是要弄清接待县长是为了什么。不用说，县长的目的是投资，投资的品牌效应是牛大志。

"决议了半天，都不知道决议的是啥，我不说，你们都成了三九的蚂蚱，死悄悄地不说话！你们也没有人提醒一下，接待县长的时候，叫不叫上牛大志？"在大家提出要吃面条时，牛解放忽然想起这个问题。

"你们也都是的，这村委会不是我和支书两个人的吧，解放忘了，我也忘了，你们真的都忘了？你们算计人呢，比诸葛都精，真的就能把叫不叫大志的事情忘记了？我看，你们都是贯彻了事不关己，高高挂起的原则！"刘村长让牛解放这么一骂，心里很不是个滋味。很明显，牛解放这批评的话，不仅仅是针对其他人的，重要的也是针对他。

"骂我，我也让你不舒服！"刘村长就这样回报了支书。

在这个关头，牛解放还是有觉悟的，他至少这么认为。"不能和你一般见识，关键时刻，牛家村的关键时刻呢！"牛解放心里嘀咕着。"大家都坐好，继续决议，谈谈我大侄子大志的事情。"牛解放又掏出烟来点上火说。

"这阵子是你大侄子了，你那坐下一摊子肉，站起来两吊子肉的老婆编排人家大志的时候，就不是你大侄子了。老牛家亏先人了！"刘村长心里笑话着牛解放。他知道，牛解放这次在牛大志的问题上，真正地走了华容道，就看人家牛大志放不放他这个牛家村的曹操！

僵局大家都看见了，二组组长接了牛解放的烟，点着后说道："如果把大志叫来，大志说了实情怎么办？"

"什么实情？"刘村长咳嗽了一下，笑眯眯地问。

"还能有什么，就是怎么从部队回来的那事情嘛。是得罪了领导被处理的，还是怎么回来的。"牛解放脸红了一下，看着刘村长。

听了牛解放的话，大伙又沉默了下来，谁也不想表态。"这样，我一会儿跟仲书记通个电话，请他拿拿主意。下午我到大志家再跟他说说，请他无论如何要配合我们，千万别说真话，最好说是身体原因。"牛解放看着一伙并不明白民主是怎么回事的委员们说。

"说到大志的事，我想起来了，人家给我们的帮工补偿款要不要还给人家？"三组组长说。他是牛家村班子里最本分厚道的人。

"咦，我不是让还给人家嘛。"牛支书看着会计说。

"除了你家的交到我这里了，其他还没有一家还的。"会计摇了摇头。

听会计这么一说，大家就相互看着，谁也不愿站出来第一个提出还钱。除了已把票子装进自己的腰包，掏出来总不美气外，也有人想，当初，给牛大志家里干活，还不是因为牛大志在外边给村里长了志气，你是英雄。这次可好，你这个英雄连你的上级都得罪了，最后被处理回来了，丢人啊，丢牛家村的人，牛家村人以后出去了，外边的人要是说，你们那个英雄怎么就被开销了，英雄还犯错误？牛皮！牛家村的牛皮！让牛家村的人怎么回应这事情？

在这个黄土高原的村落里，村民们除保留了老辈们的伦理道德之外，当然现代意识也有，可大都是一些如何享受、如何搂票子的想法。

"你们几个组长赶紧到各户催收，说清事由，马上先收上来，不行的话，会计先给拿钱垫上。我下午去大志家时就把钱还给人家，你们说行不？"看着大家一言不发，牛支书就打算拍板。

牛解放虽然是个村官，他常常想，这么多领导阶层，只有村官是黄土里滚出来的，那是绝对的能征服人的。他没有错，每次在决议的时候，他的"集中"能决定一切。这次也不例外，大家就都说牛支书说得对，这是应该的，必需的。

牛支书松了口气，幸亏自己这个时候还想起了大志。然后又交代，大

141

家先不要把大棚情况告诉大志家里人，包括他大伯和叔子。虽然大志的父亲是个没什么主意的老实人，但他大伯可是个军师，叔子又是个炮筒子，现在就把情况告诉他们，会给我们尴尬的。大志家里人的工作，我牛解放亲自去做。

研究完了，牛解放老婆做的面条也好了，大家就在牛解放家开开心心地把饭吃了。

刘村长吃鸡蛋时就把嘴巴吧唧得特别响。大家看见，就不答应了，都嘻嘻哈哈地说支书偏心、不公平，要求加鸡蛋。

刘村长说道："他大的锤子！我是村长，规格和待遇自然要比你们高些，你们和我争啥哩？"

"我们争的不是球毛，争的是鸡蛋！"会计听刘村长说话，笑得扑出了饭，"要是球毛，村长就吃，我们不要，可这是鸡蛋！"

"他大的球，这还是鸡蛋，是牛蛋，牛卵子。"刘村长感觉自己说错了话，就笑了。

"你们听听，支书听听，他吃了鸡蛋，还想吃牛卵子。牛卵子你能吃上？你吃了支书家的给你做的牛卵子，那支书家里不就没有卵子了，人家咋受活哩？你这人，馋火得很。吃了人家的饭，还想在人家的灶上安你家的锅！"会计笑得嘎嘎的。

牛解放就笑着踢了刘村长一脚说："你看，非要个待遇，就这锤子头大点待遇，牵扯了多少人？"

"两个鸡蛋的待遇牵扯人了，那县上的领导待遇要牵扯多少人？"会计听了又笑。

"我是劳苦功高，不吃鸡蛋咋能成，要补充营养哩！"刘村长看着牛解放的老婆说。

解放的老婆一看刘村长挤眉弄眼的样子，就啐了一口说："你又不是我家养的种猪，出去配种给我挣钱哩。你身子亏了我们给你补啥？"

"哈哈哈，这事也只有你知道。没有用处你给补啥哩，说明还是有用处的吗！"会计没有吃上鸡蛋，感觉待遇不公，就也对牛解放的老婆挤眉弄眼。

大家就都笑得不行。

二组组长说:"不就俩鸡蛋嘛,还待遇呢,等地租出去了,我们就天天吃蛋补蛋,天天让女人家受活。谁家的不受活了,咱给他帮忙。"

大家就又是一阵笑。

会计就骂了说:"你还给人帮忙呢,我正好吃了两个蛋,我给你帮忙你看咋样?"

二组组长本是讨好的,却碰一鼻子灰,不高兴地吸溜了几口面,说:"吃饱了。"

大家就都止住了口。

牛家村支委会的工作餐,在支书家里吃几碗面条、两个鸡蛋就结束了。

费用是支书自己的。议题很明确,决议很模糊。

会散了。村长是最后一个离开支书家的,离开前就低声问牛解放:"老牛,你早就知道县长要来了吧。"

牛解放就笑了,笑得很难看,没有吭声。

刘村长又说:"我说呢,堂堂一个大支书,怎么就当着全村人的面低三下四地给人家大志赔情道歉呢?你那天喝酒问那屁话又何必呢?"

太阳出来了,牛家村灰色的瓦房在一片灿烂的阳光里显得很是古老,上空却泛着鲜活的空气。干枯了的树木很多,挺挺地向上。这样一幅就如尘封已久的酒坛有了裂纹,缕缕地向外渗着酒气的意象图画,被早早锻炼回来的牛大志发现。大志就有些惊奇。

村里很少有人锻炼,农民不缺这个,体力活很多,也不知道锻炼的重要性。

牛支书估摸着大志家已经吃完上午饭后,就到了大志家。

离大志家门口越近,牛支书就越是感到一张老脸挂不住。实际上这两天来他一直都处于羞愧之中。活这么几十年,似乎才刚刚弄明白自己做人原来是这么地矮。他甚至想到了自己这个支书当得是多么不称职。他油然地就想到了人家刘村长,一个外姓人,人家都没有想到设个套去害你同姓的牛大志,而自己却那么公然地去做了。就是自己设了套害人家大志后,

143

人家刘村长也没有跟婆娘嚼舌头乱讲。他就想，等自己把自己弄脏的屁股擦干净，把这大事办妥后，就建议仲书记把自己换了算了，再待在这位置上，还是要让人戳脊梁骨的。

大志一家人刚吃完，大志的妈妈收拾了桌子正往外走，掀门帘子时，就听到有人在院子里干咳。大志的妈妈是熟悉这咳嗽声的，这因为抽烟多而产生的咳嗽声全村人都熟悉，在村子的大喇叭里面经常听到。见支书来了，她就笑了叫了一声他叔。大志的大伯和叔叔也在。大志的大伯正坐在炉子边，拿着个耳耙子眯着个眼睛舒服地掏耳朵。

实际上支书今天在人家大志家门口是故意多咳了两声的，主要是平静一下心慌，同时也是为自己壮胆。他的腿还没跨进门，就笑嘻嘻地说："哟，老大也在呢。"支书和大志的父亲兄弟几个是远房同辈，所以见到大志的大伯牛得水时习惯了叫老大。

大志的父亲抬了一下屁股叫了声："支书来了。"

牛解放就哎地点了一下头。

大志起来叫了声叔好，就让了个凳子给支书坐，又去泡茶。支书就说了声"大侄也在家"。

大志的叔叔牛得地拉着个脸没有吭声。云志见大人要说事，就跑到自己的房间去了。牛得水还在陶醉地挖耳朵，也没理会牛解放。

支书坐下后就说道："嗨，你看那天在这儿把酒喝的，净出洋相。我回到家里就醉了，嘴里就胡说。我那婆娘不懂事，嫉妒大志侄，就拿我说的醉话编排了很多话。我从姑娘家回来知道后，就把她给捶了一顿，让她来给大志赔情。"

"事儿都过去了，就不要再提了。"大志把茶端给支书。支书就欠了一下身子接过来放在桌子上，然后就从棉袄口袋里摸出一沓钱来放在桌子上说："真是太不像话，咱村上的这些糊涂虫，这钱也能收。虽然事过去了，但我今天来是亲自对大侄说声对不住的，要不叔这心里不得安宁。"想到人家大志无缘无故地被自己和婆娘的编排胡说，解放就感到喉咙有些哽咽，眼泪竟然在眼眶里打起转来。解放不想让大志家里人看到自己流泪，他更

144

怕大志一家说他是装的，所以，他就趁大志家里人没有看他脸的时候，用粗糙的手，把眼睛擦了一下。

"叔，没事了，都过去了。这钱还是还给大家好。本来我也有不对的地方，要不怎么就让转业呢？"大志边说就边拿起解放放在桌子上的钱，要退给解放。

解放接过钱仍然放在桌子上，说道："大侄子，不要胡说了，我虽然是个不吃公家饭的村干部，但这点事情还是懂的，如果部队干部转业是因为犯下了错误，那地方上谁敢接受呢？铁打的营盘流水的兵。我是问过我小舅子的，他当过武警，他说你转业一定是因为年龄大了，腿脚跟不上了。他还说当特警身体没有不受伤的，都快三十的人了，转业是非常正常的。因为当特警对年龄身体有严格要求，这就像当运动员一样，你想往上冲，那是你个人的思想好，但比赛比不过外国人，拿不到冠军，就是国家的损失。"牛支书一脸真诚地看着大志，他非常希望大志能同意他的看法。

大志的父亲牛得草听了支书的话，就递了一根大志带回来的海王烟给支书，并帮助点上。他觉得人家支书说得很好，怎么大志就不能想出个转业的理由，又能向村民们交代，不用补什么农忙工钱，又不欠人家的人情，又能好找工作。就是转业的那天刚回到村子时，如果就这样子对电视上一说，不也不掉价丢人吗？唉，这娃怎么就这么实诚？

大伯没有吭声，仍佯装掏耳朵。他似乎觉得支书这两天的反常行为有什么阴谋，他要静观其变。小叔仍旧拉着个脸冒出一句："大支书可是为我们家大志操透了心啊！"

支书当然能听出牛得地话中有话。他就想，跪都跪了，还有什么不能忍的。况且本来就是自己不对。他端起杯子喝了一口茶，马上就感到这带着苦味的茶怎么这么滑口，他知道这一定是大志带回来的好茶，就大声夸起来："咦，这茶味道不错，一定是名茶，我从来没有喝过呢。"

"哦，这是云南的普洱。叔叔是懂茶的，这是经过深发酵的。"大志说了支书并不明白的茶工艺上的事。

支书放下茶杯，慢悠悠地说道："有这么个事要和几个老弟兄商量商量。"牛得水听了支书有事要商量，就肯定了自己的判断，还是佯装挖耳朵。

"明天啊，那个什么，啊，咱们县的那个县长，县长要来咱们村。还要在咱们村吃中午饭。他这次来是带着北京大老板的。这大老板要在咱们村搞土地流转还是转流，也就是来租我们的地。这租金很高，事情由县里面出面，是县里的大事。"支书说。

"哪有这好事？还白给我们钱。"大志的叔叔不冷不热地说。

"嗨，人家这大老板做的是出口生意，赚的是外国人的钱。他搞大棚，是要把这菜贩到外国，让外国人吃咱们中国的菜。这菜，就种在咱们牛家村！"支书说。

"这外国人自己不种菜？"大志的父亲有点想不通。

"可能是外国人地里不长庄稼吧。"支书似乎也不明白，"要不就是洋人光知道吃肉，产汽车，反正不知道！"

"这你们就不懂了，这菜一定是出口到发达国家的，咱们赚的是外汇。人家的地里也长庄稼，只是人家国家发达了，劳动生产率提高了，自己就不干这些不要命的粗活了。人家挣钱主要是享受啊。你们一天到晚地不看报，不看电视新闻，光是打麻将，嚼舌头。这大棚菜出口是要注明是什么地方长的，用了什么肥料，有没有用农药。人家买了菜把条形码一照，电脑里面就播放一个短片，然后就知道菜的背景了。人家吃的是健康。"一直没吭声的大伯就发表了自己的高见。他使劲地吹了一下耙子上的耳屎，口气里面就有些看不起支书和自己两个弟弟。

大伯很不理解，这几十年了，农村人怎么就越来越没有过去的人那么懂羞耻，连个好坏都分不清了，农忙一过，就一天到晚地打麻将。虽说过去那个时候，一个村子可能也就几个人上过私塾，其他全是睁眼瞎，可好坏是知道的，四书、五经上的道理是懂的。唉，成天看着麻将的人，满脑子的就是想办法把别人的钱弄到自己的口袋里。我一个快要入土的人了，每天就看两份报纸，都能把世界装在心里。大志娃心里因为有个古墓里的大将军，就成了救人于危难的英雄。大伯常常感到这些人真是没得救了。

"我就不明白，这北京来的大老板怎么就看上我们这里了，县城边上的乡镇不是交通挺方便的吗？弄到我们这里，不是成本也高？"大伯没等支书和弟弟们说话就又发表了一下自己的高见。

牛支书在老人跟前总感觉底气不足。他是知道的，老人七十多岁了，还自己订了两份报纸。让牛解放脸红的是，整个村子里就自己那儿用公费订了几份报，还都擦了屁股。如果平时多看些报，这次县长来也就不会紧张了。

牛支书听了老人的话，知道事情到了该摊牌的时候，就说道："人家这次来咱们村搞大棚，是冲着大志侄的。"支书今天一口一个大志侄地叫着就觉得特别的亲。说完这句话，他就笑眯眯地看着大志，想从大志那里得到点什么。

"冲着大志来的，什么意思？大志一个军人，他与大棚有什么关系？"牛得水就问。

"仲书记说了，人家主要是看上了咱牛家村出了个英雄。说咱们这儿民风好，在这里投资安全放心，好合作。成本是高一点点，但人家觉得值。噢，这大老板迷信，说咱们村出英雄，就认准咱们这儿是风水宝地，能给他带来财运。"支书爽快地说。

"那我们把地都租出去了，我们干什么呢？"大志的叔叔牛得地有些兴奋。

"咱们可以给人家打工，人家发工资给咱们，每个月也有个八九百。还有如果我们不给人家打工，可以自己到外面打工。反正这租金稳拿。"支书心情比刚才进来时放松多了，看着大志的叔叔说。

"这是好事，大好事。你看又是租金，又在上面工作，等于是双倍的钱。我们农民几千年了，什么时候种田种富过？这一年到头，又是农药化肥，又是收割，要花多少钱啦，一亩下来也就是打个平手，最多弄个口粮。老天不好了，还要买粮吃。好啊！好啊！"大伯就忽然叫起来。他把耳耙子交给大志后，就把拐杖在地上啪啪地敲了两声接着说道："哎呀，我活了70多了，有这一天真是没有白活啊。如果这事成了，我们家志娃可真是牛家村的财神救星啊。"大伯很恼火这没文化，没干劲，不能带大伙致富的牛解放。你不是把我们大志说得一文不值吗，怎么忽然又求我们头上了？

"这事有多大的胜算啊？"大志的父亲问。

"仲书记说有绝对把握。但有个前提，就是咱们村的村民不能造大志的谣言，说大志的坏话。要不，我怎么就让我那不懂事的媳妇来给大志下跪呢。这事可是牛家村村民摆脱贫困、出人头地的天大的事啊。谁坏了这大事，可就是牛家村的罪人啊。"支书说到后面的时候就有些自言自语。

"咳，我明白了，解放说的都是良苦用心的话。娃啊，你就按照支书说的，对外面的人说是身体原因才转业的。"大伯对大志说。

"老哥哥，谢谢您啊。"牛解放对于大志为什么转业，心里多少还是存在疑惑的。他就感觉，大志这样的小伙子，说是犯错误不太可能，要是因为和领导关系搞得不好，让挤对了，这还差不多。自己的远房侄是自己看着长大的。俗话说，三岁看老。他怎么看，大志也不应该是犯下了什么大错误了。肯定是那倔脾气。要是那游团长如果哪一天犯了什么事，被弄回来了，他倒不会感到意外。那一家人从来对人都是点头哈腰地。这种人一旦得势就踩人，没得势时，只要是比他高的，他就奴才相。牛解放有时候就想，唉，一个志愿兵都成团长了，这世道啊！就常常为此不平。

牛支书喝了一口普洱，抿了一下嘴，对大志说："大侄啊，这茶味道真好，能不能给我点，明天泡给人家客人尝尝？"和大志一家人拉近了五脏六腑后，牛解放就不再含蓄了。

大志正愣神，见支书对他说话，就点头说："小事，应该的。本来也是应该到叔家里坐坐的。你看这几天，事情也多，一直耽误着。"完了就到柜子里取出一大块，又拿了三盒海王烟，一起交给了支书。

支书连忙接过来说："哎呀，要不了这么多，掰上一小块就行了。烟一盒就够了。这烟真不错。"

大志说："咱们这穷乡僻壤的，也没什么好东西招待客人，只是我带得太少了，叔就不要客气了。不过我转业的事就不要跟人家解释了，这越是解释越是说不清楚。还有啊，明天就不要说我在家的事，弄乱了会坏大事的。这钱呢还是拿回去吧。"

支书手里捏着东西，心里又是一阵难过，想大志这孩子，还是够意思，本来今天上午村委会研究了半天就没有形成决议，到底叫还是不叫人家大志。大志自己既然这么说了，那就算了，别叫了。但他坚决不要钱。

大志仍是坚持，硬把钱塞到支书的口袋里说道："这钱呢我也有个想法，就用在明天的接待上，反正是大家的钱，这钱又用在了为大家办事上，名正言顺。"

"解放啊，就按照志娃的意思办吧。他说得在理！"大伯牛得水说道。

"哎，不过，这都要记在大侄子的头上的。我不坐了，我先去准备了。"支书站起来就要走。牛得草和牛得地都站了起来和支书打了招呼。牛得水仍坐着笑着说："哈哈，解放啊，这下够你忙的了。"牛解放就过来拍了一下老人的肩说："老大您坐。"大志就一直把支书送到院门外和支书握手道别。

大志一家人这个时候就觉得，牛解放两口子赔礼道歉的事做得还算及时到位。虽然他们当时还认为，这又何必呢，农村人嚼舌头嚼了也就嚼了，顶多是吵一吵，甚至动两下拳头。完了在巷子里碰到了点两下头，又和好如初了。跪下磕响头向别人道歉的事一般都是天大的事。现在想起来，解放媳妇那头磕得并不过分。这个时候，除了云志小丫头认为那支书娘子和支书道歉原来是怀着这"不可告人"的目的之外，一家大人都原谅了解放两口子。

这个时候的牛解放走路的样子有些颠，虽然腿脚完好。大志知道，这种样子走路的人，一般是遇到好事了，性子变得有些着急轻飘。心里想着，就不由得笑了一下。

2009年1月6日中午

支书牛解放从大志家一回到自己的家里，放下手里的东西，就把接在家里的挂在那棵大杨树上的大喇叭的电源打开了。支书现在就感到心情好得不得了。

媳妇在里屋听到解放回来了，就放下手上的针线活大声问："回来啦，咋样？"

"哦，没问题，好着呢。"牛解放轻快地回答。然后就把嘴对着话筒"喂喂"地喊叫起来。

媳妇听了解放的话，松了口气，心里就想着，如果人家大志非要跟你支书过不去，你支书就是全村的罪人，还有自己那三个响头也就白白地磕了，传出去把人丢大了，连子孙后代都跟着抬不起头来。以后村子里谁家要是没有钱花了，就会说，本来，咱牛家村家家都有钱花的，都是那支书当得亏人了，把人家牛大志得罪。现在没有问题了，将来人家还是要夸咱为全村做好事哪。这媳妇就不由得想着未来的好事。

牛解放和他媳妇，这样世代生活在农村的人，思想和感情都非常纯朴，知道自己不对，马上赔情道歉，并得到原谅。人是感情动物，产生矛盾隔阂是难免的，在共同对付能不能生存下去的大局面前，吵吵嘴，骂骂架，实在算不了什么。

牛解放的老婆正在憧憬着自己和牛家村的美好未来的时候，老公的声音就在天空中悠扬地响了起来。

"各位村民，有重要事情通知。"牛解放抓着个话筒喊，"明天咱们县的县长要带北京来的大老板到咱们牛家村考察。这么大的干部来我们村，是破天荒的第一次，大家可不要丢人现眼。这次考察意义特别地重大，人家满意了，我们不用干活就发财了。各组的组长正在各家各户做工作，告诉你们都要做什么事，希望大家配合行动。主要是把卫生好好整整，把过年穿的新衣裳穿上。刘三娃家那头黑母猪一定要拴好，不能再像流浪狗一样在村里到处乱跑乱拱乱拉。还有一件事大家要注意，大志是咱们牛家村出来的大英雄，是因为身体受了伤，不能再打拳踢腿像十几岁的年轻娃那样蹦跳了，所以自己才主动要求回来的啊，可不要再像我媳妇那样胡说了。"

"我再说一遍，主要是大志的事情，不能胡说八道，嘴巴要上锁！"牛解放又重复广播了几遍。完了，就从柜子抽屉里翻出一个烟灰缸，这烟灰缸还是在镇上买东西时商家搭配的。他撕开了大志给的香烟，喊着老婆泡茶。烟抽完了，烟头却顺手扔在了地上。看了看地上的烟头，就"扑哧"地笑了。想自己到底还是不成，烟灰缸用不习惯，不能和人家仲书记比，连掐烟灰的样子都不一样。

2009年1月6日晚

晚上，大志家里就来了很多的人，都是还没进得院门就喊了，家里有人不？也不等人家主人吱声，就掀开厚厚的门帘子到屋里热情地和大志家人打招呼，坐下喝茶，说大志回来都这么长时间了，也没过来看看侄，主要是太忙。

家里人多了，大志的妈妈忙前忙后地倒茶，大志的爸爸忙着敬烟。自然，又是贡献海王和普洱。

本来大志还为自己的英雄之名吸引来人家租地，能为一村人过上富裕日子做点贡献而高兴的。但看着这些看着自己长大的长辈们，怎么就自私得这么赤裸裸，连讨好拍马屁也是这么赤裸裸，家里人一下子多了起来的时候，他就觉得无聊。

他到里间给双武打了个电话，很快双武就开车过来了。大志与来家里玩的人打了招呼后，就上了双武的车。

"真想找个地方躲起来。那天我刚从部队回来的时候，看到乡党们用那种场面欢迎我，我心里面生出的是愧疚。毕竟我不是自己要求转业回来的，觉得对不起父老乡亲。后来我对着电视镜头说自己已经转业的时候，大伙儿一下子就散了，我就有一种被故乡抛弃了的感觉。那时候我的心冰凉冰凉的，毕竟先是部队抛弃我，再是家乡抛弃我。好在还有个温暖的家。再后来又因为我的名声，人家要来租用土地，我又一下子成了香饽饽，成为谁都不能亵渎的神仙，就变得像救世主一般。双武啊，你说，我该怎么办？"大志靠在座椅上，看着开车的双武说。

双武开着车，沉默了好一会儿之后就说道："人生的全部内容是什么，

152

从古至今说法很多。有的说，人生的全部内容就是甜酸苦辣；有的说，人生的全部内容就是想办法把生命的时间拉长；有的说，人生的全部内容就是为了等死。但不管怎么说，我以为人生的全部内容不外乎活法，就是怎么度过整个生命过程。怎么个活法，就个人有个人的态度了。有的以天下为己任，人生的过程就是修齐治平，就像你牛大志；有的就是善待自己，开开心心，及时行乐，就像我单双武；有的生活在对别人的关爱之中，就像雷锋；有的克勤克俭，为子孙造福，就像你我的父母；也有一生只为自己着想的，宁让我负天下人，不让天下人负我，就像曹操；还有的一生干尽坏事。"

双武扭头看了一下大志接着说道："不管你是什么活法，来到这个世界，就来到了一个舞台上。每个人都是演员同时又都是观众，既要评价别人，又要接受别人的评价。作为社会的人，是不能脱离社会而存在的。所以，一生中做什么事，大多数人都要先考虑别人的看法。像你大志，大家说你好了，你自然心里舒坦，高兴得能多吃饭。人家说你不听指挥，安排你转业，你心里就会气鼓鼓地，成夜睡不着觉。包括你回来时，乡党们不知道你转业时，他们高兴，当他们知道你转业时，他们失望得不想理你，这也让你非常生气。现在你的名声又给他们带来好处了，他们自然会讨好你。人的一生虽然在历史的长河里非常短暂，但对个人而言，却有漫长的好几十个春秋。所以，大部分人一生都活得非常压抑，总是在别人评价之中调整活法，让社会上的人对你这个社会人有好的评价，直到死了，还要承受别人的追念或追骂。如果是人物，还要盖棺定论，弄个几几开。别看这几几开，就让生者为难半天。呵呵，你牛大志将来老了死了的时候，就会遇到这个问题。几几开呢？"

大志笑了一下。

双武见大志笑了，自己也笑了一下，接着说道："可是，好多人却不知道，人除了社会性之外，毕竟还有动物性，人常常为了掩饰自己的动物性而万不得已地伪装。村子里的父老乡亲都是单纯的善良的，他们赤裸裸地对你，说明他们是真诚的，没有伪装。所以啊，你不要不高兴。"

153

双武接着说："有人认为，人是悖论，是一个肉身加两个精神人的共同体。人的一生，始终是一个正面的自己和反面的自己斗。如果反面的自己占了上风，那人的丑陋的一面就呈现出来了。所以，人的这一生就是个活法，而怎么个活法就是在演一场戏。是自己这个社会人，演给其他社会人看的。在父母、伴侣、同学、领导，不同的人面前，扮演不同的角色。如果再深入一下谈，人生就是一场游戏、一场梦。看起来是实的，实际上是虚的。每当人们回顾总结过去的一个阶段时，就感到往事如梦，能够记住的事实际上非常少。如果过去的时间长了，你虽有印象，但也会怀疑起来，这个事真的发生过吗？是不是梦啊？好笑的是，无论大喜大悲，事情过去久了，也就把它当作梦轻轻一笑过去了。而有的正处在大喜大悲之中的人，却总是怀疑，自己是不是在做梦。大前年，我听到一位股市操盘手的报告，这年，他一下子就赚了几千万，他就常常对老婆说，是不是生活在梦中。我就感到，既然是这样，就别管那么多，多多地赚钱，好好地生活。"

　　大志听双武说到这里，就说道："没想到，你双武一个生意人，居然把人生悟这么透。我也就是随便发发感慨而已。这人演戏也好，做梦也好，到头来都是一场空，就是死后的一把骨灰。但人的生命虽然没有了，他的生命意义却通过名声留在了社会上。所以，有句古话，人过留名，雁过留声。人过，一是指人经过某个地方或某个时段，二是指人生命结束了。"

　　双武接过话说道："所以，人必须把生命的过程活好，既然来到了这个世界，既然结果是场空，就要在当下把自己、把家人弄好，活出快乐，活得有滋有味，活得光彩。你看我，就是先把家里弄好，然后就是喝个酒什么的。这才对得起自己。"

　　大志没有对双武说的表示反对，说道："我有我的看法，也有我的活法。如果人不想活得扭曲，就将你说的一个人身上的那两个我一致起来，始终体现本色，体现真我。咱们来到了这个世界，是上天的意思。上天虽然把人生的结果安排为空，但生命过程和人过留名也是上天的安排。人过留的名存在于天地之间，就是人的大的生命体。我们无论如何也不能辜负了上天。"

双武清了一下嗓子说道："是的，一人一个活法。我一个普通生意人，很难体会到你的感受。我们俩价值观不一样。我们同学两年，我是知道的，你是有济世情怀的，而我就比较现实，多挣点钱，好好享受人生。我也知道，五百年之后，你牛大志还会有人谈起你。因为县志里现在就有你的名字。而我这样的凡夫俗子，五十年之后就没有人理了。死了以后五十年连自己的子孙都不知道你叫什么名字了。既然我是凡人，也就不太管别人生活得怎么样。那天我们一起吃饭的同学战友基本上也都是这种想法。因为我们是凡人，是普通人，大家挣了钱就是吃，购物等。就是活在当下。当下快乐就行。至于死了以后的事，谁知道？谁看到了自己死了以后的事？与其那样幻想，还不如把眼下实实在在的生活过好。唉，我们真是穷怕了。你是知道的，我们小时候没有肉吃，有一次家里来人，我妈就给我在厨房留了两块肉，我吃了一块，还有一块舍不得吃，就经常拿出来闻一闻，结果在书包里都放臭了，害得我哭了好长时间。说实话，我到现在都不习惯刷卡，为什么？因为刷卡找不到数钱花钱的感觉，所以，我在外面哪怕是一下子花十几万，也是拿现金一张一张地点，我感觉那才是花钱，心里就觉得特别爽。我们就是穷忙的命，我们这样的人，除了想办法把日子过好一点之外，好像都没有其他想法。小时候我也有过理想，就是当兵。为什么，就是觉得当兵威风，不愁吃穿，受人尊敬，除了这个就再也不知道为什么了。农民的最高理想就是生儿子，传香火，盖房子。你成为英雄，他们感到有面子，所以，你说你转业了，他们就不把你当回事了。现在你的名声又为他们带来物质上的利益了，他们自然把你当救世主。世俗社会就是这个样子，老同学你不要清高，也不要为此难受想不通。你现在已经完全彻底地生活在世俗社会之中了。"

双武说了很多。大志非常感谢双武对他说了心里话。实际上这次被安排转业回来后就发现，自己已经与这个环境格格不入了。从斜阳下车后，自己的弟弟就觉得他应该早点回来。到了家里后，父母亲和妹妹因为自己离开部队不再有生命危险了，就非常开心。村里人因为自己转业了，不可能给他们带来什么实际利益，就冷淡了自己。同学战友欢迎他，是因为自己回来能帮他们经商挣钱。他就觉得自己回来后如果不融入这个社会，自己就会沦为另类或者是最不受欢迎的多余的人。

"这里吸引我的，除了亲情和友情，还有什么呢？现在这么晚了，自己不愿意待在家里而跑到同学战友这里，从一个世俗的环境到另一个世俗的环境，又有什么意义呢？"大志觉得自己十分可笑，想着想着就笑出了声。

双武以为是自己的一番高论让大志苦笑了，就没有说什么。他也不问大志要到哪里去，就把车一直开到县城的一家酒店停下，然后说："咱们就来个一醉方休吧，一醉解千愁，我看你把酒喝好了，再美美地睡着了，就什么也不想了。唉，我有时候倒非常希望你是一介武夫，不要有为国为民的远大理想。你如果为自己着想的话，我和几个同学保证你一年挣个三五十万。你就帮我们把场子维持好就行了，其他都别管。"双武把车停好和大志下车后，嘴里还在说着。

2009年1月7日上午和中午

镇党委仲书记和镇长到牛家村时已经是上午十点。公务车往通往牛家村的路一拐，两位领导就远远地看见了欢迎的人群。

镇长说："这牛解放上次欢迎大志就弄得不错，这次有了经验，应该没问题。"

"这小子媳妇的一张臭嘴，差一点就坏了大事。还好，补救措施做得不错。这次事成了，牛解放就真的把自己彻底解放了。"仲书记说完，两人就哈哈大笑。

前边的司机也笑了，镇长就呵斥："你笑辣子，你看看人家县上的司机！"那司机就红了脸。

仲书记和镇长的车子还没到跟前，牛支书和刘村长就跑过来等车停下来开门了。动作要领还是上次仲书记教的。

牛解放把书记镇长迎下车后，就与两位领导握手。一旁的刘村长也热情地过来握手。会计则过来把车指挥到后面的空地上停下来。

仲书记看着两位长进了的村干部说："还行，挺规范的，一会儿县长他们来的时候，你们俩要站在我和镇长的后面，往后靠一点，不要急慌慌地好像没有见过世面一样往前冲，知道了吧？"

牛解放和刘村长就一个劲地笑着点头。牛解放问："握完手后要不要给人家领导和客人递烟？你看这烟还是大志给的。"

"乱弹琴，这是抽烟的场合吗？领导下车，就是和你们握手，和村民握手，照相的很多，能抽烟吗？"仲书记训斥牛解放，然后就拿过解放手上的烟看了看说："海王，这是好烟。"边说边拆开，从中拿出两根，一根递给镇长，一根自己往嘴巴上一夹，又把烟盒还给牛解放。

牛解放一手接过烟盒一手赶紧掏出火机"啪"地打着，分别帮助两位领导点上。一边点一边说："这打火机的火苗都调好了，不高不低，这还是刘村长提醒的，千万不能火苗子太高把县长的脸烫着了，县长可不是咱们书记和镇长，烫一下没关系的。"

仲书记本来还挺高兴，这牛解放把接待准备工作做这么细，但一听烫了书记和镇长没关系时，就立马把脸一拉说："来，牛解放，你用打火机把我脸烫一下试试？"

牛解放就知道自己的嘴巴子又没把门，就用手打了一下自己的嘴巴说："书记别生气，我这嘴巴总是犯错误。咱们书记和镇长的脸谁敢烫，烫了，我牛解放就把他的脑门子揪下来。我主要意思是，书记和镇长，那是咱嫡亲的领导，关系铁！"

仲书记听了，就哈哈大笑起来："狗锤子牛解放，嘴巴子还是能得很！"镇长在一边看着笑，他知道，在村子里，和牛解放打交道，要粗豪一些。粗豪一些，他们才觉得你接地气，能够和老百姓打成一片。

一会儿，仲书记的手机就响了起来。仲书记接完电话后就大声喊："大家注意了，县长他们的车快到弯口了。"

很快，七八辆车就都闪着灯过来了，前面还有个警车"哇哇"地响着开道。村民们就发出了"哇"的声音。会计就惊呼："好家伙，这么多车！"仲书记忽然想起来什么，转过身问站在后面的牛解放："大志来了没有？"

牛解放说："我一大早去他家，他爸说去县里了。不在也好，我就怕这娃说实话，这娃太直、实诚。"

仲书记就"哦"了一声，什么话也没有说。

警车呼叫着就直直地往村里开，自己找地停了后才止住了鸣叫。

人家警车是为后面的车让道呢，会计不知情况，就喊，仲书记，怎么车进去了没停下？

仲书记也没理他，就冲警车后面的车跑了过去。他就想，这县长坐的车怎么比第三辆还旧，还是国产牌子，难道专门调了好一点的车让北京来的大老板坐？

车上下来的却是扛着摄像机的电视台记者和上次迎接大志的时候来的女主持人。仲书记这才明白过来，心里想这动静也太大了，看来这项目是跑不掉了，就又往下一辆车跟前跑。

只见后面的车还没停稳，副驾驶的门就开了，秘书出来，马上把后面的车门打开。分管农业和招商的副县长下来了，仲书记和镇长赶紧把手伸过去握。这边的一组组长马上把鞭炮点上，群众的情绪就和鞭炮一样一下子就沸腾了起来。

仲书记、镇长和县长握完手后，就向县上的领导介绍站在身后的村领导。副县长满脸喜悦地和村领导握手，边握边说："基层的同志辛苦了！"牛解放和刘村长光是笑，提前想的词激动得早就忘了。

副县长和村干部握完手后，后面车上的人也都下来了。副县长给镇领导和村干部——介绍说："哦，这是我们尊贵的客人，北京来的赵董事长。"又指着后面的几位介绍说："这是农业局张局，这是招商局李局，这是办公室王副主任。"宾主们——介绍握手完后，副县长就看了一下欢迎的人群，问仲书记："是不是牛家村的村民们都来了？"

"除了在外面打工的，都来了，倾巢出动。"仲书记想表达一下迎接的盛况，一着急，却用了这么个词，副县长就微微地笑了一下。在群众热烈的掌声中，副县长走到群众跟前。牛家村的老老少少一看有领导过来了，就更起劲地鼓起掌来。

仲书记一看副县长这架势，知道要讲话，就赶紧过来主持说："乡亲们，今天是个好日子，我们镇，特别是我们牛家村迎来了县长和赵董事长等一行领导和朋友，在此，我们表示最热烈的欢迎和最衷心的感谢！"待大家鼓掌完后，仲书记就一下子提高了嗓门大声说："下面，我们就以最热烈的掌声欢迎县长给我们做重要指示！"

副县长两只手摆了摆说："牛家村的乡党们，你们好！我代表县委强书记和郑县长来看望你们了。"

仲书记一听，马上带头鼓掌，自然村民们也都鼓了起来。

副县长又摆了摆手，接着说道："今天，我把北京的赵董事长请来了。赵董事长可是位财神爷啊，他想到我们牛家村弄大棚，搞土地流转。这事中央有政策，是可以做的。土地除了使用权之外，其他权利不变。但使用权也有限制，就是不能搞大棚菜之外的项目。也就是说，必须保持耕地性质。赵董事长的大棚菜可是出口到国外的，信誉非常好。他的条件是可以租用，也可以入股分红。租金是每年每亩800元人民币，入股分红主要看收益情况。另外，赵董事长还想聘请大家到他的公司工作，也就是在大棚做活，每月付给工资，最少的也有个四五百元，技术好的有一千多元。今天来，赵董事长就是想听听大家的意见。如果大家没有什么意见，过两天就来签协议。下面就请赵董事长给大家讲两句，大家欢迎！"

搞大棚这个消息，牛家村的村民们，是从他们村支书的嘴里听说的。村上的干部所说的话，在村民们看来，就像六月的黄瓜，看着粗实，一切，水多籽多，让人可以吃出黄瓜味道的，也就是一个空壳壳。今天大家从县长的嘴里知道了这个消息，那么就是说，牛解放给他们描绘的宏伟蓝图就在眼前，大家一时间都静悄悄地不出声，等着牛家村的"赵财神"讲话。

看着一个个一脸焦急的村民，赵董事长先是微笑着点了点头，然后就用一口标准的普通话道："乡亲们，你们好！可能大家感到奇怪，我为什么要来牛家村？牛家村可是拿个万倍的放大镜在地图上也找不到的小村庄！大家问我为什么要来牛家村投资，那么我就告诉大家，我是冲着我们牛家村的名声来的！牛家村什么名声呢？我们的牛家村，有一位众所周知的大英雄，他，就是特种兵的队长，牛大志！"

赵董事长顿了一下，继续说道："牛家村虽然在地图上找不到，但牛家村的牛大志可是全国响当当的英雄，他的名气可是全国都知道的。为什么全国那么大，可英雄却是生在这儿长在这儿，因为牛家村山好水好地好人好。我赵某在商界闯荡了几十年，最愿意与好地方的好人合作。这就是我为什么来这里做事的原因。没有英雄牛大志，就是你们抬着八抬大轿请我，我也不会来。牛家村对我来说并不陌生，这些天来我一直带着技术人员在此考察，通过考察，我更有信心了。我连广告词都想好了：培育英雄的土地，生长优质的蔬菜；食英雄地蔬菜，成就杰出事业。大家觉得怎么样啊？"

赵董事长左右看了看，很为自己的创意得意。副县长就大声喊了一声"好"，并带头鼓掌。村民们和在场的人就热烈地鼓了掌。仲书记的巴掌拍得老响，牛解放更是激动，用了擂鼓的力气，巴掌很快就生疼，他却没有在意。从此以后，就能拿钱过上好日子了，没想到好事这么快就来了。唉，这还不让全县人羡慕死！解放心里滚烫着，没有出过远门的牛家村的乡党们心里滚烫着。

赵董事长讲完后，副县长对仲书记说："赵董事长讲完了，可以让村民们回去了，这么冷的天，难为大家了。今天我请赵董事长在牛家村吃饭，咱们边吃边谈具体合作事项。"仲书记就使劲点头。

牛解放在后面听县长说要请赵董事长吃饭就急了，大声说："仲书记，不是说好了我们村请县长和董事长吃吗，怎么是县长请董事长吃？还是我们请，咋能让县长请呢？"

镇长就连忙拽牛解放的衣袖，把嘴凑近他的耳朵轻声说："你别喊啦，你怎么就是个二百五，难怪仲书记说你是木鱼脑袋呢，你请就是县长请。"

这牛解放似乎还不明白，问道："那县长请客，我咋好意思收人家县长的钱？"

镇长就气得骂了一句："你真是个瓷锤！县长请客你就不能掏钱了？还让县长把这话说出来？"

牛解放就明白了，随即心里升起一丝不快，想这么大的领导，不就一顿饭，至于吗？

就在牛解放心里不舒服的时候，就听有人喊道："徐黛泪，收拾摊子。"

牛解放循声看过去，原来有人喊那个美女主持人。

徐黛泪收拾完东西，就看见了跟在领导队伍后边的牛解放，便扯了一声道："牛支书，牛大支书，等一下！"

牛支书一看是天天在电视里见的漂亮女主持人在喊他，就停下来和人家握手说："大主持人好！你大，我不大，我只是个小支书。"说着话就不由得看了一眼徐黛泪鼓挺的胸部。

161

那徐黛泪下意识地用手掩了一下胸，就问怎么没见牛大志。

牛支书说："大志到县里去了。"

徐黛泪就"哦"了一声，脸上顿时露出失望的神色。

这时就听仲书记在喊，解放，解放，你在哪儿，你不带路，跑后面干什么？牛支书哎了一声，拔腿就往前跑。

县长他们吃完饭就走了。

让牛解放想不明白的是，媳妇做了那么多的菜，人家就没怎么动筷子，光是说话。末了还说这顿农家饭吃得很好，终生难忘。然后人家就一下子都往外走了。

到了村口，牛解放就见几辆车整整齐齐地排成一行停好，车屁股后面都冒着淡淡的烟。副县长、赵董事长分别与村镇干部一一握手后就上了车。而其他来的人早已提前上车。等县长的车门"砰"的一声关上后，就听最前面的警车"哇"的一声响，然后车里的人就把手伸出来和村镇干部挥手告别，车队就又浩浩荡荡回去了。

最后一辆车经过送行的领导这里时停了一下。车窗户打开了，就见是电视台的女主持人。

仲书记说："徐主持人有时间再来啊。"

徐黛泪哎了一声，又对着牛解放说道："牛支书啊，麻烦你代我向大志问好。"

仲书记说："你留在这儿等一下大志不就得了，要不让他家里人打个电话！"

"不行的，关键是要回去把今天的活动编了，以后再说吧。"徐黛泪叹了一口气。

牛支书说好的，我一定把话给带到。徐黛泪说了声谢谢，车子就一溜烟地走了。

看着远去的车子，牛解放不解地问仲书记："怎么来的时候这车是走在县长前面的，走的时候却走在最后面，这里有什么讲究？"

仲书记和镇长互相看了看，哈哈大笑。

仲书记说:"牛解放这木鱼脑袋看出问题来了,说明进步了。你这项目进来了,将来接待任务不会少啊。"

镇长说:"你说来的时候电视台不走前面,他们如果掉在最后面,想照领导的屁股啊。"

牛解放还是有些不明白地问:"那离开的时候在后面,不是还是照领导的屁股?"

镇长又笑了骂道:"牛解放,你真是瓷锤。"

大家就在这有一搭没一搭地笑话牛解放的时候,仲书记就开口说道:"走,咱们接着喝。领导到县上接着吃好的去了,农家饭咱自己吃。"

"不是说农家饭挺好吃的么,怎么还要去县上吃?"牛解放悄悄地问镇长。

"人家吃的不是饭,吃的是势。"镇长用手拍了牛解放。

"你怎么也骂领导,领导怎么能吃屎呢?"牛解放扑哧一下笑了,觉得镇长好玩。

那镇长就又拍了他一巴掌说:"解放,还学坏了,编排着骂领导!"

这时候,早就等不及的大伙就喊道:"这事情,让书记镇长辛苦了,咱们好好庆祝庆祝,书记镇长今天可要多喝几杯。"完了就簇拥着镇里两位领导往解放家里走。

杯盘狼藉中,大家的情绪都很激动。牛支书被几杯酒刺激了一下,加上这项目就等着签字了,就有些兴奋地和仲书记镇长他们说起笑来,说你看看人家徐主持人那脸嫩的,还有那手,就像缎子一样。你看看咱那婆娘,那手就跟搓板差不多,唉,摸在身上,就让人浑身起鸡皮疙瘩。

仲书记就大声笑:"你牛解放歪心思还不少,项目落实了,我看先把你驴日的下面那东西给骗了。"

大家又是一阵笑。

"只要村子里这个项目搞定了,把我骗了也成,那怕啥!没有那想法了,还省下许多烦恼!"牛解放咧开嘴笑。

刘村长听了,就接了话茬说:"牛支书烦恼啥,是不是把私房钱全部撂洗头房了？"

"锤子，那不是洗头房，是洗球房，不是，是脏球的房！"牛解放说完，就一头栽到桌子上，呼呼大睡起来。

这么大一个项目说来就来了，牛解放当天就高兴得醉了，村里几个干部全醉倒了。

仲书记和镇长看这几个村干部那么高兴，生怕被这帮人给放倒了，就没有恋战，说下午镇里还有个重要会议，又说县委强书记给大家提过醒的，就是中午喝酒不喝醉，因为下午要开会，就赶紧走了。

仲书记当然理解这帮村干部，这个时候谁不高兴呢，除非他不想发财，不想过好日子。所以就和镇长耳语了一下，留了这帮村干部自己高兴开心。

2009年1月7日夜

牛解放是半夜一点多的时候才醒的，醒了就拉开灯找水喝。

媳妇也醒了，就在被窝里咯咯地笑。牛解放问笑什么。媳妇说太开心了，那几个喝醉了都是家里来人背回去的，醉得太深了。

牛解放喝完水就想起一件事，到堂屋开了灯就把大喇叭打开，"喂喂喂"地喊了两下就说开了："各位村民，今天县长来已经把事情落实啦。"

媳妇在床上听解放讲话，就赶紧跑过来说："解放，都快两点了，你讲什么呢？"

牛解放一听媳妇的话，说道："日他大！我还以为是晚上哪，打扰乡党们睡觉了。"就连忙把喇叭关了。对媳妇说，我还以为刚吃完晚饭呢。然后就关了堂屋的灯，到外面方便。

可刚上床，电话就响了。是大志的叔叔打来的，问大棚的事情是怎么落实的。他就给解释了一下。

放下电话后，又响了，是村长打来的。村长说，你也不看看几点了，你这一说，我这里电话也是不断，你出来看看，家家都开灯了，你还不如就讲了算了。

牛解放听了村长的话，也觉得还是讲了好，省得大家都躺在床上睡不着。于是又从床上下来，到堂屋打开喇叭说："各位村民，愿不愿意流转，大家自愿，各家各户赶紧报名。还有，是租还是入股也要写清楚。包括想不想给人家打工拿工资的问题，一并报上来。这事，最晚春节前就签协议了。今年这春节，大家好好过一下，该杀猪的杀猪，该杀牛的杀牛。都是大棚了，这牛养了就没有什么用了。我和村长商量了一下，今年过春节打算请个戏班子唱上三天的大戏。大家现在可以睡觉，做个好梦了。哦，做不做好梦也无所谓了，这土地流转可是比美梦还好！大家说是吧？"

说完，牛解放就把喇叭关了。村民们躺在床上高兴得笑出声来。

村民们都睡不着了，家家就开着灯聊到天明。

2009年1月8日

牛家村耕牛厄运的到来，是在牛解放的喇叭响了之后的天亮。

那夜，村里人睡不着，都在兴奋地谈论这牛家村为时不远的幸福，计算着自己家里有多少亩的土地，将来每年可以收回来多少钱，如果再加上外出打工挣的，在大棚里上班挣的，加起来，那么一年又该是多少？

善良质朴的牛家村人在这个夜晚沸腾了，除了牛大志的大伯之外。大伯看得清楚，那些所谓的大老板、大商人，被政府当成宝贝了，可对于牛家村的农民来说，现如今，仅仅只是一个口头的承诺。按照大志的大伯的话，那说出的，早就叫风给吹走了。就算是白纸黑字的合同签了，也不一定能算数。所以大志的大伯一家，在这个夜晚，算是睡得最安静的。

牛家村的人除了计算能得到多少钱之外，剩下的一个话题，就是家里的牛该怎么处理。土地流转了，多养一天就会多消耗一天的草料。牛家村的耕牛，家家户户都有，村人都是依靠耕牛来干农活的，整个村子加起来，那数量也是不少了。大部分的人都在寻思，这牛，给自己干了这么多年的活，要说杀了，总是不忍，商量了还是卖了去，尽管卖出去的牛，终究还是要做了人家的盘中餐，可总比死在自己的手里要让人安心一些。也有人想，活了大半辈子了，什么时候敞开了吃过一顿肉？反正这好日子来了，就让一家老小都开个荤，解解馋，美美地大吃一顿。

夜晚就这样在耕牛始料不及的命运中过去了。

太阳出来了，暖暖地舒坦。当日刚好镇上有集，牛家村的大道上，多出了往常见不到的一个景象，那一路上都是慢腾腾走路的耕牛。主人在后边跟着，却少了对那走不快的耕牛的鞭笞。有些年纪大的女主人不忘了给牛的脊梁上泼洒一碗凉水，是为那将死的牛送行。

这地方有这个习俗，用吃饭的碗，泼洒一些凉水在畜生的脊梁上，那牲畜的魂就被老天爷领走了，挨刀的时候，就能少许多的疼痛。

街道上多了许多汽车，也多了外地口音的人，他们都是牛贩子。牛家村的耕牛，让这牛市的价格一下子掉了许多。按照大伯的话说，一头牛至少少卖了一百块！然而人们不愿意再把牛赶回去，美好的前景叫他们不愿意再折腾。尽管牛家村的村民一件三十块的衣服都舍不得买，但今天，他们不愿意再等待了！

美好的愿景常常让人心发狂，忘记自己的处境，牛家村这阵子，就是这样。

等太阳爬到头顶的时候，许多人就打了出租车，那车上装了洗衣机，也有电视等。只是坐车的人，手里几乎都拿了一根油腻腻的牛缰绳。这是牛家村的习俗，卖牛，不卖缰绳。缰绳是个念想，这一根绳子，把自己和卖掉的牛，牵连在一起不是一天两天了。

在通往牛家村的路上，除了这些出租车，也多了骑自行车、车头上扎了许多红布条的人。他们是骟匠。骟匠的营生，是专门阉割畜生的。可今日到这牛家村，却担负着其他的使命。

牛家村还有多头牛需要宰杀。

杀牛的太少，忙不过来，就有人请了骟匠过来。不管怎么办，只要把牛杀了，皮剥了，就成。

小叔牛得地家里也请的是骟匠。老婆本来要牛得地把牛换给别人家杀，说自己家的牛怎么忍心杀、忍心吃。牛得地白了老婆一眼说，我们家的牛在村子里是最健壮的，换给别人不就亏了。老婆有点怕这个脾气不好的老公，就没敢再坚持。她害怕看见杀牛，就远远地躲开。那骟匠和牛得地一起，把那头干了多年农活的犍牛拉到树林中间，用了小儿胳膊粗细的绳子绑住牛头，又找来碗口粗细的木椽，在牛的头前边和屁股后边横着固定起来。那牛感觉不对劲的时候，却已经挣扎不动了。牛得地这时候却兴奋起来，哈哈地笑了和那骟匠说道："不论是什么东西，拿住其要害，都乖乖的！"那骗匠也笑了，拿了一把筷子长的小刀，走到牛的跟前，对着前夹子一下子刺了进去，才拔出刀子，一股筷子般粗的鲜血就喷射了出来。

那牛似乎觉得疼了，却站在那里不再挣扎，看着牛得地"哞哞"地叫了起来，分明就是向主人求救。那牛得地看了牛一眼，疯一般地跑回家，不一会儿就拿了一个洗脸盆子出来，接了牛血说道："这血，能做菜，浪费了遭罪呢！"

骗匠蹲在旁边抽烟，接连抽了几根烟，那牛才软塌塌地倒下。

等骗匠们不约而同地拿塑料袋子包了许多牛肉，轻快地骑上自行车离开的时候，大伯准备出门了，才打开大门，顿时就闻到了一股血腥味。这时候，却已薄暮，太阳淡淡地映衬在远处的树梢上。大伯叹了口气，回到屋子里躺下就再不想起来。

2009年1月10日

大志在双武那儿住了两天，又到舅舅那儿住了两天，是 1 月 10 日回到村子的。回到家就发现院子里的廊檐下面挂满了肉。

云志看到哥哥回来了，高兴地叫了一声哥，然后就喊：爸，妈，我哥回来啦。

大志就问云志怎么这么多的肉。

妹妹说，爸爸把猪杀了，把牛卖了。这牛肉都是村里人给的。

"咋给这么多肉？"大志问。

"家家都杀猪杀牛，这肉当然多了。"云志一脸的灿烂。

"把牛杀了卖了，用什么耕田啊？"大志不解地问。

"嗨，哥，你忘啦，县长都来了，咱们这地都要租出去呢！"云志乐哈哈地说。

大志正迷茫，父亲就从厨房里出来了，看见大志就说："你怎么才回来？"

"爸，这协议这么快就签啦。"大志没有回应父亲的问话，急着知道土地流转的事情。

"还没。"父亲从云志手上拿毛巾擦了一下手。

"没有签协议就杀牛卖牛的，怎么能这样做事情？万一事情有了变化，这地还种不种啦？"大志有些不安。

"嗨，你这娃，怎么可能？这县长和那大老板说话玩的？"父亲一脸的坚定。

"没有一纸协议，都不能算数。"大志说完就进了屋，就感到这一村的人怎么就这么没脑子。即使协议签了，也不能把牛杀了。要么送人，要么

170

卖给人家当耕牛。这牛是能杀的吗？帮你们辛辛苦苦地干活，末了还挨一刀。这是农民干的事吗？他觉得村里人怎么一下子变得这么陌生，包括自己的父亲。

大伯和叔叔听大志回来了，也都过来了。

大伯气得用拐杖敲着地说道："这协议还没签，就杀开猪牛了，尽管这事看起来已经没什么问题了，但白纸黑字这才能算。这世道，就算是签了协议，也不能急，反悔的事多的是！"

叔叔就不以为然，说："你年纪大了，就是固执，这电视上都播了还能有什么问题？这人说话就得算数，还非得那一张纸，画个押才算啊？"

大伯就用拐杖指着弟弟说："你懂什么？经济往来，是要法律文书的，嘴巴有什么用？你看你们兄弟俩，一个卖牛，一个杀牛，我拦都拦不住。不管怎么说，即使是真的签了协议，我们牛姓人也不能杀牛。杀了会有报应的。"

"还有，这地肯定是入股好，可你们非要租。这一租就定死了，不能改了。这入股，变数就大。形势肯定是越来越好。还有通货膨胀率，入了股后，你每年的股金会一年比一年多。这一签就是二十年啦，二十年后是什么形势，一亩地还是 800 块？说不定每亩就能分 5000 块的红利啦。"

大伯一直对弟弟们说话比较厉害。他们的父亲死得早，两个弟弟都是他带大的。长兄为父，所以，这两个弟弟都非常尊重这个大哥。听老大这一说，两个弟弟就有点云山雾罩的，而大志和云志就感到大伯确实知识渊博。

"咳，我就觉得把钱拿在手上放心。万一这老板生意没做好，那不完了。我们入了股，不就喝西北风了。"弟弟坚持自己的看法。

"好，你等着看吧。还怪了，人家投这么多钱在这里，还能把生意做不好？"大伯有些无奈地自言自语，"再说了，老板要是赔到我们牛家村了，他还能让你们继续要每亩 800 的租金？早就想办法溜了，烂摊子还是咱们的！枉在中国生活了，国情民情都不懂！"

一家老小正议论的时候，大志的母亲就把两大盆肉端了上来。父亲从柜子里拿出酒来说："还说啥啊，该做的已经全做了。不会有啥事的。谁知道二十年后是什么样子。反正我们都死了。来吃肉，很烂！"

　　大志看着盆里的肉，心里有些不舒服，想这牛给人劳苦了一辈子，还要让人把肉分了吃，这如何下咽。他又担心把这话说出来，影响一家人的胃口，就说自己消化不好，独自拿了一个馒头，夹了一点辣子。

2009年1月11日上午

正如大志说的那样，一天不签协议就一天不能算数。让牛家村人一夜之间跌入深谷，让牛解放痛不欲生的事还是发生了。

1月11日上午，招商局李局长给镇委仲书记打了个电话，说在牛家村搞大棚一事黄了。根据县领导的指示，镇委要做好牛家村村民的思想工作，把心态调整到原来状态，高高兴兴地过一个祥和快乐的春节。

这边仲书记在电话里面就半天没有吭声，那边以为线路有问题，就喂喂喂地喊。

这迎头冷水，让仲书记心里有些绞痛。那边快挂电话时，仲书记问："这到底是怎么回事，这不是玩我们吗？"

"哦，把村民们胃口调高了，最后让人家吃一口黄连，这还要不要人活啊。你们知道不，他们把耕牛都杀了。当初如果不说这事，不是啥事都没有。"仲书记在电话里都快打哭腔了。

那边李局长说道："本来这是铁板钉钉的事，但不知道人家赵董事长是从哪里听到的消息，说牛大志是因为在部队犯了严重错误，被处理回来的。人家说我们专门为大志定做的广告词，培育英雄的土地，生长优质的蔬菜，食英雄地蔬菜，成就杰出事业，都得到了专家的认可，而且跟一位影视明星都谈好了，请他做代言。可英雄犯了严重错误，就失去了在英雄出生地搞大棚的意义。人家说了，如果还放在你那么偏僻的地方，就不如放在县城旁边的乡镇搞了，放在县城旁边交通更方便，成本要降低好多。"

仲书记叹了口气有些哀求地说道："那是谣传，人家大志是正常转业。能不能跟人家说说，还是放在我们这儿，我们可以把租金弄低一点，哪怕一半行不行？"

"这怎么是谣传呢？说得有鼻子有眼的。县里也通过一定的渠道问了牛大志部队的人，这牛大志就是有问题才转业的。虽然不像人们传的那样严重，但多多少少也是有些问题的。降租金也不现实，你降了，人家其他地方就不能降？如果这样的话，就是恶性竞争，县里是要考虑这个大局的，不能因为这损害了咱们农民的利益。"

仲书记无奈，像被抽了筋一样，有气无力地放下了电话，瘫软地躺坐在椅子上。他想着，该怎么向还沉浸在无比喜悦中的牛家村的村民们开口。也许牛家村的人正在高高兴兴地吃牛肉呢。

支书牛解放接到仲书记电话时，已经是早上八点多。他正在家里打麻将。这麻将是从昨天晚上开始打的，虽然一夜未眠，但将手们丝毫没有瞌睡的感觉。在农村，地里没有活干的时候，除了打麻将，农民们也没有什么事可做，何况遇到了天上掉馅饼的好事。

电话响的时候，起床后一直在男人旁边看牌的媳妇就没有管。因为牛解放的牌已经听胡，她就急着等牛解放把这牌胡了。电话响了大概一分钟了，牛解放就说："快去接电话，你一接，我这儿就胡了。"

农村就是这样，打来电话的人一般都要长时间地等着，看家里到底有没有人接。因为农村不像城里房子那么小，一家人就在那不足百十个平方米的地方，电话一响，如果家里有人，最多十几秒，就会有人接听。如果打了十几秒没有人接，说明人家家里就没有人。而在农村，那房子大院子大不说，有的还可能在巷子里端个碗跟邻居聊天呢。所以，响电话铃时间就比较长。而这家正在搓麻，大家聚精会神得就不想抬屁股，包括观战的人。

那媳妇就嘟哝："谁这么早没事了打电话啊？真是烦人！"就跑到里间接了。

很快，媳妇就在里边大声喊："解放，是仲书记的。"

牛解放一听是仲书记的，就伸开两手，张开十指，把牌往下一扣，说："肯定是赵董事长要来签协议了！我今天这一把，不是自摸不胡牌。哈哈，你们等着。"

媳妇很快回来在解放的座位上坐下来。她没有动牌，而是拿起解放跟前的烟发给另三位将手。

这三位也都把牌一扣。其中一位点了火，吸了一口说："等协议一签，我们就可以天天搓麻了，到时候你们可别骂我天天赢你们。"

过了老半天，牛解放才从里间神情黯伤地出来，几位就急着问协议什么时候签。

"一切都没有啦！"牛解放那乌鸦哀鸣的声音让人听了悚然。

就在大家发呆愣神的时候，不知怎的牛解放一头栽倒在地，口吐白沫，四肢抽搐。大家又喊又叫，屋子里乱成一团。花花绿绿的麻将掉了一地。

牛解放最终还是醒了过来。他是被大家用架子车送进镇医院的。幸亏当天有从县里来的专家在镇医院对一重症病人进行会诊，因为抢救及时，才脱离了危险。

仲书记是听了牛家村刘村长的电话才知道解放接了他的电话后就不省人事了。他把县里领导说的情况跟刘村长也说了，并交代刘村长做好群众工作，之后就赶到医院看牛解放。专家说，好在是白天倒下的，刚好家里有人，又是被大家推着车跑着送过来的，牛家村离镇又不远。如果是夜里睡觉的时候迷糊了，就完了。专家还说，今后这麻将是不能打了。这次脑血管出问题，主要原因是打了一夜的麻将，大脑极度疲劳，再受到大项目落空的强烈刺激，极度疲劳的大脑承受不住。这两个原因撞在一起就冰火相冲相克。一般的人都会倒下的，只是程度不同而已。

当天会诊的还有个心理专家，专家讲，上面把人家做梦都想着脱贫的村民的胃口调得高高的，然后又说没有了，什么感觉，是掠夺，是割肉。因为你把人家胃口调得高高的，人家就会觉得这已经是他的利益了。就像一个村长，原来人家平平静静地安于现状，忽然有一日被某个县领导看上了，县领导说你到某某镇当个副镇长吧，话也谈了，村子里送行的饭也吃了，别人也尊呼他为镇长了，可是那个县领导因为犯错误突然被撤了，这村长的镇长没当成，你说这村长还能平静得住，睡得着觉吗。他会一辈子认为，那个副镇长位置本来就是他的。他会一辈子郁郁寡欢，唉声叹气，会形成严重心理疾患。特别严重的可能会有神经衰弱、肠胃功能紊乱等并发症出现，会早早地抑郁而死，个别的还可能自杀。这一个村子的人怎么办？所以，从医学角度讲，许愿的事千万千万不能轻易地对别人说出来，特别是上级对下级。

仲书记听了专家的话当然是连连点头，自己又何尝不是受害人呢？他猛然想到，现在这牛家村是不是已经乱成一锅粥了？就急忙从口袋里掏出手机拨通了镇长的电话，要他赶紧往牛家村做工作。他自己和解放的媳妇招呼了一声之后，也坐车往牛家村去了。去的路上，又安排派出所、医院加强值班，随时等待命令，一有情况，立即出动。仲书记是从生产队长一步步干上来的，这个时候的脑袋很是清醒，可不像一些人，一遇到情况就吓得不得了。

果然不出仲书记所料，车子刚拐进通往牛家村的路，就远远地看见村口聚集了很多人，就像当初迎接县长一样，所不同的是树上没有挂横幅和鞭炮。

车停后，刘村长没精打采地走了过来。仲书记看到，刚刚到达的镇长正被群众围着。刘村长与仲书记握了一下手，没等仲书记问就说，群众情绪很大，关键是有几个问题要解释，一个是，既然没把握当初就不要忽悠咱们，等于是把咱玩了。还有一个，牛是杀的杀卖的卖，全村只有大志的大伯牛得水家的牛没有杀也没有卖，这个损失怎么办？再一个是，牛大志人家是正常转业，说人家是被处理回来的这个谣是支书媳妇造出去的，如果不造这个谣，这个项目就没有问题了，这个也要有个说法。

刘村长擦了一下额头上的汗接着说，解放病了，对他来讲并不是坏事，如果没有病倒，这个时候他就麻烦大了。归根到底，还是我们这里太穷，大家都穷怕了，穷得哪怕是天上掉根稻草都会紧紧抓住不放。更不要说这是只煮熟的鸭子，哦，不是鸭子，是煮熟的本来就会飞的犍牛。

"你把镇长叫过来，我们商量一下。"仲书记没有表情地说。

镇长过来后，仲书记说："我看是不是这样，等会儿我给乡党们讲几句，然后我们和村里的干部开个会，眼下关键是要研究一个解决耕牛的办法，这是个实质问题。其他问题说了还有什么意思，总不能把牛解放和他媳妇抓起来坐牢吧？"

镇长就说好的。

镇长叫来刘村长说："你把村民们召集起来，你主持一下，请仲书记讲个话。关键是你这个村长在书记讲完后，要有个态度，这样工作就好做些了。这个时候，村干部一定要以大局为重。"

仲书记很是满意镇长的话，就点了点头。

村长委屈地说了声好。

刘村长转过身就扯着嗓子喊了起来："乡党们请安静一下，今天，咱们镇上的书记镇长都来了。两位领导来做什么，不用说，大家也都明白。下面欢迎仲书记做指示。"刘村长自己带头鼓了一下掌。下面的群众也有几个鼓的，但鼓得很无奈，非常稀松。都这个时候了，还鼓什么掌。

仲书记非常理解村民的情绪，这个节骨眼上，村民没有收拾他，那已经是开恩了，于是就大声喊道："牛家村的父老乡亲们！我不是来做指示的，是来向乡党们做检讨的。检讨我们镇党委镇政府的工作还存在严重的官僚作风。官僚作风在哪里？主要是没有把大志的情况向人家赵董事长说清楚，怀着侥幸心理，结果付出代价。还有，没有及时制止大家宰耕牛、卖耕牛。种田人没有耕牛了，还怎么种田？这个问题主要责任在我们镇领导身上。不少乡党认为，村支书牛解放才是罪魁祸首，说是他编排了人家大志的谣言，说是他深更半夜在大喇叭里要大家把耕牛杀了卖了。我看哪，大家都不要再责怪解放了，毕竟他今天走了一趟鬼门关，毕竟他已经向大志承认了错误。大家有什么意见，就对着我们镇领导！现在的核心问题，是耕牛问题，其他问题就不要再纠缠了。再纠缠已经没有什么实际意义了。耕牛的问题，下来后，我和镇长与村干部们开个会，研究一下。好不好？"

下面就有人喊了一声"不好"！人群里有人说："本来我们就要过上好日子了，结果被牛解放这王八蛋弄没了，上面得撤他的职，查他的账，办他的罪。要不，我们就不答应。大家说答不答应？"

让仲书记没想到的是，村民们都大声喊不答应。包括姓牛的家族里的人。是的啊，本来一个村子都富裕起来了，就是他把大家的好事给搅黄的。

这个时候，还管他什么姓牛还是姓刘呢！这时刘村长就咳了两声喊道："刚才仲书记讲得非常明白了，我看，这事也只能这样子了，再喊再闹，就是把牛解放杀了，也弄不来大项目了。就当这事没有发生过。没有这事的时候，我们不是都正常地过日子吗？还是那句话，命里有的终归有，命里没的莫强求。我们牛家村穷，也不是几年几十年的事了，大家想一夜之间变成财主，本来就是白日做梦。想改变自己的生活，还是要靠我们自己。比如出去打工，还有多种点果树啥的。"

"行了，行了，别啰唆了。你说我们活在这世界上做啥，不就是为了能过上好日子吗？我们这好日子没了，就得找人算账。这牛，你们要全赔，如果不全赔，我们就把你们村干部的房一把火烧了。这大项目没来成，你们总得有个说法，要不，没完。"大志的叔叔牛得地没等村长说完，就大声嚷嚷了两句。他现在肚子里的火可大了，如果当初听大哥的话，这牛也就没什么事了。还有，侄儿大志，本来可以把大项目吸引来，结果就坏在了牛解放身上。就这么一个谣言，就把大伙儿的一辈子和子孙后代的幸福弄没了。这和断子绝孙有什么区别，想起来就让人气得撞墙。

刘村长还想说什么，却说不出口。他当然知道村民们的情绪。别说村民，就是自己也是憋了一肚子火的。如果不是因为自己是村长，每个月还有点工资，自己可能比村民们闹得还凶呢。就是每个月那点工资，就让他一直以来在村民们眼里活得有尊严多了，婆娘回娘家就常常自豪地跟娘家村里人说，我们家老刘是拿工资的人。"工资"二字，对于农村人来讲，就和吃皇粮的"公家人"差不多。所以，村干部走到外面，总以自己是拿工资的人来长自己的脸面。可是这点工资与土地流转相比，就是个天上地下的差别。想起来就让他气得吐酸水，就对仲书记说："我看还是算了，让乡党们散了吧。"

仲书记也觉得没有什么更好的办法，就说道："如果能散了，当然更好，就怕他们不散呢。"刘村长听了仲书记的话后，就对村民们喊道："大家都回去吧，一会儿领导们要开会。开完会再给大家一个交代，啊！"

村民们听说干部们开完会后有交代，就高一声低一声地咒骂着牛解放，三三两两地散了，回到家里接着叹气骂人。

178

2009年1月11日下午

　　仲书记组织的村干部会开得很是沉闷。

　　会前书记和镇长商量了一个方案：凡把牛杀了的，不管牛的大小，由镇里每头补200元；凡卖了的，不予补偿。因为镇里去年所有经费，早已花完，有的项目还超支。虽然现在从公历上来说已经是元月份，但预算也要等到县里的两会开完才能批下来。当然就这200块，镇里还要从县里今年的扶贫款里挤。把这个方案跟牛家村的干部说明时，都一个个地摇头。说一头牛少说也要上千，这200块根本就买不回一牛头来。少说，镇上也要补个500块。还有，那些卖牛户，在这农闲时把牛卖掉，也是低价，而且又是大家伙儿一下子卖那么多牛，价格就更低了。现在要买，情况就不一样了，人家肯定要把价格提上来。这卖牛的也是要补的，每头少说也要补个300块。

　　仲书记说："你杀牛的不是还有牛肉可以卖，可以吃吗，那就不是钱？"

　　村干部们争辩说，那牛可不是活牛还能干活！吃是白吃了，老百姓的命贱，吃牛肉和喝苞谷稀饭一个样。要不是有这么个掉馅饼的好事，谁舍得杀牛？

　　意见统一不了，仲书记和镇长没有办法只好先回去。临走前仲书记擤了一下冻得流下来的清水鼻涕，无奈地对刘村长说："要把群众的工作做好，就这200块，也还不一定有啊。你以为我答应你们这200块有底气啊！毕竟今年的扶贫款县里还没有往下拨哪。唉，我也是村干部提上来的，我还不了解乡党们的心情？说句掏心窝子的话，嗯，那个七品芝麻官说过的，当官不为民做主，不如回家卖红薯。我虽然就是个九品，也就是坚守了这

179

个话，才坐在这个位置上为大家做事的，也才决定了这200块。你知道，这200块给了你们，其他镇干部和其他村子会把我骂死的。唉，这事搞不好，我这九品官也就到头了！你看看你们这些人，都恨不得把解放杀了。你可要把局面控制住！"

仲书记和镇长回去后，刘村长就让各组组长分头到各户通报会议情况，做村民的工作。劝大家还是认了，这个时候如果这200块不答应，可能过了这个村，就没有这个店了。因为仲书记说了，200块也只是个数字，能不能落实还两说呢。但如果村民们这个时候答应了，这200块还可能拿得到手。但统计的结果却让刘村长犯愁了，除了牛支书、刘村长两个村里主要领导，还有大志的父亲和大志的大伯外，没有一户同意。大志父亲的工作是大志做通的，而大志大伯因为有先见之明，既没有杀牛也没有卖牛，就不存在什么问题。

牛家村因为土地流转泡汤的事还没有平息，又出了让人没有想到的天大的事，而且事情恰恰还出在了大志的叔叔牛得地身上。

2009年1月11日晚

晚上，大志的叔叔牛得地因为挨了大哥牛得水的骂，气得一个人在家里喝闷酒。

下午老弟兄三个在大志家里开家庭会议。大志的父亲把牛卖了，也不同意镇领导关于补偿的决定，但大志就做了主，说还是算了。

组长听了大志的话，显得非常失望，说："大侄子，意见不提白不提，这钱能多要一点是一点。毕竟我们的损失还是太大了。"

大志说："杀牛卖牛的事，主要责任在村民自己，与其他人没有直接关系。补偿的钱，我们家不要。"

组长看大志一再坚持，就没有再说什么。

叔叔牛得地却喊道："少说也要1000块。要不是牛解放半夜在广播里哇啦，我能杀牛吗？"

组长说，我一定把你的意见告诉上面。但是具体情况怎么样，我看，还得领导决定。

组长一走，牛得地就很不高兴，冲着大志吼道："你真是当兵当傻了，前几天拿那么多钱补工钱，今天又不要卖牛的补贴。如果那钱你不要，可以给我这个穷叔叔啊。"

牛得水一听弟弟的话就骂道："你一天到晚没脑子，又不想出去打工，还有脸说。如果你那时听我的，这牛不是还好好地在圈里待着。你还好意思跟人家要1000块。你把牛杀了，牛肉就不是钱？"

这牛得地平时受哥哥的气比较多，今天本来就不开心，大项目说没有就没有了，牛说杀就杀了，而牛解放却什么事也没有，就这还被哥哥骂，他就回了一句："你是村里有名的军师先生，是脑子最好的人，以后请你不要再说我这个一天到晚没脑子的人。"说完就怒气冲冲地走了。

牛得地回去就让媳妇切了一盘子牛肉，一个人唉声叹气地喝闷酒，喝着喝着就高了。

女人是知道男人脾气的，酒一高就闹事。平时她是能控制男人的酒的，因为男人也知道，喝酒没有个人提醒很容易出事。过去喝醉的时候，还把邻居的胳膊打断过，本来是要坐牢的，后来赔了人家钱并得到谅解，这事就算了。女儿在城里读高中，家里就她一个人陪自己的男人。她本来是要叫大伯子来的，因为大伯子能管自己的男人。但男人说，老子今天不高兴，你胆敢出去叫那老东西，老子就劈了你。还有，你把那老东西叫来，我一起打。这一来，媳妇就只能眼睁睁地看着男人喝醉了。她也想好了，男人如果醉了，就把大志叫来控制他。她知道，侄子武功是非常了得的。但她没有想到，大志看村里因为自己出了这么大的事，非常烦恼，就打电话给双武，很快双武就来把他带出去吃饭了。

牛得地一边喝，一边大骂牛解放，媳妇听烦了就说道，人家都住院了，就别骂了。

他嫌女人管他，就火了，站起来用手指着女人骂道："你再敢说，看我把你的牙打得碎不？我现在就找牛解放去，让他赔我的牛，还有每亩800块租金。"说完就一掀门帘子出去了。

看男人疯疯癫癫的样子，女人一看不好，就打电话到大志家，还没等那边喊"喂"，就拉开了哭腔："大志他叔喝高了，去找牛支书的麻烦了，快叫大志去把他拉回来。"

电话是云志接的，云志说："哥哥被战友接走了。"这边的婶子就感到了绝望："今天指定要出事！云志啊，你叔叔喝了一斤多啊。"

云志放下电话就赶紧告诉爸爸。爸爸一听就说坏了，这浑球本身力气大，一喝醉，几个人都控制不住，就赶紧放下夹在筷子上的肉，连忙往牛支书家跑。

这还没到牛支书家，就听到支书家方向有吵吵闹闹的声音。牛得草心里就紧张了，不由得加快了步子。

到了牛解放家门口，就见围了很多人，地上有个老太太在哭。牛得草就问怎么了，就有围观的说，你兄弟把牛支书的孙子抱走了，手上还拿了支书家的菜刀，说要用支书的孙子找支书换牛。

牛得草又问，支书家里不是还有人吗？那人说，都在医院呢，家里就留了老人带孙子。

"人往哪儿去了？"牛得草问。

"村口方向！"不知是谁喊了一声。

牛得草心就咚咚直跳，听明白了就急忙往村口跑。还没赶到村口，就听得嘈杂的声响很是喧闹，他知道，一定是闹事的弟弟在发酒疯。可走到跟前，两腿就软得站不住了。

牛得地不知怎的就爬到了房顶上，一手抱着拼命哭喊的小孩，一手拿着个菜刀舞着，嘴里反复喊叫："叫牛解放出来，再不出来，老子就砍了这小兔崽子。"

下边站满了人，大家乱哄哄地劝他不要冲动。有人说，不就是一头牛吗，杀了就杀了，至于这么冲动？

"一头牛，你们说得轻巧！一头牛怎么了？一头牛给我干活，我的农活都指望这头牛呢！要不是牛解放半夜喊叫，我至于杀牛吗？"牛得地在屋顶越喊情绪越激动。

很快，就有人注意到，牛得地已经不是单纯地为了牛了，他声嘶力竭地喊叫，夹带了许多的怨气，就连那年牛解放在村口对他翻白眼，都记得一清二楚。这次，因为牛的事情，引发了他和牛解放的新仇旧怨。人在豁出去的时候，脑子里就会想过去不愉快的事，并把它极端化，然后加速豁命的情绪。此时的牛得地就是这样，更何况他还是个醉汉。

很快，一村人都来了。刘村长对着在屋顶闹腾的牛得地大声喊："得地，你下来，你提什么条件我都答应你。"

牛得水也在云志的搀扶下拄着拐杖来了。老人气得浑身直抖，对刘村长说道："这浑球喝醉了谁的话也听不进去。从小到大因酒行凶多少次了。

今天指定要出事。你们得想法子救娃。"

人群里不知是谁喊了句，赶紧报警，让警察来救孩子。

刘村长一听，觉得也只能如此，就赶紧掏手机。

听到刘村长报警的喊叫声，牛得水急了。警察来了，事情就会变得不好收拾。他忽然想起大志，要是大志来了，说不上事情还能有个解决的办法。牛得水拿定主意，就对云志说："赶紧叫你哥来。"

"哥哥出去了。"云志直跺脚，却没有办法。

"给他打电话啊！大志来就有办法了。这么高的房子，他能上去。"牛得水着急得喊了起来。云志有些手忙脚乱。

县110指挥中心接到报警后，就迅速派牛家村所在的镇派出所出警。派出所因为镇领导交代要加强值班，很快，两辆警车就呜啦呜啦地来了。

刘村长看见警车，就赶紧跑了过去。警察下车后，其中一人就向刘村长自我介绍说他是副所长。

村长说我早就认识您，我们一起喝过酒的。

副所长问明情况后就安排另外几个人想办法到房顶上去，然后自己从车上拿出一个手提喇叭对着楼上就喊起话来：楼上的朋友，我们知道你是气急了才抱人家孩子的。你把小孩放下来。你把小孩放下来了，我答应你所有要求。

来回走动的牛得地根本就不听下面的喊话，失去理智地、歇斯底里地吼叫。就在这时，他忽然发现有个警察已经爬到了楼顶，就立马把孩子高高举起来喊道："下去，再不下去，我就把这娃摔死。"

副所长知道，如果再刺激，孩子的性命就不保了。警察救人质，必须保证人质安全。如果人质安全不保，就没法向人民交代。他就用喇叭喊叫着让上了房顶的警察下来。

副所长看情况越来越糟，他已经做了最坏的打算。就对刘村长说："罪犯已经失去理智，如果再不采取断然措施，人质就完了。"

"他不是罪犯，就是喝酒喝多了，你们再想想办法。"村长说。

"现在已经是罪犯，是已经实施犯罪的罪犯，我们只有动用武器了。如果再不动用武器，罪犯再有刺激，就麻烦大了。还有，现在天还没有完全黑下来，再等下去，就失去最佳时机了。"

"你说要打枪吗？"见过世面又有些文化的牛得水显然是听到了"动用武器"和"最佳时机"是什么意思，他更清楚"动用武器"是什么意思。

"是的，他现在就是劫持人质的罪犯！"副所长说。

"完啰！"牛得水一听要动枪，就一下子瘫倒在地。他从平时看的报纸上知道，劫持人质是非常严重的暴力犯罪，如果谈判谈不下来，罪犯一般都要被狙击手，也就是神枪手，一枪毙命。大志娃就是处置劫持犯罪事件的神枪手。老人今天就没有想到，也是他精明了一辈子没有算计到的，他让云志叫回来的不仅仅是他的侄子牛大志，还是个大义凛然的特警、神枪手、全军的射击冠军。

牛得草也听到了副所长的话，就扑通一声跪了下来喊道："二弟啊，哥哥给你跪下了。你的牛，哥哥给你买。快下来，再不下来，警察要开枪啦。"

副所长大声说："快别喊叫，再喊，罪犯受刺激会伤害人质的。我们必须保证人质的安全。"

牛得草哭得呜呜的，一家人都在哭，不少村民也在跟着抹眼泪。牛得地的媳妇已昏倒在地上了。

看到警察手里的枪，云志吓坏了，过来一把抓住副所长的胳膊哭着说："所长，别开枪，千万别开枪，他是我叔叔啊！"

副所长看这情形，对刘村长说："快来人把他们劝到一边去，不要影响我们行动！"

刘村长没有听副所长的，嘴里反复说：所长再劝劝吧。副所长好像明白了什么，对手下说："你们过来，把罪犯的亲属弄到一边去。如果他们影响我们解救人质，就当罪犯一样采取强制措施。"

显然，副所长在这个时候头脑是非常清醒的。他知道如果不讲明利害，不用震慑性的语言，可能解救人质的行动就要失败。

云志和她爸爸几乎是被警察拖走的。

然后副所长就用手比画着，指定了一个警戒区域。云志和她爸爸妈妈，还有大伯、婶子就在警戒区域外伤心绝望地看着将要发生的一切。牛得地的媳妇看到警察手上的枪，就一会儿迷糊一会儿清醒。她似乎感觉到了，这是和丈夫生离死别的时刻。

牛得地这时却在房顶上更为烦躁地走动起来，说再不见牛解放，就让他绝后。

牛得水是了解自己的这个弟弟的。他从三弟的口气里听得清楚，这个二百五为了一头牛的事，是铁了心地要和牛解放过不去了。

射手已经拿着枪瞄了半天。站在射手后面的副所长说："一定要找到射击机会。"

一村人都把心悬到了嗓子眼，他们害怕枪声忽然响起。

就在这时，在家休假的游副团长从外面回来了。游团长显然是刚喝了酒，看到这情形就过来摇了摇脑袋对副所长说："哎呀，这要是打不准，就完了，这上面的人总是在动。我看够呛，那枪在抖呢。"

团长是穿了便衣的，副所长不认识他，副所长也没听白所长提起过这个人。

这时，就有副团长的亲戚过来很傲慢地对副所长说这位是部队的游团长。

副所长本来就着急，见有人过来啰唆，就有些恼火，嘴里嚷嚷道："什么油团长饭团长，也不看看这是什么地方。"说着话，就从腰里掏出枪来往游团长手上递，说道："我眼生，不知道你是哪个部队的首长。我是知道的，部队的首长开枪都非常准，就请你来开枪试试。"

那游团长的亲戚以为游团长会露一手，但看到游团长明显有些难堪，就知趣地把游团长的胳膊一拉，游团长就顺从地跟着走了，嘴里却嘟囔这副所长不懂事，不是因为自己眼睛近视没戴眼镜，这是小菜。下次见他们白所长，得好好说说，什么玩意儿。

游团长才离开，大志坐着双武的车也到了。

一家人看大志来了，像见了救星般迎了过去。大志已经从电话里知道了情况，下车后什么也没说，跑步到了叔叔站着的屋子下边，三两下就

186

蹿到了房顶上。围观的就有人鼓掌。副所长紧张得用手示意大家不要刺激罪犯。

牛得地一看又有人上来了，就把菜刀举起来说："下去，再不下去，我就砍了这小杂种。"

大志站着没动，说道："叔，是我，大志。"

"什么大志，你狗日的解放，我要让你绝后，你把我害苦了，下去，我砍啦。"牛得地说着又举起菜刀。

大志连忙说："叔，我是大志。把孩子给我好吗？"

"你是谁，我侄子？这牛解放狗日的，怎么把你安排回来了，实在不是个东西，叫他出来，来都不来，他不是小看我吗？以为我不敢砍了他的后人？"

牛得地挥舞着菜刀，对大志狂吼道："快下去，再不下去，我就砍啦。"

孩子"哇哇"地哭，大志没有办法，只好下去。

大志下来后，拍了一下手上的灰，对副所长说："你打算怎么办？"

人家副所长是知道大志名号的，刚才看了大志上楼的身手，心里面就钦佩不已，见大志问他，就惭愧地摇摇头说："没有办法。看罪犯情况，已经失去理智。天快黑了，再找不到射击机会，人质必死无疑。"

大志说道："再等等吧，酒醒一点，就没事了。我叔叔现在连我都不听。醉得太深了。"

副所长觉得大志说得在理，就喊射手停止瞄准。还有一点，他敬重大志，他要给大志面子。

可这时牛得地非常不安，显得十分狂躁。只见他忽然地举起菜刀就往孩子的腿上砍。孩子是穿着棉裤的，一刀下去，棉裤就开了，露出了里面白白的棉花。

孩子更加撕心裂肺地哭！

砰，枪响了！

围观的不约而同地惊呼了一下。女人们都闭上了眼睛。牛得水一大家人惊心欲绝。

牛得地仍在挥舞着菜刀。

副所长很是失望。他的失望也是无奈的，一个乡镇派出所的警察，别说是开枪解救人质了，那次一头疯牛跑到镇上，打了十几枪居然没有把牛搞定。

牛得地似乎不知道枪响，也不理会这忽然的枪响，又举起菜刀，一字一句狠狠地喊道："牛—解—放，老—子—今—天—就—让—你—绝—后！"嘴里说着，菜刀就对着孩子的脖子狠狠地劈了下去。

全村的人都在扯着嗓子喊，不要啊！牛得水眼睛一闭，老泪纵横。弟弟这次必死无疑，还要搭上这个不谙世事的孩子。

正当一村人绝望的时候，又是"砰"的一声枪响，就见牛得地喔的一声叫，倒了下去。

人们就看到，不远处，两只手端着枪的大志在喊："叔叔啊，侄儿对不起你啊。"然后就趴在地上，大声嚎哭。

副所长走了过去，从大志手上取下枪交给旁边的警察，然后就蹲在地上，用手轻轻地拍着大志的肩，什么也没说。大志兀自哭泣着，双手在冻得结实的土地上使劲捶击。

几个警察登上房顶把大人小孩都弄了下来。孩子腿上的血已经浸透了棉裤，使劲往外滴着。一位警察赶紧把警车开过来把伤者送往医院。

牛得地被放在地上。人们看到，他的脑门子上有个弹孔。

已经醒过来的大志的婶子跌跌撞撞地跑过来趴在男人身上嚎哭了几声后，终于明白是谁要了他男人的命，就忽然起来张望着从地上捡起一块砖，冲着还趴在地上的大志喊叫着"你还我男人"就扑了过去。

副所长见状，忙抬胳膊去挡，胳膊上挨了狠狠的一砖。

刘村长全然没了主意，哭着大声喊叫："牛家村造孽啊，怎么就出人命啦！"就跑过去把死去男人的女人拉开。

牛得水和牛得草兄弟俩早就抱在一起哭成一团。牛得草哭着说："造孽啊！哪有侄子打死叔子的啊！不该叫他回来的啊！"

牛得水自顾自地喊叫道："我这张臭嘴啊，就不曾想，志娃是个神枪手啊。叫个神枪手回来，不就是来夺他叔叔的命啊。"

村里的人都围着牛得地的尸体哭泣，有的人就觉得，这个二百五也许就是吓唬一下大家的，怎么就被枪打了。

被枪打，在牛家村是很忌讳的。其实在整个大志的家乡，也是很忌讳的。因为人们知道，只有十恶不赦的人，才要挨枪子，被砍头的。

然而牛得地还是被枪打了，打他的，是自己的亲侄子。

就在牛家村惊天动地的时候，那斜阳城里的张小爱却在这夜做了一个美梦，梦见牛大志又在那摄像机前，接受记者的采访。大志身上穿着整齐的军装，胸前还挂了一朵不大的红花。张小爱再看了自己，不知道怎么也胸前挂了一朵红花，上边有两个烫金的小字，赫然写着新娘。她感到很是奇怪，再看了大志胸前的花，分明写着新郎。

张小爱在极度的兴奋中寻思，这大志，要结婚也不早早说一声，自己连婚纱都没来得及穿。

村里死了人后，赵董事长把项目又移到牛家村那是后面的事。

大志把叔叔打死后，镇委仲书记就把电话直接打给了县委强书记。强书记当时正接待邻县的一个考察团，刚刚端上酒杯子，口袋里的电话就吱吱地在震动。强书记拿了电话放在耳朵上，才"啊"了一下，就听到仲书记打了哭腔说牛家村死了人了，请书记处理我吧。

强书记脸色一下子就变了，马上站起来嘴里嗯嗯啊啊地离开座位，到外面的客厅问："不要着急，说清楚，什么死人了，死了多少人？到底怎么回事？"

此时的强书记头皮有些发麻。对死人的事他是非常敏感的，因为现在上面对非正常死人的事追查得非常紧，特别是群死群伤的责任事故，搞不好会丢乌纱帽，严重的还要蹲几年。再说了，作为一县之主，发生了大事故，也没法向全县人民还有死伤者的亲人交代。

当听了仲书记把事情结结巴巴地说完后，强书记终于松了一口气，就先表扬说："镇里出了这么大的事，在第一时间报告是对的。这个事，你们镇委没有责任。现在要紧的是安抚好当事人的亲属，千万不能出连带的事。

特别是那个牛大志，你们最好把他保护起来。为什么，因为人家关系还在部队，还是现役军人。他把叔叔打死了，他家里人不会饶他的，会有人找他麻烦。牛大志如果有什么意外了，我们没法向部队交代。现在你就到牛家村做工作。一定要高度敏感！"

仲书记听了强书记的话后，心里边就激动得滚烫滚烫地。都出人命了，人家强书记还说我们镇委没有什么责任。领导这么一肯定，就产生了报恩情感。甚至还想着自己到县里当局长的事估计不会有什么问题了。这个念头在脑子里一闪的时候，仲书记就感到有些脸红，人家牛家村都死了人了，自己竟然还在打小九九，这不是幸灾乐祸又是什么？

牛家村所在的镇是万副县长的联系点，强书记挂了电话后，就马上给县长打电话，让他安排万副县长带着公安的同志去一趟牛家村，把情况搞清并指导镇里处理好后事，特别是要做好稳定牛家村村民情绪的工作。打完电话就回到座位上去了。就在大家都乱哄哄地碰杯时，他的心里就琢磨着如何向部队通报大志的情况，如何宣传大志事迹。看来赵董事长那项目飞不走了。上次牛家村的项目泡汤后，没想到人家赵董事长就不打算在本县搞项目了，即使是交通方便的县城旁边，人家也不愿意。原因很简单，省城旁边交通更方便。现在大志又成了大义灭亲的英雄，你赵董事长还有什么说的呢？想到这里，强书记就把坐在对面的办公室主任叫过来耳语：你通知一下电视台电台报社，现在就出发，到牛家村采访牛大志的事迹。让媒体的同志和万副县长接上头，在万副县长统一领导下工作。

双武在人群里亲眼看到了大志是如何把自己的叔叔打死的。当时双武的嘴巴就吓得半天没有合上。在人们慌乱之中，他独自开车回到了镇上。在路上边开车就边给为发、钱开打电话，约上他们一起喝酒。为发、钱开到了一坐下，双武就猛吸着烟惊魂未定地说："把你们叫来是为我压压惊的。"

"压什么惊？谁惊你了？你受什么惊了？"为发问。

"大志杀人了！"双武使劲地吸了一口烟。

两人听大志杀人了，就急了。为发问："他怎么会杀人，这不完了，是要赔命的，就是英雄也不好使啊！"

"他把他叔叔打死了，我亲眼所见。"双武就把情况给两人说了一下。

两个人分明看到，双武说话时身子和牙齿颤抖得呼啦呼啦地，手上香烟的烟灰上下左右地乱飞。

双武说完，两个人都没有吱声。停了老长时间，双武说道："我看还是算了，大志连叔叔都能大义灭掉，如果跟着我们干，还不把我们全灭了。要知道，我们干的这些事，都是打擦边球的，如果哪一天把大志弄不高兴了，他随便就把我们灭了。你们说说，我们仨谁是大志的对手？"

服务员把菜端了上来，钱开倒好酒说："双武说得对，大志和我们不是一路人。大志绝对不能入我们的伙，要不，就是引狼入室。你双武搞套牌，我和为发一个开歌厅，一个搞桑拿，我们搞的名堂我们自己明白，如果让大志进来，那不出几天，我们就得连锅端。我们一人还不得判个五年八年的。"

为发端起酒杯，一仰脖子喝干，说道："也真是的，再怎么说，也是自己的亲叔叔啊。就是够判死刑，也是吃政府的枪子啊，凭什么你把叔叔打死啊。你不开枪，有谁会怪你呢？我看这家伙想当英雄想疯了。就算是他叔叔绑架了那碎娃，也是被气的，更何况这人是喝醉了。就是真的把娃杀了，最多也就判个无期。"

双武端起酒喝了一杯说："就是的，归根到底，这祸还是你牛大志惹下的，你不当英雄，谁会跑到我们这穷乡僻壤搞什么土地流转。你自己在部队表现不好，被处理回来了，把事弄砸了，就怪人家支书。这哪是哪儿啊？再说了，是叔叔这个大人的命重要，还是那碎娃的命重要？按理说，牛家村人应该找你牛大志算账！"

三个人就这么愤愤不平地说着话。大志狠心地打死了自己的亲叔叔，在朋友眼里，牛大志，只能做英雄，但绝对做不了朋友！

什么叫大义灭亲，要是说说可以，真的要做，谁下得了手？

大志把叔叔一枪送到西天，自己就一个人失魂落魄地走了。慌乱的人们并没有注意事情的主角之一牛大志是什么时候离开的。大家把注意力都

191

放在了另一个主角，大志的叔叔牛得地身上。

整个现场都乱了。当几个劳力从牛得地家卸下门板抬起尸体往死者家走的时候，大志的婶娘就闹开了，不让尸体进门，非要把死人抬到大志家里。农村人是有个忌讳的，除非是死在自己家里，如果把尸体抬到别人家里了，那这家就会死人倒大霉。婶娘哭喊着说："我的男人是活着出的家门，你牛大志把我男人打死了，你得赔我男人。"她哭着四周里找牛大志，却不见大志的人影，就喊道："牛大志，你个缩头乌龟，有种你出来，我要你一命换一命！"

刘村长看到场面已经难以收拾，就去找大志的大伯牛得水。那牛得水在人群的后面跟着，好像有点神志不清地嘴里不停地喊着作孽啊作孽啊！

刘村长又去找大志的父亲，大志的父亲只是大声号啕着不说话。

就在刘村长急得跺脚时，大志的母亲发话了，说道："我牛家的侄子把叔叔打死了，是我牛家作的孽，我妹子不让我兄弟进门，这我理解。现在我就做这个主了，麻烦几位把我兄弟抬我屋里去吧！我们家也是咱兄弟的家。"

大志被寒风吹得打了个冷战时，才发现自己不知不觉地已来到了大将军的墓地。

现在正是滴水成冰的寒冬，这个时候没有人无聊得在外面闲逛，除非脑子有什么问题，要不就是一些二流子跑出来想撞些好事。

此时的大志就是脑子出了问题。

大志用手摸了摸大将军的墓碑，长长地叹了一口气。墓碑很是冰凉，蜇得双手疼痛。他坐在碑基上，从口袋里掏出烟，有些僵硬的手吧嗒吧嗒按了几下打火机才把烟点上，使劲吸了一口后，心情才有些平静。他仰着脸看了看天空，才发现天上没有一颗星，周围是伸手不见五指的黑。我是怎么走到这个地方的呢？我到这个地方干什么呢？大志用力把衣服裹了裹，用冻得生疼的脑袋想着。

"我竟然把自己的叔叔打死了，就在半个钟头前，就像是做了一场梦。叔叔是谁啊，是爸爸的兄弟，是和我有着血缘关系的长辈，是我小时候天天缠着要他讲故事，骑在他头上调皮，让他买糖吃的最知心的大朋友。就因为叔叔喝醉了酒，不能自控，实施犯罪行为了，你就毫不犹豫地剥夺了他的生命？叔叔这样地爱自己，可自从自己当了兵，叔叔得到你什么了呢？哦，就是一双解放鞋。这双解放鞋还是自己穿旧了的。就在今天晚上，叔叔被人抬下来时，自己分明看到，叔叔脚上穿着的正是自己送给他的那双鞋。这是怎么了啊，就那么一枪，叔叔就穿着自己送的那双旧鞋上了路。"

大志的眼泪哗啦地流了出来，他不愿相信这个事实，自己亲手杀了亲叔叔，心里的悔恨折磨得他很疲惫，于是就慢慢地躺倒在冰冷的地上。

"我完全可以不去理会这个事情的。不要说是叔叔，就是一个陌生人，在这个情况下，你一个在家等待安置的转业干部，也没有权力去枪杀人家。谁给你下命令了？在和平时期，军人开枪打人，没有上级命令是绝对不行的，更何况你是一个已经脱下军装的军人。还有，虽然叔叔当时在实施犯罪，但人家公安不是在现场处置吗，人家公安才有这个权力，因为这是他们的职责。他们打不死叔叔，就是叔叔杀死了牛解放的孙子，也没有人会责怪我牛大志啊。"想到这里，大志就后悔得用脑袋使劲往地上撞。

他一遍又一遍地想着这些问题，一支接着一支地抽着烟，直到烟灰往鼻子眼睛里钻的时候才发现，不知什么时候，刮起风来了。大志爬起来，拍打着身上的烟灰，准备往回走时，眼睛就被大将军墓碑上的两行字拉住了。大志就感到奇怪，这么黑的天，这字怎么就这么显眼，难道是谁上了荧光粉？

此生不为天下计，生下不如即刻死。

大志不知怎么又想到这或许是大将军显灵呢！大将军生为天下，抛妻别子，把性命都留在了这里，连个名字都没有。生为天下计，不顾个人安危。天下是谁啊，天下是黎民百姓，是社稷江山。哦，当需要你为天地立心、为生民立命的时候，你就想到了自己的一亩三分地了，就想到了儿女情长、叔叔舅姑，就徇私情了。

如果不把叔叔打死，牛解放的孙子可就没命了。自己的叔叔不该死，难道牛解放的孙子就该死吗？如果牛解放的孙子被叔叔砍死了，叔叔能逃过法律的审判吗？在一村人的众目睽睽之下，在警察的眼皮底下，在一个被人民供了九年的特警面前，让一个无助的毫无反抗能力的孩子死在一个狂徒手上，你还是一个人吗？更不要说你还是一个由老百姓养活的，拿着俸禄的军人。军人是什么，军人就是随时要准备为国家和人民利益舍弃一切的人。军人是什么，军人就是你无论走在什么地方，代表的就是国家最强大的力量。哦，有国家最强大的力量在，竟然让一个没有一点点反抗能力的孩子死在一个狂徒手上！在这个古老的大地上，怎么能出现这种事？！

大志终于战胜了自己。

其实大志在抢过警察手上枪的那一刻就已经战胜了自己。虽然在有些人看来那是冲动，但这冲动正是大志骨子里正义的魂魄和为天下计的境界使他成了惊天地泣鬼神的英雄。

大志面对着墓碑跪了下来，叩了三个头，然后直起身说道："大将军，我牛大志辜负了您老人家，也辜负了师傅，今生今世，再也成不了将军了，但您放心，我今后不管在什么工作岗位上，都不会辜负了您！大将军，我还要把上次借您的那块砖带走，我想出去走走，砖头在我身边就如您在身边。"

叩完头，大志就把那块砖从墓基上取了下来，放在棉衣里夹好。等他往回走时，手机突然就响了起来，取出一看，是妹妹云志打来的。云志哭着问："哥，你在哪儿啊？"听妹妹着急的声音，大志就说道："小妹，哥哥在外面哪。"

"哥，你千万别回来，家里乱了，叔叔被抬到我们家了，你回来了，家里人会把你吃了的。你真不该打死叔叔的啊！你还是回部队吧。等过段时间再回来吧。"大志从云志电话里就听到家里大哭大闹的声音。

"哥打算到外面转转，我现在就准备走，你把哥哥的行李箱想办法拿出来，还有衣服，银行卡这些。"大志忽然感到，故乡这么大，现在是容不下自己了。

在村口等了好一会儿，云志才过来。见到哥哥，云志放下箱子，就紧

194

紧地把哥哥抱住了，浑身颤抖着、抽泣着。

　　大志心里很是难过，对云志说："回去告诉爸爸妈妈，哥不会有事的。你还要告诉爸爸妈妈，等下半年，哥哥的转业费领了，就全部给婶娘。"说完，大志就松开云志，打开行李箱，把夹着的那块砖放进了箱子。

　　云志不知道哥哥要到哪里去，她也没有问，眼泪汪汪地在村口等哥哥上了一辆摩托车。她在那儿一直站着。她不想回家。叔叔的尸体就在家里停放着，婶娘在嚎啕，喝水杯子被砸碎好几个，牛家家族几十号人在家里商量叔叔的后事。云志是听到的，堂爷爷提出要将大志过堂，打他50大棍。三爷爷说，等他叔叔安葬了，让他在叔叔坟前跪三天三夜！云志没敢将这些话告诉哥哥，他怕哥哥再也不回来了。

　　过了好一会儿，云志就看到公路那边来了好几辆车，灯光很亮，晃得人眼睛睁不开。

　　走在前面的车在云志跟前停了下来，司机把车窗打开，探出头问："刘村长的家在哪里？"

　　云志用手指了指。这辆车刚过去，第二辆车也停了下来，车门打开，下来了一个女孩，这女孩见到云志就叫："哎，你不是大志的妹妹吗？我是县电视台的徐黛泪，前面车上坐的是万县长。走，小妹，带我到你家，我们要采访你哥哥呢。"

　　云志抹了一下还没干的眼泪说："徐记者，我叔叔都死了，采访啥呢。不能到我家，我叔叔就停放在我们家，家里现在已经闹得不像样子了。我哥哥已经走了。"

　　"你哥哥到哪里去啦？"徐黛泪有些着急，走上前来搂抱了一下可怜的云志。

　　"我也不知道，也许会回部队，也许会到其他地方。"云志说。

　　"那这样，好妹妹，一有他的消息，一定告诉我。"徐黛泪有些遗憾，就叮嘱了云志。云志低着头嗯了一声。

　　回到车上，徐黛泪对司机说："大志不在，到村长家吧。"

　　车灯在牛家村划了几道口子，曲里拐弯地去了刘村长家。

万副县长是先一脚到刘村长家的。村长家满是人。村长在电视上是见过万副县长的，万副县长一进门，他就认了出来。一屋子人听刘村长叫县长好，大家就都站起来和县长客客气气地打了招呼走了。

村长媳妇见县长这么大的官竟然到了自己家里，就高兴地忙着泡茶。万副县长坐下后就问刘村长："你们刚才正开会？"

"啊，是刘姓人过来商量，毕竟村里出了这么大的事。虽然人该死，我们商量着给死者家里捐点钱。"刘村长说。

万副县长见刘村长站着，就说："老刘你坐下说话，这是你自己的家，不要拘束。"

很快，万副县长带的人都到了刘村长家，家里一下子人又多了起来，村长媳妇就把刚才那些人用过的杯子收起来用水冲了冲，给新来的人倒上水。

村长媳妇给大家倒水时就想，咱这穷地方，穷人家，怎么村里一死个人，就有这么个大官直接来家里了。还有这电视美女主持人也来了。村长媳妇在给徐黛泪倒水时就把她多看了一眼。徐黛泪就很有礼貌地笑了一下。村长媳妇热情地说："闺女喝茶。"

徐黛泪接了茶水，打量着刘村长的家。一个很普通的农家家庭，唯一和普通农户不一样的，是家里的墙上，挂着一个蓝色的布袋子，上边写着"牛家村计划生育基本情况"，里边是一沓沓的纸张，显示着这家主人的身份。

万副县长简要地问了情况后，就叫几个搞新闻的去大志家采访。

徐黛泪说："万县长，我刚才见到大志的妹妹了，他妹妹说，大志外出了，也许会回部队，也许会到其他地方，现在大志叔叔的尸体就停放在大志家呢。"

万副县长就"哦"了一声说："有这情况？那你们就多多地采访村里的群众。总之一条，一定要把大志的英雄事迹挖掘好宣传好。"

万副县长才说完就听到外面又有车的声音。村长让媳妇到外面看看。万副县长说："可能是镇里的仲书记。"

正说着，仲书记一脚就跨进了门。万副县长起身与仲书记握了手。仲书记忙向县长问好。仲书记刚受到县委强书记的表扬，心里很舒坦，见到万副县长就很客气地说："我们镇不争气，又给县长添乱了，这么冷的天，还把县长弄得不得安生。本来镇长也要来的，他正带人整理材料。"

村长把自己坐的凳子让给了仲书记。村长媳妇殷勤地把自己男人喝的杯子放在男人跟前，重新拿了杯子给仲书记倒上热茶。那几个搞新闻的就按照万副县长的要求去采访了。

万副县长见公安的两个同志还在，就说："你们也到群众中问问当时的情况，一定要调查清楚，然后你们会同镇派出所形成报告，这个报告非常重要，明天一早书记和县长要看。你们晚上就不要睡了，过两天我跟你们局长讲，给你们补一天假。这个报告的调子呐，首先要突出牛大志同志的英雄事迹和犯罪分子的暴力行为。对于村民，就说虽然少数人有些想法，但通过县工作组、镇、村三级做深入细致的工作，情绪稳定。包括被打死的犯罪分子的家属都认识到了严重后果，也都情绪稳定。"

"没有的，县长，这一村人情绪可不稳定了，死者家属这会儿正在大志家里闹呢！"刘村长在一边纠正了副县长的指示。

正在讲话的副县长很不高兴地看了刘村长一眼。仲书记见状就赶紧拽住不识时务的刘村长的袖子到了西厢房里耳语了一番才出来。

那两个警察听了副县长的吩咐就都出去了。屋里就剩下三位领导和县政府办公室的秘书。

"村民们到底是怎么看今天发生的这个事的？"万副县长问。

"情绪非常稳定！"刚刚受到仲书记教育的刘村长抢在仲书记前面说。刘村长知道刚刚惹副县长不高兴了，见副县长问话，就抢先表态，想要和县领导保持高度一致。

"老刘，这话是写材料用的，我要你说实话。"副县长虽然不高兴，但却不好批评这个愣头村长。

"大家就是同情牛二愣。"刘村长说。

"二愣是谁？"万副县长问。

"二愣就是被大志打死的叔叔，这是诨名，他的真名叫牛得地。"村长说。

"这名字倒有意思！"万副县长说。

"那是，农村人嘛，起名字就图个吉利。他们弟兄仨，老大叫牛得水，老二叫牛得草，就是大志的父亲。这牛得地脾气比较暴，特别是喝酒后爱发凶。"刘村长接着说，"现在倒好，弟兄三个，就剩下得水、得草，得地没了。"

万副县长听出了刘村长的话外之音，知道他内心是不怎么愿意让大志打死自己的亲叔叔的，毕竟这是牛家村的事情。大义灭亲这话，好说不好听。牛家村的英雄，竟亲手枪毙了他的叔叔，这样的英雄，不出在牛家村也罢！

万副县长听了刘村长的话，端起杯子喝了一口茶。

坐在旁边的仲书记从口袋里掏出金丝猴烟来，万副县长摇了摇手。仲书记把烟又放回口袋。刘村长却从桌子上拿起自己的烟说："我倒忘了发烟了。"就拿出一根递给仲书记。仲书记也摇了摇手。刘村长说："你不是抽的吗？"就硬塞到仲书记手上。仲书记就接过来，放在了桌子上。刘村长也不管万副县长，啪地就把火柴点着，又从桌子上拿起仲书记放下的烟硬要点。仲书记就扭过头来看了看万副县长。万副县长就笑了一下。仲书记把烟点着，用手在刘村长的手上轻轻地点了两下，算是感谢。

刘村长猛吸了一口烟说："二愣，哦，牛得地是被侄子打死的，不要说是牛姓人，就是我们刘姓人也都同情二愣子。"

"为什么？"万副县长眯了眼睛问。

"不管怎么说，你大志是谁，是牛得地的侄子。你小时候人家那么疼你。我们村里的人都知道，大志小时候特别爱吃糖，有一次得地实在没有什么东西换糖了，就把自己的裤子拿了换糖给大志吃，结果得地就挨了他大哥，也就是得水一顿臭骂。再说了，人毕竟是喝醉了。还有，公安不也在现场吗？刚才我们刘姓人在开会时大家还说了，就是你叔叔真犯了罪，判了死刑，拉到了刑场，你牛大志又是和几个法警一起执行死刑的，那你是把你叔叔交给别人打枪，还是自己亲自拿枪打叔叔啊。"刘村长就有点想不通地说。

"废话，你说，如果大志不从你们那些公安手上把枪拿过来，那牛解放的孙子能活命吗？"万副县长喝了一口茶重重地把杯子放在桌子上问仲书记。

仲书记也正准备纠正刘村长这没有一点点原则的话，见万副县长问自己就连忙说："我们派出所那几个，连打疯牛都瞄不准，不要说是人了。上次王家村两头牛打架打疯了，连人都追，最后追到镇上，听说几拨人打了几十枪，才把牛弄倒，还差点把人打了。今晚要不是大志在现场，小孩子肯定就没命了。老刘啊，这不是枪毙人，这是处置劫持人质事件。知道不，劫持人质是非常严重的犯罪事件。人家大志在思想上不仅是真正的英雄，而且军事素质也非常过硬。枪就响一下，罪犯就倒下了，那枪子儿，就朝着罪犯的脑门子去的。这叫什么？这叫大义灭亲！那场面就像看电视剧上的英雄一样。"这仲书记描述的就像自己当时也在现场一样，好像比刘村长看得还清楚。

"对，大义灭亲。"万副县长说，"根据强书记指示，明天就要把大志的事迹报道出去。关于牛得地尸体的问题，明天就安排火化。这个事村子里的村民有看法，镇领导要做工作。你刘村长要把思想统一起来。现在是法治社会，一切都得按规矩来。仲书记你要亲自给牛得地的家属做工作，不准再闹。要让村民，特别是牛姓村民，更重要的是牛得地的家属认识到，牛得地就是个罪犯。如果再闹，我们就强行把牛得地的尸体拉去火化。如果对大志及大志的父母有过激行为，我们也将依法处理。该抓的抓，该铐的铐，明白了没有刘村长？"

刘村长听了万副县长的话，就冒出一头的汗，一再地点头说道："请县长放心，我一定把社员的工作做好。"

"是村民，不是社员，叫社员那是老皇历了。"万副县长瞪了一下因为紧张，说话有些不着调的刘村长说道。

"我们镇委一定落实好县长的指示，从正面引导群众，从正面大力宣传大志的事迹。"仲书记也连忙表了态。

刘村长的老婆本来是在一边添茶的，听人家县长说话声越来越大、越来越硬，就吓得躲在了卧房偷偷地听，直到万副县长和仲书记走了才出来。

在巷子送走了万副县长后，刘村长就直往牛解放家走。仲书记亲自陪着万副县长到镇里安排副县长休息，然后又返回牛家村做牛姓人和牛得地家属的工作。

刘村长到牛解放家时，看到窗户没有亮灯，就用力敲门，敲了半天才明白过来，这家人应该全在医院。牛解放的老母亲可能也去了。能不去吗？老人快90岁了，就这么一个重孙子，腿都被牛得地砍得快断了。这可是命根子啊！刘村长忽然就想，假如当时没有大志在场，牛得地那一刀下去，这一家人就完了。牛解放本来就是脑子出了问题住院的，如果孙子没了，脑子一受刺激，一定就回不来了。这老太太，一个快入土的人，重孙子没了，一定也就伤心死了。解放的媳妇又是个烈性人，她连跪大志都做了，家里一下子死三口人，她还活吗，她不要了牛得地老婆孩子的命才怪。想到这儿，刘村长就后怕得浑身汗毛竖得硬硬的，嘴里的牙齿抖得咯咯作响。然后就缩了脑袋裹了皮大衣往家里跑。

媳妇见男人回来了，就说水开了，赶紧烫一下上炕吧。说着就提了直冒热气的铝壶往已经倒了凉水的脸盆里倒水。

男人脱了帽子和大衣，在盆子里浸了毛巾使劲拧干，呼呼哧哧地把脸擦了几下，对女人说："给我把斧子找来。"

女人不解地问："要斧子干吗？"

"把解放家的门砸了。"

女人拧了男人的耳朵："你想做什么啊？"

"差一点就是几条人命啊，想起来就怕。"男人自言自语。

女人不得其解，嘬了嘴生起气来。

"你想哪儿去了，解放屋里没人，我得用大喇叭跟大伙儿说说，把人家县长的指示落实好！"男人说。

女人说："看把人吓得。唉，咱们村可不能再出什么事了。你砸人家的门可不能一个人去，得找个姓牛的在场。"然后就去把斧子找来。

"那是，我能糊涂到这地步？"男人又穿了大衣戴上帽子出去。

不一会儿，大喇叭里就传出了刘村长的声音。这刘村长说话可不像县长那样有板有眼，不容反对。刘村长的讲话是把刚才想象到的后怕加进来了，而且充满感情："各位乡党，我刚把万县长和镇委仲书记送走。现在我的心情非常沉重，想想就后怕啊。为什么后怕？差一点就是几条人命啊。大家想想，如果大志娃不在现场，会是咋样？就我们镇派出所那几个民警能把解放的孙子救下来吗？救不下来就是个死。娃死了，那解放的老娘能活吗？解放能活吗？解放的媳妇能活吗？所以啊，大家伙儿就不要再怪罪人家大志了。大志大义灭亲可是救了几条人命啊。万县长说了，如果大家思想上不拐弯，如果死者家属再闹，就依法处理，该抓的抓，该铐的铐。县长还说了，牛得地就是罪犯，尸体明天必须火化，否则就由组织上强行火化。再说了，牛得地杀了人家娃，他自己就能活？"

忽然就"砰"的一声响，正讲在兴头上的刘村长就听到解放家的窗户被人用东西砸破了，恼火的刘村长大声喊："谁？有种就站出来！"

大喇叭里传出刘村长的喊叫，把村民们纳闷了半天。刘村长是真的动了感情了。一动感情就忘了县长交代的话。人家县长可是让仲书记去做牛姓人和牛得地家属的工作的，而这个工作又是要亲自登门春风化雨的。等刘村长吓得一身冷汗关了喇叭缓过神来时，就感慨起人家县长的水平来。直等了好长时间，才在同来的牛姓村民的陪同下慌慌张张地回到家。

仲书记安顿好万副县长后就马上又回到牛家村来。人家仲书记毕竟在乡镇干的时间长了，知道人命关天的事就是天大的事，可不像刘村长那样没经验，做事毛毛糙糙的。再说，县里公安局和媒体的几个同志还在牛家村，人家是来干什么的，人家是来帮助你们做工作的。他回牛家村的路上就给镇派出所打电话，让所长赶紧过来，说你小子在家还待得住？你看看你们几个，连枪都打不准！又安排镇政府旁边的小饭馆老板，不要睡觉，整上几个菜。人家仲书记要等工作组把活干完了，陪人家喝上几杯的。今天这个事，仲书记在心里最感激的就是大志。要不是大志及时赶回来，后果不堪设想！至少是劫持人质加命案啊，小孩死了，罪犯得判死刑，两条人命，还要带上派出所跟着丢脸，镇党委写检查肯定是跑不掉的了，说不定自己还要挨处分。现在总算是坏事变成了好事。当然罪犯是罪有应得。最重要的是人家解放家的孙子得救了，还有，我个人政治上也不会受什么影响了。每想到这里，仲书记的心里就涌动着热流。"唉，也不知大志到哪里去了，要不，我个人得专门感谢人家一下的。"仲书记心里想。

到了牛家村，仲书记就直奔刘村长家。司机敲了半天门，刘村长在屋里大声反复问是谁才把门先开了个缝看，直到用手电看清来人，才把门打开，来到仲书记的车跟前。

仲书记一看刘村长就放下车窗骂道："我还没睡，你就躺下了，都这个时候了，亏你还睡得着。"

"你和万副县长走后，我到解放家喊话，不知是哪个挨刀的，用砖头把解放家的窗户砸了，吓得我把门闭紧了不敢出来。"刘村长看仲书记生气，就急忙解释，完了就给仲书记点上烟。

仲书记接过烟，靠着车窗吸了一口说："行了，上车吧，咱们到大志家去。"

刘村长迟疑了一下，还是上了车，心里思忖着到了大志的家里，怎么应付那难挨的场面。

2009年1月11日深夜

两个人到大志家时，大志家还满满的都是哭哭啼啼的人。

刘村长提心吊胆地先下了车。有眼尖的早跑进屋告诉了大志的父亲。牛得草听仲书记来了，就忙到外面迎。

仲书记握了一下牛得草冰凉的手，感动万分地说："老牛啊，我感谢你啊，我全镇的人感谢你生了个了不起的儿子啊。这是心里话啊。要不是大志，今天牛家村可就闹翻天了，这可是大案啦！先不说判完刑要把你兄弟拉出去枪毙，牛解放家孙子死了，人家会饶了你们家兄弟一家？再说了，牛解放家孙子死了，人家老老小小的怎么办？真是想都不敢想啊！"

牛得草哽咽得一句话都说不出来，心里边就解不开大志到底哪儿对哪儿不对。

仲书记看出了大志父亲的心思，说道："你不要自责，更不能怪大志。县委强书记说了，对大志要大力宣传表彰。"

牛得草听了要宣传表彰大志，直摇头："不行啊，仲书记，这事千万不能宣传。这都什么事啊，侄子把叔叔打死了，还要上报纸，还不被人笑话死！我以后这张老脸往哪里搁？靠杀了自己的亲叔老子当英雄，这事情谁做得出来？"

仲书记没有再说什么。一边的刘村长就打圆场说："老牛，不要让人家书记站在这里。你兄弟停在正屋，书记不好进去说事，看找个地方。"

牛得草愣了一下，就把书记和村长领到了厨房里。厨房里有几个牛姓说话的人，见仲书记来了，就打了招呼让开了地方，留下仲书记、刘村长和牛得草。

牛得草搬了个凳子，吹了吹上面的灰，请书记坐下，又要找喝水杯子。

书记用手拉了一下他说："老牛，不渴，不要水。这样，我呢，今晚来有这么几个意思，一个是个人专门来感谢你和大志的，这是主要目的，一个是根据万县长的指示，要和咱们牛姓长辈谈谈心，还有一个呢，是要和你弟妹谈谈，你看方便不方便？"

牛得草连连点头说："你看，不行先和族里的几个谈行不？"

仲书记就说好的。

牛得草掀开布门帘子出去叫人，仲书记就感到喉咙里痒痒的难受，想咳却咳不出来。

过了好一会儿，门帘子又掀开了，进来了几个穿着厚棉衣的老人。

牛得草说："几个老人都休息了，刚叫起来的。"然后就指着几位给书记介绍："这是我哥哥牛得水，这位是我叔叔，跟我父亲是亲兄弟，这位是我堂叔。"

仲书记就起身与他们一一握了手。刘村长赶紧出去找到三个长凳子让大家坐下来。仲书记见牛家的这几位年纪都很大，就亲切地问："几位前辈高寿？"

牛得草的叔叔使劲咯了一下痰说："虚度 88 了。"

牛得草的堂叔说："我比他大一岁，民国九年生人。"

大志的大伯牛得水等两位长辈说完了，就把拐杖往地上敲了敲说："我比我叔小 10 岁。"

仲书记听几位老人刚从热被窝里起来，就有些不好意思地说："唉，我真不知道是这个情况，知道长辈们休息了，应该明天早上谈的。"

牛得水接过话说："唉，我们老人晚上睡是睡了，也就是躺在那儿，白天瞌睡倒是多。没事，没事，书记有事尽管说。"

书记掏出一盒烟来，刘村长见书记掏烟，也急急忙忙地往外掏。仲书记就用手势把刘村长止住。

仲书记把烟递给几位老人后，刘村长随即帮助一一点上。然后，仲书记、刘村长、大志的父亲牛得草也都把烟抽上了。屋子里很快腾开了烟雾，大家的心情放松了不少。

仲书记清了清嗓子说："把几位长辈请过来，就是有这么个事情要交交心。不说，长辈们也知道，就是大志叔侄的事。本来呢，如果不是因为涉及一些事，就是纯粹的家务事了，政府呢也就可以不管了。大志呢，要打要骂，就由你们了。但这事因为大志是军人，又是战斗英雄，是个国家知名人士。得地呢劫持人质，严重伤害人质，说白了，就是刑事暴力犯罪。这事呢，就必须得政府来管、法律来管了，你们呢，也就管不了了。我今天请几位长辈来，实际上是县里的万县长安排的任务。万县长本来是亲自要来的，但因为还有工作组在这里，他回镇里忙事了。万县长让我向我们牛姓的几位长辈问好，另一个呢有几句话要捎给几位。"

大志的堂爷爷耳朵不太好，迷迷糊糊听是县长什么的，就问是谁的话。牛得草把嘴巴凑近了老人的耳朵大声说："是县长有话让仲书记带过来。"然后又把仲书记前面讲的重复了一遍。老人听是县长有话，就感到问题严重了，马上颤颤巍巍站起来跟得草的叔叔换了一下位置，这样他离仲书记近点，能把话听得清楚些。

仲书记弹了一下烟灰，把声音放大了接着说："万县长说牛得地的行为是犯罪行为，也就是说，得地是罪犯。醉酒的人法律条文规定得很清楚，被确定为是有行为能力的人。也就是说，醉酒不能成为开脱罪责的理由。万县长还说，如果今晚孩子死了，不仅得地会受到法律制裁，得地家里还要承担民事赔偿。像这种情况，肯定枪毙。如果赔的话，少说也有个十万八万的。当然枪毙和赔偿这句话不是县长讲的，是我自己分析的。"

仲书记咳了一下，接着说道："大志关键时候开的那一枪，救了得地，救了牛姓家族，救了牛家村，也救了我姓仲的。为什么这么说，如果今晚得地不死，孩子死了，得地现在已经戴着手铐脚镣关在牢里了，下一步就是判死刑，吃政府的枪子儿。那牛姓人丢人就丢大了。而现在得地死了，也就算了，不再从法律上追究什么了。按理说，得地死了，但他砍了人家解放的孙子是要他家属经济赔偿的，但我看也就算了。这事我再跟解放说说，就不要再打官司了。这对牛姓家族的脸面，就没有什么大的损害了。

重要的一点是，大志大义灭亲，这放在封建社会，是要立碑的，就是现在，大志也是要写到县志里面的。这对牛家来说，是光彩的事。县委强书记已经作了重要指示，要大力宣传大志的事迹。这事还要往省里报，往中央报，往部队报。从这一点上讲，今天这事，没有损害到牛姓和牛家村。相反，还长了牛家人的脸。几位长辈想想，如果孩子死了，现在会是什么样子？人家牛解放家里人肯定来闹得不像样子了。几位是牛家德高望重的长辈，还望你们与牛家一大家子人说说，不要为难大志，不要再闹了。尸体明天必须火化。如果再闹，就法办。"说完，仲书记就把烟头使劲一扔，抱拳向几位老人表示拜托之意。

仲书记扔烟头的动作，明眼人是看得出来的，那不是扔，而是有摔的动作，是为他最后讲的话助力的。也就是说，他的话是不容反对、必须照办的。这就把几位老人小小地惊了一下。

听了仲书记的话，得草的叔叔眼泪有些模糊地说道："唉，再怎么说这也是我们牛家丢人的事情。为了一点事，就死了本家一个大人，伤了本家一个碎娃，这事还惊动了县长书记。书记的话是有道理的，这得地，死就死在了酒上，死在性格上。我曾跟他讲过的，他就是不听。唉，苦了他媳妇和娃了。娃还在上学。也对不住我死去的哥哥啊。"说到这儿，老人抹了一下眼泪。大志的父亲也泪水直流，用手抹着。大志的大伯牛得水心里更是难受，作为兄长，父亲死了，长兄为父，他没有把得地看好，教育好，现在弟弟死了，他感到上对不住死去的父亲，下对不起弟弟。

得草的叔叔抹完眼泪说："这事，怪不得政府，我们也不可能跟政府过不去。我们也不是不讲理的人，关键是得地的媳妇现在正在气头上，让她撒撒气吧，我们会跟她讲明道理的。只是族里的人感到丢人，大家伙儿想不通，再怎么说，就是得地挨政府的枪子儿，也轮不到你侄儿用枪打啊。先前牛杀掉了，现在人又死了，这一家子就剩下孤儿寡母了。关键是有人传话过来说，像得地酒醉砍人，又是砍的小孩子，政府最多也就判个死缓，还说，这在哪个地方是有类似的事的。这一来，就把族里的人气坏了，大家就把气撒在了大志娃身上。唉，报应啊，当初全村人都在卖牛杀牛时我心里面就犯嘀咕，人家刘姓人做得，我们牛姓人是千万不能做的。牛姓人杀牛是多犯忌的事啊，这一死一伤就是报应啊！我年纪大了，年轻人不听，拦都拦不住。"

得草的堂叔接过话说："我们也在商量，族里都拿点钱帮帮得地媳妇。再怎么说，得地是喝了酒了，他不是杀人越货之徒。现在关键是大志，族里人容不下这娃。唉，过个一年半载的就好了。只是得地的媳妇和孩子，这辈子可是把大志当仇人了。唉！"

牛得水见两个叔子说完，就长叹了一口气说道："实际上咱弟出这事，都怪我没看好。我父亲死得早，得地从小就跟着我，这愣脾气一直没有改掉。今晚，哦，应该是昨晚了，他喝醉酒，实际上是中午被我骂了，心里面不开心。唉！这边是大志娃，这边是弟弟，怎么说呢？这都是我们家的不幸啊，让村里人看笑话了，还惊动了县里的领导。请仲书记放心，我们家的事，我们会解决好的。至于火化的事，我找我弟媳，明天就火化。唉，已经把人丢大了，还把尸体停在这里，继续丢人啊！"

仲书记听了几个老人的话，感慨不已，再三地抱拳。本来，他还要找牛得地的媳妇谈谈的，现在看，已经没有必要了，就起身告辞。路过哭声一片的堂屋门口时，他把头扭过去看了一下，厚厚的棉布门帘子被一根木棍子挑得高高的，得地的尸体头南脚北地平放着，从头顶到脚底盖着白布。可能是得地的脚码很大，仲书记就看到那双脚高高地竖立着，比挺着的胸还高，很是显眼。一堆人围着尸体还在数落着哭丧。

仲书记摇了摇头，叹了一口气就离开了，那后边的哭声顿时又大了许多。

2009年1月11日夜至12日

大志怎么也没有想到，自己杀了叔叔后，这么快又被媒体推到了风口浪尖上。当时扣动扳机时，他只是制止叔叔的犯罪行为，把无辜的孩子救了。他不理解，为什么这事组织上要做文章，媒体要大肆宣传，为什么就不能考虑考虑我牛大志，还有牛家村人的感受！

牛大志并不是不想出名。只是牛大志不想因为枪杀了叔叔而被人关注。

大志当晚坐摩托车到县城后，打了辆出租车就到了斜阳。

到了斜阳，已是后半夜，就自己找了家旅馆住下。大志万箭穿心，就坐在床上一直没有合眼。早上的时候，大志就听到门下面有哧哧哧的声音，发现服务员正往自己住的房间里塞报纸。大志就把那报纸拿起来打开灯看。这一看，大志的头就大了，晚报的头版头条就是对他枪杀叔叔的大幅报道，特大号的黑体字标题很是醒目：狂徒牛得地劫持人质，侄儿牛大志大义灭亲！破折号后面是：反恐英雄牛大志又谱新篇。

看着这醒目的新闻，大志的双手直哆嗦。他把报纸一撕，随手一扔，就躺到了床上。他不知道接下来的日子自己将如何面对来自四面八方的议论，也不知道牛家村人会如何让外面人嘲笑，特别是家人在社会上该有多么难堪。

难过痛苦的大志，掏出手机来想给弟弟有志打个电话，把苦水给弟弟倒倒。他昨夜来斜阳的路上就在想，自己已经成了牛家村的罪人，弟弟一定也不例外地会责怪自己的，但弟弟毕竟受过高等教育，而且，父母亲和弟弟妹妹又是自己最亲的人，事情出了，必须先面对自己最亲的人，求得他们的原谅与理解。想了想，还是拨通了弟弟的电话。

有志在电话那头听了哥哥已经在斜阳了就非常高兴，说马上到旅馆这边来。大志知道，弟弟一定还没有看到报纸，要不不会在电话里面还这么高兴。就在等有志时，大志的电话响了，一看是家里打来的。

　　电话那头是妹妹云志。大志想着，此时柔弱的小妹和父母亲正在家扛着事情，自己却一走了之，鼻子就不觉一酸。云志轻声地说："哥哥，你在哪儿？我好想你。"

　　"哥哥到斜阳了，一会儿你二哥就过来。"听着妹妹的声音，大志心里很不是滋味。

　　"哥哥，还是昨晚我们说的，你还是先回部队吧，家里先不要回来，你一回来，一家人感情上接受不了，会大乱的。咱叔今天就火化了。等婶娘气消一些再说吧。"

　　大志擦了一下眼泪说："你跟爸妈说，请他们放心。我不会有事的！"

　　"人家电视台的徐记者让你无论如何给她去个电话，她说她永远支持哥哥。"云志说。

　　大志就嗯了一声，心里却在想，还好意思找上门来了，看我不收拾你们这些做媒体的！大志愣神时，电话那边妹妹就喂喂地喊了起来。大志赶紧答应。

　　"哥，你一定要小心，别忘了常打电话回来。"

　　大志又哎了一声。这时云志那边电话里面就听到有人在叫喊云志。云志说，要送叔叔了，我先挂电话。大志喉咙里哽咽，应了一声就挂了手机。想着昨天下午还跟叔叔在一起谈事情，现在却成了两个世界的人，就蒙上被子，大声哭喊起来。他不住地叫着叔叔。被窝里压抑的哭声穿透了房门，走廊里的服务员奇怪地站住，愣愣地朝这边看。

　　有志来了，敲了几下门，快要昏睡的大志因为脑袋在被子里面钻着就没有听到。有志以为哥哥出去转了，就打哥哥手机。大志听手机响了，接了才知道弟弟已经在门口，就起来把眼泪抹了一下，穿了拖鞋把门打开。

　　"哥，你来斜阳怎么不先吭一声，住我那儿多好。"有志见地上扔着被撕两半的报纸，就笑了，"哥，报纸上又是什么事把大英雄气坏啦？"

209

大志叫有志坐在对面的床上，自己也坐了下来，低下头轻声说道："我做了咱们牛家人不能饶恕的事，咱叔被我打死了。"

"什么，叔死了？"有志一下子就跳了起来，歪着个脑袋大声问。

"是的，被哥哥打死的。"大志仍然低着头。

"为什么？叔叔把你怎么了，你就要了他的命，怎么还跑我这里了？为什么不投案自首去啊？啊？！"有志有了哭腔，继而呜呜地哭出声来。

哥哥竟然把叔叔杀了。叔叔死了，哥哥就是杀人犯！这个家不就完了。有志接受不了这个现实，感到很是无助。

"叔叔他劫持人质，我也是没有办法，就下了手。唉！报纸上已经登出来了。"

有志显然听明白了哥哥说的话，马上反应过来地上被撕的报纸是怎么回事，就把报纸捡起来拼在一起看。看完就倒在床上大声哭起来。本来大志是有很多话要对弟弟说的，但此时却不知道该说些什么。

有志哭了好长时间才平静下来，坐起来说道："哥，我得回家去，送送咱叔。我早就担心，叔叔迟早要在喝酒上出事，但怎么也没想到会出这种事。你先住在这儿，等我回来。"

大志使劲地点头。

杀身成仁，舍生取义，成仁取义，岂不可乐。我不开那一枪，叔叔就真的要在牛家村遗臭万年了。人总有一死，枪杀叔叔于既死，尚能存叔叔潜德之幽光。叔叔本不是恶魔，无非在那一时刻酒精让他失去了理智。如果自己不枪杀叔叔，而是由国家来判，那叔叔就是个恶魔遗臭万年了。大志感到奇怪，不知怎的就忽然想起了韩愈为史家说的"诛奸谀于既死，发潜德之幽光"的话来，这句话被他变通地消化后，就感到是那样的贴切。他甚至觉得，他是为保住本不是恶魔的叔叔的潜德而开枪的。这一枪就有了杀身成仁的意味。

"我陪你吃完早饭就走。"有志也没管哥哥发呆，就打电话给女朋友张小爱，叫她赶紧过来。有志在电话里说家里出大事了。

"唉，你就不要叫小爱过来了。咱们家出了这么大的事，多丢人！"大志见弟弟打电话，就有些责怪。

"没事的，反正迟早要知道。"有志说。

"你恨哥不？"过了好一会儿，大志问。

有志没有马上回答，沉思了好长时间说："咱叔怎么就那么做了，把孩子砍了，那也是个死罪啊。即使不是劫持人质这样的暴力犯罪，故意杀人也明明是一命赔一命的事。咱叔怎么就这么傻。杀人不仅要偿命，还要赔钱，而且要赔很多钱，会赔得倾家荡产的。他这是怎么了，不就是为了一头牛吗，怎么就没个人拦住他？"

大志看着弟弟如同盘算生意一样在盘算着死人的事件，心里凄凄地有些难过。

"对了！"眼睛还在报纸上的有志忽然想起了什么，抬起头看了一下大志问道，"你为什么就往叔叔脑门上打，如果打叔叔的腿或者胳膊，也不至于要了叔叔的命啊！"有志用眼睛瞪着大志。

大志见弟弟这样问自己，心里就一阵阵地发起紧来，说道："你以为我真的想要叔叔的命啊？我当时实在是没有办法。不往脑门上打，叔叔那一刀下去，那么大点的小孩肯定就没命了。打在腿上管用吗？当时叔叔的手上拿着刀，胳膊在挥舞着，很难一枪击中的。"大志说完，就把头低了下来。他本来是要说，武警解救人质，必须首先绝对保证人质安全。但他没有说出口。他说不出口。

小爱敲门进来时，就温柔地叫了一声大志哥，然后就在有志的旁边坐了下来，把红色皮手套脱了放在床上，摆弄着手上的车钥匙。

大志抬头看了一眼小爱，没有吭声。

有志说："小爱，咱家里出大事了，我得回去一趟，哥在这里住几天，你把哥照顾好。"

小爱点点头说："你回吧，我都知道了，刚才车上的收音机里都在说呢。哥，住我们家吧，一切都会过去的。"小爱叫哥的时候，很明显，两只眼睛水汪汪地注满了深情。

此时，这个对英雄崇敬得已经走火入魔的姑娘，心里又燃起对昔日英雄的崇敬之情。现在的大志在她的眼前就是阿波罗，就是太阳神。这个世界，如果没有了你，是多么的沉闷压抑。那个差一点被狂徒杀死的孩子呢，此时一定正睡在妈妈的怀里。狂徒已经被阿波罗消灭，孩子不再有恐惧和死亡！

弟兄俩闷闷地吃早饭，倒是小爱忙前忙后的要这要那。

早饭后，有志从小爱手上拿过车钥匙，准备开车回家。

小爱埋单的时候，大志就和有志往外面走。大志说："回去后到婶娘那里多坐坐。你把我的话带给婶娘，这辈子我会把她当作亲娘一样养老送终。叔叔的女儿，我就当亲妹子一样，供她上学，她读到什么时候都可以。还有，我今年的转业费等领完了后，就全给婶娘送过去。"

有志没有说话，上车打着了火走了。

大志看到，弟弟的车开得就像失魂落魄的人走路一样，没精打采的。车子消失在他的视线里的时候，他还在原地站着，发着愣。小爱埋完单站在他身后好一会儿，他都没有感觉到。

"大志哥，走吧，咱们回旅馆吧。"小爱轻声轻气地说。

大志听小爱叫他，就转过身叹了一口气说："小爱，给有志打个电话，让他慢点开。"

"没事的，哥，他开车稳着呢。"小爱看了一眼大志。此时她真想紧紧地抱住大志。她怕大志离开自己。

两人到了旅馆，小爱说："哥，把房子退了，住我家吧。"小爱没有把大志当外人，她觉得叫大志住在家里，自己可以照顾他的生活，更重要的是，可以让她爸爸劝劝大志，再帮助大志跑跑工作上的事。

大志明白小爱的意思，觉得自己一个外人，怎么可以住在别人家里，就说道："谢谢妹子，我习惯了一个人住，最怕给别人添麻烦。"

"什么别人别人的，咱们是自家人嘛。"小爱有些生气。

大志没有说什么。

房间已经被服务员打扫得干干净净。大志脱了大衣放在床上坐下说："妹子，哥现在心里非常乱，还是想静一静，过两天我一定去看望咱叔和咱姨。"

小爱也坐了下来，看着大志说道："哥还是想开点。依妹子看，哥没有必要后悔。一个真正的男人，一个军人应该这样子做。实际上哥哥这样做了，也是救了你们牛家。要不然，又是劫持又是杀人，还不被枪毙了。那样的话，哥哥的英名受影响事小，你们牛家损失才大呢。大义灭亲，实际上既成全了死者，也成全了全家。"

"唉，我倒不是为这事做得对不对后悔，而是没想到叔叔会死在我的手上。前面因为我，人家要把土地流转的事放在牛家村，如果没有这个事，就不会发生杀牛卖牛的事。没有杀牛卖牛的事，也就不会发生叔叔喝醉酒劫持人质的事了。说实话，我是骑在叔叔的肩上长大的，末了，叔叔竟死在由我引发的事上，而且又是我亲手杀了他。你说，我这辈子良心能安不？我不仅对不住叔叔，也对不住牛家村人。"大志说到这儿，就把脑袋低下来，两手捂着脸又难受了好一会儿。

小爱隐隐地体会到了大志的苦楚，就从包里拿了纸巾递到大志手上，又拿了杯子泡了一杯茶放在床头柜上。

大志不想让自己的情绪影响了小爱，就用双手使劲地摩擦了几下脸，提了一下精神说："算了，不说了，哥不会有事的。妹子，你忙你的事去吧，我今天一个人待一待。有件事，妹子一定要帮哥做到，就是不要把我在斜阳的事告诉任何人，包括你爸你妈。你还要给有志打个电话，提醒他，不要说我在斜阳。今天所有媒体都发布了昨晚发生的事，如果有人知道我在斜阳，我就身不由己了。我现在十分讨厌媒体，竟拿这事说事。唉，一点都不考虑别人的感受。"

"那我晚上再过来陪哥哥吃饭。白天我先把手上的事忙完。"小爱点了点头说。

大志说不用了，就起身把小爱往门外送。回来躺到床上后，就把徐黛泪的手机号码翻了出来，然后用旅馆的电话拨徐黛泪的手机，并把自己的手机关掉。长音响了几下后，那边就传来了徐黛泪清甜的声音。

大志生媒体的气，不管怎么说，你报道的时候，总得问一下当事人的意见吧，人家愿不愿意让你报道。所以电话接通后，大志一句客套话也没有，就直接问："你是徐黛泪吗？"

那边回答是，又问大志是哪位。

"我是牛大志。"大志冷冰冰地抛了一句。

那边一下子就高兴了起来说："大志啊，你在哪儿？我们能不能见个面？"

"还见面呢，我可被你们害苦了。你支持我，就这么个支持？我叔叔因为我而死，你们就那么铺天盖地地报道？你们是想看我笑话是不是？你们还想怎么样？啊，你说！"大志一连串的话就把一头雾水的徐黛泪生生地堵在了电话的那一头。

徐黛泪半天没有说话，电话里却传来了鼻子抽泣的声音。

大志知道徐黛泪哭了，但他没有一点点原谅的意思。

过了好一会儿，徐黛泪才断断续续地说："你、你怪我什么啊？是我要、要采访你吗？你还真把你、真把你当人物了是吧？"

大志想了想也是，自己凭什么怪人家一个主持人呢？没有领导的安排，人家怎么会莫名其妙地采访你牛大志，就把话软了下来说："对不起。"刚说完，那边就挂了电话。

大志把电话放下后，就掏出烟点上躺在了床上。他心里极乱，觉得确实对人家徐黛泪有些唐突了。咳，人家一个电视台主持人，上面多少领导啊，虽说平时主持节目时风风光光的，但没有领导交代到哪里采访某某人，她哪有那个胆子随便就把话筒递到被采访的人的嘴巴前啊。说到底，人家也就是一个干活的，就像自己原来手下的一个兵。还有，过去人家辛辛苦苦，一趟又一趟地到部队采访你大志，人家又从你这儿得到什么了，人家不就是为了工作吗？大志想到这儿时，就感到自己因为叔叔的事，迁怒于人家了。

大约过了半个小时，房间座机响了起来。大志想一定是小爱有什么事儿，就拿起电话喂了一下，那边说大志，你现在在哪儿呢？大志一听不像小爱，就问你是谁？那边说是徐黛泪。大志心里就愧疚起来，心里想自己迁怒于人家，人家还主动打了电话过来。

牛大志心里矛盾，他害怕见人，却又担心自己被人遗忘，或者说是被人们咒骂着遗忘，所以徐黛泪的电话一来，就不由地说："刚才对不起了。我在斜阳呢。"这会儿，大志忽然就觉得没有必要瞒徐黛泪了，然后又问她能不能过来一下。

说完这话，大志却后悔了，自己的行踪，万一被人知道了，还不知会面临一个什么样的境地。但是，话却说出来了，糊里糊涂地说出来了，就又补充了一句："我不想告诉任何人我的住处！"此时的大志之所以请徐黛泪过来，除了因为这个女孩一直想约见他外，还有一个原因就是，他不想陷入枪杀叔叔的舆论里面。黛泪是本地有名的新闻主持人，她至少可以在后面的新闻宣传中把牛大志与牛得地的叔侄关系淡化了。

"我不会跟谁说的，你告诉我，你住在哪里，我明天没班，可以到斜阳看你。"徐黛泪明白大志的意思，就打消了他的顾虑。大志就把住的旅馆和房间号告诉了徐黛泪。

房间的暖气很好。与徐黛泪通了电话后，大志放松了下来。他躺在床上一根接一根地抽着烟，直到身上带的烟全抽完了。抽完后就觉得嗓子干燥得如同吞了一把干草，就把小爱泡的一杯茶水咕咕咚咚地喝完，然后就脱了裤子蒙上被子躺着，一会儿就迷迷糊糊地睡着了。

大志确实太累了，昨天发生那场惊心动魄的事后，又连夜赶到斜阳，一夜没有合眼。眼睛闭上后，整个人一下子好像掉进了深不见底的深渊，而且越掉越轻，最后竟虚无缥缈地游荡起来。不知道游了多长时间，就又碰到了大将军。大将军还是上次梦里见到的那个扮相，只是表情温和多了。

大志抱拳行了拜见礼后，大将军说："有怀天下之心，更需行天下之职，行天下之职，得能舍小家之事。人人都说神仙好，可小家一点舍不了，怎么可以成仙呢？大志，大志，定成大器！"说完就飘走了。

大志不见了大将军，就着急起来，心想，我还没有讨教未来之事呢，怎么大将军就不见了呢？就继续游荡着，不知又游了多长时间，就碰到了叔叔。叔叔却被绑在一根天柱上，周围是一帮凶神恶煞拿着各种刑具正在对叔叔用刑。叔叔身上满是鲜血。大志忽上忽下地飘着，十分着急叔叔的安危，就大声地喊，却怎么也出不了声音。就在他想办法靠近叔叔时，但见一个浑身绿毛的大神拿了一把斧子，在砍叔叔的脑袋，砍得嗵嗵嗵地响。大志就大声哭了，终于说出了声音："叔叔啊，快把手伸过来，侄救你来了。"叔叔确实把手伸过来了，可自己却伸不出手去。砍脑袋的声音还在嗵嗵地响，大志就绝望地放声哭起来，直到一个清晰的嗵嗵嗵的敲门声传进自己的耳朵。大志就一下子坐了起来，才知道刚才做了噩梦，竟然出了一身的冷汗。

大志穿好裤子起来，胡乱地套上鞋，去把门打开，又打开灯。原来是小爱过来了。

看到蓬头垢面、两眼泪水的大志，小爱心疼地说："哥，你又哭啦？我在走廊里都听到了。"

大志苦笑了一下说："哥做了一个噩梦，梦见叔叔被人用刀在砍。天亮啦？"说完就拉开窗帘。

小爱笑了说："哪儿啊，天都黑了。"

"看这一觉睡的。"大志又把窗帘拉上。

小爱从带来的纸袋里拿出两条中华烟扔在床上说："哥，这烟你先抽着，完了再给你拿。"

"谢谢，哥刚把烟抽完。"

"你洗把脸，咱俩吃晚饭。我在下面的餐厅等你。"

大志应了一声，就进了卫生间，对着镜子一照，才发现自己的头发散乱着，脸上布满了清晰的泪痕，就叹了口气。他拧开洗漱用的水龙头，看到里面有热水流出，就拿来宾馆的洗发水，胡乱地洗了一下头。

这一天一夜，他这个英雄基本上就跟流窜犯一样。

等大志到餐厅的小包间时，小爱已经把菜点好。见大志站着，小爱示意他坐下，说："哥，妹子今晚陪你喝两杯。事情都会过去的，你千万不能这样折磨自己。你刚才哭，人家服务员都在你房间门口听呢！一个大男人都这样子了，谁看了都难受！"

"没什么，只是个梦，如果还有什么自责的话，就是自己不该成为英雄，让人家来搞什么土地流转。"

大志下午睡了一觉，感觉舒服多了。

菜上来了，服务员打开一瓶茅台给两人倒上。大志看着酒，惊讶地问："喝这么好的酒！"

小爱看着大志说："这酒才配哥喝，我的大英雄。"说完就端起酒杯和大志碰。

小爱一口喝完杯子里的酒，就咳了起来。

大志也喝完了，看到小爱喝酒的样子，就说道："妹子，酒你不要喝，喝点饮料。"

"不，我要喝，我要陪大英雄喝。"说完就又把酒瓶子拿来给大志和自己倒满。

"咱们都是自家人，什么英雄不英雄的。真的别喝了，醉了是很难受的。再说，有志又不在，万一醉了怎么办？"大志就感觉小爱是个很任性的女孩子。

没想到小爱却一杯一杯地跟大志对饮起来。弟弟不在，大志就有些伤脑筋。大志拿来个大杯子，想自己多喝一点，可小爱说，要喝必须一样多。

喝着喝着，小爱就有些醉眼迷离了，当大志看她不太对劲的时候，就很是严肃地说，小爱，别喝了，走吧。没想到小爱却将小嘴巴一拱说，不，哥，这才刚刚开始呢！哥，我想给你念首诗。

大志看小爱可能是醉了，要不怎么会莫名其妙地要念诗呢，就苦笑了说："妹子喝高了，明天再念吧。"大志心想，这准弟媳怎么是这个样子？这么贪杯，有志是怎么看上的？

"不，我就要念。"小爱撒起娇来。

"好，妹子念。哥哥我听着。妹子念得好，我就喝酒。"大志看劝不了小爱，想着还是自己先把瓶子里面的酒赶紧对付完，等小爱喝点茶水，酒醒了再走。

"上山采蘼芜，下山逢故夫。长跪问故夫，新人复何如？"小爱轻声地

217

一字一句地念完，眼泪就出来了，问大志道，"哥哥，你知道这是什么诗不？"

大志是看过这首诗的，当然更知道诗的意思，他只能装糊涂，低着头说："不知道。"然后就一口喝干了一大杯酒。

"这是汉乐府里的一首诗，说的是一个女子婚后被弃，上山以采蘼芜为食。但她关心丈夫的心一直没有变。一次下山时碰到了过去的丈夫，就长久地跪着问过去的丈夫，新娶的媳妇对他和公公婆婆怎么样。"小爱就一边流泪一边解释。大志在一边就没有了主意，只是一个劲地喝酒。心里想，这小爱是不是有什么毛病？

小爱哭了一会儿忽然说道："大志哥，我有那么让你讨厌吗？我给你寄了那么多信，你理都不理。人家除了没有把身子给你之外，一切都给了你。我早已经是你的人了。你不理我，这和把我休了有什么区别啊。我天天想着你，想得差一点把命都弄没了。我爸爸妈妈只得把我送到国外读书，这和'上山采蘼芜'有什么区别？你告诉我，你是不是早就有媳妇了？"

大志惊呆了！他忽然地就想起了那些信，还有照片。这到底是怎么回事？！他痛苦无奈地摇了摇头，然后就把瓶子里的酒倒满一大杯，一口全倒进了肚子里。我牛大志真的是造孽！罪该万死啊！

大志看小爱迷糊得厉害，就埋了单要送小爱回家。

小爱死活不回家，眯着眼睛说道："我跟我妈说了，今天不回去，就在旅馆住！"大志实在没有办法。旁边的服务员奇怪地看着他们。大志不想在这里丢人现眼，想快快地离开，就说道："好，听你的。我给你开间房。"

小爱却说："不行，哥，我要到你房子休息一下。"

大志很是难为情，想着还是等小爱清醒一些送她回去，先只好扶着她回到自己的房间。让大志没想到的是，刚回到房间，小爱把手上的包往床上一扔就从后面把他紧紧抱住了，然后就浑身颤抖着哭出声来。这一抱就把大志吓了一跳。大志就使劲地把小爱抱着的手放开，然后扶着她躺在床上。可小爱躺下来，就又把大志抱住了，抽泣着说："哥，你知道吗，妹子爱了你多少年？自从那年见了你解救人质的照片，我就把你当作了太阳神。不管在什么时候，哪怕遇到了困难，只要想到你，就有了信心，就有了希望。

这么多年了我都没有再做过噩梦，因为我的梦里全是你。你可真把我折磨死了，要不是你，我怎么能和有志在一起！"说完就把哭声放开了。

那哭着的张小爱，此刻早就不是完全的伤心酸楚了。想起自己做的和大志结婚的梦，就越发哭得委屈伤心，那声音，就像死了至亲的人一般。

大志被这哭声搅得难受，心里着了慌，他不知道该怎么面对这个依然糊里糊涂的准弟媳妇，就说道："妹子，我是大志，不是有志！我不让你喝，你偏喝，看醉了吧。我不是有志，有志回牛家村啦。"

大志想起来去重新开个房间，把小爱留在自己房间睡。可小爱的两只胳膊却把大志的脖子抱得紧紧的让大志有些喘不过气来。就听小爱嘴里嘟囔着："自从你成为英雄，我就天天盼着能见到你。我想你都差点得神经病了。我周围的人都笑话我。后来，爸妈没有办法，只得把我送到国外去读书。然后我姐又介绍你弟给我认识。我同意和有志相处，就是为了有朝一日能见到真正的大志哥。你就是我的太阳神！可你为什么不理我。有时候我都想成为那个女人质，还有被你叔叔砍伤的那个小孩，这样，就能亲身感受到哥哥对我的爱了。呜呜……"小爱似乎没有醉深，一边哭，一边很是清醒地说着。

大志无奈，只好安慰她："好妹妹，别犯傻，哥没有你想象的那么好。如果我是好哥哥，就不会把自己的亲叔叔打死了啊。哥哥就是个不顾家不要命的人，谁跟着我都会一辈子受苦受委屈的。"借着酒劲，大志伤感起来，也流了眼泪。

那小爱听着大志说话，双手慢慢地就松了。大志帮她脱了外套，又脱了鞋，然后把她的腿放到床上。

小爱就很是幸福地让大志这样做了。她渴望她的大志哥能早一点把她融化。

大志把被子打开盖在小爱的身上后说："妹子，你就在这里休息吧，我到前台开房。"说完，大志就泡了一杯茶轻轻地放在床头柜上，然后关了灯打开门走了。听到门"砰"的一声被关上，小爱的眼泪一下子就流了出来。

2009年1月13日

　　大志睡得很好，早上天刚亮就醒了。想着今天徐黛泪要来，他就早早地起床洗漱，然后到大街上活动活动身体。街上没有什么行人，偶尔有骑自行车的吱吱嘎嘎经过。整个天空灰灰的，罩在没有一点色彩的大地上。大志出了一身的汗，估摸着跑了有五公里了，就回到旅馆冲了个澡，忽然就感到轻松多了，又想到部队的生活，每天三点一线，活得简单、充实。

　　叔叔刚死在自己的手上，现在又要面对张小爱，大志就有些苦恼。当年曾收到过多封张小爱的信，他并没有理会。他就觉得，小爱还是个孩子，喜欢自己，无非就是一个纯真的女孩子对于英雄的单纯崇拜而已。却不料，这个清纯的姑娘，为了自己，竟做出如此疯狂的举动，以至于要嫁给自己的弟弟寻求精神上的寄托。

　　大志对于小爱，有一丝愧疚，那是对当年从未谋面的张小爱的愧疚。对于现在的张小爱，牛大志只能把她当成像云志一样的妹妹来看待。假如有非分之想，那我牛大志就是人所不齿的畜生了。

　　快到吃饭的时间，大志去敲门，很正式地把小爱叫了起来。

　　小爱洗完后，两个人就到下面的餐厅要了两碗豆浆和几根油条。大志一直殷勤地帮着拿这拿那。吃完后，小爱就把两只胳膊支在桌子上，双手托着下巴，眼睛长久地看着大志，然后就问："大志哥，我是不是太可笑了？你笑话我不？"

　　大志笑了说道："妹子想哪去了？虽然我们认识的时间很短，但哥哥非常喜欢妹子，有你这个妹子是哥哥还有我们全家修来的福，更是我弟弟有志修来的福。唉，人的婚姻是靠缘分的。虽然我也喜欢妹妹，但我们却不可能成为夫妻，只能成为兄妹。英雄的光环是暂时的。我这个人考虑自己的少，心里总想着为社会做事，所以，谁跟了我，都不会像人家那些家庭，过得有滋有味。我这个人心野得很，不愿意被老婆和一亩三分地拴住。将来就是死也要死在外面。男人活就应该活在天地之间。"

大志说话的时候，小爱就一声不吭、脉脉含情地看着他。大志并不知道小爱的所思所想。本来他这样说是想把小爱哄住甚至是吓住的。这年头，有几个城市女孩子不是贪图享受的。没想到，他越是这样说，小爱就越是觉得这个大志哥太值得去爱了。她认为，男人嘛，就应该为社会做事。家里面的事，应由女人操持。古人也是这样说的，男人是天，女人是地。男人主外，女人主内。主外，就是主社会上的事。她特别喜欢叱咤风云的男人。当初她无奈地接受有志，是因为她可以通过有志感受到大志的气息，甚至仍幻想着有朝一日能与大志在一起。哪怕是近距离地看着大志。

听大志把话说完后，小爱说："我真希望自己是海伦，大志哥是墨涅拉奥斯，有志是帕里斯。可是你不是墨涅拉奥斯，有志也不是帕里斯。大志哥，你是英雄，却不是喜欢海伦的英雄。有志不是英雄帕里斯，他只是一身铜臭味的商人。而我却是小丑，让大志哥看笑话。我真的希望这次你回来，能和有志发起一场战争，就像《荷马史诗》里的特洛伊战争一样。当初我写了那么多的信，竟没有打动你。而今你回来了，我却成了你弟弟的女朋友。生活就是这么滑稽。我就这么让你讨厌吗？"

大志没有说话，拿起一根油条放在嘴巴里嚼了三两下就吞咽到肚子里，然后呼呼几大口喝光了碗里的豆浆，用纸巾把嘴巴一擦说，妹子你慢慢吃，哥吃饱了，我先回房间。

小爱见大志这样子说话却不生气，笑着说道，我也吃好了，我跟你一起上去。

大志说，你就别陪我了，赶紧上班吧，公司里有志也不在，一定很忙的。

小爱却笑了说："今天是周末，公司也一样放假，我要陪哥哥。"

"那不成，我今天约了我们县电视台记者，人家有事要来找我谈。"

小爱叹了一口气说："好吧，那我中午过来请县里来的记者吃饭，谁让你是英雄呢，英雄走到哪里都要惊天动地的！我就喜欢哥哥这个样子。"

弟弟不在身边，大志就想，绝对不可以让小爱来照顾自己，大志就编了一个理由对小爱说："这样吧，小爱，这两天你不要来陪我。我今天跟县里来的记者谈了事之后，还要处理一下自己的事情。还有啊，我要到乡下去一下，我有个兵的父亲身体不太好，我得去看一下。"

小爱就有些不高兴地问："那哥你什么时候回来？"

"17 号吧。"大志说。大志想，17 号，有志也该回来了。

小爱见大志还有事要处理，也没有说什么，就起来高高兴兴地走了。

大志看着小爱的背影，心里一阵阵难过，他不知道为什么会是这个样子。

小爱一走，大志就点上一根烟，拿遥控器把电视打开。电视里面的台很多，大志就有些无聊地翻来覆去地调频道。大志看电视其实没有一点点心情，甚至非常讨厌电视里面的娱乐节目，他现在关注的是新闻，他要知道那些无聊的记者是如何报道"牛大志大义灭亲"的。

也不知道来来去去地调了多长时间，就赶到了斜阳电视台的新闻节目点，恰巧里面正在播牛家村发生的事。牛大志就支棱起耳朵，目不转睛地盯着电视，以至于徐黛泪那温柔的敲门声都没有听到，直到敲门声变得又大又有些急促，才回过神来。

大志关了电视从床上起来打开门，漂亮的女主持人就一身香气地冲他笑了一下。

大志说："徐记者好。"

徐黛泪笑着说："大英雄好！"要是在往常，徐黛泪这样叫自己，大志也许会很高兴，可是现在，他怎么听都是揶揄的口气。

徐黛泪一进来，就坐在了床上。大志就忙着给泡茶。

徐黛泪从包里拿出两条红中华说："我是知道你抽烟的，就随便带了两条。你这家伙，敲了半天门都不开。我就知道你在屋里，电视声音开那么大！"

大志泡好茶，看到徐黛泪买的烟就说："太客气了，这么好的烟，无功不受禄啊！"

徐黛泪笑了说："大英雄，你不抽这么好的烟，难道要让贪官抽？"

大志听了，就有些发晕，怎么这徐黛泪说话和小爱一个样子！

两个人有一搭无一搭地说着话，很快就聊到了大志打死叔叔的事情上来。

"前晚我到你们村也非常痛苦，做这个宣传实在太残酷了。但这事不报道也不可能，发生这么大的事，老百姓有权知道真相。昨天和你通完电话我还在想，主流媒体报道了事件真相，对大志你个人是有利的，否则如果出现谣言了，你倒没法解释了，反而会受伤害。况且，事情已经出了，也没有必要再怕别人议论什么。大丈夫行走在天地之间，怕什么，更何况你还是公众人物。公众人物更要经得住社会舆论的评价，也更应主动接受社会舆论的监督。因为你的一言一行对社会影响非常大。你已经不属于你牛大志个人，你属于整个社会。你说呢，大志？"本来大志邀请黛泪来是想商量后面的新闻如何淡化他们叔侄关系的，没想到黛泪主动说了出来。

事情到了这个分上，又经过了一天多的情绪消解，大志现在听黛泪说话，耳朵顺多了。就说道："我左右不了那么多。我毕竟是个普通人，又跟叔叔感情那么深。从道理上讲是通的，但从个人感情上就过不去。报道的时候，完全可以不要说我和叔叔是叔侄关系。为什么事情发生后，我要跑出来，你应该理解，因为我如果待在家里，会给家里添更大的乱，搞不好会出大事。我出来了，等我们族人气消了，他们就不会找我的麻烦了。现在社会上已经知道是怎么回事了，麻烦你回去跟管新闻的领导说说，后面的宣传就不要过度渲染我们是叔侄关系了。毕竟当地的新闻是全国新闻的源头，你们不说，别人也就不会提了。"

"我懂你内心的苦，你不是在刻意回避嘛，连手机都关了，你这家伙。回去我就把你的意思跟宣传部长说说。"黛泪和大志并不陌生，说话很随意。黛泪就想，报道你和牛得地是叔侄关系，这多有新闻性啊，就这一点，光是昨天县里的报纸就多卖了几千份呢。

两人沉默了一会儿，黛泪关心地问："你转业回来有什么打算？"

"唉，心比天高，可又能怎样？回来这么些日子，耳朵里听到的建议就是实惠啊、仕途啊。当然，这些对于一个人生存确实非常重要，但毕竟我在部队是个警官，在地方了就是公务员，比起普通老百姓来讲，条件已经相当不错了，难道我们就不能不要太计较个人的那点事？回来后和亲戚朋友同学吃过不少饭，我从来就没有听到过哪个说，自己是为这个社会着想的。现在整个社会都这样，就连部队也是，每到干部调整转业前，不少人就纷纷活动起来。这一点让我非常费解。说要为这个国家、社会做什么的话，只能是在开会的时候听到，但在酒桌上，在平时大家聊天中，从来听不到。范仲淹说，先天下之忧而忧，后天下之乐而乐。古人都有这种思想，我们现代人为什么就做不到呢？"

黛泪什么话也没有说，只是静静地看着大志。

大志继续说道："我只是一个基层干部，但位卑未敢忘忧国。有的单位没有一点中心任务，却在精减整编时保留下来，目的就是为了几个干部岗位和每年上面下拨的业务经费。饭桌上的茅台酒，一高兴想拿几瓶就几瓶，用喝啤酒的杯子，把那么名贵的酒干得就像喝凉水。更可气的是，谁要是公开反对了，那准说你与上面不保持一致，人品不好，还想在部队待？唉！"

听大志讲的现象，黛泪觉得虽然可能确有其事，但从你大志嘴里讲就是极端了。一个成熟的人，不能总盯着社会上的问题没完没了地发牢骚。哪个国家没有问题？哪个政党干净得一尘不染？就是唐僧到了西天，如果不给管经书的神送礼，也照样取不到经书！

牢骚太盛，势必影响心态，影响工作。这些话，编个段子调侃调侃可以，但不能认真，一认真就成了品德问题了。这样的人不要说是在部队，就是在地方，领导也会请你开路的。哪怕是到了天界，众大神也不会喜欢这样的小神。徐黛泪多次采访过大志，却从来没有如此深聊过。上次突然知道大志转业，就感到不可思议。她觉得这么有远大志向的优秀警官，素质这么全面的年轻干部，尤其是在和平年代敢于出生入死，这样的人可以说是凤毛麟角。如果好好培养，就是国家和军队的栋梁，怎么说让转业就转业了？现在听了大志的话，她似乎明白了什么，就叹了口气说："那你打算进什么样的单位呢？"

"唉，看来我不管到哪个单位，都会与人家格格不入的。到什么单位倒不是大问题，即使是自己不是很喜爱的工作，但只要能为社会尽心尽力地做事，我就会乐意去做。"大志淡淡地说。

徐黛泪没有再问什么，她已经知道大志的内心想法了。这个美女主持人本来是带着一种期待来的，可没想到心目中的白马王子却是不食人间烟火的圣人。

当年，徐黛泪靠出色的容貌和一口标准的普通话应聘上县电视台主持人，她技压群芳。成了全县的一枝花。县里只要有重要接待，如果没有节目，一般都要叫她作陪。在作陪过程中，不单单要逗客人喝酒，还要应付不怀好意的男人。时间长了，徐黛泪就越来越缺少安全感。第一次到部队采访大志，她的芳心就萌动了。如果有这么个人当自己的男朋友，谁敢在自己面前色胆包天？但她知道，人家大志那么优秀，是不可能在自己这个小县城成家的，虽然自己也流露了那么一点点意思，但人家好像并没有反应。现在转业回来了，那就不一样了，一个连职干部，在县里安排工作，自己就有了对等谈对象甚至结婚生子的资格。

但她没有想到，大志原来是这样一个没有上进心的人！在徐黛泪看来，上进心就是要永远和领导保持高度一致，永远看着领导的脸色行事，有机会就要往上钻，然后挣大把大把的钱过上流社会的生活。当然，徐黛泪还有一个原则，那就是必须让自己的工作在领导跟前没得说。这也是她所想的上进心的一部分。领导身边有这样的人，领导自然会很舒服。但牛大志这样的人在领导身边，会让领导时时感到不安。

牛大志这样的想法，在徐黛泪看来，很无知，于是站起来说："大志，我知道你的想法了，如果找工作需要我这个老朋友帮忙跑腿，你就照实说。我到斜阳来主要是看你，台里还要我联系个业务。就这样吧。"说完，大大方方地伸出手来。

大志和徐黛泪握了一下，说谢谢你来看我。然后就把黛泪送到了楼下。

2009年1月13日晚

牛家村在牛姓族人给大志的叔叔牛得地办完丧事后，就迎来了一件大喜事。

就在牛得地下葬后的第三天，县委强书记亲自陪着北京的赵董事长来到了牛家村。赵董事长来牛家村是因为报纸和网络上又报道了牛大志。要说，赵董事长是个很古怪的人，他喜欢认死理，喜欢利用品牌效应做一些生意上的事情。用牛大志的名声来承包土地，就是早早的预谋。当然他的预谋并不是想要坑谁。赵董事长有自己的小算盘。牛大志是英雄，全国都叫得响的英雄，他来投资，打着英雄的招牌，以后无论怎么样，自己在牛家村投资，都有英雄这个招牌罩着。土地流转的事情不好说，今年每亩800元能搞定，一旦全国农村到处都搞流转了，明年说不定就变成1800元了。那现在不下手，除非他大脑有问题。

如果以后牛家村的人要是闹腾着要涨流转费用，对不起，赵董事长想好了，就抬出牛大志这个招牌：我老赵当年可是看着牛大志的面子来投资的。牛大志有什么面子？你们牛家村的人不是说，牛家村的人最讲礼数嘛，合同都签了，反悔，没门！

后来，听说牛大志在家乡的传言不怎么好，赵董事长就先冷了一下这桌菜，结果还没等事情完全澄清，就有手下人报告，牛大志的消息在网上传疯了：这家伙果敢地从警察手中抢过枪，把劫持了人质的亲叔叔一枪送上了西天。

"好！果然是牛家村的好汉！重大义甚于亲情！"赵董事长看了报道后，就当即订了去大志家乡陕北的机票。牛家村的主事人牛解放身体还没好利索，土地流转的大事就由刘村长张罗。

就在埋完牛得地的当天晚上，刘村长就接到了镇委仲书记的电话，电话那头说："土地流转协议没有问题了，后天县委强书记将亲自陪赵董事长来村里签字，你把仪式准备一下。地点就在挂大喇叭槐树下的空地上。拉个横幅，名字就叫'牛家村与井田公司土地流转签字仪式'，主席台上放个桌子，桌子后面放两张椅子，桌子铺上红布。字就由你和人家赵董事长先签个总的，然后各家各户分别开签。到时记者要来，你大方一点。签完字你和赵董事长先讲话，最后请县委强书记讲话，我来主持。通知村民后天上午10点都来参加。不要到村口接，我们直接到大槐树那儿。"

仲书记详细地交代了整个仪式的过程，完了压低嗓子说："事情先不要通知村民，等强书记他们到了路上再通知，我就怕又被他们闪了，都把人闪死了。我被他们闪怕了，再闪，我就怕再死人啦。这帮子领导，没一个准头！"仲书记说完，又补充一句："你别偷着笑！我后边的话，要是传出去，你马上给我下课！"

刘村长是老实人，但不笨，知道仲书记害怕他把骂领导的话传出去，就急忙表态说："仲书记，谁要是说出去这话，就是骡子肚子里出来的货！"

仲书记挂断了电话，那刘村长就高兴得像娶了媳妇，站在那里直搓手。

刘村长的媳妇是懂男人表情的，揣摩着仲书记一定说了什么大好事，就问男人什么事情听了电话这么高兴。

男人说道："牛家村的祖坟上冒青烟了。"

女人没听明白，就搬了凳子说："当家的，说清楚点，哪里冒烟了？"

"人家赵董事长决定来搞土地流转啦。"刘村长点了烟，把烟徐徐地吐在女人苍老的脸上。

那女人挥了一下手，驱散了眼前的烟雾，却没有表现出激动的神情，竟然叹了口气。

男人就有些不明白，问道："这么个大好事叹什么气？你莫不是盼着牛家村祖祖辈辈穷死？"

女人说道："听你说的，我就是个丧门星，人家牛得地就没有享到这个福。可怜了人家媳妇和娃娃了！"

男人感慨了一下说："你这说的，这事还真亏了他，他不劫持人家解放的孙子，大志能大义灭亲？大志不大义灭亲，人家赵董事长能来吗？唉，这可怜的得地，就是为全牛家村人死的，可怜的是他没享到福，他是替牛家村人下了阴曹地府受罪了。"

男人又说道："这下可好了，咱们再也不要天天做苦力了。可以天天听秦腔，搓麻将，享福啰。这真要让外村人都眼馋死啦，哈哈。"

男人吸了一口烟对女人交代说："今晚你不要串门子，不能把这事告诉任何人，我到镇上弄横幅。"

女人就问："为什么不能说，这天大的好事？"

刘村长听了女人的话，顿时就黑了脸，嘴里骂道："吃屎长大的，你忘了，上次解放一激动让大伙儿杀牛卖牛。这事没有白纸黑字地签字画押，就不能算数。你一说，万一被人家闪了，指不定又要出事，我们家也就完了。"

那婆娘听了，就吐了一下舌头说："到底是男人家，我就没想这么多！"

"男人家，解放是男人家，还是支书哩！要看处理这事情的人是谁！"刘村长背了手。

女人就笑了说："得，我听你的，把门闩住，谁敲都不开。"

"我说你猪脑子啊，我回来敲门也不开？那我就在镇上的发廊住啦。"刘村长冷哼了一声。

女人就起来伸过手要拧男人的裤裆，说："还没有流转成，钱还没到口袋里你就想在发廊过夜了！"

刘村长就用手挡了笑了，然后准备走。

女人在后面说："等有了钱，就把房子重新盖一下，弄个两上两下，娃他们就在上面住，我们就住下面。就像我城里的老妹子家，把厕所装家里，冬天上厕所就再也不冻屁股了。"

刘村长出了门说："城里人也真会享受，上次我和解放到县里开会，知道不，房间里连避孕套都有，一个十块呢。"

女人就脸红了一下说:"这城里人也不怕人说闲话,放那东西谁好意思用。他们也真舍得,用一次都十块呢,真贵。先说好,土地流转了,钱归我管,啊!"

"这制度不是早就定了嘛,没有改变啊。"男人的声音从大门口传过来。

女人笑了,大声说:"早点回来,要不要我扯点面等你回来热乎热乎?"

2009年1月17日斜阳

徐黛泪走了后，牛大志独自一人在宾馆待了几天。

冲冲杀杀了八九年的牛大志其实从转业的那天起就已经不知道自己的未来是什么样子了，他甚至不知道如何安排每一天的生活。实际上从转业的那天起，他就是个踩着西瓜皮生活的人，滑到哪儿算哪儿！他只是没想到，一个踩着西瓜皮的人，竟然能差一点招商引资；更没想到踩在西瓜皮上能亲手要了叔叔的命！他不知道，下一步自己会往哪里滑，眼下还要面对张小爱。

其实大志是明白徐黛泪的意思的。一个有着正常情感和生理需求的男人，谁看不明白徐黛泪的举动。一个女人喜欢上了一个男人，她就是再含蓄，她的眼神，她的动作，她为你做的事情，其实和雌性动物发情时的表现是一样的。只是动物表现得非常直接，或张开五彩的羽毛对着相中的雄性动物不住地抖动；或翘起长长的尾巴，不住地摇晃。这个女孩当年到部队采访自己时，大志就发现了女孩内心的秘密。那个晚饭后，女孩就主动地约了大志到自己住的宾馆房间喝茶，说是要深入了解你牛大志，就要采访得深一点。可是采访了半夜，却都是东拉西扯，不仅与采访内容无关，还没有结束的意思。一个女孩在夜里留了男孩在自己的房间那么长时间，还总是找些话题千方百计地把人家往天亮了留，大志自然明白。只是大志是个分得清大小的人，这个时候，是不能让自己开一点点小差的。他知道，在这个小空间里，开一点点小差，第二天开始就要考虑儿女情长了，说不定一不留神就要考虑油盐酱醋茶和给孩子买什么样的玩具了，所以，就在人家对着自己不住地抖动羽毛时装糊涂。

这次人家到斜阳来，还不是那个意思？谁没事了，因为一个男人的电话就跑这么远，还拿两条软中华来？大志明白人家的心思。那天自己被乡党们抬着进屋接受采访时，你看人家眼睛里放出的光彩。那光彩不是想对谁就对谁的？大志那天心里的频道是有那么一点点被过了电的，但很快就被自己转业的难堪给电阻了。后来，人家还为自己这个落魄了的英雄抹了泪水。当时大志是想安慰人家一下的，怎奈自己当时还痛苦得需要人来安慰。

谁说，男人情感最脆弱最痛苦时最需要爱情的呵护？我牛大志需要哪门子爱情了！我牛大志需要安静，需要一个人怀念叔叔！

这几天，大志白天就一个人拿瓶酒回到宾馆的房间把自己放倒，天黑下来的时候就提着几捆纸钱还有大把的香烛，一个人打个的来到郊外，找个空地，哆嗦着身体对着家的方向跪着拜祭叔叔——

唉，叔叔啊，侄儿太对不住你了！一个骑在你肩上长大的毛孩子，一个让叔叔最喜爱的毛孩子，一个成天地缠着要叔叔买糖果吃的毛孩子，长大了，出息了，都没有回报叔叔一点点恩情，就给了一双烂解放鞋，叔叔还当宝贝一样在这个寒冬穿在脚上。你这个侄儿真的是该死啊！没有想着回报叔叔，末了叔叔还死在了这个混账侄儿的手上！叔叔，你怎么就这么糊涂呢，怎么就劫持了无辜的孩子啊！不就是一头牛吗，怎么就要一个孩子的命啊！唉，千不怪万不怪，就怪侄儿不争气，被部队开回家。这罪魁祸首还是你的侄儿啊！侄儿才是真正的罪人啊！如果真的有幽灵世界，叔叔你就给侄儿托梦，让侄儿赎罪，侄儿就多多地烧些纸钱给你吧！如果惩罚侄儿可以让叔叔在那个世界享福的话，就让老天爷惩罚侄儿吧……叔叔你就放心吧，侄儿一定把婶娘养老送终，把妹子上学和工作安排好……大志每个晚上都这样和叔叔说话。

直到稀里糊涂地到了17号，也就是和张小爱约的时间。

张小爱出现的时候，牛大志踩着西瓜皮又向别处滑去。只是这一滑，就没再滑回陕北来。

小爱来的时候从花店特意买来了一篮子鲜花。

大志仍在房间喝酒。刚刚喝了两杯酒的大志显然是听到了有人用脚踢了两下门和喊着开门的声音，打开门竟一下子没有认出小爱来，说："小姐，你敲错门了。"

"大志哥，是我，怎么才几天就把妹妹忘啦！"小爱见大志没有认出自己，就笑了。

今天的小爱换了着装，黑色的套裙，脖子上围了一条羊绒织的白围巾，脚上的高跟鞋把本来就凹凸有致的身子衬得更有女人的韵味，脸上还恰到好处地化了淡淡的妆，一头秀发神采飞扬地在肩上披着，头上戴着白色的发箍。

大志笑了，把小爱让进门说："看我这眼神，还特警呢？是不是谁结婚呢？"

"什么结婚？"小爱愣了一下。

大志把门关上用手指着小爱的手："这花？"

小爱把花在桌子上放好，一边整理一边说："结什么婚啊？这是妹子送给哥哥的。看这些天把哥哥心情坏的，让房间里有些色彩，是想让哥哥的心情好一点，不要老是往坏处想。"

大志心里就有些激动，但也生出了一丝忧伤，这个忧伤是为自己的胞弟有志生的。

小爱整理完花就在床沿上坐下说："哥，事情处理得怎样？怎么一个人喝酒？"

小爱就注意到墙角处的几个空酒瓶子，还有大志身上可能几天都没有换洗的脏衣服。她似乎明白了是怎么回事。一个英雄委屈成这个样子，小爱的眼泪一下就流了下来。

大志一副豁达的样子说："小爱，哥没事的。"

小爱还是哭出了声。她太心疼这个几天来不断地伤害自己的男人。

大志起身从纸筒里抽出纸巾走过来蹲着对小爱说："小爱，你看看，哥都没哭，你却哭鼻子，有志知道了要骂我这个当哥的了。"说着，就把纸巾递过去。

小爱没有接纸巾，而是用两只胳膊把大志紧紧搂住，身子从床沿坍下来在地上跪着呜呜地说:"都是我不好,没有照顾好我的大志哥。哥真傻,只想着有志,想着别人。为什么不替自己想想……"

大志把小爱胳膊松开,扶起小爱坐下说:"妹子快别哭,哥真的没事,咱们吃饭去吧。"

小爱很快止住了哭,从大志手上拿过纸巾把脸擦了擦,就又笑了细声说:"还是小妹有福,又能单独地和哥一起用餐了。"说完就到卫生间梳理被弄乱的头发。

大志摇了摇头,点了一根烟,就想,唉,女孩子真是说变就变。

过了好一会儿,小爱才从卫生间出来,就像刚进门时的一脸阳光。她问大志:"哥,想吃点啥?"

"随便吧。"大志说。

小爱就轻轻地拍了一下手,两眼看着天花板说:"太好了,哥哥得听小妹指挥。咱们去吃海鲜。"说完就双手合十,两腿站齐,对着大志调皮地鞠了一躬说:"队长同志,走吧。"

大志说:"算了,太贵了,咱们在楼下吃碗面就行了。"

"哥说话要算数,你说是随便的,那就应该随我的便,因为是我请哥哥。"小爱有些孩子气。

大志叹了一口气,拿上烟和打火机站了起来。"我这是虎落平阳啊!"大志关门的时候自言自语。

"哥,你在骂我,骂我是狗,是不?"小爱回过头来扮了一个鬼脸,然后又顽皮地说,"哥,你也太伤小妹的心了!"

"哥真拿你没办法!"大志没想到自己随便说的话,却骂了人。此时的大志真想一跑了之。但他想如果走了,就真是伤害小爱了,可能还会弄出什么事来,再说了,吃饭的事也是自己提出的,随便吃也是自己说的。一切还是等有志回来再说吧。大志就想,等吃完饭就打电话给有志,让他赶紧回来。

鬼聪明的小爱很是用心地提前订了酒店,餐厅是浪漫豪华的西式装饰,每个桌子上都点着蜡烛,花瓶里插着开得很是鲜艳的红玫瑰。

大志有些发晕，说，怎么吃个海鲜搞得就跟情人约会似的。小爱就笑了笑没有说话，用手示意服务员过来。

大志当然明白小爱的意思，就说道："咱们今天不喝酒，这几天我喝太多了，现在还难受。"

"我才不信呢，刚才哥哥不就在房子里正喝着？得听我的，无酒不成宴嘛！"小爱就像小孩一样，拿着个菜单噘着嘴巴说。

"我那是喝闷酒。家里出了那么大的事，还在办丧，咱们就吃碗面算了。"大志说。

"那我就陪哥哥一起喝闷酒。"小爱有些不高兴。

唉，除了喝酒把自己弄醉还能干什么呢？几天来的大志似乎对酒有了依赖，见小爱如此说，就没有再坚持。

"咱们就像上次那样，喝茅台咋样？不是因为叔叔去世，咱们应该喝点红酒的。"小爱说。

大志没有说话。

就几个菜，小爱点得很是用心。每道菜上来，小爱都有个说辞。南海龙虾上来后，小爱就说，愿哥哥转业后也要志在天下，龙行万里；和乐蟹上来后，小爱又说，愿哥横行霸道，自由自在，无怨无悔，开心快乐；海胆上来后，小爱又说，愿哥侠肝义胆，永葆英雄本色。银耳羹上来后，小爱看着大志说："哥别忘了人生还有甜蜜的生活，修身齐家治国平天下，齐家是人生重要的一部分，没有这部分，人生就不算完整。只是在这个时代，还是先考虑国家和社会的大事，然后也不要忘记和心爱的人过甜蜜的生活，生儿育女。"

这些说辞，就把大志听得有些意气风发，心里却隐隐地有些发酸。

从大志被政委找去谈心让他转业到现在，就没有过好心情。酒对于苦闷的大志来讲才是知心朋友。几杯下去后，在酒精的刺激下，大志油然想到了几年前小爱寄给他的信和照片，不禁感慨起来，唉，早知今日，何必当初！

大厅里钢琴师弹着浪漫的曲子，灯光朦胧温馨的卡座里，小爱迷离着双眼一次又一次与大志碰杯，这音乐这眼神让大志如坐针毡。渐渐地，大志的眼前就总有弟弟有志的影子在晃动，就觉得周围连服务员在内的人全是认识自己的熟人，就担心起这见不得人的事被人发现，紧张得脸上的汗珠子不停地往下流着。小爱看着大志脸上的汗，就咯咯地笑着拿纸巾要帮大志擦。大志没敢让小爱擦，而是自己从桌子上拿纸巾……

"咱们干了这杯就回去吧，小爱！"这话，大志不知说了多少遍了，可小爱总是把小嘴一拱说："不，我喜欢这儿，我要哥哥陪我。你要是走了，我就醉在这里让你难堪！"大志浑身不舒坦，却没有丝毫的办法。

最终，小爱还是醉了，非得要大志领着上卫生间。大志被缠得没法，只得东张西望地扶着她往卫生间走。到卫生间门口时，就叫来一个女服务员跟她进去。小爱东倒西歪地被女服务员送回来时，大志说："时间不早了，咱们回去吧。"

"不，我还要跟哥哥待一会儿。就一会儿好吧。"小爱说着就一屁股坐到了大志的身边，就把大志惊了一跳。女服务员给他们加了水，远远地站到一边微微地笑着。

小爱见女服务员倒了水转身离开，就用两只胳膊把大志紧紧地搂住了，然后就迷糊了伤心地哭，反复念叨："我的太阳神！是你给了我光明和温暖！是你给了我正义和力量！你的光明和温暖，你的正义和力量，定能战胜一切魑魅魍魉！我的太阳神，我愿做你唯一的爱人，融化在你炽热的胸膛，为你守护万丈光芒！"大志听了就跟着流了大把的眼泪。他明明白白地听到了小爱的心，他终于被小爱纯美唯美的爱感动，想推开小爱，却没有决心。

牛大志心里有点喜欢小爱了，刚才喝了许多的酒，就稍微放纵了自己的灵魂，甚至身体内的细胞也有些蠢蠢欲动。他忽然发现，这个丫头才是众里寻她千百度的那一半。但酒劲过去了一点后就清醒地知道，这个女孩子是弟弟的女朋友，是自己的准弟媳。他不能对不起自己的弟弟，不能让人家看自己的笑话，不能让弟弟为此痛苦，更不能做出让人不齿的事情来。他忽然又想到了叔叔，就痛恨起自己来，我怎么是这么个人，家里正在办丧，自己却在这里和弟弟的女朋友喝酒。

还是给有志打个电话吧。大志就从口袋里掏出手机来拨号。小爱见大

235

志打电话就把手机抢了过来呜呜地哭。大志好像看到了周围人都在笑自己，也就全然不顾小爱的脾气，赶紧埋了单。

大志要送小爱回家。可小爱坚决不回，高一声低一声地嚷嚷着"我要回旅馆睡，我要和大志哥在一起"。大志没法，只得打的把软成一堆的小爱带到旅馆。等小爱勾着他的脖子躺下睡着后，大志就斜躺在自己的床上一根接一根地抽烟。

牛大志终于决定还是离开这里，回到部队所在的那个城市。

亲侄子打死亲叔叔，虽然说是击毙罪犯，但这在牛家村，已经是大逆不道的行为了。现在又摊上一个张小爱，亲弟弟的对象，如果这事情再有个三长两短，我牛大志就是十恶不赦的罪人！连自己都无法原谅的罪人！罪大恶极，猪狗不如！牛家村的人都会这么看，就连最亲的弟弟妹妹还有父母亲也会这么看！

"故乡，我真的是待不下去了！可是，我不在故乡又能到哪里去呢？银湾，当初把自己弄转业的银湾收留我吗？"此时的大志心里升腾起一丝丝的悲凉，眼泪不禁滚落了下来。他真的知道了，什么叫无立足之地！

还是走吧！银湾，你欢迎我回去吗？决心一下，大志用手擦了一下泪水，就从桌子抽屉里取出纸和笔，给小爱留了个字条——

妹，哥有要事办，过些日子就回来，保重！牛大志

唉，可不敢写绝情的话，这丫头再也承受不了打击。大志提起行李，看了一眼已经睡着了的小爱，摇了摇头，灭了灯关上门走了。

当初离开部队的牛大志不会想到，他才回到故乡，就因为他，整个牛家村，整个县上下都震动了。而让他更没有想到的是，在家里的被窝还没有捂热就又被迫离开温暖的家乡，这一离开又在他身上发生了更大的惊天动地的事。

南下的列车轻快干净，大志的心却忽悠悠地飘着，就像那断了线的风筝，不知道该飘到何处。

2009年1月17日

就在牛大志被张小爱弄得无可奈何的当天，牛家村正在热热闹闹地大办有史以来最让人开心的大喜事。

早上快九点钟的时候，刘村长就接到了仲书记的短信，里边就一句话：准备搭台唱戏，十点半左右开始。

刘村长一看就愣了，心想，这签字还要唱戏热闹热闹？怎么不早说，现在哪还来得及？心里一着急，就赶紧把电话打了过去。那边仲书记就问道："老刘，准备得怎么样了？"

"其他的都没问题，只是戏班子到哪里请？现在请戏班子也来不及了不是！"刘村长在电话里焦急地说。

那边仲书记就愣了："什么戏班子？扯什么咸淡？"

刘村长很委屈，说道："你不是发短信说要我们准备搭台唱戏吗？"

那边仲书记一听，就笑着骂开了："挨球的，木鱼脑袋，这都看不懂。搭台唱戏就是准备好场地，等人家来签字。"说完就挂了电话。刘村长脸红了半天。

牛家村的上空很快就传出了刘村长的声音。

最近牛家村的喇叭在大英雄牛大志转业回来后响得比往日要多，都是些爆炸性新闻，所以刘村长的声音才响起来，家家户户就都停下了手上的活，侧了耳朵仔细地听。刘村长的声音很大，大家听得真切。

"各位乡党，告诉大家一个好消息，今天上午县委强书记要带北京井田公司的赵董事长来我们村签字，就是土地流转的事。强书记很快就要到了，望各位乡党十点钟之前在大槐树前的空地上集中，各户带好笔，按手印的

237

印泥我已经买了就不要带了。都明白了没有？再通知一遍……"刘村长重复着播了三遍，结束后，就带头到了老槐树下。

经受了大喜大悲的牛家村村民都在屋里听到了这个真切的通知，都觉得连日来的梦还没有醒一样，就在各自的屋里热烈地议论着。大志的大伯牛得水一开始没听清楚，就让孙子把喇叭里的话告诉他。老人弄明白意思后，就老泪纵横起来。他就让孙子把二爷爷一家还有三奶奶都叫过来，说要开个重要的家庭会议。

一会儿，亲人就都来了。一家人都听到大喇叭里的喊叫了，知道老人一定是为了土地流转的事。得地媳妇过来时，大志的爸爸妈妈和有志云志都主动叫她。女人低着个头，没有支应。

大伯见人都来齐了，就说道："都听喇叭了？一会儿人家县委书记就带人来签字了，这可是咱们牛家村祖祖辈辈修来的福啊。我就琢磨着啊，这八成是大志拿他叔叔的命换来的。你们想啊，人家那公司原本是放弃了的，可为什么咱们家的事一出，人家就又来了呢？这明摆着是因为大志把他叔叔打死了，成了大义灭亲的英雄，人家才重新决定了合作。当然，这只是我个人估计。如果是这样，我在这里可把话讲了，得地家的，你可不得闹事，我们牛家人不得在外面说，这是我们得地用命换来的。这事已经出了，该说的我也给你们说了。这得地不管怎么说，他是劫持人质加故意行凶，如果大志娃不下狠手，得地得判死刑。如果是那样的话，我们牛家就几辈子人在村子里面抬不起头来。现在，坏事变成了好事，村里人心里自然有杆秤，人家自然要把这恩情算在得地和大志娃身上。如果我们不识相，邀功要好处，就适得其反了。唉，大志娃不简单，事情一出就把自己藏起来了。我原先还以为是怕他婶娘还有牛姓人骂他打他，现在看，离得远远的，村里人就更要感谢我们牛家了。"

牛得草听哥哥这么说，就吧嗒了一口烟说："唉，可怜了我的兄弟。"说完就用手擦眼泪。

得地的媳妇一直不停地抹泪。

大伯摆了摆手，劝大家不要难过了，接着说道："从唯心主义来讲，咱兄弟得地，下地狱替全村人受罪了！苦就苦在让他感情最深的侄子下手要了他的命。这些天来我就想，得地也好，大志也好，都是老天派下来的。得地呢，就是老天派下来替咱全村人受罪来了，我们一村人罪太重，就让得地一个人来承担。得地承担的罪大了，老天总得派人来收他的命。这人就是大志。我上次就说了，咱们家大志可不是一般的人，他是掌握了生杀大权的天上的星宿下凡，不要说是过去杀的歹徒，就是自己的亲叔叔也一样下手。包公不也杀了包美吗？"

一屋子人都在听着，有志就觉得大伯说得太离谱了，嘟囔道："这哪儿跟哪儿，哪有什么老天？"

母亲在边上小声劝阻："别胡说，遭天谴的。"

大伯年纪大了，没听清有志说的话，见有志说话就问："大志情绪缓过来没有？"

有志见大伯问，就说道："哥哥一直哭，他让我跟婶娘说，他要养婶娘一辈子，供妹子读完大学，等他转业费领了，就交给婶娘。"

"唉！"老人长叹了一口气，瞬间泪流满面。

得地媳妇听了有志的话，就更伤心了，"呜呜"地哭个不停，鼻涕眼泪使劲地甩。云志赶紧找来毛巾递给婶娘。

本来，得地媳妇今天是要拿大志说两句出出气的，自己的男人死了，如果不狠一点，还不知道这家人今后会怎么不理不问地欺负她们母女俩呢。可有志说的，就让她把话咽在了肚子里。大伯子怎么就说得地和大志是老天派来的，大志又掌握生杀大权。得地媳妇迷信，这些天来老是做梦，梦见男人一身血，告诉她不要为难侄子，这千错万错，不是侄子的错。女人起来就告诉了别人，有人就跟着劝，说大志这枪不是打死了他叔，那是救了牛家几辈人。得地要是杀人了，死了自己遭罪，还要让全家遭报应。女人就有些相信，慢慢地不怎么恨大志了。刚才又听大伯说大志是天上的星宿下凡，就让她有些敬畏起这个侄子来，不敢再说得罪大志的话，顺从地接过云志递来的毛巾擦眼泪。

看全家人静了下来，大伯又说道："我还是那句话，还是入股好，但这事还是你们自己定。等有了钱了，咱们这一大家人可不能像别人家，天天无聊得搓麻将。这钱也不是很多，经不起折腾。有志在外面不是就捣鼓得不错嘛，连小汽车都买了。这可是我们牛家村第一个买车的啊，呵呵。我跟咱们家的娃商量了一下，准备在家里弄个小商店。这一村的人，买个酱油醋的，也不用跑好几里地到镇上了。村里人方便了，我们自己也弄个零花钱花花。得地家的，你们家女子还小，一定要供娃读完大学，等读完大学，就有大出息了。你看看大志、有志。这人啊，要活得有滋有味，就要想远一点。中央都讲科学发展呢！"大伯的话入情入理，加上上一次，大伯没有杀牛卖牛，全家人就都嗯嗯地信服了他。那得地的媳妇也流了眼泪使劲点头。

大志的父亲是个没有文化的种田老把式，脑子里装的就是三个儿女和几亩地。他这一辈子，牛家村以外的事，从不去操那个闲心，家里和村子有什么事就听有点文化的大哥的。大哥牛得水就是他的主心骨，或者就是他的精神支柱。听了哥哥的话，他叹了口气说："等有了钱，先把房子翻新一下。有志的对象是城里人，大志肯定也是在城里找，两个儿媳将来回来了，不要让人家都没法上厕所。我是听说过的，城里人上厕所可都是在家里，电门子一按，那人排出去的东西就不见了。"

有志就笑了说："爸，那不是电门子，是自来水开关，是用自来水把粪便冲到下水道了。"

"那下水道还能通家里？"爸爸一脸的疑惑。

一家人才从得地的死亡中缓过神，就开始讨论起了他们并不熟悉的城里的事情来。

有志笑了一下说："那当然，不过农村对厕所改造也不是难事，最简单的做法就是搞个化粪池。这个呢，到时候我设计个图，在咱们家盖房前就把它弄好。"

大伯接过话说道："有志，把图设计好后，多印一些，让村里人都学一学。"

有志敬佩大伯的见识，这么大年纪的老人，思想一点也不僵化，就点了点头说道："好的，全村要是能够都用上卫生厕所了，文明就迈一大步了。还有啊，我非常赞同大伯的意见，还是入股好。另外呢，我这次回来跟云志妹也说好了，让她回到学校补课，还是要考大学。"

父亲高兴地直点头。

"还有，我打算在斜阳按揭一套大房子，等我结婚了，就把你们接到城里住。反正也不用种地了，你们长辈应该享清福了。"有志兴奋地说。

"按揭？啥按揭？"父亲不解地问。

"唉，老二，你这就不明白了。按揭，就是到银行贷款买房。就是花明天的钱，今天来享受。"大伯就又卖弄起自己的学问来，咳了一下说道："这事，还是人家美国人聪明。最近我就看报上说，不少美国人在前半辈子按揭买房子住，等贷款还完的时候，也到了退休年龄，但人家也享受了半辈子的大房子。一点也不像我们，上半辈子住在一间小平房里省吃俭用，等老了才买到梦寐以求的大房子。问题是，美国人到这个时候还有更好的办法来享受生活，他们把刚刚按揭完的房子又借贷给银行，从银行拿出钱来享受后半辈子生活。这样加上退休金和社会保障，他们就可以过上更加富裕的生活。等快死的时候银行把房子收走了，也就无所谓了。再过来看看我们中国人，把房子买到手以后，孩子也到了婚嫁的年龄，他们会很自觉地把房子让给孩子成家用，而自己则回到按揭前的生活状态。这个比较说明了什么问题？说明美国人很会计算开心的成本。他们和中国人只是一个观念的区别，就获得了两个半辈子的开心。而中国人则是两个半辈子的贫穷。讲中国人两个半辈子的贫穷，实际上还高估了。因为美国人的观念，不提倡把遗产过多地留给孩子，他们强调孩子自立，要他们自己创造财富，所以美国人创造财富的能力很强。而中国人则希望给孩子多留点财富，宁可自己辛苦一点。这样，就使孩子有了依赖思想，甚至只知道享受财富，不懂得创造财富。实际上，中国人富不过三代，与这样一个传统思维和习惯有很大的关系。所以，讲不少中国人要贫穷两个半辈子是最起码的。唉，我这辈子跟人家美国人比，真是白活啦！"

大伯的一席话，就让有志惊起来。没想到一个老人的眼界一点也不比

241

他一个大学生窄。

大伯说完，咳了两声对有志说："有志，什么时候也让大伯坐一下你那小卧车，让我也感觉感觉晃晃悠悠行云驾雾的感觉，看看是不是就和坐马车一样？"

"走，大伯，现在就让侄儿带您老兜风去。"

一家人都笑了，因为得地的事，笑得很压抑。

村民们等来强书记和赵董事长的时候已经是十一点钟了。

强书记一下车，就直接上了主席台。

主席台上的人都站着没有坐，桌子后面的两张空椅子很是显眼。一群记者就把长枪短炮的采访工具对准了主席台。

仲书记先介绍了县领导和井田公司的领导，然后就宣布仪式开始。刘村长和赵董事长签了个总协议后，村民各户就排着队与赵董事长分别签。在得地媳妇含着眼泪签字时，仲书记就指了得地媳妇，小声地说了她的身份。

强书记心里酸楚，对得地的媳妇点了点头。得地的媳妇显然是感觉到了，签完字后就匆匆地离开了现场。

整个签完后，赵董事长就起身站到了强书记旁边。那仲书记就对着话筒说："下面！请刘村长讲话。"

刘村长这是第一次被仲书记请上主席台讲话，激动了好一会儿，咳嗽了两声就把话筒抓在了手上："父老乡亲们！你们好！我们盼星星、盼月亮终于盼来了赵董事长这个财神爷。"

刘村长学电视上领导讲话的腔调，就把村民们逗乐了，大家就热烈地鼓起掌来。刘村长接着说道："我们牛家村更要感谢县委强书记等县领导，感谢镇委镇政府。在此，还要感谢牛大志，我们牛家村出的大英雄。还要感谢死去的牛得地，得地是替我们全村人受苦啰。没有得地的死，就没有我们的幸福！"

这刘村长毕竟没什么文化，也没经历过什么场面，一激动，就把自己想过的事情一下子说了出来。旁边的仲书记一听味道不大对，就使劲咳嗽。

好在刘村长讲的时间很短，这才让仲书记把紧张的心放下来。

刘村长说完，仲书记就请赵董事长讲话。赵董事长站起来笑了笑，大声说道："各位乡亲，我是一个城里人，但我也是吃五谷杂粮长大的，农民父老兄弟就是我的衣食父母。我在牛家村搞土地流转，就是把自己当成一个农民。我一定把自己当成牛家村的一个普通村民，和父老乡亲一起过幸福生活。不知道乡党们接受不接受我当牛家村的村民啊？"

村民们一听，就一起发声，大喊"接受！"然后就使劲鼓掌。

赵董事长摆了摆手，接着说："牛大志是顶天立地的大英雄，在英雄的土地上和大家一起生活，是我的荣幸。我一定维护英雄的荣誉，把英雄故里产的蔬菜销往全国、全世界。让吃了英雄故里蔬菜的人都能成就杰出事业。我们的追求是，食英雄地蔬菜，成就杰出事业！"

牛家村的村民是不怎么在乎赵董事长的事业和追求的，今天的协议，让他们有了超出种庄稼的收入，这才是这些苦了无数辈的村民们最高兴的事情，所以赵董事长只要抬高了嗓门吼一声，大伙儿就把这当成秦腔里的"挣破仁"，鼓掌叫好。

热烈的场面持续了好久，最后，镇委仲书记就抬高了嗓门说："大会最后一项，让我们以最热烈的掌声，请县委强书记做重要指示。"

县委书记在牛家村讲话，那是牛家村的村民们以前从来没有想过的事情，不要说讲话，在以前，就是县委书记的司机能来这个村子，有些人也要吹嘘上好一段时间。这次为了土地流转的事情，县委书记都来了，而且还要对村民们讲话。激动的牛家村的村民们就在这个时刻，反而出奇地静了下来。大家静静地、规矩地等待着强书记讲话。

镇委仲书记看见这个场面，有些着急，就悄悄地站在强书记的背后，抬起双手，使劲地做着鼓掌的样子。村民们看见了，忽然一下就爆发出了热烈的掌声。

正准备讲话的强书记显然是被村民们的热情感染了，就也跟着一起鼓起掌来，片刻之后，他用两只胳膊往下压了压，激动地说："首先，我代表县委县政府看望牛家村的父老乡亲，你们辛苦了！今天我参加这个仪式非常激动，为什么？因为我们在土地上辛辛苦苦种了几十年粮食的农民，终于也能像城里人一样当股东赚钱，像工人一样按钟点上下班了。这得益于什么？得益于党的改革开放政策，得益于党的领导，得益于落实科学发展观。我想啊，我们农民兄弟们要明白，在根本上，我们要感谢党中央。没有党中央的改革开放政策，赵董事长也不可能来我们这里搞什么土地流转，不要说是出个牛大志，就是出个雷锋也没有用。当然，我们还是要感谢大志，没有大志，我们赵董事长就把这项目放到其他地方啦。我希望牛家村与井田公司好好合作，在履行好协议的基础上，建立深厚感情，实现双赢！"

强书记的讲话很精彩，牛家村的村民似乎在短暂的讲话中明白了许多的道理。是啊，的确是党的政策好，这土地，是国家的，农民咋就能白白地拿钱呢？我们老农民呢，能分一点粮食吃饱肚子，就比什么都强了！

这是牛家村村民最真实的想法，这个想法在牛家村流传了几千年，能平平安安地耕种，就算是苦一些，只要老天眷顾，每年的粮食能让全家吃饱，就是福气。全家人能不生病，孩子能上学，老人没有子女嫌弃，这种生活，是他们最渴望的。

所以牛家村的村民们这次的掌声是真诚的，尽管这样的真诚让人心酸，但对于村民们而言，那纯粹是天上掉馅饼了。

国家的地，不收税，转包了咱们落实惠，不管日头不管雨，撅着屁股朝天亮睡……

这个顺口溜后来在牛家村传开了，真实地道出了他们的想法，可以睡到天亮了，可以不管天旱地涝了，当然这是以后的事情，牛大志那时候是听不到了。

仪式结束后，强书记就让仲书记叫来了大志的父亲和母亲。拉着大志父亲的手，强书记很是感慨，激动地说："老牛啊，感谢你生了个好儿子啊。我们已经将大志的事迹报到他们部队了，听部队说还要表彰呢。"

大志的父亲听了强书记的话，一时间百感交集，儿子，当年火爆得能把天都烧红的英雄，在谁都没有准备的时候，从部队被转业回来。一回到家里，英雄的光环瞬间就暗淡了下来。这才多久，击毙了自己的亲叔叔，却又成了英雄。这出闹剧，让牛得草这个老实巴交的农民，怎么都转不过弯来。他苦笑着说："这算什么英雄呢？"

乡亲们见人家县委书记与大志父母说话呢，就都纷纷地围了过来。牛家村的村民现在都说大志就是他们的救星。如果大志不生在咱们牛家村，而是王家村，那我们不是就眼馋地看人家王家村的人过好日子了？他们现在不再怪罪大志把亲叔叔打死了，他们现在就觉得牛得地死得值。人群里不知是谁高声地喊了一句，我们应该给大志立个碑！

强书记抬头看了一下喊话的人，说："这个提议可以考虑，碑是可以立的，只要不是封建迷信的东西，是英雄，就应该得到敬仰！这个你们镇和村子商量一下。"强书记看了一下仲书记和刘村长，村镇两级干部就急忙点头。

"不合适，这个不合适！碑千万不能立，这么年轻，也没有做出什么大事，这立碑子，那是要折寿的。"大志的父亲一边感谢强书记，一边急忙推辞。

强书记没接大志父亲的话，却对他说："要把你兄弟媳妇的生活安排好，怪可怜的。但犯罪就是犯罪，我们同情的是活着的人。生活上的困难可以向镇里反映。"

站在一旁的仲书记听了强书记的话，就悄悄地对刘村长说："你打个报告，我从扶贫款里拿一点出来，反正现在也不要给你们村赔牛了，那个钱就给得地媳妇，回镇里我们开个会再研究一下。强书记是位非常有爱心的好领导，帮助牛得地的家属，就是贯彻人道主义精神。"

这边强书记好像想起了什么，问大志的父母大志到哪儿去了，今天怎么没见到他？牛得草说自己也是听小儿子说，人在斜阳，可能过几天要回部队。他手机一直关着，连我这个老子都找不到他。

"如果大志在这个现场，那多好！哦，你转告大志，他的工作包在我身上，在我们县的范围随便他挑。"强书记对大志的父母说。

强书记刚说完，那边就又有人喊话说，强书记，最好把大志弄到你跟前当个秘书。

强书记就哈哈大笑起来，对那边说道："那就大材小用啰，大志将来是要干大事的。"

村民们见人家强书记这么说，就一起把羡慕的眼光投向了还在流泪的大志的父母。

这个时候，谁还想着刚刚埋在地里不久的牛得地呢？虽然就在几个钟头前，也就是还不知道跟人家赵董事长合作前，除了牛解放家外，整个村子谁不谴责大志呢。

村民们散去后，除了大志一大家外，就都取出不久前杀下的牛肉和猪肉。他们要喜气洋洋地大吃大喝一下。

2009年1月17日晚

大志坐火车离开斜阳的时候，天已经黑了。

大志到铺上一躺下，就满脑子是小爱。

也不知道这丫头醒来后看到纸条是什么感受。

我这是怎么了，叔叔刚刚死在自己手上，竟然又为一个女孩担心！

大志一自责就拿出手机拨通了有志的电话。

弟弟接到哥哥的电话就高兴地说："哥，你好吗？今天咱们牛家村可是过大年了！"

大志叹了口气说，叔叔都死了，过什么大年？

"人家县委强书记带着北京井田公司的赵董事长来村里签土地流转协议了。"

大志"哦"了一声。

"全村人都感谢哥哥你呢，不是这次出事，人家肯定不会把项目放在咱们村，镇里和村里还要给哥哥立碑呢。"

听了弟弟的话，大志心里就隐隐地难受："这什么话？这等于是用咱叔叔一条命换的。如果咱叔叔那天不做那事，牛家村人还感谢我吗？"大志想起自己把叔叔打死后，一村人都骂自己，甚至族里人还要将自己过堂。现在自己又成大救星了，一村人又在过大年一样热闹，大志就觉得心里面很不是个滋味。还有自己的弟弟，怎么也这么开心。叔叔呢！叔叔一家咋办？此时，他羞于面对自己，沉默了好久就说道："你一定把我的话带到，千万不能立碑！我牛大志还年轻，可不想从现在开始就像个僵尸一样站在外面。"

有志就说好的。

想起还在宾馆的小爱，大志就问有志："你是怎么认识小爱的？"

有志似乎明白了什么，故意问道："哥哥想知道这个干什么？"

大志叹了口气说道："没想到会是这个情况。小爱曾经给我写过求爱信，不知道是不是哥哥我前世做了什么对不起弟弟的地方？"

有志倒是一副很不在乎的样子说："哥哥想哪儿去了？这又有啥，你和小爱的事我也是后来才知道的，她为了你还差一点出事。当时小爱暗恋你的时候，她姐姐也曾到我们镇上了解我们家的情况。那个时候我正上大学。后来，我就听说，他们家的人要等我大学毕业了，看能不能跟我结个亲怎么的。后来我毕业了，也巧，就在斜阳碰到了她的大姐。这些事，他们家的人不让我们对你说。怕生什么枝节，说还是等我和小爱结了婚再说。"

大志就"哦"了一声说："你一定要好好对待小爱，千万不能有一点点伤害，也就算替哥哥我还人家这么多年来的单相思的感情债了。看来我是不该打扰你们的。我已经上了直达广州的火车。你明天一定回斜阳，把她的情绪扭过来。"

有志却若无其事地说："如果哥哥不介意，小爱跟你在一起才真的能幸福。其实我们到现在为止都没有什么。我也知道，她姐姐把我介绍给她妹子，也就是让她妹子在我的身上看到你的影子，否则，小爱指定会出事的。"

"这是什么话，同胞兄弟之间还能把女朋友换来换去的。"大志有些生气。

"其实我与小爱认识至今，一直担负着哥哥你的角色，并不是我牛有志。尽管我喜欢小爱，小爱是从亲情上把我当成你来爱的。她还常常把我错叫成大志哥。本来我想找个机会咱兄弟俩谈谈的。如果这样下去，对我来讲太不公平了。过去你不打算转业还罢了，现在转业回来了，她不可能对我真心的。"

"那不成，传出去我成什么了？刚刚把叔叔打死，现在又把弟弟的女朋友抢走了，你还让不让哥哥在这地方待了。"

"唉，亏了你还受过高等教育，思想这么老土。这又怎么了？我这个人很实际。我知道我永远都得不到小爱的心，有一天即使结婚了，可能也得不到人家的身。如果你不回来，一直在部队待着，慢慢地可能还没有什么问题。现在你回到老家了，我与她也就到头了。唉，其实就没有开始过。"

"问题没那么严重，等结了婚过上小日子了，就不会想不切实际的东西了。女孩子喜欢幻想很正常的。"

"你还是把我解脱了最好。也许如果你这次没有打死叔叔，问题还没那么严重。因为你上次说自己是犯错误回来的，小爱明显对你失望了，因为英雄在她的心中消失了。她爱的是英雄。你不是英雄了，她就会回到现实中来和我真心相爱。"

大志听了弟弟的话，半天没有说话。他不明白这是怎么了，因为自己要了叔叔的命，就引来了让牛家村人过上好日子的大项目，同时还唤醒了对自己已经失望了的小爱的爱。如果叔叔现在好好的，牛家村人会一直安静地继续着几千年来一直过着的农耕生活，小爱也会和有志结婚，过上让人羡慕的小日子。可现在一切都变了，婶娘永远失去了丈夫，堂妹永远失去了父亲，自己永远失去了那么疼爱自己的叔叔，弟弟可能会永远得不到女朋友真正的爱。

牛家村的人都兴奋起来了，这几天应该都在一边喝酒，一边食用曾辛辛苦苦给他们耕作的牛的肉吧。

这一切都源于自己的那一枪。

大志把手机关了，狠狠地捶打着自己的脑门。修身齐家治国平天下，我修的是什么身？齐的是什么家？正是为国家效力的时候，却让我解甲归田？

卧铺车厢的顶灯关了好久，大志也没有办法让自己进入睡眠状态，就这样想着，他想理出个头绪来。想来想去，就找到了一个答案，如果不让我转业，就什么事情也不会发生！大志就更怨恨起部队领导来。我真的是想为国家为社会尽力量的，真的是把个人安危、个人小九九放在一边的！为什么，为什么就让我转业呢？弄成现在这个样子。

也不知道是半夜几点了，列车温柔地发出哧哧哧的声音后就在一个车站停了下来。大志把毯子打开盖在身上，闭上眼睛准备让已经十分疲惫的大脑休息一下。这时就感到下铺来了旅客。在列车又开动了的时候，大志闭着的眼睛就感到有光在晃动，而且还有一股西亚特有的棕油味。本来大志是不想睁开眼睛的，但他就感到这光不像是正常的灯光，有点像是荧光。还有这味，也很特别。职业的敏感，就让他睁开了眼睛，这一看就让他惊骇起来。原来味道是从刚刚来的人的身上或者是行李中发出来的，这人正坐在自己的下铺用手机写短信。这旅客的手机是宽屏的，被调成了蓝光。让大志好奇的是，旅客的短信是用英文写的。

大志的英文底子还是有的。只是这短信的内容，竟把他吓出了一身的冷汗——

我已登车，转道银湾后即踩点，一定在会议那天炸响！

再看看接收短信的，是一个叫老板的人。

大志还想看，那人却关了手机躺下了。

大志就想，银湾，不就是自己部队所在的城市？会议，银湾最近有什么会议呢？大志忽然就想起，每年春节一过，银湾就要召开一个 DA 合作论坛。炸，还采点。炸什么？采什么点？这与 DA 合作论坛有没有联系？大志的脑子迅速地分析着。

后来，大志就觉得自己可笑了。这世界上哪有这么巧的事，一个恐怖分子竟然和一个刚刚脱下军装的特警队长上同一列车的同一车厢，更离奇地又分别住同一包厢的上铺和下铺？像电影《尼罗河上的惨案》这样的戏剧性事情在生活中毕竟是极少极少的，或者根本就没有。大志没有研究过因果理论，也没有研究过机缘说。无论是自然界还是社会是存在机缘的，冤家路窄就是机缘之一。大千世界，纷纷杂杂，冥冥之中，老天自有安排。要不，怎么很多案件事故就被人解决在萌芽之中了，还有很多因果相报的事就发生了。

大志又想，这采点和在会议那天炸与恐怖活动又有什么联系呢？开矿的炸矿不是就需要采点吗？离我们部队不远的地方就有个石卢铁矿。中队有个战士的父亲是个双手残疾的人，他父亲就是在那个矿上放炮时把双手炸飞的。会议时炸，也许是人家矿上开什么会议，需要搞个炸的仪式。

可是，这人怎么就用英文发短信呢？大志想起来了，自己是看过报道的，那铁矿已经与外国人合资。与外国人合资，讲外国话是正常的。至于从这人身上发出的棕油味，那更正常，此人可能刚从境外回来。难道从境外回来的人都是恐怖分子？再说了，如果真是恐怖分子，人家怎么可能这么随意地通过手机短信来联系？还用那么刺激的文字，而且还在容易暴露目标的列车上发短信。要知道，恐怖分子大多是经过特殊训练的人。如果这些人这么容易暴露目标，那他们怎么可能在国家安全部门严密监视之下，大摇大摆地到了中国的腹地，大志知道，中国的安全部门可不是吃干饭的。

失去叔叔的大志，因为精神受打击，还是在逆向思维上出了故障。他就没有想到，这是不是恐怖分子设下的一个局诱他去钻呢？稀里糊涂的大志就这样在人家的局里扮演了一个角色。

几天来的烦心事，让大志精神疲劳得有些懒得再去推理。他甚至感到，现在自己正如算命先生所言，在走霉运，只要一多事，就出事。下面这人怎么可能是恐怖分子呢？如果把这事弄错了，那就成国际笑话了。到那时，可能人家赵董事长又要毁约把项目撤走了。赵董事长如果再把项目撤了，那牛家村呢？在列车的摇摇晃晃中，大志很快进入梦乡。

大志弄不明白，为什么这一觉就睡得从未有过的香，就感觉这只能躺一个人的地方比宾馆里的席梦思还舒服。早上列车广播里的轻音乐钻进耳朵的时候，自己还醒了一下，但很快这轻音乐就变成了舒缓飞扬的哗哗的瀑布声。自己好像躺在了瀑布旁的一个网状的吊床上。吊床在微风中很有节奏地轻轻地摇晃着。大志浑身的肌肉都松弛了下来，连骨头关节好像都松了。浑身酸乏得一点都不想动。就连一只绿色的蜻蜓飞着飞着，最后叮在自己鼻子上的时候，都没有力气抬起手来把它赶跑。

大志就这样云里雾里地睡着，不知过了多久，忽然扑通一声，吊床断了，然后整个身子就好像砸在了地上。大志猛地睁开眼睛，原来是列车不知道遇到了什么情况，来了个急刹车。

251

2009年1月18日至19日

大志看了一下表，已经是上午十点。他穿好衣服，两只手往上面的铺一撑，很轻松地就跳了下来，然后弯下腰在地板上找出鞋穿上。

昨晚睡在下铺的人正坐着看报纸，见大志从上铺下来了，就抬了一下头。两个人互相看了一下对方，就同时道了声"你好"。

大志看那人也就40来岁的样子，脑门上的皱纹较深，皱纹里面黑黑的，好像夹住了油灰没有办法洗干净一样。大志上完卫生间，洗漱完就到餐车吃了点东西。回到包厢时见那人还在看报。

大志掏出中华烟，抽出一根递向那人。那人见大志递烟，就放下正在看的报纸，礼貌地说谢谢，然后摇了摇手表示不会抽，又拿起报看。大志把烟点着，无聊地看着窗外悠悠而过的景色。

还不知道回银湾干什么呢？看着远处的景色，大志叹气，想着心事。

就这么几天，从部队回到家，又从家里往部队返，大志感到自己就像是个没有灵魂的木偶，正被一根绳子牵着，荡过来晃过去地做着各种滑稽表演，引围观的人拍掌叫好。

唉，为什么就让我转业？

那人看完报，递给还在看着窗外的大志。大志回过头说了声谢谢，就把报纸接过来放在跟前的茶几上。大志没有看报，而是抬头看了看不曾留意的铺位。这才发现，他们这一包厢里，只有他和下铺的那个人。

大志疑惑地问那人，怎么你后面上来就能坐下铺，而我先上的车怎么就在上铺，况且这里也没有坐满？那人就笑了说，兄弟肯定很少坐火车，这卧铺票是要提前买的，买早了就有下铺，你可能是上了车才补的卧铺票。

这里还有中铺一个空位子，这边还有三个空位呢。说明已经有人定了，他们一定会在后面的车站上车。

"哦，原来这样！"大志说。

"兄弟到哪里去啊？"那人顺口问了一句。

"银湾。"大志看了那人一眼。

"哦，我也到银湾。"那人回答后盯着大志看了一会儿又问，"兄弟是军人？"

"何以见得？"大志直了一下身子笑了问。

"小平头，更重要的是你回答问题时的利索劲，还有挺直的腰板，眉宇间透着的威严。"那人有些得意。

大志心里"咯噔"了一下，就觉得眼前的这个人一定是走南闯北的主，想到昨晚的短信，不由地多了份警惕。

"老哥有眼力。好在是和平年代，老哥又是好人，要不可不费吹灰之力就识破敌人的身份了。"大志开起玩笑。

"也没那么严重。只是开开玩笑。"那人喝了一口水说道。

大志就注意到那人手臂上的寒毛很长，黑里透黄，足有一厘米。

"老哥是从哪里来的呢？"大志问。

那人笑了笑说："兄弟看到我手臂上的毛了吧，哈哈，我从甘肃来。"

大志的脸就红了一下，没想到自己的心理活动被人家发现了。

"兄弟在哪个部队高就啊？"那人刚问完就又接着说，"哦，对不起啊，这是不是军事秘密啊？"

那人问完，又端起茶杯喝茶，神情里并不强求你回答。大志就觉得此人不简单。

"哦，我在武警部队，不过已经被安排转业了。"大志说。

那人把茶杯盖盖好，两手抱了杯子看着窗子外面说："唉，可惜啊，这么年轻就转业了。不过也好，早点回到地方稳定些。部队毕竟不是长留之地。"

本来大志如果不是因为看了那短信也就把这聊天当作拉家常了，但此时他就觉得这让人看不出一点破绽的拉家常倒有些让他感到这人是不是有什么不可告人的目的，大志想了想就说道："我是犯错误被人家给开了。"

那人听了大志的话，唉地叹了口气，脱了鞋半躺在铺上不再言语。

唉，想太多了。大志为自己幼稚的想法感到可笑。一个被开了的人，还想着国家安全的大事。大志翻看着报纸，心里一遍一遍地骂自己。

直到中午，广播里说午饭时间到了，那人才起来。那人起来后用手使劲搓了搓脸，很是客气地对还在看报纸的大志说："兄弟，咱们一起到餐车吃饭吧。我请客。"

大志忙摆手："那不成，要请也是我做兄弟的请老哥。"

"客气什么！"那人说完就起身。

餐车里的人不是很多。吃饭的时候，两个人也没有说什么，倒是人家非常客气地问大志喜爱吃啥，然后就点了四个菜。那人要拿酒，大志说，酒你老哥一个人喝吧。我行李没拿来，得抓紧吃完回到卧铺哪。那人说那就算了，我的东西也没拿。

大志没有客套，闷着个脑袋放开大吃了一顿。吃完，大志说："老哥，中餐你请，晚上我请。"那人说："兄弟不要见外，我们同坐一车，又是上下铺，可是千年修来的缘分。我比你要大二十多岁，又做生意，还是哥哥我来负责你一路上的吃喝。再说了，我在银湾人生地不熟，到了地方后，免不了要麻烦兄弟。认识一个当武警的兄弟是我的光荣。虽然你已经转业了，我仍然感到非常光荣。哦，还不知道你叫什么名字呢？我叫林广进。"

大志说了自己的名字。

两个人说说笑笑回到卧铺也没睡午觉，聊着聊着，林广进就问："看兄弟这身段，在武警一定不是做一般工作的。"

"嗨，不瞒老哥说，我是干特警的，是特警队长。"大志想，一个转业的人，身份已经没有瞒的必要。如果你真是间谍或恐怖分子，很容易就把我的情况搞清楚的。

"没想到老弟是特警队长，那哥哥我脸上就更有光彩了。"林广进说。

大志显然看到了那人眼睛里不易发现的光。

"唉，当个特警队长有啥用，还不照样转业？"大志从口袋里拿出烟盒，抽出一根点上，然后把烟盒和打火机扔到茶几上。

"兄弟也不要有什么遗憾，转业了不一定是坏事。你一个特警队长，按理说转到公安没啥问题。"

"唉，想起老子出生入死，立了那么多功，换来的还是转业，就恼火得不行！"

"没想到兄弟还是个英雄！"

"我可不是一般的英雄，不信你到网上查查我牛大志的名号。"大志猛吸了一口烟说。大志有意给这人制造假象，让他觉得，好像部队非常亏欠牛大志似的。

"那我就想不通了，你这么优秀，部队怎么就让你转业？"林广进有些不解。

"我看不惯他们搞不正之风，他们就说我品质有问题。然后就把我弄转业了。"大志说。

"我看兄弟也真是的，搞不正之风算什么。现在就这社会，你要见怪不怪。人家搞，你也搞，甚至你还要帮领导一起搞。这样的关系最靠牢。"林广进吃吃一笑。

"现在都走了，说这还有啥用？老子的前途，就被那帮王八蛋给毁了。想起那些混蛋，老子连揍他们的心都有！"大志气愤地说。

"不是老哥说，兄弟也太实在了。我可告诉你，我家旁边就有座营房，我跟部队上的领导都认识，还与他们一起吃个饭。和平时期嘛，就当和平军人，大家都有利益在里面，关键时刻，谁也不会把屎盆子往自己身上扣，会捂得严严的，不让臭气跑出来。小弟，不要生气啦！"林广进吹嘘自己知道部队的事比大志多，就有些得意。

"你说得也太邪乎了，人家凭什么跟你一起吃饭？"大志就觉得这人简直是别有用心败坏部队形象。大志知道，要说有的部队问题是不少，但也不至于人家一个班子都有问题，还都和你热火地打交道。像自己的支队长、政委，还有主任，都还是不错的领导。虽然人家把自己安排转业了，但人家是什么领导，自己的心里还是有杆秤的。但为了掌握此人的情况，就装作不解地问。

林广进错了，错在他不该设局下套让大志钻，错在不该凭感觉判断这位特警队长会仇恨部队，更不该跟特警队长讲太多的话。本来，人家大志

255

一开始也没有想这人到底是什么身份，也不想跟他打什么交道，也就是这林广进话说多了，就让大志看出了破绽。

听了大志的牢骚话，林广进更坚定了他们近期来对大志的判断。他觉得牛大志太值得去了解了，将来一定会有用处的，就说道："我是商人，我每年过八一和春节都要去慰问他们啦，他们自然要款待我的啦。说心里话，兄弟真的不要太认真了，我比你见得多了去了。实话跟你说，这年头啊，有权不用，就是一个字'傻'！"林广进讲这些时，为了渲染，甚至说起了广东话。

"他奶奶的，当官就是为了享受富贵人生。其实我早就看不惯这些了，只是咱们光有一腔热血，光会生气。"大志说。

"和平时期不打仗，用什么来衡量一个人的才能呢，就是协调关系。关系怎么协调呢，就是听话加请客送礼。你如果工作能力很强，再加上有济世的胸怀和理想，周围的人就觉得你是另类了，同级的人就觉得你是他们的竞争对手了，他们就会想办法把你给弄下去。你啊，兄弟！还好，你还年轻，现在醒悟了还不迟，到了地方千万要记住老哥的话。"林广进滔滔不绝地讲。

"从被点名转业那一刻起，我就明白了。不过还是要谢谢老哥的点拨。"大志把手上的烟头在烟缸里灭了后，又从烟盒里抽出两根来，一根死活要给林广进点上。

林广进就笑着点上了火，吸了一口说："兄弟记住，这年头要想往上爬，就必须来真格的，光是空头支票不行。就凭兄弟的素质和本领，如果转业到了公安，要不了几年，指定当个局长。"

"唉，说得容易，哪里来的真格啊！"大志躺下来有些无奈地说。

"不就是几个钱吗，如果兄弟看得起哥哥我，我来帮你解决。"林广进把手一挥。

大志笑了说："老哥，不是老弟看不起你，我看你也不像是有钱人。如果有钱，怎么不坐飞机和软卧啊？"

林广进也笑了："你老弟真可爱，难道有钱人出门就必须头等舱、软卧吗？一日三餐就必须鲍翅燕窝？为了体现老哥的诚意，现在我就让兄弟坐软卧。"说完就把烟放在烟缸里灭了，起身去找列车员。

大志嘴上就客气了一下说,"不要这样老哥,我开玩笑的,"然后也就由了林广进。大志就觉得,这软卧也坐得太容易了,他分析这人肯定是有问题的。他要看看,这林广进接下来还会有什么戏要演。

火车"哐当哐当"地响着,那过道里林广进的身子也随着晃悠,就像是喝醉了酒一般,摇晃着朝前去了。林广进的能耐大志确实没有预料到,软卧很轻松就坐上了。

两个人享受了软卧,一路说说笑笑,倒了汽车和轮船,就到了银湾。

这一路上林广进就感到牛大志似乎有些不舍得离开他了,这颗心总算才有了一点点的踏实。

其实打上了火车,林广进的心就一直悬着。

这次来银湾办这么一件大事,也不知道老板是怎么考虑的,给人的感觉,还没有做好充分的准备,就让林广进匆匆忙忙地过来了。

老板的指令很简单:林广进,你是能把这单生意拿下的,公司最近人手紧缺,无法安排太多的人,你相机行事。我们盯了很久的那个牛大志很有价值,你要想办法策反。策反不成,我们再另想办法。要记住,我们的办法始终是比困难多的。

林广进一看老板的这条短信,就知道,这次银湾之行,主要是靠自己了,还有这个不知道能否被策反过来的牛大志。

在这个行当多年,林广进知道,他们这些人,就如同过街的老鼠一样,虽然有许多人和自己称兄道弟,但要是知道了自己是国家的敌人,会毫不犹豫地报告。当然,也有一些例外,前两年,自己拉进圈子里的几个人,都是贪图金钱的。

林广进知道,在这个物欲横流的年代,许多人抱定的是"受罪一辈子,不如享福三十天"的想法,只要有钱,亡命徒并不少见。只要找一个有能耐的人和自己搭伙,这次银湾的事情就好办多了。

但是林广进更加清楚,就目前的状况,那些有能耐的,不是发家致富了,就是升官发财了,要想找个有能耐的人入伙,实在困难。

老板的钱没有少花,可却没有找到一个像样的人进来。倒是林广进把

257

人吃得准，不管什么事情，需要卖命的，就一锤子买卖，跟雇佣杀手似的，一口价，办完事，把钱付了走人，倒也利索。

所以林广进给自己的老板没有少干大活，以至于在这么紧要的关口，依旧要林广进一个人来办这件事，还要他把满腹牢骚、为了转业的事，把酒泼到领导脸上的牛大志相机策反。

"据我们得到的情报，那个牛大志啊，一个全国英模，为什么被部队说开就开了，根本原因是反对指挥体制。反对指挥体制，知道不，说白了就是骨子里对这个国家的军队和政府不满。这样的人，正是我们策反的重点对象，非常有价值。你看看，为了发泄心中的不满，敢往领导的脸上泼酒。为了救小孩，可以把亲叔叔杀了。有大恨大爱之人，下手往往比较狠。此人一旦被成功策反，将来可以死心塌地地为我们做大事。但我们也要舍得花代价。"那天老板在房子里拿着电话一边踱步一边对林广进说。

林广进也不是吃素的，在办大事的过程中，早练就了一双看人的眼睛。上面交给他策反牛大志的任务后，他就在牛大志枪杀叔叔后，从住宿登记信息中查到了牛大志住的旅馆，并尾随牛大志上了车，还故意发了"暧昧"短信让大志看到。他一见牛大志，就从牛大志的身上，感觉到了一股浓浓的兵味。他的计划是分两步走：第一步是一锤子交易，一手做事，一手交钱，完事走人。第二步是策反，想办法把牛大志发展到他们组织里面。

就在他盯上牛大志后，他就注意到了，这个特警队长心事重重，不住地长吁短叹。要不是有巨大的压力，怎么就长吁短叹呢？林广进就感叹起组织上的高明，他决定把这个很大的赌注，押在牛大志的身上。

林广进这次铁了心要拉牛大志下水，还因为必须找一个熟悉银湾DA论坛内部情况的得力帮手。

林广进看得出来，牛大志就是最合适的人。他觉得自己有百分之百的把握！这么年轻的一个干部，还是武警部队的英模，忽然就让离开了部队，他的内心深处，除了不满，一定还有仇恨。

他暗中观察，发现这个牛大志每走一段路，都会停下来，似乎在寻思什么，而后又放开大步走。

林广进把牛大志的这种反常，叫作"黎明前的黑暗"。人往往在做出重大决策前，会出现短暂的犹豫。这个犹豫只要过去了，就是九头牛都拉不回来！

其实林广进和他的组织错了，错得不是一般！他根本就不知道，这个牛大志，只是对忽然的转业产生了不满的情绪。这个不满，来自他自己的抱负不能实现！而这个抱负，就是多少年来，牛家村的大将军给他的意志。

"居庙堂者，必抱缺也，游江湖者，其志必宏壮也……丈夫砺志，处处皆可，抱社稷，或怀黎民，虽入狗窦，亦大丈夫也……"

牛大志总爱回味小时候老师给自己读的那艰涩难懂的文章。被转业后，军装情结和将军情结不在心里纠结的时候，他忽然明白，真的丈夫，报国不需要必须在那整齐划一的队伍里，哪里都有报国的门！

"虽入狗窦，亦大丈夫也！"牛大志忽然内心里就笑了，这么多年，总算知道了这话的真谛。就算自己进了地狱，只要是报国，也是大丈夫一个！

这次回故乡陕北，因为叔叔，因为小爱，他无奈地坐上南下的列车。在这列车上却碰到了危险分子林广进。大志的心里就想到了蔡文姬自匈奴南归，而有《胡笳十八拍》的千古绝唱。在这南下回部队的列车上，因为可能要上演惊天动地的事，大志的心里就异常兴奋。这兴奋来自大将军给他的信念，这信念就让他有了证明自己是一名优秀军人的机会。谁说我竹篮子打水一场空了？我牛大志就要让你们看看，什么叫"受命之日忘其家，张军宿野忘其亲，援枹而鼓忘其身"。

他无聊地看着窗外的景色，鼻子里哼着由自己作词、建中作曲的林广进一点也听不明白的《特战队员之歌》。

牛大志感到自己从现在开始已经不再是被人提着摆弄的木偶。

2009年1月20日

　　大志和林广进终于在轮渡的汽笛声中到了银湾。本来如果不是因为碰到林广进，大志是要给老搭档李建中打个电话让他来接一下的。不承想在路上却碰到了这位让人感到深不可测的林广进。

　　按理说自己是要先回部队的，一个待安置的转业军人，出了这么大的事，再怎么着也要向支队领导汇报一下。可大志从林广进的嘴里知道，他是第一次到银湾，是来考察的。林广进说，他准备在粤舟投资点项目。大志就判断此人可能真的是危险人物了，因为他的手机短信内容与他来考察项目没有一点联系。大志就准备把情况搞清楚后再回部队。

　　军人嘛，对自己的国家就要"以不二之心，发于事业，昼夜在公，即有一尺之才，必尽一尺之用"。我牛大志虽然已经是脱下军装离开部队的人了，既然是转业军人，就还是军人，这是国家给我们的终身荣誉。脱下军装没错，可自己就要以转业军人的一尺之才，尽一尺之用。如果你林广进真的是恐怖分子的话，我就要让你知道，中国转业军人的厉害。此时的牛大志脑子里总是出现戚继光在《练兵实纪》里说的话。

　　出租车上，林广进问大志住哪里。

　　"我一个被人家安排转业的人，不想像个乞丐一样回部队住，我想在外面租个房子。租房子住比住宾馆要便宜很多。"大志苦笑。

　　"也是的，这样吧，你先租地方，租好后告诉我一声。你能不能帮我先在这里办个手机卡，这样也方便我们联系。虽然我有几部手机，但到这里就是漫游了，联系起来不太方便。唉，我得赶紧买夏天穿的衣服，没想到这里这么热！"林广进用手抹了一下脸上的汗说道。

大志说:"这都是小事情,那你住哪里?"

林广进说:"我还没想好,我先转转再说。"

下车后大志帮林广进办了手机卡后两个人就分开了。

看着海滩上的一棵棵椰子树,还有碧蓝的天、蔚蓝的海,牛大志的心似乎被抛到了高空。

此时,大志忽然又想起了家乡,想起了黄土高原的苍黄和壮阔来!

这也是高原!蔚蓝的高原蔚蓝地厚实着!这也是高原,广阔碧蓝地清澈静谧着!大志的眼睛湿润了,他禁不住高声呼喊了出来:

如果可以

我想要拥抱

拥抱桀骜的风

猛烈撕扯

无忌呼喊

如果可以

我想要指点

指点苍黄的大地

自由挥洒

开心烂漫

……

这是牛大志转业回家后在老家的高原上写的一首诗。回到银湾的时候,他忽然就萌生了呼号的念头,就不假思索地高声呼喊出了压抑心底已久的声音。附近沙滩的游人都诧异地看着他,有人奇怪,有人摇头。大志却毫无顾忌。他感到那种一直以来的沉闷感觉,在一纸命令无人管束之后,在重返大海边的时候,在孤身一人可能要面对危险的敌人的时候,烟消云散了。今天,他终于有了一点点畅快的感觉。

在一个小区租好地方后已经是晚上。大志拿出手机准备给林广进打电

261

话时就忽然担心起来。他觉得自己太疏忽了，如果林广进不想跟自己联系了，那不就麻烦了，与他分开时，应该跟踪他的。大志就在后悔中拨了林广进的新手机号。

很快那边就传来了声音，大志松了口气说："老哥，我已经租好地方了，你在哪里啊？我想请你吃晚饭，尽地主之谊啊。"那边林广进见大志主动来了电话，就觉得这当兵的还确实是对自己恋恋不舍了，非常高兴地说："我已经在新国宾馆开了房，现在在逛街买衣服。你订好地方后，我马上过来。"

大志说道："你逛完街就先回宾馆，洗个澡，换下衣服。我去接你，这地方你刚来，路不熟。"那边就爽朗地说"好嘞"。大志放下心来挂了电话后，就盘算着如何让林广进上自己的钩。如果此人一旦离开自己的视线，那就非常被动了。大志想，这可是天大的事，宁可信其有，不可信其无。如果搞错了，大不了向人家林广进道个歉。大志在这个时候也犹犹豫豫地想是不是给部队汇报一下，但没有确切的把握证明这个人是恐怖分子，如果给部队汇报是不是也太唐突了。搞不好会成部队的笑话的。一切还是等弄清情况再作打算吧。

晚上七时，大志就赶到了新国宾馆。一到林广进的房间，林广进就高兴得直乐，说这地方还真是不错，不像我们北方，冻得人浑身包得紧紧的，这多轻松。说完就用手把穿在身上的红夹克抖了抖。

大志发现，穿了红夹克的林广进显得年轻多了，只是额头上的那道皱纹里的黑道道更为显眼。

两个人上了出租车，大志说："老哥，你第一次来，兄弟请你到船上吃海鲜。"

林广进说："兄弟也太客气了。老哥今天就听你的，不过以后花钱的事，就得听哥哥我的了。咋样？"

大志说："好的，就听老哥的。"

"嗨，还是这个地方好啊，你看看到处青枝绿叶的，哪像我们那儿，光秃秃的，没有一点生机。如果这里有项目可做，将来我就在这儿定居。"林广进感慨地说。

"这里自然环境绝对是一流的。不说其他的，单是北方人每年吸到肺里的灰尘就比这儿的人多几斤呢。"大志说。

"那是，有一次，我们那儿刮了沙尘暴，我父亲吸了灰尘呼吸不通了，竟然咳出了黄泥来。医生给他用水洗肺，没想到竟洗出几瓶子黄水来，把我吓一跳。我就想，我们那儿人死了后，在火化时，那肺可能都能烧成陶肺。"林广进夸张地说。

大志哈哈大笑，然后说道："好像是庄子说过'化贷万物，而民弗恃'。当时我看到这句话时，却不知道说的是什么意思，也问了一些文化人，他们也没有一个准确的解释。后来我就慢慢地知道一点，我就想，这其中深义应该是，化贷万物，应该是指天地之造化，或者为自化。而民弗恃，应该是指人类于天地，应该反求于己，对外无所恃，也就是不应该以霸道行于天地。如果人类于天地行霸道，等于就是侵越天道了，这样的话，人类是非常危险的。"

林广进沉思了一下说："兄弟说得也太深了，呵呵，我听不懂。反正人类不向自然要，人就过得没有什么意思。这个社会人们的消费欲望，其实就是人的享受欲望。没有消费欲望，就不可能有科技的发展。所以，只要人们的消费欲望存在，科技就会不停地发展，而且会发展得越来越快。如果没有这欲望，人就会退回到原始社会。"

大志说："老哥说得有些道理，我到过一个黎族村子，有的人家现在还住在船形屋里。这屋其实就是草棚顶，篱笆墙。严格地讲，这屋都没有资格被称为房子。全部值钱的家当就是挂在墙上的劳动工具。做饭连个灶台都没有，就把锅放在几块石头上，下面放木柴烧。生活在这里的人，没有什么太大的欲望，从来不想扩大再生产，挣更多的钱，改善自己的生存环境。有的人天天喝得醉醉的，好像从来都没有醒来过。话又说回来，幸亏这些人过着无欲无求的神仙一样的生活，如果像沿海一带的人那样勤劳，那里的环境早就破坏完了。"

"哈哈，真有这样的地方？"林广进又大笑。

大志没有回答林广进的话，接着说，人类越来越大的欲望已经把地球弄得几乎没有一块好皮肤了，这不断膨胀的欲望也把人类弄得没有一点情调。假如历史上伟大的诗人生活在现今，还能不能写出"李白乘舟将欲行，忽闻岸上踏歌声"这样的诗句。不就是分别一下吗？有这么好像再也不见面的难受劲吗？现在亲人朋友不要说是隔了一两个省，就是隔了几个国家，到了西半球，坐飞机也就十几个小时。飞机是人类欲望的结果，可是自从这个东西发明出来后，人的离愁情调也就慢慢淡了很多。又比如，"烽火连三月，家书抵万金"，一封书信，抵万两黄金，可见这情字。一笔一画，写信的是泪水滴滴答答。这边的人好久收不到书信晚上睡不着，收到书信后流着泪水一遍又一遍地看得睡不着。可是，现在还有几个人写书信呢？网络是人类欲望的结果，可是这东西就把人的情字弄没了。我们看一看，打手机的人有几个是情意绵绵的呢？而又有几对夫妻通电话时不是向对方大声吼叫的呢？再比如"两岸猿声啼不住，轻舟已过万重山"。那个时候船行驶在长江上，两岸是高高的森林，在鸟鸣猿啼声中，船儿顺江而下，那是一种什么感受？可是现在长江两岸的猿声到哪儿寻找？森林还在吗？这是不是人类欲望作用的结果呢？春来江水绿如蓝，怎不忆江南！江南的水还绿吗？

林广进听得竖起了大拇指：大志兄弟，你一个武夫，没想到还很有文采啊。

文采是狗屁。大志骂了一句接着说道，现在这社会，越是有文采的人，给人的感觉越是酸酸的。现在年轻人看《红楼梦》就感到非常可笑，一群男女一天到晚怎么就是写些酸诗，真是没劲。喜欢谁就表白出来呗。甭说是一天到晚地还生活在一起，就是远隔千山万水，弄个视频聊聊，让对方看看。再不行就买张飞机票，不就完了嘛。这没有节制的欲望膨胀，就把爱情，甚至是性生活也弄得如此这般了。

林广进又是一阵哈哈大笑，说，兄弟你也是一个文得发粗的人。也好，这年头就是要粗一点。追求那些感觉实际是可笑的。人还是实际一点好。我在美国看了一部电影叫《海滩》，所要表达的就相当于陶渊明的"世外桃源"。非常厌恶现在这个社会的一群人，到了一个外面人不知道的地方。可是他们生活得并不如意，原因是外面的欲望社会让他们的心情总是静不下来。这个电影让人深思。现在不少人非常愿意回到封建社会那种状态，过诗情画意的生活。可是真要是回到过去了，已经体会过了当今欲望社会，你能静得住吗？佛教把这静叫禅定。我想，如果真要那样，就得先练练禅定。可是禅定的前提是"戒"，这又是一大关口，就是佛家的很多人也很难过这一关。戒定过了，就是慧。我想真是到了最高境界，就是不回到诗情画意的那个情调之中，你的心在现实环境中也就不会受到污染了。前不久我听一朋友说，某地又发现一片林子，空气中负氧离子含量非常大，动物也非常多，可能在全球都非常难找。我说那好啊，赶紧保护起来。朋友说，哪里啊，听说政府要在那儿建一个度假村。现在有人类居住的净土真是越来越少了，有人说已经没了。因为连地球的最后一块净土都快没了，更何况是人类住的。北冰洋冰融后，不少北极熊因为要游很远，就累死了。一些国家也正在争夺大自然在工业文明作用下生出的黄金水道。南极洲也越来越小了。哪里才是人类、才是地球的最后一块净土呢？

"嗨，我们这是杞人忧天。管他奶奶的诗情画意呢？诗情画意能当饭？"大志点着了一支烟说。大志心想，这林广进真不简单，国学、天地自然，知道的东西很多。这样一个人，怎么就能因为跟某个人的恩怨背叛自己的国家？家国情怀呢？慈悲心呢？

不一会儿，车子经过一座营房，大志就指着对林广进说："老哥，这就是我们支队。"

林广进忙扭过头来看，就见大门口有哨兵在哨位上直直地站着，正对着大门的是一座大楼，他就问大志："那是办公大楼吧？"

大志说："是的。唉，老子已经不是这儿的人了，想起来就憋屈得很，他奶奶的，看到这帮人真想把它给炸了！"

林广进就有些惊讶地看了大志一眼，心想，这习武之人也是有点古文功底的，却没有被古文教化。古文不就是宣扬仁义礼智信吗？一个受共产党教育培养这么多年的警官，却没有被儒学教会一点点感恩之心，就因为人家让你转业了，竟然反目为仇，看来说教的东西也是抵不过个人利益的，自己当年不也是吗？看来在这小子身上下的赌注大一点，把他拉过来应该不是问题，就说道："拉倒吧，兄弟，这事可不能干，给你个胆都不能干！你刚才不还在讲什么化贷万物，而民弗恃吗？呵呵。"

大志用右拳击打了一下左手掌，气愤地说："说是说嘛！我那是针对环境讲的。真的，不是因为老爹老娘还在老家受穷，我早就豁出去了。老子在部队前途没了，就等于是要了我的命。他奶奶的，这次回老家你不知道我是多丢人，还不如死了。叔叔都被我打死了。如果不转业，叔叔也不会死。唉！"

林广进用手拍了一下大志的腿问："你叔叔怎么了？"大志低下头没有说话。那林广进知道大志身上背有人命，而且是至亲的命，心里肯定是乱糟糟的。

在船上吃海鲜又让林广进激动不已。大志要了一只大龙虾，还有各种螺、膏蟹、鱼、沙虫等。

两人把一瓶茅台干得快差不多的时候，林广进就说了掏心窝子的话："兄弟做人没说的，以后兄弟花钱的事就包在哥哥身上。10万20万的尽管开口。按说，钱也不是随便给谁就给谁的，只是我们北方人讲的就是义气，看中的哥们儿，没得说！"

大志刷地就站了起来，把瓶子里的酒全倒在一个杯子里，端起来一口就干掉了，然后又拿了一瓶边开边说："就凭哥哥这句话，今后上刀山下火海的事，就交给兄弟办。兄弟没其他什么本事，有的是力气和一身的功夫。"说完，就把衣服一脱，林广进看到大志身上的肌肉鼓鼓的，上面的汗珠子闪闪发亮。

林广进也把杯子里的酒喝了，说道："哥哥我绝对不打空头支票，兄弟你现在就把银行的卡号告诉我。我先打个10万块你先花着。"说完就向大志伸过手来。

大志看见林广进来真的，就笑了说："开玩笑是可以的，只是我无功不受禄，怎么能随便花人的钱？难道这钱不还了？"

"哈哈哈，不还钱那是假的。老弟刚刚转业，暂时也没有什么事情可做，就给老哥当个跟班怎么样，我走到哪里，你就跟到哪里，期限一年，负责保护好老哥！"林广进笑着说。

"保护老哥当然没有问题！就算你不给钱，只要这一年让兄弟有个住的地方和吃的地方，不叫我回老家就可以了！"大志低了头说。林广进知道，大志一定是因为要了叔叔的命有难言之隐。心里想着，牛大志跟定他那是铁板钉钉的事情了，就忙催促大志给卡号。他让公司给大志先把一年的工资预付了。

大志嘴上客气了一下，就从裤子口袋里摸出了钱包，把银行卡抽出来给了林广进。林广进很快就拨通手机嘴里嗯嗯啊啊地安排人打钱。林广进把银行卡还给大志说："明天上午钱保证到位。兄弟尽管花。这一趟认识兄弟真是值。"

"这下好了，转业进斜阳可以买套三居室付首付了。"大志放好卡，自言自语。

看到牛大志这么喜爱钱，林广进就知道自己火车上发的"暧昧"短信牛大志一定是看到了。发那短信他是试探大志的。如果大志信念坚定，对国家忠贞不贰，就会把情况立即报告给部队。当然，林广进这样冒险，他是胸有成竹的。如果部队抓他了，他会做出解释。毕竟自己过去做的事，没有留下什么痕迹。如果大志要叛变他的组织，就会讨好他，并表现出对金钱的极大兴趣。

果然，大志拿起酒瓶又把杯子倒满，站起来对林广进说："患难见真情，大哥在兄弟我最困难的时候帮我，我一定领这份恩情。"说完就干了。

林广进笑了一下说道："这是小意思，兄弟不要有什么压力。"

"压力我没有！实话说老哥，如果不是领导把我开了，10万8万虽然没有，但我也不至于落魄到现在这个样子！话说回来，我也不是见钱眼开的人，只是现在确实遇到困难了！"大志迷离着醉眼说。

林广进就分析，大志说这话，还是很在乎面子的，就给大志下台阶说道："大凡英雄男儿，都有过难关，小意思，兄弟，别不好意思！"

吃完饭，大志就把林广进送到了新国宾馆，林广进脱了夹克挂在柜子里说:"兄弟今晚就在我这里住算了。"

大志说:"好的,我和老哥有聊不完的话。"

林广进说:"咱们兄弟俩真是一见如故啊,走了一路聊了一路,真是有说不完的话啊。"

两个人洗完澡,就躺在了各自的床上。大志就想,这家伙看来还是老奸巨猾,给了钱却不提让干什么事。无非就是想把我试探得差不多了,让我自觉地投入他布的罗网。这窗户纸,你不捅,老子就直接捅,看你能撑得住不?

主意一定,大志咳了一声就直奔主题说道:"老哥,是不是有什么仇家需要收拾,你照直了说,我一定帮哥摆平,要不我拿了哥哥的钱心里不安。"

"哪里?这是小钱,兄弟别那么有压力,就当是哥哥给兄弟的红包吧。"林广进听了大志急不可待的话,心里就有说不出的高兴。

"这下好了,我这一转业,在斜阳买房子的首付没有问题了。父母也不用东借西凑了。"大志自言自语。

"兄弟,不是哥哥提醒,你思想有点偏激,这样不好。你好歹在仕途上,就是领导杀了人被你看到了,也要睁一只眼闭一只眼。哥哥不希望看到你出什么事。"林广进伸了一下懒腰说。

听了林广进的话,大志心里就犯起嘀咕,奶奶的,难道我判断错了?就接过林广进的话说道:"我也不瞒老哥,从转业到现在,我做梦都想报复那帮王八蛋。我真怕哪一天没忍住,就把人给拾掇了。"

大志此话一出,房间里的空气似乎都不流动了,两人彼此仿佛都能听到对方的心跳声。林广进好长时间没有说话,就见他伸手从床头柜上拿起大志的中华烟盒,抽出一根点上猛吸了一口,然后徐徐地喷出烟雾,停了几分钟才慢悠悠地说道:"人是不能弄,弄了是要杀头的,那样划不来。我就说了,兄弟你太偏激,这事也就是跟哥哥说说,万一你说的被别人听到了,就麻烦大了。"停了一下又说:"一个大英雄竟然有这样的想法,太可笑了。"说完就冷笑了两声。

"我也没跟别人说过,不是你老哥对我这么好,我也不会对你说。英雄怎么了，一个拿命换来的英雄竟然被人说开就开了，你说窝囊不？"大志吸了一口烟说道。

"这样，我帮你安排个事，没有什么风险，事成之后，我再给你100万怎么样？"林广进坐了起来看着大志说。

大志脸上的肌肉不由得抽搐了一下，然后就装出迫不及待的样子说："100万？"

"是的，100万。首付算啥，可以在斜阳买一套别墅了。"林广进用眼睛盯着大志。

"可以，我干！这年头，有钱能使鬼推磨！"大志坐了起来，用拳头捶了一下床坚决地说。

"哈哈，兄弟真可爱，也不问是什么事，就说要干。让你去杀人也干？"林广进说完就下床站起来，在房间里踱起步来。

"就是哥哥让我杀人，我也干。就凭哥哥对我的这份情，还有那100万。哥哥尽管说，要让兄弟干什么。"大志很是认真地说，心里想，这狐狸终于露出了尾巴。

林广进坐了下来，把手上的烟灭了说："再有几天，DA合作论坛就召开了，你有没有办法在开幕的那个时间，在你们警卫大队的大门安放个炸弹并把它引爆？"

大志听了后半天没有说话。林广进笑了："兄弟还说干这干那，哥哥就跟你开个玩笑，看把你吓的。哈哈。"说完又笑。

大志一脸严肃地说："在DA合作论坛开幕那天，引爆个炸弹绝对没有问题。这牛不是吹的。那地方也就是我能进去，换成你老哥绝对不行。"

"开个玩笑，兄弟还当真啦！"林广进拍着身上的烟灰笑着说。

"玩笑也就罢了。不过啊，我倒希望这是真的！既出了我的气，又能得100万。100万够我挣几辈子了。唉！"大志长长地叹了口气就又躺了下来。

"兄弟如果真的要干，哥哥可以成全你。"林广进又拿出一根烟来点上。

"爆炸装置没法弄！"大志又坐起来。

"这个不用你操心。你所要做的就是混到警卫大队，把爆炸装置安上就行。"林广进放低了声音。

大志点了点头，然后问："原来哥哥跟我一个想法。只是哥哥为什么也对我们武警这么有看法？为什么不在论坛会议上炸？"

"兄弟就不要问了，问多了不好。你能进论坛会场吗？我是知道的，那个地方谁也没法弄事。不过在警卫大队炸同样可以造成国际影响。"林广进弹了一下烟灰又说，"这事要保密，慎重，一旦走漏了风声，你是要承担责任的。你老家的父母还有弟弟妹妹，还指望你呢。我们会对你家里的亲人暂时采取保护措施的。"

大志肯定了自己的判断，只是他还不知道，林广进属于什么组织。这事还真不敢轻举妄动，搞不好会连累爸爸妈妈弟弟妹妹的。

大志倒在床上，林广进却没有睡的意思，还在抽着大志的中华烟。大志脑神经有些兴奋，对林广进说："老哥，你先睡吧，我兴奋得睡不着。"

林广进表情诡秘地说："我不能睡，一睡，你就睡不着了。"

大志就不解地问为什么。

林广进说："我酒喝多了，打呼噜是很厉害的。"

大志说那我先睡啦。

林广进就笑了一下，继续抽烟。一根烟还没抽完，大志就打起了呼噜。那呼噜响的，真是排山倒海。这小子在火车上都没有这么打过呼噜，难道也是酒喝的？本来林广进是想把烟抽完睡的，但听到大志的呼噜声，他不想睡了。

没想到还有这么个心甘情愿为我卖命的人。不就是100万吗？林广进拿出那部宽屏手机，用英文给境外的老板汇报了情况。

老板回信，要他万分小心，把牛大志看准，千万不能上当。

第二天一早大志就醒了，听到林广进均匀的呼吸声，本来想起来出去活动一下的，但一想到昨晚已经把事情说开了，就感到自己已经时刻处于危险之中。如果不打个招呼就出去了，可能会引起林广进的怀疑，就起床上了一下卫生间。他没有关卫生间的门，尿液在便桶里的哗哗声响，林广进肯定是能听到的。上完后，就又回到床上躺着。大志在大学里面是学过如何与恐怖分子斗争的，就想，现在身边这个人，就是自己入伍以来从来没有碰到过的国家和民族的敌人，也是最危险最难对付的敌人。虽然没有实战经验，但在这种情况下，很多时候是要靠自己的智慧和胆量的。大志就庆幸自己在斜阳一走了之了。他侧过身来看了看躺在床上的林广进，心里就觉得可笑，这个愚蠢的家伙有时候也会愚蠢到往人家枪口上送。你也太小看我牛大志了，我牛大志是谁？我牛大志是要像大将军那样胸怀天下的，大将军连名字都没有，却受后人敬仰。我牛大志也是顶天立地的一条汉子，一个曾经的共和国军人，怎么也要为国家、民族和人民尽忠的。大志想，就是牺牲了自己的生命，也不能让坏人的阴谋得逞，现在最要紧的是要把林广进的组织和活动计划搞清楚，然后想办法把情况报告给支队领导。大志本来想自己单干，但家里的亲人已经时刻处于危险之中了，就想着是不是必须要依靠组织了。

但大志又十分清楚部队的情况。自己所在的部队是没有侦破恐怖组织任务的，如果把情况报告给了支队领导，支队领导就要向总队报告，总队就要通报给银湾安全局和公安厅，这样一来就复杂了，很有可能就会弄得兴师动众，打草惊蛇。最后不能一网打尽，还会把自己亲人的性命给搭进去。

心情矛盾的牛大志陷入回忆——

那年支队解救人质。一个歹徒劫持一个人质，结果一接到情况，就热闹了，外面围了几百人，单是省里市里总队支队领导就去了几十号人。这些领导都是来坐镇指挥的，记者的摄像机一窝蜂地对着领导。大志就感到可笑，本来最多就是营职干部或连职干部就可以拿下来的事，部队一下子也来了那么多首长。结果领导一会儿一个重要指令，混乱的现场加上你一声他一声地喊话，歹徒受不了刺激就走了极端，把人质砍了，自己也自杀了。实际上这种情况下解救人质，几个人就可以了，布置几个狙击手，来两个谈判专家。谈成了就和平解决，谈不成就找时机把歹徒击毙。当然以人质安全为第一。

到底要不要报告，怎么报告，大志的脑子里面越想越乱，此时他又想起那一次网上演习的事来。那时他是以机关一个参谋的身份参加的。在预告号令发出后，部队就进入了作战准备阶段，然后又进入作战实施阶段。战斗打响后，大屏幕上给出了敌情通报，说敌人的飞机已滑出×××洞库，5架××型电子干扰机和3架××型电子战飞机，对我方正实施高强度磁电攻击，××地区通信指挥系统已全部瘫痪，敌人南部民用机场戒备森严，运至离机场5公里处的高速公路上的30余架F16战机已挂弹完毕，××××洞库有飞机不断滑出，××××105毫米大口径火炮和××多管火箭炮正往发射阵地运送，××××导弹阵地军人活动频繁。在我沿海南侧发现1艘渔船，船上未发现渔具，人员去向不明，沿海礁石发现十余套蛙人器具。大志看了这情况心里就骂，实在忍不住了就敲了一段文字发给了导调员：为什么敌军要给我们那么长时间的作战准备？为什么明明看到敌人的飞机在干扰我们，我们却不把它打下来？敌人的飞机早已滑出洞库不起飞，是不是等待我们用导弹打它？为什么我们发现了敌人的火炮也不开炮，是不是要等人家摆好阵势，先向我开炮了我们再还击？为什么敌人不在渔船上放上渔具，他们连最起码的伪装都不会吗？为什么敌人从海底过来了，不把蛙人器具藏起来？现在是信息战，必须要分出几个作战阶段吗？当代战争有前方后方吗？

这段文字发出去后，麻烦就来了，演习间休息时，副参谋长就把大志叫过去了。大志知道一定是领导要批评自己了，就做好了被批评的准备。副参谋长一见他，就冷笑着说："你牛大志会打仗是吧，说说，参加过什么战役。"

"我什么战役也没有参加过！"牛大志立正了回答。

"那你就弄清楚，我们现在谁也没有打过仗，连军委领导也没有几个打过仗的，现在不就是练吗？不弄出个阶段和程序来，还不乱成一锅粥？你是个小参谋，主要是把文书弄好，把图标好，战略战术上的事，有我们领导，明白了没有？"

大志回到作战室。接下来的事就更让他非常不解了。上面又给出了情况，说××水库只有一个中队的兵力，一旦有小股敌人搞破坏，水库可能就保不住了。作训股长发言时就建议，从预备队抽一个大队的兵力增强保护水库的力量。参谋长采纳了这个建议。

这时，大志站起来说："几十平方公里大一个水库，就是上去一个集团军也没用，敌人破坏水库凭什么用小股兵力，人家弄几枚导弹不就 OK 了。"

大志一说完，下面就有人笑，还有人鼓掌。参谋长气得把桌子一拍，吼道："你牛大志不是演习来的，是搅局来了！"然后就让大志回特勤中队去。

演习结束后，参谋长要他写检查，他没有写，心里憋着老大的委屈，最后又被参谋长叫到办公室一顿狠狠地收拾。当然，这是牛大志在演习中发表的不同意见，就算司令部的领导再怎么生气，也无法给牛大志定什么罪名。但是，让牛大志始料不及的是，他的这些行为，给自己转业埋下了种子。

我们把敌人想得愚蠢可笑，实际上我们最愚蠢、最可笑，因为我们把敌人想得太愚蠢了来和我们打。为什么我们赢了，因为愚蠢的敌人是我们想出来的。这事后来就不了了之了。不过参谋长从那个时候起，就对牛大志不太感冒了。

"现在活生生的对手真的来了，就在我牛大志的身边。他奶奶的，我把情况报告给了你们，你们能不能搞定啊？现在时间已经非常紧迫，大年初二就开大会了，支队连个侦察参谋都没有，还是别指望了，相机行事吧。"大志就这样想着。

林广进醒来时，大志还在装睡觉。林广进拉开窗帘，叫了两声大志。大志就啊啊地伸了伸懒腰说："嗨，还挺瞌睡，撒泡尿，又睡着了。"

林广进不阴不阳地说："我看你昨晚睡得挺香的，100 万也没把你弄兴奋，看来还是嫌少啊。"心里却有些不爽，想这小子的呼噜比我打得还响，弄得老子半夜没合眼。

"哪是嫌少啊，老哥，我是担心，这笔钱不好到手啊！"大志说。

"只要你敢做，就没有到不了的钱。"林广进说。

抽完一支烟，林广进就打电话从楼下的餐厅要了早饭，一边吃，一边对大志说："现在的问题是，你怎么进去？你一个转业的人，能不能进去？"

大志放下手上的馒头用纸巾抹了一下嘴说："这个事，我有绝对把握。你们外人看部队，觉得非常神秘，很难靠近。实际上很容易。我们对内部还是挺松的，只要认识，哨兵就都让进。"

"那可是为 DA 合作论坛专设的警卫大队，能随便进入？"林广进疑惑地问道。

"这我知道。虽然警卫大队就在论坛旁边，但他们是有几道防线的。大队不在防线以内。大队内部还有招待所，这几年开会期间照样接待方方面面的客人。"

"那哨兵不问？"林广进喝了一口牛奶，问。

"嗨，我们那哨兵就是木头桩子，说白了，就是形象哨，只会机械地说'同志请留步，同志请出示证件'，就连执勤动作也是一样的，遇到情况就傻眼。那一年，我们支队到一个执勤支队守卫的发电厂参观，当时我到电厂油库的哨位上，哨兵跟我敬了礼后就叫了一声首长好。我问，你怎么知道我是首长？哨兵说，中队通知了，今天你们来参观。我问，你是怎么判断好人坏人的？哨兵说，好人坏人从脸上一看就知道了。我问，坏人脸上有字？哨兵说，坏人要么是害怕的样子，要么是恶狠狠的样子。我问，如果敌人来炸这油罐子怎么办？哨兵说，我可以打他的次要部位。我问，如果把左手打断了，右手不还可以引爆吗？哨兵说，那我打他的主要部位。我问，如果子弹把油罐打着怎么办？油罐的厚度是多少？子弹能不能穿透？穿透了引起爆炸怎么办？哨兵说不知道。我又问，你怎么判断敌人手上是不是爆炸装置？哨兵摇摇头还是说不知道。"

"果真如此？"林广进大笑。

"信不信由你。前不久有个哨兵被袭击不就说明了这一点吗？哎，那事是不是你们干的？"大志问。

"不是。不过那事干得漂亮。就在闹市区，就在周围人的眼皮下面。"

"那你说人家那事都干了，我们这事还有什么问题吗？"

林广进点了点头，喝完牛奶说："你把事办成后，我就去帮你活动，把工作安排好。唉，如果早点认识你就好了，我们可以用钱把你扶到将军的。"

"当个局长我就知足了。没想到你们这样大方，这么有钱，就凭这一点，我跟你们干到底。但有一条，你们绝对不能暴露我的身份。"大志说。

"说不定会当上厅长部长的，不要目光短浅。要把升大官发大财作为奋斗目标。至于身份问题，你放心，我们只是单线联系。"林广进说。

"只是我们把事情做这么大，还不知道你们是什么组织，将来一旦被人家抓起来了，死都不知道为谁死的。"大志说。

林广进想了想说："暂时还是不要知道，知道了对你不好。安全上不会有问题。"

牛大志看了一眼林广进，感觉后背冷飕飕的。

【闪回：1月17日】

小爱在旅馆睡到晚上十点左右的时候才醒。那个时候，大志已经上了火车。小爱醒来时，只记得中午是和大志一起吃饭喝酒的，然后就什么也记不起来了。借着微弱的光，才知道这是大志的房间。大志的床铺空着。她就想，这家伙肯定是另外又开房了，就"咯咯"地笑出声来，想着一会儿起来再去骚扰他。当她在床头柜上按亮灯时，发现床头柜上的纸条，才知道大志已经走了，心里就空落落地有些难过。

小爱没有回家，也没有到楼下吃晚饭，而是洗漱了一下，就打开电视看。她本来是要给大志打电话的，又想，也许人家是感到我那么爱他太突然了，一下子接受不了才决定离开陕北的。如果现在打电话，就是烦人家了，会让人家反感的。再说了，自己现在不是和有志在处吗，大志怎么可能和自己好呢？她想着，还是等有志回来把事情挑明了再说。

大志会喜欢自己，小爱现在是有这个信心的。她觉得如果大志不喜欢自己，可能和自己单独吃了第一顿饭后，就反感了。今天中午随便找个理由就不和自己吃饭了。可是大志还是和自己一起去了，而且自己抱着大志时，他也没有拒绝。虽然现在还谈不上爱，但喜欢应该是真的。

小爱越是这样想，就越是觉得大志一定会爱上自己，也就越觉得大志是自己跑不掉的白马王子了。这时，她注意到床头柜上有一杯茶，就想，

275

一定是大志为自己泡的，就马上端起来，喝了一口。茶已经很凉了，可是小爱喝到嘴里却是那样的香甜。仿佛茶杯上还留有大志的体温，就两手紧紧地捧着，直到把一杯凉茶慢慢喝完。

想着这次大志来斜阳和自己相处的时间，小爱就感到从未有过的幸福。她做梦都没想到能和心爱的大志哥近距离待那么长时间。她现在真的是一点也不想回家了，就把大志床上的被子打开，然后脱了衣服就钻到了大志睡过的被子里。她靠在床头，本来是想看电视的，却总是走神，索性把电视关了，然后就趟下来，睁大着眼睛，想着正远行的大志是不是也已经睡了，冷不冷呢？

小爱把被子往上拉了一下，就闻到了被子上香烟的味道，这是大志留在这个空间的最浓的味道了。她体内涌动着一股热流，然后就伸开胳膊把被子紧紧地抱住，叫了一声大志哥，就流下了幸福的泪水。

小爱就这样开着灯胡思乱想了一夜。

【闪回：1月18日】

有志是1月18日中午才到的斜阳。小爱接到有志电话就要有志直接到旅馆来。她心里有事，就有些迫不及待想快点见到有志。

看到奔丧回来的有志一脸的疲倦，小爱有些心疼。本来她是要把心里藏的话说出来的，可一见到有志就有些开不了口。倒是有志一副豁达无所谓的样子让她感激。有志说，你喜欢大志哥的事，哥昨晚跟我说了。

小爱听到这话就眼睛一亮，很是兴奋地问：大志哥是怎么说的？

有志苦笑了一下说，我劝哥哥不要有心理上的压力，让他真心地对待你的这份情。我还跟哥哥说，哥哥就是小爱的生命，你不爱小爱，小爱这辈子就完了。反正我和小爱相处这么长时间，也没有做什么。

小爱听了有志说的这些话后，就哭了。哭有志怎么就这么个人。看来你牛有志要么就根本没有真心爱过我，只是想利用我爸爸的社会关系发展自己的事业；要么就是个懦夫，在英雄哥哥面前，心甘情愿地把心爱的人让出去。假如有一日在生意上，哪个客户看上我张小爱的美色了，你牛有

276

志是不是也会把我献出去？张小爱哭得很是伤心。

有志见小爱突然哭了，就不知道该怎么办，以为是小爱要跟自己拜拜伤心呢？也就没有劝，他知道，女孩子遇到这事哭哭就没事了。可小爱哭着哭着却又笑了起来，她在为自己有幸地和人家大志有志有这么大的缘分而笑呢！

有志是那么理解她，而且相处那么长时间，对自己是那样迁就，从来没有伤害过自己。高兴了一下后，她就觉得自己很对不起有志。实际上这两年，人家有志就是为了你张小爱不要再在精神上出什么问题才与你相处的。人家说过，我和你张小爱相处，既为了你，也为了我哥。本来，人家也是想和你张小爱组成家庭，好好过日子的，可是你张小爱却始终不放弃对大志的幻想，就好像跟人家有志做游戏一样。现在大志回来了，有志就如释重负地跟哥哥作了交代，这需要多高的境界啊。想到这里，小爱又一把鼻涕一把眼泪地哭半天。

等小爱哭声停了，有志说："我想了想，不行的话，你就到粤舟去找我哥。我昨晚跟他说，他说我扯淡，还说，他刚刚要了叔叔的命，现在又和小爱谈，不知情的人还以为是从我手上夺过来的呢。"

小爱用纸巾擦了一下眼泪后又咯咯地笑。

有志接着说："我都骂他土老帽呢，都什么年代了，连自己想爱的人都不敢！更何况，我为他承担了那么长时间的责任。就为这，他也应该立马把我解脱了，你说呢，小爱？"

小爱听了有志的话，眼眸子又发亮，说："你帮我订票，我今天就想去。"然后又说："有志，你真傻，如果你像你哥，哪怕就一点点的英雄气概多好啊！如果你是英雄，他是英雄，那就有好戏看了。"

有志就笑了说："你真不害臊，嫂子。"

这时候，外边忽然刮起了风，很大，呼呼地叫着。大志的老家把这大白天忽然刮起来的风叫曲心风，是说有人心短了，遇到了想不开的事情。

"谁的怨气能让老天爷不高兴呢？"小爱看着屋子外边想。

277

2009年1月25日

快过年了，平时可以通行汽车的银湾老街，市政府下了禁止通车的指令，现在挤得到处是购买年货的人。

从大早起来，两个人在宾馆房间东说说西说说，后来寡淡得实在无话可说了，林广进就有些恼火地对大志说："好歹你也是个老银湾人，怎么就不能带我出去转转，况且今天是除夕。你说待在这房间咱俩大眼瞪小眼，有意思吗？"

大志笑了说："其实我早有此意，就怕老哥对我不放心，怕我碰到战友，一不小心说漏嘴坏事。"

"我才不担心呢，你一个特勤队长，如果这点素质都没有，那也是徒有虚名。我们不去执行任务也罢！还省了组织的 100 万。"林广进说。

"我这个英雄还不是靠胆子大换来的，又不是靠谋略。"大志说。

"总之一条，还是小心为好，小心驶得万年船，性命倒是小事，关键是坏了组织的大事。不过你也不要害怕，我们可不是势单力薄，我们的行动，组织上在关注我们。如果情况有变，他们随时会支援。你知道卫星定位不，我们坐在车上，把那定位打开，确定了目标之后，就会有十几颗卫星在为我们服务。我们现在所做的事就是这样，在异乡土地上，身边布满了自己的人。"

听林广进这么一说，大志就很吃惊，还不知道已经有多少人到了银湾配合行动呢？难道林广进的行动计划不只是我们两个人？

到了老街口的时候，就看到路口的一个水泥杆子上挂了一块禁止机动客货车通行的牌子。出租司机把车停了下来，说春节期间里面不让通车了，阿叔，你们下吧。

大志付了车费，两人就往里走。林广进感慨地说："在银湾的大街上，一点过年的气氛都没有，天这么热，到处青枝绿叶的。不像北方，几点雪花一飘，两张窗花一贴，过年的感觉一下子就有了。可到老街就不一样了，你看这儿到处的灯笼对联。"

大志说："其实我有时候也不太喜欢银湾，一年四季一点都不分明，不像北方，老天就像是人的脾气一样，喜怒哀乐都有，自然环境让人过得丰富多彩。"

"不是喜怒哀乐，而是春夏秋冬，就像是人生的过程。你说粤舟人长寿，我理解，这里的自然环境让他们始终感到只生活在春夏两个季节。因为他们体会不到冬天，所以就长寿。还有，单一的季节也让他们思考问题非常简单，没有太多的烦恼，所以就长寿。"林广进纠正说。

大志惊奇于林广进的见解，说："老哥说得在理，我过去一直以为是这里空气好。"

"当然这也是因素之一。你不要忘了，农耕时期，内陆广大的东部、南部和东南部地区空气质量都很好。因为那个时候没有工业污染。只是北部和西北部地区草木稀少，空气质量就差一些。那为什么那个时候内陆人还是活不过粤舟人呢？按理说热带地区的人是不长寿的，可是他们却耐活得很。今天是 25 日，再过两天，这里的人就会感受到什么是冬天了。这个春节会让他们感到印象特别深刻了。"林广进说。

大志不解地问："为什么再过两天就是冬天？"

林广进笑笑没有吭声，就觉得大志有时候虽然很爱动脑子，但有时头脑也简单。

转了一会儿，林广进忽然转过身来对大志说："没想到老街都是南洋建筑，规模这么大，还真值得看看。这样，我自己在这里转转，你回去把租的房子退了吧，反正我也是一个人住。记住，不要回部队。"林广进一脸严肃地对大志说。

大志说："你不担心我啦。"

林广进轻声说："不是担心你，是信任你。你不要害怕，我们是有很多卫星为我们服务的。"

林广进说了再见就淹没在了人群里，大志一个人站在那儿发了半天呆，直到有个抱了一大堆灯笼的人把他撞了一下才回过神来。大志走了几步就本能地拿出手机。自从那晚在火车上与有志联系之后，就把手机给关了。大志不想让人知道他在什么位置。他是知道的，现在部队领导一定满世界地在找他，要了解事情经过，进行富有声势的报道，说英雄是如何退伍不褪色，英雄就是过硬。最后落脚点，就是说明这是部队培养出来的英雄。家里村里镇里县里也都在找他，让他回去看看，项目进来了，大志可是头功。小爱也一定在找他。唉，也不知道这傻丫头现在怎么样了。你们可知道，我现在就是热锅上的蚂蚁，一个人着急上火啊！林广进所讲的冬天，看来没那么简单。

大志又把手机放回了口袋，他明白，现在任何的不小心都会前功尽弃，还可能会连累到家里的亲人。敌人一定早已把我大志的所有情况都弄清楚了，而且就在我的周围，一定就有他们的人在暗中监视我。现在的通信技术这样发达，只要自己用手机一联系，敌人就会查得一清二楚。唯一的办法就是摆脱他们的监视，把情况送出去，让部队务必高度警惕，周密制定方案，严格保密措施，把敌人一网打尽。可是敌人在暗处，自己在明处，怎样才能摆脱敌人呢？大志就一边想着，一边往前走。

出了老街，路口就是一家卖手机的商店，门口穿旗袍的服务小姐在大声地喊，有特惠手机，只要充1000块钱话费，就送一部手机和卡号。大志被小姐迎到门口时，心里就想是不是买个新手机与部队联系更稳妥些。如果用自己原来的手机给支队领导发短信，他们还不满世界地找我。大志深知支队领导的工作方法。还是买一部新手机，让他们不知道是谁报告的，或许效果会更好些。

大志拿定主意后，就跟着小姐进了商店。

卖手机的女孩见有顾客进来，就欠下身子从玻璃柜子里取出三个不同样式的手机。女孩丰满的胸部就赫然地在大志的眼前晃了几下，晃得大志有些头晕。大志的脸不由得红了，就从柜子上拿手机分别试了试，然后就选中了一部交给了女孩。女孩显然是看到了大志有些慌乱的表情，就微笑着从柜台的另一侧拿来一个写着密密麻麻手机号码的大本子递给大志。大志很快便选了一个号。女孩就熟练地帮大志把手机安装好并拨了一下柜子上的座机。座机响了一下，女孩就把手机递给了大志，声音有些暧昧地说，兵哥哥试试。大志看了一下女孩，接过手机就放在了耳朵上。女孩拿起座机上的话筒喂了两下。大志也喂了两声后就把手机挂了，然后就用新手机试拨了自己的老手机号，听到对方已关机的提示音后，就把新手机关了。大志付了钱就往门外走，身后就听到刚才那个女孩对另一个女孩说笑："大兵理个大兵的头，挺个大兵的胸，偷看女孩脸就红！"然后就尖细了嗓子轻声喊："兵哥哥再见！"

大志没有心思理会调皮的女孩，出得门外便拿着个新手机装模作样地拨号码，又把新手机贴在耳朵上大声地说："爸，我是大志啊，这是我的新手机号码，我现在回部队了。我原来的手机关了。如果有人找我，就说我出去旅游了。家里要是找我，就打我这个号码，啊。再见！"大志想，这个时候买手机可是犯忌的，可是我买手机是有原因的，想必你林广进不会怀疑吧？大志也是想试一下林广进，他的组织到底有没有他说的那么邪乎。

大志漫无目的地转了一会儿后，就打了的回到了租的房子。他把门关好后，就想给支队领导发个短信。可手机刚打开，就收到了一则短信：你买手机做什么用？你现在不可以跟任何人联系！你现在已经没有回头的路可走，哪怕你还想为他们立功，也得先把我们的事办完！

大志就吓出了一身的冷汗，他奶奶的，刚买的手机，他们是怎么知道号码的？这可怎么办？哦，是不是我前脚刚离开手机店，他们的人后脚就进去把我买的号查清楚了？

大志想用纸写封信，请房东的女儿送出去，可是又想，买手机敌人都能查出号码来，写信可是比买手机风险更大啊，搞不好还会连累房东。大志就躺在床上直到快吃晚饭时才起来把房退了，然后打的直奔新国宾馆。他打消了冒险的想法，他要想出一个万无一失的办法来。事已至此，千万不能引起他们的怀疑。引起怀疑，前功尽弃，损失可就大了。现在看起来，此次行动并不只是我和林广进两个人。

大志提着行李回到宾馆时，林广进在房间看电视。大志打了个招呼，林广进似乎没有听见。大志发现，林广进理了发，油光的背头，配上黑色的衬衫，显得更为阴森。大志拿出烟盒，给林广进递烟。林广进没有接，而是关了电视神情严肃地对大志说："你买手机做什么？"

"你是知道的，我的身份特殊。自从离开斜阳，我的手机始终处于关闭状态。我那手机不能开启，一开，就会有很多人找我，部队甚至要我回去做报告，又要授予什么称号。可是我对这些都不感兴趣。人都被他们开了，他们表彰我，实际上是为他们脸上贴金。但是我毕竟还要与家人联系，你说我不买个新手机行不。如果你不信任我，怀疑我，就不要把这事交给我做，安排人把我控制起来，直到你们把事完成为止。"大志辩解说。

林广进听了大志的话，马上露出和善的微笑："罢了，难为兄弟了，我想也是，如果你使坏，出了门就可以报警让人来抓我。不过你也知道，现在你的命运已经不在我的手上，而是在组织的手上，在你自己的手上。你只要用手机，我们马上就会查出来的。你根本就没有打通你家里的电话。你什么意思啊？是不是要我们啊？你把事情做好了，家人也就安全了，你就会在仕途上飞黄腾达，日子也会过得比别人富裕。我想，兄弟是个明白人。还有一点，即使你忽然良心发现，不跟我干了，甚至还坏我的事，大不了爆炸的事黄了，那对我们组织也没有什么大的影响，最多我杀身成仁吧。组织上损失的就我一个人。我们组织还可以在其他地方弄出更大的事来。而你就不一样了。你掂量吧。"

大志说："我明白，我实际上也就是想试试，你们是不是真的能通过卫星查到我。现在我放心了，我更有信心完成任务了。老哥放心，从现在开始我就和你形影不离。我知道，就是离也离不了了，那么多的卫星在身边转呢！"然后就苦笑了两声。心里想，看来想把他们一网打尽没那么容易。大志就往最坏处想，大不了我也杀身成仁，大家鱼死网破。

春节长假的大年初二，也就是后天，DA 合作论坛就要在银湾旁边的一个湖海相连的岛上召开。据说选择大年初二，主要是为了让参会的国际人士感受中国的春节年味。本来这个论坛就带有俱乐部性质。论坛秘书处良苦用心地选择中国的大年初二，还有一个重要目的，就是为了让参会的各国宾朋，放下彼此成见，在中国的春节氛围里，更加融洽地交往交流。连论坛的主题都鲜明地考虑到了这一点：春节大团聚，合作共发展！

　　今年春节的银湾装扮可以说是五彩缤纷。市里还要求，各单位要多买些礼花弹来放。所以，一到晚上，霓虹闪烁，礼花四起，整个城市的天空就像是春天的花海。

　　大志没有机会把情况传出去，心里很是着急。就在这个时候，小爱到了银湾。

2009年1月25日晚

晚上，林广进约了几个人在新国宾馆吃饭，要大志也一起去。这林广进在银湾人生地不熟的，怎么还约了朋友吃饭？大志就感到越来越看不懂林广进这个人了。

两个人在包厢等了一会儿，就来了几个人，其中一个人大志太熟悉了，竟然是支队的朱参谋长。

朱参谋长显然也一眼就看到了曾让他非常讨厌的原来的部属牛大志。两个人对视的时候先是愣了一下，然后就互相打招呼，热烈握手。

林广进也没想到，看到这情形，就招呼大家坐下。和参谋长一起来的房产公司庄总跟林广进说："林总啊，没有提前跟你说一声，我就把部队首长带来了。刚好朱参谋长下部队检查勤务的路上遇到了我们。朱参谋长是我的老朋友，我想介绍你们认识，你不介意吧？"

林广进直说很好很好，参谋长一来，我们这包厢就更亮堂了，蓬荜生辉嘛！心里就有些不高兴，老庄弄这么个人来，是什么意思啊？心里虽然这么想，但还是走到朱参谋长跟前握了手，然后请参谋长坐在主宾的位置上。朱参谋长客气了一下就坐了下来。

上了七八个菜后，坐在主人位置的林广进就端了酒杯咳了两声说："一直很想来银湾看看，这次终于如愿了。我林广进非常有福，路上认识了大志这个好兄弟，到了银湾没想到我的老朋友庄总也来到了他在银湾的分公司检查工作。更让我高兴的是，还认识了朱参谋长，还有几位庄总的朋友。今天是大年三十，我们这些远离家乡的人能坐在一起，是缘分，祝大家新春快乐，身体健康，全家幸福，升官发财！"说完就干了杯子里的酒。

一桌人祝福春节的酒热烈地进行的时候，大志就拿起酒杯走到了参谋长的跟前说："参谋长，我……"没等大志说话，参谋长就坐直了说："你先别敬我，你牛大志应该先自罚两杯。"

大志心里明白，人家参谋长在怪自己回来了，没有向人家报告一下呢。大志就想，反正是转业的人了，跟他计较还显得自己没风度，就说："罚一杯就行了，首长。"

参谋长说，必须两杯，罚完再说。

一边乐呵呵地看着他俩的林广进说："兄弟，就按首长说的办，两杯就两杯！"

大志就跟服务员要了个小碗，把两杯酒倒一起，端起来咕噜一下就喝完了。

参谋长用手示意大志回到座位就说道："一罚你牛大志回来后不跟我报告，你知道吧，现在部队和地方满世界在找你这个大英雄。二罚你牛大志扔下女朋友不管。"

"什么女朋友？"大志莫名其妙。

"张小爱来了，就在支队招待所，人家都来几天了。"参谋长说。

大志不好再说什么，更没有解释。他知道既然参谋长说小爱是自己的女朋友，那说明小爱在部队已经公开了牛大志女朋友的身份。依小爱的性格，公开身份的事她完全做得出来。

就在大志尴尬的时候，参谋长就给管理股股长打了个电话。

看参谋长打完电话，林广进端起酒杯说："首长千万不要怪大志，大志本来是要先回部队的，但我个人有事需要大志帮助，所以，要罚就罚我。"林广进微笑着说完，就干了杯子里的酒。

大概过了半个小时的样子，管理股股长就把小爱带来了。小爱进来的时候，看到牛大志就幸福地上来用手捶他的肩："大志哥，你把我一撇就走了，连有志都生气呢。他看我不开心，就叫我过来了。"

大志脸上热辣辣地难受，似乎干了见不得人的事一样，心里直骂有志混蛋，就笑着从裤子口袋里拿出一盒烟来给大家分。

参谋长接了大志的烟爽朗地笑了，大声说："这还差不多，你小子早就该分烟了。争取再早点喝上你们的喜酒。来大志，小爱，我以茶代酒敬你们一杯。"

大志拿了酒杯就带着小爱赶紧走到参谋长跟前。小爱接过服务员递过来的杯子，幸福开心地和大志喝了参谋长敬的酒。

就在参谋长和大志小爱说话时，林广进招呼着服务员搬两把椅子，大家挪了挪，腾出了位置，一把给小爱，就在大志身边，一把在庄总旁边，是给管理股长的。可股长摆了摆手说不了，我在家里吃年夜饭呢。然后股长就到参谋长身边轻声问参谋长，今天这饭要不要埋单。参谋长就用手在屁股后面左右摇了摇。股长心领神会地与众客人打了招呼，然后又对大志说，祝福你，兄弟，我不陪你了，一家人在吃年夜饭呢。大志握了一下股长的手说，谢谢。股长离开包厢，服务员赶紧撤掉一把椅子。

大家因为小爱的到来热闹了一会儿后，参谋长就把大志拉到了一边说："你在老家的事情，部队正给你报功呢，还要开表彰大会。总队准备把 DA 合作论坛开完后，再筹备开表彰你的会。大概要到正月十五了。"大志本来是要抓住这机会跟参谋长把林广进的事说说的，但一看到跟前站了两个人拿着酒瓶子在听他们说话，就没吭声。此时，大志甚至怀疑，这庄总是不是和林广进也是一伙的？他和朱参谋长是什么关系？

晚餐快结束时，参谋长就问大志生活上有没有困难，不行的话，还是回支队招待所住。

大志说没有什么困难，就不回部队了。况且 DA 合作论坛后天就开了，部队肯定没有放假，都在执勤一线，就不给战友们添乱了。林广进就不动声色地点了点头。

参谋长叹了口气说："今年这勤务没了大志，还确实感到缺了点什么。现在的队长在反恐训练上办法不是很多。"

大志说："有参谋长领导是不会有问题的。"

参谋长说："在反恐训练上，我是要向你大志学习的。你看，去年支队组织各中队互相检查时，你就说，现在的中队反恐预案，都是几年前的老一套。各中队每年年初都是把去年预案的时间换成今年的，实际上年年一样。中队干部不动脑子，对我触动很大。我们还是有些官僚。你那次提醒后，我是亲自下去检查了的，除了你们特勤中队之外，每个中队都是这么做的。唉，好在现在天下太平，要不一旦有情况，肯定完蛋。"

大志说："参谋长，饭桌上还是不谈军事上的事为好。"

"这我知道，在座的不都是自己人吗？"参谋长说道。

大志话中有话地说道："是不是自己人，可不是随便说的。我现在已经是地方上的人了，已经不属于军人了，不属于你们的人了。呵呵，参谋长不要见怪。"

参谋长冷笑了一下，心里有些恼火。

"不过呢，我到现在还认为支队在对各中队反恐预案的制定上还是在瞎扯淡。现在什么年代了，恐怖分子有我们想象的那么傻吗？我们必须瞄准当代国际恐怖分子的最新手段去考虑预案。而且人家如果有 10 种，我们必须超前想到 15 种以上的处置办法，而且这 15 种必须包括人家那 10 种。否则，就凭我们那两下，一旦遇到情况能处置好，那我就不姓牛。"在座的都看出来了，大志在卖弄。

大志想，过去你参谋长常给我小鞋穿，而今我转业了，就恭维我几句，可是再过两天就是论坛了，我也没有其他什么招把情况送出去，就说这些看你参谋长能不能听进去。当然听进去了，像林广进他们这种小儿科式的制造影响的事件是绝对能处置好的。

参谋长本来是想表扬一下大志的，可是这大志竟没有给他面子，都转业了还照样喜欢卖弄，就很不高兴。如果大志还没有转业，早就喊："你什么意思！啊！"可是现在不一样了，如果还那样的话，他是知道大志的脾气的，说不定把这小子惹火了，会做出让你参谋长更为难堪的事情的。上次不是就泼了主任一身的啤酒吗？

林广进看到了参谋长的表情，心想，这都是你老庄干的好事，给我带这么个不速之客，你老庄担着吧，就招呼大家举起酒杯干了最后的酒，说春晚马上开始了，新年再见！然后就散了。

287

小爱跟着大志回到了林广进的房间。林广进就用房间电话给小爱开了一间房。小爱很想跟大志单处一室，可大志不给她机会。

　　林广进把房间开好后，大志就叫小爱回房。大志说："你先休息吧，明天咱们再聊，我和林广进还有事要做。"

　　小爱就把目光投向林广进，希望他能够体会一下年轻人的感受。

　　可林广进没有理会小爱的目光，说道："小爱啊，等过了大年初二，我让大志带你把整个粤舟都转遍了，所有费用包我身上。今天晚上，我们还要参加一个重要活动。你一个人先看春节晚会，委屈啦。"林广进担心，如果让他们住一起，万一控制不住，晚上没完没了的，白天没精打采是要坏大事的。毕竟后天有大事要办。他更担心在这个节骨眼上，一旦大志离开自己的视线，出什么岔子就不好办了。

　　小爱就不明白，你牛大志刚转业的一个人，怎么忽然就有了这么一个朋友，好像还在做什么大事。但她明白自己的身份，虽然她在部队首长跟前说自己是大志的女朋友，但没有人家大志同意，在人家大志的心里也就是准弟媳而已。小爱不好意思问，只得听从人家的安排。好在大志还没有瞪圆了眼睛让她回去，已经让这丫头庆幸不已。大志在这个时候也很感谢林广进，如果让他单独和小爱在一起，还不知道这丫头会怎么让他不知所措呢。

2009年1月26日

今天是大年初一,三个人没什么事就无聊地在街上乱转。大街上没什么人,马路上的车子也是老半天才呼啦过来一辆。林广进看小爱和大志贴那么紧,觉得自己就像个大灯泡在旁边。大事未定,他不能在这个时候让大志离开自己的视线。等事情弄完了,就赶紧把钱打给人家。现在的年轻人就是爱玩,玩的花样还多。

转到万林园,林广进看到草地上有人在卖风筝,就对大志说,你和小爱玩玩风筝,老哥我就在这凉亭子里面喝椰子休息。中午咱们就在这儿随便吃点烧烤,你们就放开了玩吧。

小爱听了虽然开心,但就感到奇怪,林广进怎么就一点不理解年轻人的感受,就不能自己待在宾馆里面,让我和大志自己玩自己的。大志不好说什么,就笑了笑牵了小爱的手去买了风筝。不一会儿,天空就飞起了一个纸蝴蝶,草地上传来了小爱欢快的笑声。此时,大志也想过叫小爱把情况传出去,可如果仅仅抓了林广进,万一他们还有其他行动呢?老家亲人的安危怎么办?还有,他们到底是什么组织呢?

三个人在万林园一直待到晚上才回到宾馆。吃完晚饭走到小爱房间门口时,小爱就磨蹭着要大志进去。大志看了一眼林广进,见林广进板着个脸,就对小爱说:"你先休息,等过了明天,哥一定陪你痛快地玩。"小爱见大志说这话,眼泪都快出来了,好在大志说过了明天一定陪她痛快地玩,就隐忍了没有说什么,强笑了一下说:"那我也到你们的房间。"

三个人就都在林广进的房间看电视。快十一点了,大志打了哈欠要小爱回房睡觉。可小爱已经和林广进待了一天,比较熟了,就有些厚脸皮,说要等电视里面所有台放的电视剧结束了再回去睡。林广进当然理解年轻人的想法，也没有说什么，就陪着再看一会儿。因为是大年初一，外面的天空很热闹，鞭炮声不绝，礼花很耀眼。大约快十二点的时候，新国宾馆的客房楼出事了。

先是大志感到烟味很大，说不太对劲。

林广进说，可能是外面放的炮太多了，烟就大。

林广进的话刚说完就听到外面有消防车的声音。大志倏地起身冲到窗户前一把拉开窗帘，推开窗户，只见浓烟直往房间里涌，说声不好，就使劲把窗户又关上，转身就把已经站起来的林广进往外推，然后一把抱起已经吓得犯傻的小爱往外冲。林广进反应快，提了放在靠门柜子上的行李，把门打开冒着浓烟就冲了出去。烟实在太大，大志抱着小爱又返回房间并快速把门关上，放下小爱就冲进卫生间，胡乱地拿了毛巾在洗漱池里弄湿，先在自己的脸上包了一条，又出来给小爱把脸包住，然后就拿了自己的行李，一把拉着小爱打开门就往外冲。好在楼道里没有多少人，很快就跑到了电梯口，碰到了跌跌撞撞的林广进。大志赶紧把自己的湿毛巾给了林广进，然后拉着小爱找到安全出口就往楼下跑，身后紧紧跟着稍微清醒了一点的林广进。

往下跑了大约五六层后，烟明显地小了。林广进和小爱把毛巾拉到嘴下。这时，楼道里逃命的人也多了起来。林广进气喘吁吁地说，看来是我们那层楼着了，幸亏没进电梯，否则就出不来了。他心里感激大志，上前一把就把大志提行李的胳膊抓住了。大志的另一个胳膊被小爱抱着。小爱吓得浑身在剧烈地颤抖。这时，就听林广进嘟囔了一句："糟糕，我手机还在上面。"

大志分明听到了林广进的嘟囔，就把手上的行李交给林广进说："小爱交给老哥了。"然后很快解开小爱脖子上的湿毛巾裹住自己的口鼻转身就往楼上跑。小爱不知是怎么回事，就"大志哥大志哥"地哭叫起来。林广进说："小爱，大志没事的。"然后就随着人流扶着小爱往楼下跑。

大志跑得很快，在楼道里仔细分辨后终于进了房间。还好，他们逃跑时门没有关。大志凭着感觉摸到了茶几，然后就抓到了林广进的手机。拿到手机后，大志就感到气有点上不来，浑身力量也越来越小。他用手捂了毛巾，深吸一口气紧紧地憋着就猫着腰往外跑。跑到楼梯口时，大志的心就一下子松了下来。往下跑了四层后他没有再往下跑，而是进了楼道，看到一个房间空着，就拐了进去把门关上，用发抖的手打开了林广进的手机，先是拨打了自己新买的手机，接通后，就把林广进手机里拨打的自己的号码删掉，然后就查林广进手机里的信息。信息全是英语。大志快速翻屏，其中有一条把大志惊呆了，林广进报告老板说，一切准备好了，离会场最近的 BA 大队由他亲自和牛大志完成爆炸任务，省委、省政府、电厂、粤舟广场由其他四人各自行动。大志颤抖着手把这短信转到了自己的手机上，并把关键内容翻译了放在英文的后面，然后删了林广进手机里的转发信息。又在自己手机短信栏写道："首长，请在我新手机里查到林广进手机号码后，顺藤摸瓜，把他们一网打尽。请首长速安排人保护我老家的家人，他们非常危险。万一我牺牲了，就把我所有抚恤金还有转业费全部给我的小婶娘，并把我葬在老家无名墓旁边。"大志没有用自己的手机与支队打电话发短信。他知道，自己的手机，敌人一直在监控。用林广进的手机往自己的新手机上转信息，不会引起监控人员的怀疑。因为林广进是他们自己人。

　　已经到了楼下的林广进和小爱焦急地看着楼下大门。林广进看到，自己住的 10 楼的房子已经有火苗往外蹿。消防车已经架好云梯。消防车的跟前站了很多领导模样的人，一个个指手画脚地在说着什么。

　　有个喷水的消防兵大声喊，是礼花弹把 9 楼房子的窗帘引着了。

　　大志终于出来了。大志脸上裹着毛巾，林广进没有认出来。直到大志冲过来倒在林广进跟前，他才反应过来。他蹲下来，把有些昏迷的大志抱在怀里，使劲喊大志的名字。小爱哭了，哇哇的很伤心，却束手无策。好一会儿，大志才醒过来。

　　大志是装的。他必须要装。他怕林广进怀疑，这家伙怎么这么长时间才出来。

　　林广进问大志要不要到医院。大志摇摇头，然后就从口袋里把手机拿出来交给了林广进。林广进收好手机，阴冷的眼睛里还是流下了泪水：“兄弟何必呢，为了哥哥的一句话，就不要命地往火海里冲。万一有个三长两短，我怎么对得起小爱啊。”说完又把大志紧紧地抱住。

三个人狼狈不堪地又重新找了个宾馆开了两间房。此时的大志很想让小爱回支队去，想办法把手机交给支队领导，就说道：“小爱我看你还是回支队去住吧。你看，一着火，我还要照顾你。”

林广进说：“大志怎么能这样呢？这么晚了，也不安全。小爱就住在这里，太晚了，不能回部队。”小爱就噘起小嘴巴说：“还是林大哥理解人。”然后就到自己的房间休息。见小爱回房间了，大志就想去小爱的房间把手机交给小爱，就对林广进说：“老哥，能否请十分钟的假，让我到那边去一下？”大志用手指了指外面。

刚才手机的事，林广进真的被大志感动了，但此时他非常清醒，年轻人越是憋不住，越是容易失控，还十分钟呢，一进去就出不来了。更何况大志刚刚还昏迷过！都这个时候了，绝对不能节外生枝，功亏一篑，这是林广进的经验。

“兄弟再忍忍，明天中午就给你放长假。不仅仅有假，还有 100 万，你们想怎么开心就怎么玩。十点半,100 万准时打到你的卡上。”林广进笑了说。

回到他和林广进住的房间门口，大志就发现，他们房子的对面还有紧挨着的左边的房间和右边的房间的门都开着，房间里面的人好像都在打牌。大志就判断，这些人很有可能是林广进一伙的。这说明林广进还不放心自己，现在你牛大志反悔都不行了，哪怕你是装的，也必须把任务先完成了。显然，林广进和我牛大志的关系，还仅仅停留在一次性交易这个层面上。要打入他们内部，看来没那么容易。现在看来，只能在天亮后实施交易的过程中，相机行事，争取摸清他们的底细。如果不搞清他们的底细，将是巨大威胁。大志做好了豁出去的准备，所以，他现在不能下手把林广进控制住。

2009年1月27日上午

第二天一早，林广进就把睡得很沉的大志叫醒了。

今天是大年初二，DA合作论坛上午十时召开。林广进说："现在已经八点，还有两个小时全世界就会看中国的好戏了。"然后就打电话问昨天已经租好车的租车公司。公司一个女的说，车子已经开出来了。林广进说，你让司机把车开到南海酒店楼下。那边就说好的。

林广进把房间门反锁了，从包里拿出了爆炸装置放在一个小提包里，对大志说："到了BA大队我们就把炸弹放在岗楼里面。如果哨兵看得紧没法放，我们就趁他们不注意放在他们住的大楼里。炸死炸不死人无所谓，要的是影响。还有，兄弟也不要介意，如果你半途变卦，不想干了，或者有什么其他想法了，我就用这个，咱哥俩同归于尽。嘭！"

林广进又从包里拿出一颗手雷，放在裤子口袋里。大志看到包里还有一把手枪，就用手去拿，却被林广进挡住了。林广进把枪拿起来，拉了一下枪机，就把它别在了裤腰上。

大志问："老哥，这些东西从哪儿弄的？"

林广进笑笑没有回答。

大志的心里很不是滋味，这些武器弹药，目标这么大，是怎么运进来的？大志把装了爆炸装置的提包提在了手上。

"等你装好出来后，我们就一起在车上等。十点一到，我就把它引爆。事成后，你就和小情人去玩，100万，使劲花，花完还有。"林广进拍了一下大志的肩膀，说。

大志说："没问题的，老哥。我们兄弟俩今天就要让粤舟闻名全世界了。"

林广进笑得咯咯的，说道："兄弟昨晚把我担心的，这份情哥哥是记着的。"

不一会儿，楼下就来了电话，说车到了。两人又仔细检查了一下物品就往外走。林广进很自然地就把手伸在了裤子口袋里。大志知道，敌人对自己还防着呢，随时都有可能同归于尽。现在已经是箭在弦上了。

对门和左右房间的门还都开着，看来，这些人打了一夜的牌。

就在昨天夜里，大志借上厕所的机会，给小爱编了短信存在了自己的手机里，他打算和林广进出发后再发到小爱的手机上，让小爱到支队报信。但他也担心，万一这丫头睡懒觉怎么办？他思虑来思虑去，还是决定想一切办法进小爱的房间。如果林广进不让进，再发短信给小爱，后面的事，只能听天由命。

两个人路过小爱房间门口时，大志停了脚步，小声对林广进说："让我给小爱打个招呼吧，把她一个人丢在这里，我怕她醒来后找不到我们着急。还有啊，万一我们的行动失败被抓起来了，肯定死路一条，我就再也见不到她了。"

林广进迟疑了一下轻声说："还是算了吧，我们的行动肯定万无一失。"

"老哥还是不相信兄弟。你看啊，如果我真的想进，夜里在老哥睡着时也是可以进的。只是我不想欺骗老哥。"大志说着，就把手上的包往林广进手上递。

林广进想了一下说："行，我在门外等你，抓紧。"

大志给林广进扮了个鬼脸，然后就敲小爱的门，大声喊"小爱，开门"。

还在迷迷糊糊的小爱听是大志，高兴得拿了个浴巾披上就赶紧起来光着脚去开门。因为夜里那边楼着火，自己的行李在那边自己的房间也未能拿出来，就穿了一身脏兮兮的衣服到了这边的宾馆。夜里回到房间洗完澡后就没有再穿那一身脏衣服。

等门关上，小爱就浑身颤抖着用热身子把大志搂住了，然后就用嘴巴去吻大志的嘴巴。浴巾滑落在了地上。

大志回应了一下就把嘴转到小爱的耳朵旁，紧紧地抱着小爱用很小很低的声音说："我的好妹妹，哥委屈你了。你快起来，打的到支队，把这手机交给支队高政委。"说完，大志就把抱着小爱的两臂松开了，从口袋里拿出一部手机交给小爱。

小爱有些迷糊。大志盯着小爱说："你把手机亲手交给高政委，就说情况紧急，我的处境非常危险。林广进是恐怖分子。林广进现在要带我去我们的警卫大队搞爆炸。高政委应该在支队，越快越好，事情重大，明白没有？"

听了大志的话，小爱吓得脸色苍白，使劲点头。望着赤裸的小爱，大志一把就将她抱了起来。小爱闭着眼睛幸福地等着幸福的时刻。大志将小爱放在床上，轻轻地给她盖上了被子。面对这么多年来痴情地爱着自己的小爱，大志流下了泪水，用双手捧着小爱的脸说："我的好妹妹，一定记住哥的话，把手机给高政委！千万不能出差错！等哥回来，哥就将自己交给你，陪你好好玩。"然后就俯下身子，轻轻地吻小爱的脸和唇。

浑身剧烈颤抖着的小爱此时强烈地感受到自己的太阳神阿波罗正放射着万丈光芒温暖着她。她掀开阿波罗盖在她身上的被子，伸出两只胳膊把太阳神紧紧勾住。她等待太阳神将她融化。

太阳神用手轻轻地抚摸着她的肌肤，并用嘴唇深深地吻着她的脸颊和嘴唇。理智的太阳神要走了，他没有停留太久，就退出了这个房间，收敛起只温暖他心爱的人的光芒。

她听到了外面焦急的脚步声，她相信百发百中的太阳神阿波罗定能战胜敌人。

我的太阳神！是你给了我光明和温暖！是你给了我正义和力量！你的光明和温暖，你的正义和力量，定能战胜一切魑魅魍魉！我的太阳神，我愿做你唯一的爱人，融化在你炽热的胸膛，为你守护万丈光芒！

已经有些烦躁的林广进看到大志出来了就说："赶紧走吧。"

大志笑了说："唉，女孩子事就是多，看把我咬的。"

林广进也笑了，没有说话。

租车公司的司机把车交给大志后办了一下手续就走了。林广进从大志手上拿过包，大志就坐在驾驶室试了一下车，说还行。林广进打开后面的门一上车就说出发。大志一踩油门车子就离开了宾馆。

两个人在车上没有说话，林广进把包打开拿出了遥控器。大志说："老哥，你小心点，不要大事还没办，100万还没到手呢，我们自己先上了西天。"

"放心！"林广进冷冷地说。

大志打开音乐，稳稳地开着车。街上车不多，很快就上了滨江路。一会儿就到了世纪大桥，不远处就是东线高速……

"老哥，还有一个来小时，我们就大功告成了，我到现在都不知道你是什么人，为哪个组织工作，这恐怕不够意思吧？说句晦气话，万一被他们逮住了，我都不知道为谁死的。"大志说。

林广进没有吭声。大志就想，都这个时候了，这家伙也真够阴的。

过了好一会儿，林广进咳嗽了两声终于回应了大志的问题。

"我的公开身份实际上也没有必要瞒你。我曾经也是国家公务人员，在地区市当过处长。我当这个处长，还是很有作为的。我出身比较苦，从读书时起就想将来有出息，让家里人过上好生活。可是，还没等我参加工作，父母亲就都离开了人世。后来，我是在我姐姐的含辛茹苦下才高中毕业，然后又读完大学。在这样一个家庭环境下，我就养成了吃苦耐劳、同情穷人弱者的性格。参加工作后不久，我姐姐没等到我让她享点福的时候，也因病去世了。姐姐去世前，跟我说的最后一句话就是，我们家出个公家人，是几辈子修来的福，你可不能屁股下面不干净。从此，我就只有一个念头，把工作做好，为百姓多做事。"林广进呵呵笑了两声，接着说道："后来不是搞经营嘛，我就到物流公司当了老总，每年赚好几百万。可恨的是，等我把公司打理好了，上边的领导眼红了，非把我撵出去，安排自己的小舅子来当这个董事长！"

"后来呢？"大志问道。

"男人何愁没有自己的事业，我下海了，用自己的关系，开了自己的公司！前些年，我的确是赚了不少钱。可是你有钱了，就有人来找你的麻烦。更可气的是，那个跟了我一辈子的女人，竟然和一个官员好上了。这个官员不仅在我公司入了干股，还变戏法一样，跟女人狼狈为奸侵吞了我的一座矿山。我四处找人告那龟儿子，可这个龟儿子竟然找人收拾我，以莫须有的罪名把我关进看守所，刑讯逼供，不仅我的财产没了，还把内脏打坏了，差一点就死在看守所。保外就医了两年，又在牢里蹲了两年。我是叫天天不应，叫地地不灵。出来后，我身无分文，连住的地方都没有，全靠过去的朋友接济。就在这个时候，我的老板出现了，帮我狠狠地教训了那狗日的。"林广进使劲喝了一口水接着说道："于是，我就跟我老板走了。我的组织嘛，现在还不能说，看今天的任务完成情况再说。"

大志听着，觉得有些不可思议，这纯粹的个人恩怨，怎么就可以让一个人背叛自己的国家？

"老哥，按照你的能耐，你完全可以找到更大的领导告发那个人的啊！"大志说。

"老弟，你糊涂啊！你不也是被人家赶出了部队，你找上面有用吗？"林广进叹息了一声。

林广进点了一根烟给大志，自己也点了一根接着说："不瞒你兄弟，其实我们早就盯上你了。粤舟这地方战略位置重要，我们一直想培养个得力的人。那晚在火车上，你没想到吧，那可不是巧遇，我手机是故意给你看的。"说完，林广进得意地笑了笑。

大志脸红了一下，心里直骂自己，有时候怎么就那么小聪明地自以为是。还好，没有被人家拉下水，一会儿就有好戏看了。

大志打开收音机，收音机里正在播送即将召开的 DA 合作论坛的开幕式新闻。

这时候，远远地就看到前面的车速慢了下来，仔细看好像前方在设卡检查。林广进就问这是怎么回事。大志的心就"咯噔"了一下：一定是小爱的手机送到了。却又想怎么就设点了？这不是要引起林广进的警觉吗！如果不设，到了警卫大队，自己进去后把情况报告了，无论是自己回到车上制伏林广进，还是在外围用狙击手，都可以万无一失地把事情处置好。他只好应付着说道："应该是正常检查，每年都要在这里设卡。放心，有我在，他们不会检查。"

就在这个时候，林广进的手机响了，这手机一响就给大志带来了大麻烦。

林广进掏出手机，接了监控人员的电话。监控人员和林广进讲了一会儿后，就顺便问林广进是不是给大志的新手机上打过电话，发过短信。

林广进说没有啊，是什么时候的事啊！

对方说，就在昨天夜里。

林广进收起手机，就想起昨夜着火时，大志到房间取手机的事来。他恼怒地问大志：你是不是用我的手机打过你的电话？

大志见林广进突然问这事，感到事情不妙，竟一时没了主意，略显慌乱地说："老哥不要多心，我看你一直都不肯把你的组织告诉我，我就……"

非常敏感的林广进恼羞成怒，他没听大志再解释，咆哮着说道："少啰唆，你就准备陪我上西天吧。还有你的家人。"

林广进一喊，大志反而冷静了下来："老哥，你也太敏感了，不就是打个电话？至于吗？"

"牛大志，你也太小看我林广进了。如果你只是打个电话也就罢了，可是你还把我的短信转到你的手机上。如果不是为了坏我的事情，转那短信干什么？还有，你小子到你女朋友的房间，是不是让她去通风报信了，要不这里怎么会有武警设卡。好的，如果你没有二心，咱们今天就不要到那警卫大队炸了，咱们就在这检查站炸。这里的影响更大。炸死几个武警，烧几十台车，哈哈哈……"

"老哥，听了你的身世，我还是很同情你的，在很多地方，我们俩很相似。可你不该因为个人恩怨，和自己的国家对着干。我绝不会做背叛国家背叛民族的事。还是算了吧！只要你放弃爆炸，我保证你的安全。"此时，大志知道在这个经验丰富的恐怖分子面前，已经没有必要再装了。

"真没想到，我还是把人看走眼了，我本来想，你这个西北人的儿子，空有热血，被你的上级断送了前程，应该能跟我们一起干。谁料到，还是上了你的当。也罢，有个特警队长陪我一起死，也值了！"林广进咬牙切齿地说。

"林广进，还是算了吧，做那无谓的牺牲干什么？不要被外国人利用，为他们去死不值得。"大志平静地说。

"牛大志，你也太可笑了。叛国罪，知道不？与其被你们判死，还不如轰轰烈烈地死。其实你比谁都可笑、可悲、可怜。我死，是为了组织。可是你呢？还白白搭上了几位亲人。我是死过一次的人，跟你说，自从加入了组织，就没有想过活着出来。"林广进仰天大笑。

"可悲可怜的是你！你奶奶的，林广进！你更可恨可耻！你勾结境外反动势力来对付自己的国家，你们的阴谋永远不会得逞。没想到你姓林的成全了我的辉煌人生。为人谋而不忠乎，与朋友交而不信乎。我心中的大将军为了抵抗外族的侵略，在我故乡殉国。我没有辜负大将军的在天之灵，为了挫败中华民族的可耻叛徒而献身，为了国家和人民而死，死得其所，死得光荣。而你呢，会永远为国人所不齿，永远钉在历史的耻辱柱上。"大志说完放声大笑。

这时的大志想到了父母，想到了小婶娘，想到了有志和云志，心里就念叨，大志只能来生再报答你们了。他还想到了小爱，唉，我的女神，哥哥对不住你了！就让哥哥带着藏在心里的这份珍贵的爱到天堂去享受你给我的甜蜜和幸福吧。这个时候，小爱在他的脑子里面就迅速放大了，而且很快就占据了他的整个身心，他感到热血沸腾。他甚至都感到他此时不仅仅是为了国家民族献身，为保护前面不远处的战友和民众无辜的生命献身，而且也是为了这个那么痴情于英雄的女孩，一个自己感到非常陌生而又感到十分值得去爱的女孩。他知道小爱爱慕的是大英雄，而这个大英雄又是视维护国家民族利益为己任的，为了国家民族而死，也是为了小爱而死，大志觉得自己死得其所、死得豪迈。

林广进气急败坏，已经疯狂。大志从后视镜里看到，他正在调爆炸装置，并拿起了遥控器。大志此时明白，林广进没有用手枪打自己，是想用爆炸来制造影响，是想在卡点上炸自己的战友。今天这个省无论在什么地方发生了爆炸事件，都会产生国际影响。还有四五百米就到卡点了，绝不能让车子在卡点爆炸危及战友，危及来来往往的车辆。大志看到公路右边有个鱼塘，看到鱼塘时，大志忽然就有了唱歌的欲望。他不由得唱起了他和建中创作的《特战队员之歌》。他把每个字都吐得那么清晰、那么坚定。林广进熟悉这个歌的调子，因为大志有事没事的时候总爱哼哼。现在他终于第一次听清了歌词，也知道了歌词的意思。他后悔死了！他妈的，去死吧，和你前方设卡的战友一起去死吧！

"特勤战士不是人，意志身体比铁硬；特勤战士是战神，所向无敌安民心。啊！我们上刀山，我们下火海，我们主动出击，唯有战胜！战胜！战胜！"大志一边唱，一边往鱼塘瞅。就让鱼塘把影响和损失降到最低吧。车刚到鱼塘边，大志就把方向盘往右一打，同时猛地踩油门，车子就飞了出去。飞出去的瞬间，大志没有一丝犹豫和恐惧。他仿佛听到了大将军的召唤，看到了全中国人都在对着他笑。他知道，他的《特战队员之歌》也成了《胡笳十八拍》之歌，成了千古绝唱。须臾间，大志就像进入了梦境，一秒钟时间里做了一个长长的梦，脑子里就出现了岳飞、文天祥、黄继光，还有大将军等很多英雄形象……我牛大志就要像他们那样，生为这个美丽的大地而生，死为这个大地上勤劳善良的人民而死！他还想到了另一份自豪——谁说我牛大志军旅生涯终结了，我仍然是一名武警战士！我是真正忠诚于自己的祖国和人民的武警战士！

卡点上的官兵早已看到这辆车，但他们并不知道这就是大志和林广进开的车，直到车子忽然飞出去，听到一声炸弹的爆炸声，车子燃烧着飞向鱼塘时才知道，这辆车，应该就是那个恐怖分子准备制造恐怖事件的车辆。已经转业的特勤中队队长牛大志肯定就在这辆车上！

高速公路上依旧车来车往。但车上的人谁也不知道，这飞下去的车是怎么回事。他们以为，这只是一起意外的车辆事故。

小爱在大志把门关上后，就打开了大志的手机。她看到了林广进的短信，还看到了大志的留言。那留言实际上就是遗言。小爱就把手机捂在胸口呜呜地哭了。可一会儿她就想到，时间就是大志哥的安全，就是打败恐怖分子的胜利，现在光是伤心地哭是解决不了问题的，只能耽误大事。她没有洗漱，穿好衣服就蓬乱着头发跑下楼打的，直奔支队。到了支队大门口，就给出租车司机丢了100块钱，零钱都没有来得及找就慌乱地打开车门下了车，跑向大门，对哨兵语无伦次地说："我是牛大志的女朋友，快带我去找高政委，十万火急的大事！"哨兵不认识她，但都知道刚刚转业的、他们的偶像牛大志，就赶紧叫来领班员把她领到了高政委的办公室。

高政委是认识小爱的，前几天参谋长已经把小爱来部队的情况汇报了。他还专门叫参谋长带着他去看了小爱，并且安排小爱吃了饭。大志在老家做了惊天动地的事，他就越发觉得对不住这个小老乡。所以，小爱来支队，他就格外地关照。

当时，高政委正在和基本指挥所的人员研究勤务，见小爱脸色苍白地冲进了办公室，就笑着问："是不是大志欺负我们小爱啦。"政委知道小爱这两天是和大志在一起的。这个情况，参谋长已经报告过了。

"政委，快救大志，大志有危险啊！快看短信！"小爱已经慌不成声。这一路上，小爱是想镇静的，但还是没有控制住情绪，这个时候，一点也没有特洛伊战争中的海伦的感觉了，而是有些急火攻心，几次就差点昏倒在车上。可她一直在提醒自己，无论如何都要坚持住，你不是崇拜英雄吗，现在你就在做英雄做的事，可千万不能出什么差错！无论如何都要坚持到把手机亲手交给高政委。如果这么简单的事都做不了，这比好龙的叶公还要可笑啊！

当高政委打开手机，小爱就一阵晕眩，昏了过去。高政委看了短信，头发都竖起来了，立即拿起电话向总队报告。

很快，总队就协同公安挫败了另几起爆炸事件。陕北那边得知情况后，公安部门迅速安排警力不动声色地把大志的亲人保护了起来，并抓获了在牛家村出现的几个可疑人。

高畅扬政委安排好一切后，就命令在办公室开会的人员各就各位。小爱被送到了卫生队。高政委把办公室的门关好后，再也控制不住对处于危险之中的大志的惦念担心之情，趴在办公桌上放声大哭。

几起爆炸事件都没有发生。DA合作论坛开幕式在十时准点开始，论坛的秘书长迈着稳健的步子走上讲台……

人们在鱼塘里只捞起了车的残骸。恐怖分子用心很是险恶，他们为了使爆炸事件在一个点上影响的时间长一些，就制造了混合炸弹，除了能威力很大地爆炸，还能在爆炸后长时间地燃烧。当时爆炸后，值勤点上的官兵没有任何办法灭掉鱼塘水面上和岸边燃烧的火，只能眼巴巴地看着大火自己烧完。当水面上最后一缕黑烟消散了的时候，大家才注意到，岸边还有星星点点的黑炭一样的东西。官兵费了好大的周折，也没能找到桀骜不驯的英雄牛大志的尸骨。

特勤中队指导员李建中本来是在驻地执勤的，当总队前指得知恐怖分子要袭击警卫大队的突发情况时，就命令银湾支队派官兵设卡堵截。支队长伍瑞就命令特勤中队指导员李建中去执行这一任务。当时建中远远地看到有这么台车正往这边开，但发现开到鱼塘边时就感到有点不太对劲了，他就让官兵提高警惕。当官兵们看到车子飞出去时，其他人还以为是翻车事故，第一个反应过来上面肯定就是大志和恐怖分子的就是建中。因为建中分明听到的是爆炸声，甚至在爆炸之前他还隐隐约约地产生了一点感应，他听到了大志唱的自己和大志共同创作的《特战队员之歌》。建中就第一个往爆炸的地方跑，一边跑一边喊大志的名字。等到跟前时，看到的却是一片火海。这熊熊燃烧的火，让建中急得没有丝毫的办法，眼睁睁地看着大火烧完。几名官兵就站在坡底下大声哭喊……

大志自从转业之后，爸爸妈妈就再也不用担心深更半夜的狗叫和让他们心惊肉跳的电话了。儿子在部队这几年，多少次都是命悬一线，他们天天担心有什么不好的消息从部队传来。现在，他们总算可以安安稳稳地睡觉了。1月27日，牛大志牺牲的那天，从来不睡午觉的母亲做完饭后，一口没有吃，就对大志的父亲说自己有点犯困，想睡一会儿。大志的父亲以为老伴病了，就让女儿云志侍候她睡下。一直到下午，太阳都下山了，这个从来没有睡过懒觉的女人在老伴的催促下才起床。起来后，她愣怔了半天，对老伴说自己梦见大儿子了。

牛得草没有在意，说大志走了，梦到儿子很正常。

老伴就急了："大志吃了我给他做的面条，儿子吃面条一声不响，吃完后只说妈妈做的送行饭好吃，就走了。你个臭嘴，也跟着瞎说。"

老伴的话才出口，当爹的心就咚咚地跳个不停！

是夜，老头子失眠了，辗转反侧不知道哪里不对劲，就是想大儿子牛大志，想得人都能发疯。

2009年1月29日

　　大年初四，牛家村前面的路上忽然来了十几辆车。住在村子口的人远远地望去，这车子开得都非常地慢，好像生怕把什么惊动了一样。在这土路上，连灰尘都没有扬起来。

　　村子里的人就感到奇怪，怎么这车开得这么慢？后来，车子到了村子口，就都默默地停了下来不再往村里开了。车上的人下车后就都往村里走。这些人都神情严肃，胳膊上戴着黑纱。他们注意到，从这些人的神态和年龄看，一定都是很大的领导。他们还发现，这些人中还有好几位部队首长，肩上是有很多星星的。还有一位白发军人，肩上的一颗五角星很是显眼，应该就是将军了。走了一会儿，乡亲们又发现，这些领导怎么都往大志家的方向走了。他们隐约知道了什么，就都在后面默默地跟着。这个时候，大志的妹妹云志刚好出来倒水，看到这么多人往自己家里走，就跑回家告诉爸爸妈妈说巷子里来了很多人。妈妈正在厨房擀面，听到云志在叫，就出来到院子门口看。领导们走到大志家的院门前，看到一位白发老人正在看着他们。他们知道，这一定是大志的娘亲。大家就停住了步子。面对还不知道失去爱子的母亲，神情严肃的领导们再也控制不住感情，眼泪一下子就出来了，人群里传来了呜呜的哭声。老人眼睛老花得很厉害，但她还是看到了人群里有部队的首长，他们的胳膊上都缠着黑纱。过去几年来天天在为儿子担惊受怕的老人顿时就感到天地在旋转，手上的擀面杖当的一声就掉在了地上，然后整个人就瘫倒在地上……

　　那天，牛家村全村人都在哭，哭这位惊天地、泣鬼神的英雄，哭这位让他们子孙万代都引以为豪的英雄！

303

牛解放的病已经好了好几天了，但还不能利索地行走。夫妻俩在家里听人说大志牺牲了，就感到天一下子塌了下来。大志那天救了他们的孙子后，解放的媳妇在医院里几夜都没有好好睡觉，千针万线地为大志做了一双鞋。现在，这鞋还能给谁穿呢！两口子看着那双鞋，哭得死去活来。

他们使劲地伤心，还因为解放那天设个套让人家大志说自己是被处理回来的，然后婆娘又在外面胡说八道，就让人家赵董事长放弃了在牛家村做项目的决定。后来人家赵董事长再决定来做项目时，却是大志拿他叔叔牛得地的命换的。不管怎么说，祸害牛得地把命搭进去的，还是你牛解放和媳妇。还有，如果大志不打死叔叔，人家能回部队吗？大志不回部队，人家会牺牲吗？这夫妻俩就自责，伤心得不知道该怎么办，只有哭。

大志的小婶娘在知道大志牺牲的消息后，一下子就没有了知觉。实际上就在自己的男人死了后，她一个人在家细想想也就想通了。自己的男人如果那晚不死在自家侄子手上，而是被政府判死刑，那这辈子她和女儿就真是在村里抬不起头来了。她终于明白，侄子大志那一枪，实际上是救了这一家人，也救了牛家村一村的人。这个苦命的女人，在想通了后，就一直在自责，当初自己怎么就让人把男人尸体抬到大志家了。从那个时候她就担心，担心大志家会出什么事。就在地方领导、部队首长和一村人往大志家走的时候，她正在家里给上高中的女儿织手套。她听到了外面杂乱的脚步声，感到这声音怎么就让人心里边慌慌地难受，就走到院子里打开院门，然后问正急急走路的一个老人："这村子里人都干吗呢？"

老人一看是得地的媳妇，就停下来抹了把泪，叹了口气说："多好的娃，是大志娃，他走啦！"

女人听了老人的话，忽然就觉得心慌气短，昏倒在地。

小爱回到大志老家只带了大志的行李箱，箱子里有大志的随身物品，还有那块从大将军墓地取下来的古砖和大志的一个笔记本。说是日记，又不是，上面胡乱地记载着大志的心情，还有那首大志自己写的诗。诗没有写完，看得出来，主人在写的时候，不知道遇到了什么事情。从日子看，是大志回到家乡的时间。小爱熟读了那首诗，强烈地感觉到了大志郁闷的心情，还有一直被压抑着的豪情。小爱一直念叨着这首诗，似乎她的声音，大志能听到：

如果可以

我想要拥抱

拥抱桀骜的风

猛烈撕扯

无忌呼喊

如果可以

我想要指点

指点苍黄的大地

自由挥洒

开心烂漫

……

牛家村按照大志的遗愿，把他葬在了大将军墓的旁边。大志的墓里没有大志的遗体。

大志连一块尸骨都没有留下，按照部队领导的指示，他的墓里只放了他的军服军帽还有军种符号。实际上这个墓只是个衣冠冢。当日安葬的时候，有部队的人提出，牛大志已经转业，随葬了军种符号合不合适？送葬的将军就瞪了那人一眼，恼火地说道："大志为了国家英勇牺牲，连尸骨都没有留下，亏你说出这样的混账话来。这些军种符号就是大志的忠魂和尸骨啊！"那个人就再没有敢说什么。

取大志的军种符号时，小爱哭得像泪人一般。因为大志的军种符号在他转业时，是被他自己亲手卸下来放在一个很精致的手机盒子里的。这冥冥之中是不是有一种暗示？如今这上面还带着大志体温的军种符号却放在了另一个小盒子里面。还有让小爱伤心难过的是，在收拾大志军种符号时还发现了小爱当年上中学时寄给大志的信和照片。小爱没想到，这信和照片大志哥还一直珍藏着，小爱就哭得不成样子了。在安葬大志时小爱就想，大志是应该得到自己的真爱的，活在这个世界的时候没有得到，就让自己的信和照片与大志一起永恒地生活在那个世界吧！小爱就给自己做了个主，把自己的照片和写给大志的信一起葬在了大志的墓里，然后又帮助大志把那块古砖还回到大将军的墓上。

墓碑正面刻着"牛大志烈士之墓"几个大字，背面刻着他的生平，还有他在手机上的那段话：

首长，请在我新手机里查到林广进手机号码后，顺藤摸瓜，把他们一网打尽。请首长速安排人保护我老家的家人，他们非常危险。万一我牺牲了，就把我所有抚恤金还有转业费全部给我小婶娘，并把我葬在老家无名墓旁边。

徐黛泪也来了。徐黛泪是理解大志的心思的，但她就是不明白，一个人生命就那么一次，怎么说献出去就献出去了？她和小爱商量，把大志没有写完的诗刻在一块石碑上，也立在大志的墓前。许多人不理解，徐黛泪说，大志壮志未酬，心里多少是憋屈的，这次好了，他安静地闭上了眼睛。

家乡人为大志举行了隆重的葬礼。省委书记亲自参加了葬礼，还有大志生前所在部队的总队长、支队政委。张小爱和徐黛泪也参加了。张小爱一身重孝，是以大志的未婚妻的身份参加的。徐黛泪就在现场做了大志葬礼的新闻。

赵董事长专门带着董事会成员从北京飞到牛家村参加了大志的葬礼。那天，赵董事长在葬礼前，当着那么多大领导的面，对大志的父母说，大志的父母就是公司所有人的父母，他们负责替大志尽孝，为二老养老送终，负责把大志的妹妹供到大学毕业，如果云志愿意，就让她到公司上班。

葬礼前，省委书记在看了大将军和牛大志的墓，特别是听了牛大志的妹妹云志含着泪水的诉说后，落泪了，他哽咽着说："大志同志秉承了大将军的遗志，虽未成将军，却成就了壮丽人生。他们为了一种信念，一位没有留下名字，一位没有留下尸骨，但却永远活在了我们千秋万代人的心中！我们每个人的生命实际都是极其短暂的！500年以后谁还能活着，可我们的大志却还活着，还有人在传颂他的事迹，牛家村人还在为他而自豪！"

一旁的高畅扬政委看着新落成的一座坟，再看看旁边古朴的大将军墓，一下子就读懂了大志——是这位没有名字的大将军影响了大志的一生。大将军使大志胸怀天下，使大志有了悲天悯人、舍生取义的家国情怀。大志不死，定成大器啊！他油然想起诸葛亮讲的一段话：将之器，其用大小不同。若乃察其奸，伺其祸，为众所服，此十夫之将。夙兴夜寐，言词密察，此百夫之将。直而有虑，勇而能斗，此千夫之将。外貌桓桓，中情烈烈，知人勤劳，悉人饥寒，此万夫之将。进贤进能，日慎一日，诚信宽大，闲于理乱，此十万人之将。仁爱恰于下，信义服邻国，上知天文，中察人事，下识地理，四海之内，视如家室，此天下之将。大志真是将国家民族视为家室的，为了国家民族连性命都可以义无反顾地献出去，如果不转业，不牺牲，何止万夫啊！

那边省委书记才说完话，高政委就说道："大志本来是可以成为将军的，而且一定可以成为天下之将。我军很多高级将领都是通过战争的锻造由放牛娃成长为万夫之将，十万夫之将，天下之将的。没想到，我们的大志还没有入伍，就在这座古墓前树立了治国平天下的理想，而且还立下了誓言。重要的是，他始终信守在大将军墓前的承诺，自觉把自己培养成对国家民族最有用的人，英语八级、侦察尖兵、全国散打季军、军队射击冠军，还带出了标兵中队，研究生学业也即将完成。更重要的是，大志始终以国家为重，为人民出生入死，直到牺牲自己的生命。可以说大志是部队几十万甚至是几百万人里挑一的杰出军人。这样的军人，就是国家和军队的栋梁。就是牺牲了，他的精神，一样是我们的栋梁！"高政委讲到这里，省委书记和肩扛将星的总队长就不住地点头。不知什么时候，天上下起了雪。

站在高政委身后的特勤中队指导员李建中此时心里就殷殷地难过。他掐着指头算了一下，从自己的好兄弟好搭档牛大志被安排转业到牺牲变成一座衣冠冢，仅仅39天。他不明白，既然有神灵保佑，怎么就要了大志的性命？既然你们首长认为大志是可以成为天下之将的，为什么就安排他转业？大志牺牲，他不仅仅是秉承了大将军的精神，承诺了在大将军墓前许下的誓言，实际上也是用生命来证明，我牛大志是优秀军人，我牛大志的军旅生涯没有竹篮子打水！大志，你为了一个承诺、一个证明，这代价也太大了！他还想起了那个晚上，他怕大志想不通，和大志探讨自杀有什么意义的事来。此时的建中脑子里面就没有想到，大志这些年来面临了多少个生死关键时刻！

这时候，墓地上的人们听到有人在低声朗诵诗，循声望去，有一个人正站在不远处的田野里，在暮色苍茫的雪地里，仰望着天空。高政委仔细听了，是小爱在呼喊：

我的太阳神
是你给了我光明和温暖
是你给了我正义和力量
你的光明和温暖
你的正义和力量
定能战胜一切魑魅魍魉！
我的太阳神
我愿做你唯一的爱人
融化在你炽热的胸膛
为你守护万丈光芒！

高政委听得仔细，这是我们的大志，小爱心中的大志。大志没死，大志在天上看着我们呢！他正要走过去，却呼呼地刮起一阵风，那大团的雪花瞬时扑面而来，眼前一片迷茫……

2019 年 5 月 11 日于海口完成修订

308